南无袈裟理科佛 著

金蚕往事

①

上海社会科学院出版社

本故事纯属虚构。

目录

第一卷　2007年我被外婆下了金蚕蛊　　　　001

第一章　外婆和金蚕蛊　　　　001

第二章　蛊毒发作，需觅良方　　　　005

第三章　山魈野怪，湘黔矮骡子　　　　009

第四章　功德汤与碎尸案　　　　013

第五章　号子里和九字真言　　　　017

第六章　下蛊解蛊，皆为生存　　　　021

第七章　命案疑踪　　　　025

第八章　小鬼袭扰　　　　029

第九章　苗蛊斗法，金蚕出奇　　　　033

第十章　小鬼求收养　　　　037

第十一章　外婆托梦，我来催眠　　　　041

第十二章　罗二妹的要求　　　　045

第十三章　返回南方　　　　049

第二卷　南方的秋天以及冬天　　　　053

第一章　鬼萝莉　　　　053

第二章　十年还魂草　　　　057

第三章　五楼的回魂梯　　　　061

第四章　不靠谱的茅山道士　　　　065

第五章　驱鬼无术　　　　069

第六章　降恶鬼　　　　073

第七章	朵朵不见了	077
第八章	讨债师叔	081
第九章	同门相见，一见即怒火	085
第十章	猿尸降，杂毛道士算计强	089
第十一章	百年槐木牌	094
第十二章	金蚕解蛊	098
第十三章	血手掌印	102
第十四章	祸不及亲人？	106
第十五章	世间没有童话	110
第十六章	小美之死	114
第十七章	天煞孤星	119

第三卷　南方寒冬之江城妖树　　123

第一章	江湖救急	123
第二章	黑猫、醉鬼、鬼娃娃	128
第三章	杂毛道士来捉鬼	133
第四章	诡异的敏香	137
第五章	恶鬼娃娃	140
第六章	淘宝上的古曼童	143
第七章	求草被拒，怎么办？	146
第八章	夜盗植物园	149
第九章	藤蔓游动	152
第十章	无尽小鬼遍地生	155
第十一章	金蚕蛊沉眠	158
第十二章	酒店失窃	161

第十三章　重返事发现场	164
第十四章　结下仇怨	167
第十五章　江城事了拂衣去	171

第四卷　故乡的云和溶洞子　175

第一章　阿根头上的黑气	175
第二章　机场偶遇	179
第三章　返回晋平	183
第四章　相亲诡事，杨宇来访	187
第五章　山神爷爷要杀人	191
第六章　冷夜漫步华灯上	195
第七章　后亭崖子	198
第八章　溶洞里的内脏	202
第九章　吊脚坑的尸魖	205
第十章　矮骡子的迷转宫	209
第十一章　诈尸、密密麻麻毒虫阵	213
第十二章　破阵子	217
第十三章　憎恶印记	221
第十四章　逃出生天	224
第十五章　耶朗故闻	227
第十六章　中仰苗蛊一脉	231

第五卷　湘西炼尸人　235

第一章　春节双雄会	235
第二章　变异地魂	239

第三章	辗转湘西	242
第四章	吊脚楼里鬼压床	246
第五章	王氏大屋，炼尸家族	250
第六章	尸洞子	254
第七章	十二尸追，金蚕蛊现	258
第八章	破尸阵，得丝帛	262
第九章	鬼道真解	266
第十章	横空飞来的杀机	270
第十一章	炁之感应	274
第十二章	盆中窥人	278
第十三章	情人节	282
第十四章	能辨阴阳的娃娃	286

第一卷　2007年我被外婆下了金蚕蛊

第一章　外婆和金蚕蛊

我出生于1986年8月20日，那天正好是农历七月十五。

中国有四个鬼节，分别是三月三、清明节、七月十五、十月初一。清明节、十月初一，都是扫墓祭祖，表达对祖先、对亲人的"思时之敬"，是祭祀、表达哀思的节日。三月三流行于江淮、江南一带，传说这一天会有鬼魂出没。但是七月十五（有的地方是七月十四），六道出、鬼门开、孤魂野鬼游走，是阴气最盛的一天。

当然，这都是民俗传说，不一定要信。不过这一天既是民间的鬼节，也是道家的中元节，还是佛教的盂兰盆节，讲其特殊，还是有一定道理的。

我读书早，高中毕业才十六岁，比我同学的平均年龄要小一到两岁。这并不是我早慧，而是因为偏远地区小学的学生少，对入学年龄并不太在意。这也造成了我到高考的时候还懵懵懂懂，结果落了榜，早早就走入了社会。

我是2002年出来打工的。在外的人如同浮萍，随处漂泊。7年间我到过很多地方，浙省义乌，东广的佛山、中山、东官、珠海、深圳我都有待过，当过工厂的普工、领班、副主管，摆过地摊卖过水果，当过西式披萨店的厨师，也在工地上做过一段时间的钢筋工，做过保险业务员、卖过家具……2005年的时候还被同乡骗到合肥去做了一个月传销。

我最穷的时候三天只吃过两个馒头，最阔的时候在东官市区有两套房子、一辆小车。

常年待在一个地方、一个小圈子的人是没有故事的，但是一个长期在异乡辗转漂泊、见识过人生百态的人，却会有很多的故事：比如群众们喜闻乐见的艳遇，比如社会的阴暗面，比如各种各样的奇人轶事，比如……著名的东官。

这里面的故事有很多值得一讲的，但是我还是要先讲一个我人生转折点的事情。

2007年的8月末，我外婆重病。

在东官跟人合伙开饰品店的我接到消息后，立刻回家。

那个时候我已经有了自己的私家车，是一辆蓝色帕萨特。但是因为并不熟悉路况，于是我转乘了可以直达我们县城的长途卧铺，但是当时我并没有想到，会走上跟以前完全不同的人生道路。

我老家地处西南，少数民族地区，东临湘西，是十万大山的门户。

谈到湘西，有人会想到沈从文先生《边城》的凤凰古城，有人会想到沟通南北的交通城市怀化，当然，也有人会想到湘西赶尸、蛊毒以及土匪。

就地域而言，我们那里其实也算是湘西文化、民俗辐射圈里的一部分。

比如土匪，看过《湘西剿匪记》的同志们也许能够想象一下我们那里：穷山、恶水以及"刁民"。当然，主要是山高路险、交通不畅，而且人多地又少，太穷了。1949年以前我们那里的好多山民，白天在地头拿着锄头和镰刀侍弄土地和牲口，晚上磨好刀，就去劫道。

他们平时是在土里面刨食、三棍子打不出一个屁的农民，劫道时是阎罗王的小鬼。

这是一种职业，也是一种习惯。

再比如说蛊毒，有人说这是封建迷信，好吧，就算是封建迷信吧，因为在我二十二岁之前，我和许多受过现代教育的人一样，是个唯物主义者，并不认为这个世界上有鬼魂、僵尸等乱七八糟、奇奇怪怪的东西存在。

虽然，在我们家乡这些传说很多。虽然，我外婆就是一个养蛊人。

1949年以前，特别是在偏远的地方，有很多人没有受过教育，知识的掌控者和传播者往往是一些宗教人士，比如道教、佛教、萨满教……以及很多少数民族的原始宗教，而这些人则是宗教的传播者——我外婆是苗寨的神婆。

苗疆巫术里面结合了很多魔术、中医、巫医的内容，有可取的地方，也有让人不可思议的地方，最让人诟病的就是喝符水——在一种特制黄纸上用鸡血、朱砂、米汤和其他什么东西混合而成的墨水胡乱涂写，最后烧掉，用余下的灰冲水来喝。

印象中的外婆是个枯瘦的小老太太，不苟言笑，鼻子像鹰勾，嘴巴没有牙，脸塌了一边。她有八十多岁了，在苗寨生活了一辈子，专门给人看香（算命的一种）、治病、驱鬼和看风水，十里八乡的乡亲还是十分尊敬她的。

母亲告诉我外婆患的是癌症，是胃癌晚期，应该是没得治了。

卧铺车到达县城的时候已经是晚上7点钟了，偏僻小县没有公交车，平日里往来镇上和县城的中巴车最迟一班是下午5点半。我心急火燎地找了一辆破烂的出租车，跟司机讨价还价，终于在两个钟头之后到了我家所在的镇子里。

没人接我，我自己回的家。上一次回家是2005年年初，我从合肥的传销窝点刚刚跑回来，一晃眼，两年又过去了。而我也从那时候的两手空空，变得小有身家了。

母亲接过我的行李，告诉我外婆没在这里，回敦寨去了。

她说她死也要死在敦寨，那个她生活了八十六年的土地，那里的井水甜、稻谷

香，连风里面都有油菜花的香味。

　　我母亲有两个妹妹、一个小弟，她是大姐。我外公死得早，"破四旧"那会儿就去了。外婆并不太擅长料理家务，所以作为长女的母亲总是要劳累一些。后来我两个姨相继嫁了人，小舅也长大成人，我母亲这才和父亲搬到了镇子上，做点小生意。

　　前些年小舅淘金发了财，搬到了市里。

　　外婆不肯走，就一个人在那个叫做敦寨的苗寨里住着。她精神一向都好，而且有村子里的人帮忙照顾，倒是不用担心。没成想这会儿居然病了，而且还是胃癌，这可是绝症。

　　第二天一早我就和母亲去了敦寨。

　　这里以前是烂泥路，不过2004年的时候通了车，我包了一辆面包车过去。一路坎坷自不必说，过了大半个小时，我们终于到了敦寨。还没进寨子，我就见到寨子中间那棵巨大的老槐树、鼓楼、晒谷场以及尽头的堂庙道场。

　　我提着一些礼品，跟着母亲往寨子里面走。路是泥路，天气干燥灰尘生烟，不断有人跟我母亲打招呼，我母亲愁眉苦脸地回应着，心事重重。

　　我再一次见到了外婆，而那时她的生命已经进入最后的时刻。

　　聚在老宅里的有很多人，除了我小姨远在新乡克拉玛依外，大部分亲戚都回来了。我见到了二姨、小舅以及好几个表兄妹，还有别的什么人。外婆在背阳的卧室里躺卧着，我走进的时候，闻到一股霉味。我心里一酸，外婆是个爱干净的人，但她毕竟也是老人了。

　　母亲说："妈，陆左过来看你了！"

　　发黄的被窝里面有一个风烛残年的老太太，头发是雪白的，皮肤如同上了年岁的松树皮，一脸黑黄色的老人斑，两眼无神，歪着的嘴里还有些口涎，神志完全不清晰。这就是我外婆，一个接近死亡的老人。

　　我握着她鸡爪一般的手，她一点反应都没有，过了一会儿，瞥了我一眼，又睡过去。

　　母亲对我说："已经认不出人来了。"她摇着头，叹息。

　　我在敦寨待了两天，外婆一直处于浑浑噩噩的状态，不曾醒转。几个亲戚在商量要不要把外婆送到市医院去治疗，但总是达不成统一意见。我小舅说还是尊重外婆的意见吧，不要再来回折腾了——他家里条件并不好，之前已经为外婆的病花了许多钱了。

　　这个时候，我一个在照顾外婆的表嫂跑到堂屋说，外婆清醒了，叫我们过去。

　　"你是陆左？"外婆老眼昏花地躺在床上看着我。我点了点头，她又问："你是什么时候生的？"我母亲插话说道："阿左是八六年的，二十一了。"外婆艰难地摇头，又问："什么时候生的……月份。"

　　"8月20号，农历七月十五。"我说。

突然之间，外婆的眼睛亮了起来，接着她大声咳嗽，胸腔里似乎有痰，我帮她拍背，几分钟之后终于吐出一口浓浓的黑痰来。然后她抬起头来说道："师公，你终于来了。"

外婆精神突然好了很多，她居然可以下床了。她指挥着小舅到屋后的一个空地上挖出一个小泥坛子，坛子口上面是早先用来做雨伞的厚油纸。随着坛子出土的还有一个木匣，里面有一本厚厚的、页面发黄的线装书。

外婆推开扶着自己的女儿，颤颤巍巍地来到放着泥坛子的矮茶几前。她咕哝着苗语，手在空中颤抖挥舞。这样子大概持续了十分钟，之后，她猛地揭开了油纸。

里面黑乎乎的，过了一会儿，爬出一条金黄色的蚕蛹来。

这蚕蛹肥肥的、肉乎乎的，差不多有成人的大拇指一样大，眼睛已经退化成黑点了，肥硕的躯体上有几十双脚，两对柔软如纸的翅膀附在上面。我盯着它那头部的黑点看，一点没有觉得肥嘟嘟的可爱，而是感觉到上面发散出诡异的光芒来。

外婆仍在念着含糊的苗语，咕咕噜噜的，我没有学过，所以听不懂。

突然，她的手指向了我。

蚕蛹化作了一条金线，在旁人的惊呼声中，一下子钻进了我的嘴巴。

我的喉咙里一凉，感觉有一个东西顺着食道，流到了胃里。

然后一股腥臭的味道在食道里翻腾，我顿时觉得呼吸困难，仿佛肺叶被蚕食了，心里面似乎少了一块，而身体里又多了一个器官。随着这腥臭味道的翻腾，铺天盖地的恶心感将我所有的思维扯住，莫名地我感到头皮一麻，就昏了过去。

外婆死了，在她醒来的第二天。

她走得很安详。走之前拉着我的手告诉了我许多东西，她说昨天给我吃的东西叫做金蚕蛊，是蛊中之王，可以延年益寿，还可以强身健体，还有很多用处，但是因为在蛊盒里面待了太久，所以有毒。每个月的初一和十五，凌晨十二点的时候，毒素牵扯，就会有钻心的疼痛出现。要想解毒，只有找矮骡子的帽子草来吃。

外婆还告诉我，这金蚕蛊是活的，要是我一年之内降服不了它，必死无疑——"你要是没有享受金蚕蛊的命，就下来和我做伴吧。"除了金蚕蛊，外婆还给我留下了一本叫做《镇压山峦十二法门》的手抄本破书。

第二章　蛊毒发作，需觅良方

《镇压山峦十二法门》共有十二部分，为坛醮、布道、巫医、育蛊、符箓、禁咒、占卜、祈雨、圆梦、躯疫、祀神、固体。全书是用繁体字抄写，中间穿插了许多潦草的笔记、图录和心得体验，厚度足有半指，在最后的篇章里还记录了一些见闻杂感。

由于是繁体字，又是手抄，半文半白，而且还缺张少页，读起来十分费劲。

办外婆后事的时候，母亲忧心忡忡，而我却并没有太在意这些东西，除了闲着无聊的时候翻看那本厚书之外，忙丧事忙得晕头转向的我，几乎忘记了生吞虫蛊的事。办完丧事的第三天，我打点行囊准备返回东官，母亲留我在家再等两天。

"为什么？"我问她，母亲告诉我，明天就是初一，看看我外婆说的话是不是真的。

母亲愁眉苦脸地说："她对家人从来不说假话。唉，她以前准备让我来接班的，但是我怕虫，就是不肯，后来她也就没有再提了。怎么就拉到你了呢？唉，早知道不要叫你回来了。"我笑话母亲大惊小怪，不过却并没有在意，答应在家待几天，找找朋友玩。

第二天我从一个发小家里吃酒回来，夜已深，但是母亲却并没有睡觉。

她责问我为什么不听她的话，没有留在家里好好待着。我见她脸色发白，嘴唇紧紧地咬着，只以为她生病了，那个时候已经是晚上十一点了。母亲说没有生病，她和我父亲都坐在堂屋里，神情严肃地陪我等待十二点的到来。

我发现家里堂屋门梁上多了两捆红布、几把艾蒿草，木头门槛旁边有一些细碎的小米，东一坨，西一坨，不成规律。见他们心情沉重，我自己也感觉到有些不舒服，母亲见我仍然不信，便跟我讲起一些往事：苗族分生苗和熟苗，生苗是与世隔绝的苗人，而熟苗则是被汉化的，混居、不住寨子、不祭祀、不过苗节，甚至不会说苗话。外婆住了一辈子的敦寨，早年间就是个生苗寨子。那时候，族长的权威比天还大。而族长唯一怕的，就是我外婆。我外婆年轻的时候是十里八乡的美人，很多人馋，后来不知道遇到什么变故，就跟了深山苗寨子里面的神婆学习巫术。

苗寨的神婆只是一种称呼，有男有女，而我外婆跟的那个神婆是个男的。

苗人善养蛊，尤其是十万大山这边的苗人。早年间大山没有被开发，人迹罕至，毒蛇、蜈蚣、蜥蜴、蚯蚓、蛤蟆等毒物漫山遍野，见多了就慢慢了解毒性了。我外婆的师父就是个养蛊高手，在1949年以前，甚至在整个湘西一带颇有威名。可是后来他死了，死在一个山窝窝里没人管，尸体的肠子被野狗拉得有五米长，上面全部是白花花的蛆虫。

后来我外婆就成了苗寨的神婆。

1950年的时候湘西闹土匪,有个湘西的土匪头子路过敦寨,看上了寨子里的一个姑娘,想强抢,后来发现苗寨里面的蛮子太多了,个个都不怕死,于是就征了些粮走。外婆只是朝他们叨咕了几句,没有再说什么。后来镇上解放军的联络员告诉寨子的人,这股盘踞在青山界的土匪包括头子在内的十八个人,全部毙命,死于恶疾,尸体里涌出数百只虫来,火化后心肝还在,呈蜂窝状。

……

母亲断断续续地跟我讲起许多关于外婆的陈年往事。这些有的是听老实的外公说的,有的是听寨子里老人说的,我这才知道原来一直被我看成是封建迷信的外婆,年轻的时候还有这么风光的事情。一直到20世纪七八十年代,行政下乡,寨子与外界联络渐渐多了,外婆才开始淡出了外人的视野,在苗寨里祭祀、拜神、看病、算命,聊度残生。

"你去打工的时候,我们都拦,结果你外婆帮你看了下香,她说你良如玉石需磨难,让你去外面的世界受点苦,对以后的人生有帮助。所以说,你现在这样子,还是要感谢你外婆的。"我母亲说着。我笑了笑,没有接茬。这些年我也知道一些关于算命的事情,这东西讲究一个虚虚实实、望闻问切,完全就属于心理学范畴。

这时候堂屋的电子钟突然走到了十二点,当当当地响起来。

母亲突然停下来不再讲话,和父亲一起恐惧地看着我。

我被看得疑惑,将视线投向了堂屋神龛旁的玻璃装饰去。只见镜子里的我脸色枯败如金箔,黄得吓人,一道一道的黑纹在额头上游走。我瞪着眼睛看,一阵剧烈的绞痛从腹部左侧就升了起来,一波又一波地不停歇,汹涌如潮水……我看着母亲好像在跟我说些什么,但是耳朵却什么都听不到,然后感觉世界都毁灭了——然而我偏偏没有昏迷。

然后我感到有一团东西在肚子腹脏之间游走。

啊……啊……疼,真疼啊!

这疼痛足足持续了十分钟,这十分钟我的脑筋清醒异常,每一丝痛感都清晰,历历在目,然后世界都扭曲了,地上仿佛有万般恶鬼爬出来。

后来我听说有人给疼痛等级量化,说以人断一根肋骨的疼痛值计算的话,女人分娩差不多是十倍。我一直认为,我当时的疼痛应该是分娩的两倍——因为后来我也断过几次肋骨。

我的神志恢复清醒的时候,发现自己躺倒在地上,全身汗出如浆,湿淋淋地像刚从水里捞出来。我母亲和父亲吓得发抖,不敢过来扶我。地上一摊水,有汗水,也有我失禁的屎尿,把堂屋熏得臭烘烘的。我母亲在骂魂:"你这个老不死的,连你外孙崽都害,活该一辈子横死。你这老不死的,不要再来缠着我家陆左了……"

她骂得很难听，这是我们家乡的习俗，倘若长辈死去，返转来找自己的亲人，就要把它骂回去。而我则手足冰凉，过了好久才相信这并不是梦，哆嗦着爬起来。

我突然想到一个问题，今天，应该是我外婆的头七。

那天晚上我研究了半晚上外婆留给我的书，由于字迹太潦草，心情又复杂，一直处于对于未知的恐惧，所以并没有太多的发现。

第二天一大早，我就转乘县城的班车到了市里的一家三甲医院，挂完号之后做了全身的检查，七七八八花了近六千块钱。然而在下午的时候，医生告诉我，我身体好得很，十分健康，一般人有的亚健康状态我一样没有，而且身体机能正逐步地朝一个好的方向转变。我拍的那些透视片子里，也没有见到身体里面多些什么东西。

我如实地跟接待我的那个老医师讲起我的情况。他沉默了很久，给我说起两种可能：一、心理或者精神引起的幻觉疼痛，这种事情往往出现在毒品依赖者、精神疾病患者和服用刺激性药物、神经性植物花粉等；二、神秘学中有很多科学不能解释的东西，比如我遇到的这种情况。养蛊一说由来已久，在中国南方、宝岛、香岛和东南亚的许多地区流传。有人提出来说蛊其实是一种毒虫滋养的病毒，但是他也不得而知。如果真是，那求医问药是没用的，只有找相关人士解决。

我们那里一直是少数民族聚居的地方，现在的行政单位都不叫市，叫做苗族侗族自治州，老医师在这里待了几十年，自然是知道一些的，但也许是院方有规定，他很讳言，对于这些也不敢多说，只叫我去找。我没有门路不肯走，被我缠了很久后，他才告诉我，说晋平县下面的苗寨，有个叫龙老兰的神婆，据说很灵验。听到这里，我的脸刷地一下就白了。

我外婆的名字就叫龙老兰。

回家的路上我在东官开饰品店的合伙人阿根打电话给我，问我什么时候回去，店子里出了一点事情，有个看柜台的小妹不做了，她平时最信服我，我要有时间就回去劝她。我和阿根手下总共只有十几个人，那个时候东广还没有用工荒，但是他说的那个女孩业务很好，走了实在可惜。可是我根本没心情管这些，就问她为什么辞工。

阿根说这个女孩子的男朋友是个棍儿（就是不正经的混子），不做事靠她养，她的工资根本就供不了两个人大手大脚地花销，于是她男朋友就劝她下海。阿根说下海的意思就是去做鸡，东官大部分的妓女都是打工妹转的行——这种情况在2008年金融危机之后更加严重。我抿着嘴，脑海里不由想起了那个眼睛大大、亮得像两口溢满水的井一样的女孩子。

我跟阿根说，我这边有事回不去，让他跟那个女孩子说，要么我帮她再找个老实男人好好过，要么滚蛋，永远不要出现在我眼前——我懒得见到这种贱人。

阿根在电话那头叹息，我想起来，阿根对那个小妹好像有点意思。

我回家之后，开始仔细研读《镇压山峦十二法门》，然后在半个小时之后找到了外婆给我下的金蚕蛊这种东西的记载。

这是自农历五月五日端午三天之内，将抓到的毒蛇、鳝鱼、蜈蚣、青蛙、蝎、蚯蚓、大绿毛虫、螳螂、蟑螂、四脚蛇、蜘蛛、黑头铁蚁装在一个褐石土制的大陶缸里密封，让它们自相残杀，互相吞噬，毒多的吃毒少的，强大的吃弱小的，每日睡前祷告一次，起床祷告一次，这样过那么一年，最后只剩下一只。这一只形状颜色都改变了，便叫做金蚕蛊。

而这才是第一步，我吞下的这只经过外婆几十年炼制，是用来做本命蛊的。

这种被隔绝于世几十年，常年生活在幽冥之中的金蚕蛊，性情十分暴躁，每逢气阴就暴躁不已，只有生于七月十五，受过鬼门开、阴气涤的人才适合，不会立刻暴体而亡。当然，这也只是第一步，要彻底镇压本命金蚕蛊的凶性，必须要服用一种草。

这种草叫作龙蕨草，而且是被矮骡子编戴过的龙蕨草。

蛊毒凶恶，但是天生怕矮骡子。

第三章　山魈野怪，湘黔矮骡子

矮骡子在很多地方的方言里都被认为是骂人的话，比如在宝岛，就是小混混的意思，但是在我们家乡，或者湘黔一带，它只会用来表达一种意思：山魈野怪。

各地关于山魈野怪的传言都很多，千奇百怪，我就不一一赘述。

我所说的这种矮骡子，就是我老家大山里传言的一种山魈。它们矮小不过几十公分，总是戴着红色草帽，外皮是绿色或者紫色，也有人说是红色，毛茸茸，总是三五成群地出没，喜欢逗人玩。比如会把农民带到地里面去吃的午饭变成石头，或者往得罪过它们的山民锅灶里面拉屎，又比如，有些山村里的人半夜去地里面吃泥巴，返回家中睡觉时觉得很饱——这便是受了矮骡子的迷惑。

它们戴的红色草帽，就是用龙蕨草编的，这种草，据说来自于几千万年前的恐龙时代。

当然，这些都只是传说，我读高中的时候住学校寝室，每个同学都有一肚子这种故事。

说不上真，也说不上假，不过来自青山界西边村子的同学说得最多。

我研究了那本破书一整天，在晚上吃饭的时候，告诉我父母，我准备去青山界走一趟——是福不是祸，是祸躲不过。说实话，我对于初一晚上发作的那种疼痛，心有余悸。那疼痛简直超出了人类能够承受的范围，在某一段时间里，我甚至想到去死。

母亲看着神龛上外婆的遗像不说话，又是叹气又是掉眼泪。父亲则说我小叔就在青山界林场，我要去找矮骡子，就去找我小叔，他在林场守林屋，两个人也好有个照应。

当天晚上父亲就给小叔挂了电话，第二天早上我就出发。

小叔是县林业局的正式职工，常年在偏远的林场里面做守林护林、森林防火工作。青山界是县城往西的一处地界，高山绝岭、鸟兽难飞，是人迹罕至的原始森林。县林业局在那里有个站点，而我小叔在最深处的守林屋里执勤。

我早上出发，从县城转车到乡里，然后再转车到林场，再顺着山道一路走到守林屋，一番折腾，到的时候已经是下午五点了。那个时候是夏天，天还大亮，深山老林里面已经没有手机信号了，不过好在有早年铺设的电话线，所以小叔得到了通知，早早地站在坡口等我。

我把带的一些礼物给他，酒和烟，他乐滋滋地收下。

他们的守林屋是一栋刷了石灰的印子房（就是砖瓦房），和我一路行来看到的木头房子有很大区别,不大就两间,一间厨房一间卧室。厨房里面已经煮了一锅肉,远远地飘着香味。里面还有一个人,三十多岁的瘦小汉子,嘿嘿地冲我笑,露出一口烟熏火燎的黄牙。

小叔给我介绍,说是他的同事,叫李德财,让我叫李叔。李德财连忙推辞,说叫哥好啦,他说他以前在小叔家见过我,几多好的一个小伙子哦,一晃又过了八九年了,那个时候他还是婆姨都没讨的后生崽,现在儿女都拖着鼻涕到处跑了。

李德财脸黑,皮肤很糙,左脸上有一道疤,样子凶,人倒是还和善。

我们坐下来吃饭,锅子里面煮的是兔子肉,足足放了两个,都是前几天打的。守老林子的这份活计枯燥得很,小叔他们就会经常用气枪去打些野物,偷偷地,也没人管。菜都是旁边菜地里摘的,也新鲜。我开了买来的酒,跟他们一边聊天一边喝酒。小叔已经知道了我的来意,仗着酒意骂我外婆:"她就是个老乞婆,一天到晚搞虫子、搞迷信,现在要死了,还害你!"

我那时已经对这些东西有些恐惧了,再加上她怎么也是我外婆,就没有接着他的话茬说,反倒是李德财顺嘴也骂了几句。吃肉喝酒,然后聊到矮骡子的事情,我就问小叔见过没,小叔哈哈大笑,说他都活了快五十年了,就是没有见过一个,都是别人以讹传讹、胡编乱造的。

他这一辈子在深山老林里面,护林防火、抓偷木头的贼,要是信这些,早就吓死了。

倒是李德财看了我一眼,神情犹豫,我问他看到过没,他又说没有。

吃完饭我主动要收拾,小叔不让,说趁天还亮带我去外边转转。出屋子的时候,外边天色稍暗,林子低处看不到落日,只看到晚霞在对面的山上映着天,金灿灿的一派辉煌。我们踏着铺满落叶残枝和青草的山路慢慢走,小叔一边走一边咳嗽。他是个老烟枪,但是在山林里巡逻的时候却不敢抽烟,只是咳。

守林屋在一个小山包上,我们走了几百米,小叔跟我讲一些守林子时的趣事。事实上这工作枯燥得很,每日都是铁脚板走路,小心翼翼防备,疲累得很,不过他讲了一件附近村子里面的事情,倒是让我感兴趣:说离这里最近的一个村子叫作色盖,色盖地处深山,田都是坡埂梯田,林子又是国营林场,所以很穷,叮当响的穷——有人出去打工,一辈子都没有回来过。村子里有一个老光棍,因为有个老娘在,也就没走,在田头辛苦劳作,38岁了都没个女人愿跟他。前年有一天,他突然跑到县城里面的金铺里面卖金子,好大一坨哦,值几十万呢。去年金价240一克,他那一坨足足有三斤多,后来金铺的黄老牙压他价压到200,他就卖了,得了差不多30万呢。

我说好运气,这个汉子不知道是在哪里捡的呢。

小叔说是啊,都说他好运气,祖坟冒烟,他回来之后,就准备去镇子上做点小生意。不过福兮祸所倚,人就是不能太得意。后来那个黄老牙带了一帮人来找他,说他给金坨坨放在保险箱里,当天晚上就变成了牛屎了,让他把钱赔回来——金子怎么可能变成牛屎？分明是欺负老光棍嘛。结果一堆人谈不拢，黄老牙就打了老光棍，后来还打了官司，不知怎么地，法院就判老光棍涉嫌欺诈，今年才放出来。

我说怎么会这么判，当时验货的时候肯定是真金白银啦，不然以黄老牙那么精明的人，会给钱？小叔笑了笑，说黄老牙有个叔叔是上面的，他指了指天，摇头在笑，也没有多言。我看着林子的光线一点一点变暗，说："太黑了，回去吧。"

于是我们深一脚浅一脚走了回来。

我在守林屋里待了两天，白天跟着巡林子，晚上就看书。山林子里湿气大，蚊虫孳生，蛇也多，条件其实很艰苦，但是我却并没有在意，我南下打工的时候吃过的苦更多，睡过桥洞、公园和烂尾楼，在这里有铺床，还有蚊帐，其实已经可以了。因为没有电视，山里面的生活其实很无聊，唯有看书。

在山里面待着，只有两个伴陪着，不说话的时候，万籁寂静，只有外面林间的虫子在唱歌，心沉静下来，抱着书看，很容易看进去。

看得多了，才发现《镇压山峦十二法门》其实并不是一本纯粹的巫医神婆的书，而是糅合了道术、原始巫蛊、佛法以及降头术等各种各样神秘学的大杂烩，甚至还夹杂着逸闻野史。著述的人叫作山阁老，而中间掺杂了大量笔记，补充的那个人应该叫作洛十八。

渐渐的，我开始读得津津有味了。

随着阅读的进度，我开始进入了一个全新的世界，感觉平时的生活好像完全颠覆了。这里面有很多一眼就觉得假的东西，但是也有一些，看着似乎有些道理，而里面一些关于养蛊、降头、养小鬼、制僵尸之类的东西，则让人看得恶心欲呕。

关于山魈，里面也有记载。这是一种能够在灵界和现实世界自由来往的小人，它们生性狡诈，但是并不凶残，喜欢捉弄人，记仇，喜欢吃松果和红薯藤，只会出没在人迹罕至的深山老林，偶尔也会到山民家里，捉弄人类。

我待了两天都没有看到传说的矮骡子，第三天的时候和小叔回到县城，他去交接，我则采购了几斤松果、一筐红薯藤、香烛、土鸡蛋、红线、新糯米、猎刀、捆绳和网……然后回家从我外婆的遗物中挑了几张画好的黄符，准备完毕之后，在第四天再次回到了深山的守林屋里。

那天晚上月色特别亮，我在守林屋不远的坡边洒下了松子和红薯藤，然后静静蹲守。

山林子里有野物，小叔不放心我，他本来可以回县里去休息十天的，但是他后来听说青山界出了件杀人碎尸案，不放心，又和别人调了班，陪我一起在黑暗中守着。山里面蚊子又多又凶，但是我们都不敢乱动，小叔给我涂了一层黑乎乎的草渣子，说能够防虫。我静静等着，感觉空地上的一切景物都了然于心。我前面说过我曾经在很多家工厂打过工，在一家线路板厂做事的时候天天看板找缺陷，费眼睛，于是就有了一点小近视，看远处的东西模模糊糊的，但是现在在夜里，我却能清晰地看到十米之外的细微事物。同样改变的还有我的身体，越来越健壮有力，精力充沛，而且思路清晰。

我渐渐地信服了外婆临终时说的话：她留给了我一笔遗产，但是想要继承这笔遗产，我还需要经过一场考验。越过了，一切安好，越不过，就只有面对死亡。

夜已深，月牙西斜，静静的夜里什么都没有——只有虫子叫，吱呀吱呀。小叔年纪大了，坚持不到一个小时就困顿得不行，被我赶回去睡觉了。山里湿气重，夜凉如水，我听着虫子哼鸣，心里却十分平静，仿佛有什么预感一样，静静地等待着。从晚上九点开始，我等了七个钟头，直到凌晨四点多，放松子的坡地处才出现一个黑影。

那黑影的出现让我的神经顿时就紧绷起来。

然而当我仔细看时，才发现是一只像小猫一样肥硕的山老鼠。老鼠在坡地上一拱一拱地，一会儿嗑松子，一会儿又嚼嚼红薯藤，还用后腿刨土。

我身子不动，将拌了土鸡蛋清的新糯米从袋子里面拿出来。此时我忽觉肚子痛，不严重，但是就像腹泻一样，忍不住地一点又一点地放臭屁，没声音，所以更臭，熏得我自己都难受，连一直围绕在我周围的蚊蜢都散去不少。

没过了一会儿，灌木林中窸窸窣窣钻出几个黑影来。

我看不到颜色，只是借助这模糊的月光，看到这些黑影都差不多三十公分左右高，直立行走，在脑袋的部位有乱七八糟的横线——那是草帽的轮廓。

第四章　功德汤与碎尸案

当这些黑影出现在我视线中时，我左腹里有团肉块在轻微地抖动。这回并不痛了，只是觉得不自在，一种莫名的恐惧意识从心中升起来，这意识我很陌生，但是当时的我却能够很清晰地分辨出来，是我体内另外一种生物的意识。

它仿佛在哀求我：离远点，离远点……

而我心中却涌出一股狂喜来：书里说金蚕蛊是至灵之物，不怕猛兽不怕人，只是恐惧黄冠金爪十年大公鸡和深山老林里的矮骡子。它既然有这种意识流露出来，那么，来的这些黑影必然就是我找寻已久的矮骡子。

我沉住气，等这几个黑影走近，然后停下来。我数了数，一共有五个，走路蹦蹦跳跳的，夜太黑看不清楚样子，开始还四处看了一下，过了一会，几个家伙边抢边吃起来。阴云飘过，月亮就浮现出来，顺着月光我看到这些传说中的矮骡子——它们似乎长有一张介于人和猿猴之间的脸孔，浑身是毛，青草绿；手很长，足有三十多公分，几乎等同于身高。

它们一直很闹，像动物园的猴子般发出叫声，吱吱，音节很短，但急缓有致。

不知道怎么的，我感觉它们眼睛很亮，很有神。

我大概等了五分钟，待它们集中一点，然后慢慢地站起身来，左手抓一把掺和了鸡蛋清、香烛灰的新糯米，右手拿着一张猎网。我一点一点地移动，前进路线是之前确定好的，没有一丝声音，只有心跳在"扑通扑通"地响着。十五米、十米、八米……当我挪到了第八米的时候，突然矮骡子们纷纷停了下来，转头看向我这边。

事不宜迟，我左手上的新糯米一下子就洒了出去，像天上落雨，刷地一下全部都落在了这些矮骡子的头上、身上，突然之间就有糊米的焦臭味道传了出来。我心中大喜，书上说的矮骡子最怕混了鸡蛋清和香烛灰的新糯米，沾身就像烧红的烙铁，果然是真。我左手刚得闲，立刻配合右手将猎网撒出去。猎网是找附近的山民买的，专门用来搂草打兔子的那种，不好撒，我白天练习了好久也没个样子，不承想这会儿出奇的成功。

一片带着蒺藜铁钉的粗涤纶网就像一片黑云，罩向了它们。

没想到这些矮骡子反应竟然十分灵敏，除了一个略高的家伙被罩住之外，其他的身子一矮，哧溜一下四散而逃。网里面的还在猛力挣扎，吱吱地叫唤，我连忙跑过去一脚踏住网沿，将兜里面的新糯米全部倾倒在它的身上。这糯米足足有两斤多，一落到它身上，就冒出一股黑烟，简直神奇极了。

等到这家伙停止了挣扎,我摸出红线,隔着网将它浑身缠起,然后又用尾指粗的捆绳将网捆扎实,环顾四周,逃走的矮骡子已经不见了。

夜深露重,我提着网往守林屋里赶去。网兜里面的这毛茸茸的家伙看着不大,却沉甸甸的,足足有三四十斤。很臭,有糊米的焦臭味,也有膻腥的尿臊味,我的心提到了嗓子眼里,喉咙里有痰,吐也吐不出来,噎得难受。黑漆漆的夜,像是魔鬼的大嘴,一瞬间我的心被恐惧紧紧抓住,分不出是自己,还是身体里面的金蚕蛊,我脚步越来越快,几百米的山路没费什么工夫就到了。

咚、咚、咚……

我猛敲着门,里面相继传来了我小叔和李德财的询问声,我说是我,屋里面的灯就亮了,然后门一开,小叔披着大衣走出来,睡眼惺忪,说几点了,怎么才回来。我把手中的网一提,说:"我抓到了一个矮骡子!"小叔一激灵,人立刻精神了起来,拉着我进屋,关了门,在灯下面瞧个究竟。

听到我抓到个活着的矮骡子,本来还躺在床上睡觉的李德财也一骨碌爬起来,披着衣服凑头来看。

在一百瓦明亮的白炽灯光下,我终于看清楚了它的样子——除了满脸褶皱发黑之外,几乎就像一个老人的脸,眼睛大而亮,瞳孔是紫红色的,在扩散,偶尔一张嘴,一口雪白的獠牙,交错密布;脸部和颈部都没有多少毛,但是身上却是茸茸的绿毛,现在夹杂着灰白色的糯米,好像被灼烧一样地发黑;像猿猴,有一截小小的尾巴,四肢的爪子锋利,手部是五指。

最重要的是,它头上真有一顶红色草帽。

这草帽是用一种红色蕨根茎编织的,很潦草粗糙,像是小孩子胡乱编的,但倘若是矮骡子编的,就让人惊奇了,草帽呈一个锅盔形状,鸟窝一般妥帖地附在它的脑袋上。上面有很多白色、黑色的浆汁泥土,鸟羽、兽毛,还有许多不知名的东西存在。这些看着很恶心,但是我却十分高兴,小心地从网里面把帽子扯出来,团好收藏起来。小叔看了一会儿,问我:"这个东西你打算怎么处理?"

我摇摇头说没想过,小叔兴奋地说:"明天天亮,我们下山送到林业局里面去。这个是珍稀动物吧,献上去的话,说不定有奖金的哦。小左你真行,这东西一直听老辈人说有,但是我这大半辈子,都没见过,偏偏被你逮住了。厉害啊厉害。"我苦笑,要不是那本破书上有抓矮骡子的方法,要没有那几把糯米洒出去,我怎么可能抓到这快如魅影的小东西。

要不是……我死都不知道怎么死的哦。

李德财在旁边搓手,担忧地说:"这个矮骡子是山林子土地公公家里养的山鬼呢,我们还是把它放了吧。要是被它惦记到,改天上门报复的话,几条命都活不成呢。"

"怕个毛啊?"小叔满不在乎地说。

两人相持不下,然后小叔问我怎么处理,毕竟是我抓来的。我现在心里面只有赶紧拿这草帽子回家，去采购相关的东西解蛊，哪里有心思管这些。看他们两个争得脸红脖子粗，我就说你们不是有领导么，明天早上打电话请示一下就好了么。这下两人都不争了，小叔说好，而李德财则忧心忡忡地不说话，点燃了一根甲秀烟，蹲在门槛抽。

这时候都快五点了，夏天亮得早，再过半个多钟头都要天亮了，我守了一晚上，困得不行了，于是就叫小叔帮忙照看着，自己爬上床去睡觉。在睡之前，我特意把那草帽用塑料袋子包装着，放在我随身带来的旅行包里。我太困，几乎是身子一沾床、一合眼就睡着了，也不知道过了多久，迷迷糊糊听到某个地方轰隆乱响了一阵，刚开始还以为是做梦，后来被一只温热的大手使劲摇醒，我艰难地睁开眼，发现小叔一脸鲜血地站在我面前。

我赶忙爬起来，问怎么回事。小叔"哎哟哎哟"地叫唤，显然是痛极了，我记得他说桌子抽屉里面有伤药，光着脚跳下床，先到脸盆架那里拿来毛巾给他擦脸，然后翻抽屉，找到一种白灰粉状的止血药来，弄点水，帮他把左脸上的血擦净后，看见四道血肉模糊的抓痕，我给他一点一点地把药粉敷上，问李德财呢？

小叔忍着痛说，这小子疯了，居然将那个矮骡子给放走了，人也不知道跑哪里去了。他还说自己这一抓，就是被那个死矮骡子给抓的，凶得很呢。我心里顿时一阵懊悔，要不是我把这鬼东西带回来，小叔就不会这样。我帮他草草包扎完毕之后，又帮他拨通了县林业局值班室的电话。

电话打了很久，差不多二十分钟后才接通，小叔通报了情况，那边的人着急了，说让我和我小叔先在守林屋坚守着，他们立刻通知乡林业站的同事过来接应救援。

等待的时间里，小叔又说起当时情况，说他们两个人本来在一边抽烟一边看守着，可是不知道怎么地，李德财就跟发疯了似的，一下子将红线扯脱、捆绳解脱，拦都拦不住。我小叔在旁边制止，结果被他一拳擂翻在地，还没反应过来，就见到那绿毛矮骡子从网子里面窜了出来，朝他脸上抓一把。那家伙也虚弱得不行，没有继续抓，而是朝坡下面跑去。等我小叔爬起来时，一片狼藉，连李德财也不见了。

由于不敢独自出门，我们等了三个钟头，到了早上九点钟，终于，门被敲响了，进来了四个我小叔的同事，一身露水，有一个还带着猎枪。这期间李德财一直没有回来，让我们更加担心。

讲清楚情况后，他们商定好两个人留下来等李德财，两个人先送我小叔下山。

一番周折，直到中午一点多我们才到了县城人民医院。

我在医院守到了晚上七点多，做完缝合手术、清醒过来的小叔劝我先回去，治病要紧。我小叔家两个小孩，一个十八的儿子一个十五岁的女儿，还有我婶，看我的眼神都有些不善，医生说可能脸上会留下疤痕，她们大概认为我小叔这样，都是被我害的。

我心里面也很懊悔，没有多说什么。

虽然小叔算作工伤，有公费医疗，但是我第二天还是递了两万块给我婶，当作是营养费。

由于我婶还有堂弟堂妹并不欢迎我，之后这些事情我也没有再去管了，我返回家里，按照书里的说明，采购了黑驴、黑狗、黑猫的下宫血，朱砂、柴胡、蟾酥锭、紫雪、琥珀、蚕茧、牛黄、全蝎和胆南星，用这些和拆散的龙蕨草一起煮熬三天三夜，将一大锅草药水煮成一碗黑茶汤，用敦寨堂庙道场后面的井水冰镇之后，在半夜十二点，忍着恶心，一口喝下。

喝完之后，我感觉全身都一阵放松，心里面似乎宽敞很多。

结果一个多钟头之后，我就开始拉肚子。开始拉稀，然后开始拉出浓稠的黑血，血里面还夹杂了不知名的肉块、薄蜕皮、丝絮物、角质，到了最后几乎没有什么可以拉的了，感觉从喉咙到菊花筒直就成了一条线，上面吸进空气，下面就放臭屁。而且我还汗出如浆，大量脱水，我父亲在厕所旁边给我舀水，过几分钟就喂我喝一勺子。

后来他老人家也有点受不了了，就把装开水的桶放旁边，他先去外面透气。

于是我就蹲着一边拉一边喝水，那天夜里，几乎都虚脱在了厕所里，差点没有挂过去。

在家里我养了三天，就跟妇女同胞坐月子一样，足不出户，也见不得风，我母亲天天熬老母鸡汤给我喝，还不放盐，那味道……直到现在我每次出去吃饭，别人点鸡汤，我都不会喝上哪怕一口，这都是那个时候喝怕了。第四天早上的时候，我感觉精神好了一点儿，准备出去见见阳光，结果听到有人在堂屋里讲话，好几个人的声音。

过了一会儿，我的房门被推开，走进几个警察来。

他们告诉我，我跟一件碎尸案有关，这次来是请我回去做调查的。

第五章　号子里和九字真言

我完全不知道情况，这到底是怎么回事？

就问他们，为首的马警官说 9 月 4 日晚在青蒙乡又发生了一起碎尸案，这次案件的事发地点在青山界前庭崖子下（也就是我小叔驻守的那个守林屋附近），县刑警队经过排查，发现我当天就在前庭崖子，而且根据口供，说我在当天，从晚上 9 点钟一直到凌晨 4 点，一直都不在守林屋里，而碎尸案正好发生在那段时间里，所以我有很大的杀人嫌疑。

我当时就愣了，怎么会有这么巧的事？不对啊，碎尸案不是在那日的前几天吗？

我连忙问他，马警官神情严肃地说："这是一场连环碎尸案，所以影响极其恶劣。"

他出示了传讯单，问我能不能自己走。

我说可以，于是强忍虚弱下了床，我父亲过来扶我，门外的一辆警车停着，许多闲汉婆娘小娃崽在看热闹，指指点点地说些什么。带人过来的那个镇派出所的民警在赶人，而我则被押上了警车后座。我母亲哭着跟带队的马警官说着什么，那厮只是说"不会冤枉一个好人，也不会放过一个坏人"的屁话。

我父亲拉着母亲，手脚都在颤抖，有压抑不住的悲痛。

我拍拍车窗，笑着对我父母说道："不要担心，我真没犯事，去去就回来，不要担心。"车开始发动了，车身在颤动，他们没有给我上手铐，但是这车汽油味很大，我直犯恶心，身体又还没有恢复，于是就昏昏沉沉睡过去。

整件事情我一直到了提审的时候，才搞清楚：原来那天夜里，在离我蹲守矮骡子两百米的山坡脚下发生了一起杀人碎尸案，死者是色盖村的一个小伙子，才二十来岁，出外打工回家，说去邻村找老埂（结拜兄弟）喝酒，结果一晚上没回家。第二天家里人打电话去他老埂家说人喝完酒，已经回去了的——于是报了案，正好碰到林业局求助派出所帮忙寻找李德财，于是在一个山脚洼子里找到了被碎成十几块的死者。

我问李德财呢？审讯的刑警告诉我，李德财也失踪了，现在也还在找呢。

审讯室里的灯光足足有几百瓦，像小太阳一样明亮。一个审讯员，一个记录员，开始盘问我——什么时候回来的，为什么回来，为什么去青山界，为什么又离开，4 号晚上我做了什么，几点钟到几点钟又做了什么……

我就跟他们讲起我被我外婆下蛊的事情，说 4 号夜里我逮到一个矮骡子，可惜又放跑了，急着回家是为了解蛊。

他们哈哈大笑,那个审讯员说你小叔也是这么说的,开玩笑了吧?

这个审讯员有二十多岁,长得又高又帅,只是眉毛太浅了,左眼睛大、右眼睛小,脖子还神经性地抽搐,一动一动的。他反复问我,颠来倒去,一会问那天晚上发生的事情,一会儿又问9月1日我在哪里。问得很有技巧,我在传销窝点待过几天,知道这里面是有方法的,能够乘人不备套出话来。

但是我还真的没有什么见不得人的地方,君子坦荡荡,讲真话他们又不信。

审讯员很生气,总是时不时地拍桌子,吼我。审问了我足有两个钟头,后来他又不时拿出烟来问我要不要抽。我在外漂泊多年,然而却烟酒不沾,看到他时而和善地要递烟给我抽,我就想笑。因为我忘记是看哪本书上说,当犯人问警察要烟抽,一般都是要交代的前奏了。可是我又根本不抽烟。

后来,带我来的马警官进来,说好了,先到这,不过要先拘留二十四个小时。

说实话,我即使不太明白这里面的门道,也知道这办案程序有些不对。

但是我不敢讲,我们那里不是香岛,越到基层,公共安全专家的权威越高。那天晚上我在公安局的某个房间里待了一夜,和一帮打架闹事的混混在一起。这几个家伙开始还摩拳擦掌,想欺负我,但是一听说我是个杀人嫌疑犯,立刻离我远远的,不敢动弹——欺善怕恶,从来都如此。马警官和帅哥审讯员在房间不远的走廊商量了很久,我不知怎么地,耳朵特别灵,趴在门边,居然能隔着铁门,听到他们对话的只言片语:上面特别急……不在场证据……有些鲁莽……就是这小子……

我心里特别地寒冷,脸色惨白地坐在地上。在外面混了这么久,我不是没有听说过因为案件影响恶劣、上头急得拿人顶缸的事情,要是我摊到这种事情,我就真的跪了。想想也是,就我这么一个外乡人,而且发生那两起案件的时候,我都在青山界内,特别是第二次碎尸案,就在守林屋附近几百米的山洼子里。相互之间的证明人,我小叔受了抓伤住院,李德财人影无踪,而我则完好无损,人家不怀疑我怀疑谁。

我现在就怕他们给我"上刑"。

那天晚上我一夜没睡,一直在想,他们不信我,是因为不信我到青山界的动机,认为我说了谎话,甚至认为我小叔在关于矮骡子的事情上,也说了谎。如果我能够证明真的有这种事情存在的话,他们是不是会再好好考虑一下呢?

我又想起了失踪的李德财。我那几天忙着治病解蛊,没有给小叔打电话。他居然没有回来,这真的让我有些不寒而栗,想一想那些凶恶的矮骡子,我会想起李德财用很神经质的语气讲的那句话"矮骡子是山神土地公家养的山鬼,惹到他们,死都不知道怎么死的……"

下半夜的时候,我听着此起彼伏的呼噜声,想起了外婆留下的那本书里,讲到的育蛊法门。法门里面讲到,服用了以龙蕨草为主料的功德汤一碗,并不是杀死金蚕蛊,而是打压它的戾气,以毒攻毒,最后的作用是让它为我所用。一想到这一节,心里面不由自主地默念起里面的内容。一碗功德汤喝下喉,金蚕蛊已经降服一大半,接

下来的,就需要用水磨功夫,不断地用密语镇灵了。

所谓密语真言,最早出自于佛教。音译曼怛罗、曼荼罗。又作陀罗尼、咒、明、神咒、密言、密语、密号,即真实而无虚假之语言之意。外婆留给我的降蛊法门叫做《降三世明王心咒》,持续不断地念"灵镖统洽解心裂齐禅",可以用苗话念,也可以用金陵官话念。我在前几天问过我母亲苗话的发音,这个时候也是病急乱投医,于是盘腿坐起,虔诚地一直念:"灵镖统洽解心裂齐禅……灵镖统洽解心裂齐禅……"

我念一个字就顿一下,想一想,念一个字又顿一下,慢慢地感受其中的意思。

这里给大家普及一下其中的意思,看看就好:灵,即身心稳定,表示临事不动容,保持不动不惑的意志;镖,表示能量,表示延寿和返童的生命力;统,表示宇宙共鸣,勇猛果敢,遭遇困难反涌出斗志的表现;洽,表现自由支配自己躯体和别人躯体的力量。解,是危机感应,表现知人心、操纵人心的能力;心,是心电感应,表示集富庶与敬爱于一身的能力。裂,是时空控制,分裂一切阻碍自己的障碍;齐,使万物均为平齐;禅,表示佛境,即超人的境界,我心即禅,万化冥合。

只有极度虔诚,才能够让自己的语言去引发灵界的力量震荡,感受其中的心境。

奇妙的是,往日一直没有感应的我,今天居然能察觉到与这世界不同的变化来。这种变化我说不出来,但是它有即有,无即无,稍纵即逝,与此同时,身体里似乎有某种器官在与这九个字作呼应,蠢蠢欲动起来。我仔细感应,仿佛是在左腹的肾脏部位。

那一天晚上,是我人生的转折点,从此之后,各种各样奇怪的事情发生,如果没有那天的经历,说不定我今天或许是另外一个样子了。

说实话,我还是真的应该感激我的外婆。

第二天提审我的时候,我直接说我是无辜的,让他们放我出去。

杨警官(就是那个审讯员)让我老实交代问题,不要编些花花肠子,以为能够蒙混过关。

我说放我出去,你们找不到凶手,我来帮你们找,反正我也要去找我小叔那个叫做李德财的同事,我欠他一份情在。你们要是觉得我讲的是假话,我可以证明给你们看我没说谎。杨警官拍着桌子冲我嚷,让我看清楚自己的身份,我想怎么样就怎么样的话,还要他们做什么?

我抿着嘴,冷冷地看着他。过了一会儿,我问他,你知道龙老兰不?我是她外孙。

杨警官哈哈大笑,问龙老兰是谁?公安局局长?还是县委常委?

我说都不是,是一个在苗寨里面待了一辈子的老太婆。

他继续笑,而我则看着他,看到他脸上的笑容开始慢慢变冷,看得他眼里面出现了一丝疑虑。这时候审讯室的门开了,那个马警官进来了,跟杨警官坐在一起。他抽了一根烟,死死地盯着我,说:"你真的知道谁是碎尸案的凶手?"

我说我不知道，我只能证明我去青山界的目的绝对没有骗人，如果你们要证明，我就证明给你们看。马警官又问："你真的是龙婆婆的外孙？"我说是，杨警官插话问："龙婆婆是谁？"这个马警官有快五十岁了，而这个杨警官则刚出学校没几年，马警官就跟他讲，杨警官不信，说："切，不就是一个神婆吗？有什么好神经兮兮的？"

而这个时候我已经开始念我外婆留下的书里面的下蛊咒语了。

目标就是这个长得又高又帅的杨警官。

第六章　下蛊解蛊，皆为生存

　　笔停此处，有人会疑问：你什么都不懂，怎么突然就会下蛊的咒语了呢？
　　这里说一点，养蛊其实很好养，下蛊难下。我之所以懂养蛊的咒语，是因为我在法门里看到过，最简单的音译，也因为我的记忆突然变得清晰很多，就会了。而且，在所有的下蛊里面，当面下蛊是最简单的那种，相当于学车时考倒桩的级别。当然，最主要的一点，是因为我肚子里面有百蛊之王金蚕蛊，它变成了我的本命蛊。
　　什么是本命蛊？连接于肉，生死相依。
　　反正我念完蛊咒之后，集中精力去看杨警官的脸。没过两分钟，他就捂着肚子，面部肌肉一阵抽搐，铁青脸，梗着脖子，大滴大滴的汗水就从耳朵后面流下来。马警官问他怎么了？他就说可能是昨天吃的那个快餐有问题，肚子疼，钻心地疼，想去上厕所。
　　我冷笑着跟他说，快别去了，拉出一泡全是虫子的大便来，自己吓自己。
　　两个警官和旁边那个长得很路人脸的女记录员都看着我，马警官问道："是你搞的鬼？"我鼻子有些痒，打了个喷嚏，先是默念了两句"灵镖统洽解心裂齐禅"真言，然后冷笑着："我平白无故在局子里待了一天，饿得头痛，总是要有人来负点责任。"
　　"少装神弄鬼啦！"
　　杨警官一拍桌子，怒瞪我一眼，捂着肚子出去。我不说话，低着头打瞌睡。里面的气氛僵得冻死人。过了一会儿，杨警官一脸惨白地推开门，他几乎是拖着脚步来到门口，眼睛红通通地，冲我嚷，声音都还有些哭腔："你，你到底对我做了什么？"
　　马警官赶紧去扶他："小杨，小杨，你到底怎么了？"
　　杨警官有气无力地拽着马警官的袖子，大男人哭得稀里哗啦："我去厕所，结果拉出一堆全部都是白色虫子的大便来，活生生的，还在翻滚呢……"他还待说下去，马警官拦住了他，转过头来看向我，定了三秒钟，然后给我鞠躬道歉："陆先生，对不起，是我们办案作风不好，对不起，我代表所有人向你赔罪了，请你不要为难小杨了。"
　　在我们家乡说先生，一般都是对算命的江湖人说的，这个称号让我没绷了一会的脸，就想笑。想着毕竟是家里面的人，低头不见抬头见，得罪太惨了也不好，于是说："我要打个电话给家里面报平安……"
　　我马上就被放出来了，马警官说要在县里面最大的饭店，给我摆一桌赔罪。我说先不忙，看着愤愤不平的杨警官，问他："服不？"他大概是被那泡全是虫子的大便吓惨了,心里面虽然有怨恨,但是也只有低着头说:"我服了。"

我说好,你先去换一条裤子。

他脸一下子就红了,马警官脸上抽搐了一下,待杨警官出去之后,手使劲地往门上擦。我并没有再说杨警官上厕所不擦屁股的事情,而是吩咐马警官说:"你去,或者找人去菜市场或者最近的农家,买一个刚下的土鸡蛋,要最新鲜的。然后还要红线和黄纸符,这些灵祭香烛店里面都有得卖,要快,越快越好。"

他说好,立刻吩咐下面的人去办,而我则被领到了一个办公室里面坐着,马警官陪着我聊天。我们聊了一下碎尸案的事情,没多久杨警官就拿着红线和黄纸符进来了。我就跟他们说,我真的不知道这件事情。他们说知道,说两起碎尸案手法一样,但是我第一次已经有不在场证据,所以嫌疑虽有,但不大,只是上面催得紧,他们想在我这里试一试,找突破口。

我心里暗骂这些屌毛,不过既然已经和解,也就不说什么了。

等一个眉清目秀的制服妹子拿了一个土黄色的鸡蛋进来的时候,我拿起来放进了他们的开水杯里,然后拿红线分别捆住杨警官的手腕和脚踝,用力拍打。两分钟之后,我叫他脱下上衣,我将泡好的鸡蛋先滚他的肚子,慢慢地滚,从胸滚到肋骨处,一直滚到盆腔处。

大概过了两分钟,我把黄纸符烧了,解开红绳。

马警官问好了吗?我虽然并没有经验,只是照着书上做,但是此时此刻也只有硬着头皮说可以啦。杨警官被一阵敲打,脸憋得通红,说又要上厕所,我说这是好事,余毒都要排出来,这一次是没有虫的。他将信将疑地跑了出去。

马警官继续跟我谈碎尸案,我说李德财找到没有?我怀疑碎尸案根本就不是人做的,而是矮骡子做的。他说何出此言,我帮他分析了一会儿。见我貌似专家的样子,马警官想起来一个离奇的案子,给我看卷宗,说让我帮忙分析分析。

我也不拒绝,拿过来看:死的是一个小女孩,才六岁半大,是县城里一个有钱老板的小女儿,是离奇死亡,无病无灾,突然连病数日,就双眼翻白、口吐黑血而死。那个老板十分伤心地把那个小孩给葬了,但是老板的老婆觉得事情有蹊跷,于是报警求助。偏僻小县,一般都流行土葬,也没几天,所以老板很反对,结果后来实在拗不过老婆,就同意验尸。没承想一去,发现尸体给人盗了。

我说双眼翻白、口吐黑血而死,有点像是被下了药蛊,也有可能是生疾病。

当时如果能够验尸最好,现在尸体都被偷了,扯这些有什么用?

都是半年前的事情咯。

这个时候杨警官进来了,他来到我面前像日本人一样大幅度鞠躬,说:"对不起,陆左先生,我有眼不识泰山,得罪高人,幸亏您大人不记小人过,放我一马,我杨宇一定铭记在心。"我看他说得蛮诚恳的,就摆摆手说不用了,我也是为了脱身才给你下蛊的,你别记恨我就行了。杨警官连忙说不敢,神情虔诚。

我怕他嘴上这么说，心头还记恨，就说："你也别太想多了，我这次虽然让你吃了点苦头，但是也帮你把脖子神经痛的毛病治好了，也算是两不相欠了。"他经我提醒，一摸脖子，发现脖子果然没有再一抽一抽了，高兴得跳了起来。

这里说到，其实蛊最初的目的并不是拿来害人，而是用来治病救人的，所以蛊师也叫巫医，在李时珍的《本草纲目》中便有记载，这里面的原理我就不说了。只是后来人们发现用来害人比用来治病要好用多了，滥用，这才传出了坏名声。

杨警官说要请我喝酒，县城里面最好的饭店摆一桌。

我没有推辞，长期在外漂泊的我知道一个道理：多个朋友多条路，多个敌人多堵墙。

这时候那个眉清目秀、胸脯胀鼓鼓的年轻女警察进来了，指着桌子上的东西，问这些要不要撤。我说好，她就找个塑料袋装着要拿出去丢，马警官开玩笑说这个鸡蛋又没破，给小杨当早餐好了，买的时候花了大价钱呢。我摇头说不行，几个人都奇怪为什么，我说打开看看就知道，马警官把鸡蛋敲开，蛋清已经凝固了，剥到蛋黄的位置，上面密密麻麻全部都是白色黑色的细小虫子，还在蠕动翻滚。

几个人吓得脸色发白，那个女警察更是吓得惊叫。

我其实也吓得够呛，但还是要装作高人的样子，说："这个要拿去炉灶里面烧，不要随便乱丢，免得蔓延流传出去。"

他们都说好，然后用敬畏的眼神看着我。

那个时候我心里面超满足。要知道，我虽然在2007年的时候混得还算好，但是每次工商税检这一家子穿制服的人一来店子里，我立刻就会点头哈腰，巴结得跟二孙子似的，就怕他们给我找点麻烦。所以，我虽然手头有点闲钱，但是被人如此对待却是头一回，心里面那种油然而生的自豪感，像晒太阳一样暖和。

公共安全专家又怎么样？还不是照样被我耍得团团转？

那个时候，我突然就对外婆留给我的东西感了兴趣，这些神秘的玩意儿让我觉得，有了它，我就不用卑微得跟一个贫民一样，小心翼翼地生活了，我可以昂着头、挺着胸，在这个世界上过着有尊严的日子，让所有看不起我的人，刮目相看。这样一想，当时内心就极度膨胀。

晚上我们在衫江大酒店吃的饭，包厢里面，琳琅满目地摆了十五六个菜，都是硬菜，酒也是好酒——五粮液，作陪的却只有马警官、杨警官和那个在局子里面看到的女警官三个人，这阔气的场面让我这个小气巴拉的小老板（还是个体户）有些瞠目结舌。

酒过三巡，菜过五味，席间正酣之时，杨宇（熟了就不用叫警官了）拉着我的手叫兄弟，他说他下来这一辈子，还真的没有服过谁，他爸是州领导，老妈是林木公司的老总，含着金汤匙长大的，对谁都骄傲，但是今天他就真服我了，窝心巴适的服！以后有什么事情，一句话的事，谁说不能办，谁是无赖汉。

我说今天是情非得已,但是,也算是不打不相识,以后有什么事情,都相互照应。

马海波是个老油条,话里话外老是要套我话,问我到底怎么弄的这些东西。我自己都一知半解,一瓶子水不满,半瓶子水晃荡,哪里能够跟他解释这个,只有故弄玄虚,云山雾罩地胡吹乱侃,跟他说是家学渊源,不足为外人道。

杨宇拉着我的袖子羡慕得直哭:有一个当州领导的老爸,还不如有一个有真本事的外婆呢。

我平时是个吃货,东官那边的美食基本都吃了个遍,嘴馋得很,有时候跑一个多小时就为了吃一顿好的饭菜,而且吃得特别难看,也猛。这毛病是早年间落魄的时候养成的,那时候肚子饿,又没钱,除了猛喝水,就是勒紧裤腰带。现在美女在旁边,我倒是也收敛吃相,显得很斯文。不过那个叫黄菲的妹子并没有放过我,不断地朝我灌酒。

我这人也好面子,不想叫人说不爽利,别人敬我我就喝。

结果没一会儿,一斤白酒下了肚,人就开始有些飘了起来,迷迷糊糊答应了什么,却又实在想不起来,努力让自己保持清醒,却越发的脚步飘忽,看着这个叫黄菲的美女笑靥如花地在我近前,久久没有悸动的心,这个时候却突然地跳个不停,只想着拉着美人儿的小手,搂到怀里恣意怜惜。

"陆左,帮帮我们嘛……帮帮我们嘛,要不然我就要被领导批评了!"这声音娇滴滴,从一个警花的嘴里说出来,让我男子气概大涨,心中豪气顿生……妥妥地!

第七章　命案疑踪

那天晚上是我人生中最后一次醉酒。

第二天早上，我再次跟家里打电话报了平安，然后又在马海波的陪同下看望了我那仍在医院治疗的小叔，中午的时候，我们就坐着那辆破烂警车前往青山界。

在车上马海波对我一阵感谢，他说这件案子社会影响十分恶劣，上面催得比较急，他们这些小喽啰忙得两脚直跳，却是一点儿线索都没有，幸亏有我这个奇人异士帮忙。我感觉从昨天我下蛊解蛊之后，他对我的态度就开始变得很巴结了。我也不说话，点点头表示知道，也不否认，眯着眼睛想事情。

两件碎尸案，都是发生在夜里。第一个死者是色盖村的闲汉光棍，三十二岁，平日里靠在工地里打些小工过活，不过太懒，混不出什么模样，喜欢凑热闹、打架，几十块钱再加一顿好酒好饭就能够叫动他；第二个死者是个外出打工回来的小年轻，没什么仇人，就好喝一口。这两者一个村东头，一个村西五组，根本就不搭边，没什么联系。

唯一相同的是，两人都被切成十几块，丢在荒野里。

车过了青蒙乡，路况就差了很多，路面上乱石多，到色盖村去颠得我头晕。不过这个时候我的身体已经好转过来，心里面一直默念着九字心经，也不觉得有多累。到了色盖村，里面还是紧张的气氛，人心惶惶，公安局派驻在色盖村里的专案组，并没有撤走，他们仍在排查，一个四十多岁的警官稍微问了一下马海波，就没有再问。

看得出来，马海波在他们队里，威望还是蛮高的。

马海波被叫去开了一个见面会，我则在村子里闲晃。这是一个贫穷的小山村，八成的房子都是破旧的木瓦房，住得也散乱，山窝子里东几家西几家，不成样子。村道旁边有几个穿开裆裤的小孩在玩泥，没人管，一个瞎眼老汉在自己晒谷子的场院里晒太阳，吧嗒吧嗒抽旱烟。

一个邋里邋遢的汉子从村子那边过来，看到几个小孩在玩泥，跑过来笑着说："来，给你们看，我捡到一坨金子呢，哈哈，我捡到一坨金子呢……"小孩一哄而散，边跑边叫："疯子来了，疯子来了……"那个汉子光着膀子，脸歪眉斜地从我身边跑过去："我不骗你们呢，这不是牛屎。"一个十四五岁的后生跑过来扶着他："叔，叔，你怎么又跑出来了？"

后生扶着汉子往村子后头走去，汉子嘴里还喃喃自语说："这不是牛屎呢，是金坨坨啊！"

我总是感觉不对劲，于是跑去问那个瞎眼老汉："阿公，刚才那个人是疯子吗？"

瞎眼老汉把烟枪一放，白色的眼球翻了翻，摸索旁边的凳子招呼我："你是来村子里的公家人吧？来，坐，坐。"我坐下来，他说："唉，是勒，王宝松现在是个疯子了。"我问，难道他以前不是吗？

"不是呢，他以前是村子里的大孝子呢，都快四十了还守着这田地和他老娘过活。可惜，他前年在山上捡到一大坨金子，本以为发财了拿去卖，结果被人家说成了诈骗，关了一年多才放出来，结果就这样了。没钱治，也没人管，他老娘都是半截入土的人了，更是管不了……"

我想起我小叔给我说的那个事，想不到居然就是我遇到的这个疯汉子。

"他老娘现在怎么样？"我接着问。瞎眼老头叹着气："唉，能怎么样？幸亏有青伢子照顾她呢，要不然这两年早死了。"青伢子？——我很奇怪地问，瞎眼老头告诉我，青伢子就是刚才那个后生，跟王宝松家有那么一点儿亲戚关系，所以就经常周济他们，这两年，都是青伢子和他家里人帮忙照顾，王宝松家两个人才活了下来。

是个好人呢！我想着。

很多人都说乡村纯朴，是人类最后一片乐土，说这话的人大概没几个在农村呆过，其实哪儿都一样。别的地方我不知道，但是在我所待过的、接触过的农村里，经常碰到兄弟分家不合、寡妇门前被欺，或者偷鸡摸狗的事……久病床前无孝子，何况才是沾一点儿亲戚关系，这个时候能够挺身而出照顾，算是行善的好人啦。

人穷志短，人穷怕了，什么做不出来？

这时候马海波过来找我，说要带我去第一凶杀现场看看。我问他那里有什么线索吗？他说有是有，但是都送局里面去化验了。我说那我去干什么？我又不是神仙。他笑了笑，说虽然不是，也差不多了。我跟他说起刚刚听到的事情，马海波说知道，虽然不是他经手的，但是他看过卷宗，铁板钉钉的事情，没得翻。

我笑，说老百姓都说黄老牙仗势欺人呢，难道没有猫腻？

马海波哈哈大笑，说有个屁的猫腻。

他见我不信，说回去给我看看卷宗，证据确凿，真的是铁案。他说到这里，又记起一事来，说他昨天给我看的卷宗，就是七岁小女孩离奇死亡的那个，她爹爹就是黄老牙，这个老板也是倒霉呢，不但女儿惨遭横死，自己也是突发了恶疾，现在估计也是差不多要挂了。他还跟我说："记得昨天的那个漂亮妹子黄菲不，她伯伯就是黄老牙。"

我突然感到心里一阵不舒服，我跟他说我要去疯子家看一看。马海波看了我一眼，说你同情了？我笑了笑，说不知道，就是突然想去看一眼。马海波说好，他叫来了一个村干部，带我们到村后面王宝松家去看看。我感觉自己好像有些神经，脑子乱哄哄的。

走过一户人家的牲口棚里面，我不由自主地盯着里面的老水牛看。

老水牛在吃草，它上了年岁了，吃得很费力，见我看它，它也抬起头来看我，我们两个相互盯着看了一会儿，我入了魔似的，连马海波叫我都听不到。老牛看着我，突然，晶晶黑亮的眼睛流下了豆大的眼泪来。我隔着栅栏去摸它的脸，它没动，我就接了一小捧眼泪。

　　然后我们又接着走，马海波问我在搞啥子，我将牛眼泪往眼皮上抹，说没得啥子。

　　马海波抓着我的手说："你是不是看出什么来了？"我停下脚步问他："怎么了？"马海波脸色有些白，他跟我说，第二个被杀的死者就是那户人家的儿子。这个时候，我才想起来，我刚才做的这些事情，好像都是在无意识的状态做的。

　　难道，是我身体里面的金蚕蛊在左右我的意识？

　　心里面某个地方在欢快地唱歌，它好像从肥沃的土地里刚刚冒出绿芽，柔柔的，弱弱的，小心翼翼地连接我，像个小宠物，又像是被家长抛弃的小孩子，渴望着家人的关怀——该死，我怎么会有这种感觉？难道是这个本命蛊已经被我降服了？怎么可能？书上说金蚕蛊少则半年，多则十几年，需要日日祈祷，夜夜念经，方可缓缓度化，收归己有。

　　我知道，虽然昨天我能够指使它朝杨宇下药蛊，但是更多的只是强力驱使的关系。

　　但是心底里，却有一个意识在跟我说：去那里，去那里……

　　没过一会儿，我们来到了王宝松家里。

　　这是一栋陈旧的木房子，两厢间，后边还有一个厨房，半边已经塌陷了。王宝松坐在自家杂乱的院子里，目光呆滞地望着前方，前方是起伏的群山和梯田，一弯清亮的小河像银色的带子，向远方蜿蜒。当看到穿制服的马海波，王宝松马上跳了起来，惊悸地跪在泥地上，大声喊："报告政府，我没有骗人，真的是金子，真的是……"

　　他一边说，一边磕头。

　　马海波脸色十分难看，这时候房子里咚咚咚响，那个叫做青伢子的后生跑了出来，他看了我们三个人，一脸的戒备："你们是谁？要干什么？"他穿着洗得发黄的蓝色校服，左胸口绣着青蒙小学的标徽，人长得很精神，就是耳朵有点大，是招风耳。

　　马海波说："小同学，我们是过来看看王宝松和他母亲的。"

　　他语气缓和，面色和善，青伢子却仍然戒备地打量了我们一会儿，然后往屋子里面喊："奶，有人来看你啦。"说完带我们进去，我打量了一下荒芜、连杂草都没有的院子，没有说话，就跟在马海波后面走。

　　屋子里面一股霉味，是旧棉花和烂木头凑在一起的味道，空气不流通，黑黑的屋子里边有一铺床，我看到有一个形容枯槁的老人躺在里面，侧躺，戴着棕红色毛线帽，蚊帐已经变成了灰黑色。"青伢子，开开灯。"那个老人声音有气无力。喀的一声，灯亮了，是30瓦的白炽灯，昏黄昏黄的。青伢子搬来几个板凳，马海波坐在床头说了几句不痛不痒的场面话。

我打量着屋子里面,除了一些几十年的老家具,真正的家徒四壁。

然而我关注的不是这些,抹了牛眼泪的我能够看到更多的不凡来:整个屋子黑气腾绕,若有若无的酸腐之气在游荡,特别是在床底下的一个格子里,更是有凝重的尸气。床上的这个老人,像死人多过像活人,而在一旁端茶倒水的青伢子,额头上也有一股凶戾之气。

这些气是怎么来的?我是怎么能够看出来的?

因为我眼睛涂上了牛的眼泪——牛一般很少哭,平生哭得最伤心的一次,只会是被架上屠宰场的时候。它心地善良、任劳任怨,但是通常被认为是能够沟通灵界的动物,古时候在苗乡侗寨,一般都是用牛头来祭祀,这里面分生祭和熟祭两种,还有的地方会把牛当作神,比如印度教,还有在我国西南一带的布依族、仡佬族就有"牛神节""敬牛王菩萨节""祭牛王节"……总之,涂上牛眼泪,就能够看见不一样的东西(如有人不信,可以在人家办丧事的时候,抹一点看看)。

青伢子端上来的水,装水的碗黑乎乎的满是油垢,我拿在手里没有喝,马海波和那个村干部却不好端架子,没有在意,喝了两口,王宝松他娘一直在咳,她看到了我,就问:"后生仔,我怎么看你有点眼熟啊,你是哪里的?"我说我是大敦子镇那边的。她说哦,有气无力地看着我,我又盯着蚊帐里的她,说我外婆叫做龙老兰。

她没有再说话,气氛僵了下来,马海波提出要回去了,我从兜里面掏出一千块钱放在枕头边。

出来的时候,我看到缩在堂屋角落的王宝松,感觉他乱糟糟的头发里,满是血腥之气。

我一直走出了好远,都感觉那个破败的小屋子里,有一双眼睛在盯着我,亮得像黑夜里的手电筒,凉飕飕的,让人不寒而栗。

第八章　小鬼袭扰

回到专案组驻扎的民居，那个村干部准备离去，我拉住了他，神情严肃地问他："王宝松他娘到底是什么来历，你知不知道？"他很奇怪地看我，浑不在意地说："一个乡下老婆子，能有什么来历，打我小时候起就在这个村子里啦，也没有什么不平常的啊。"

"她是哪里人？"

"哪里人？不知道，不就是色盖这里的吗？"他很茫然地看我。旁边一个房东老汉插话说道："你们是说罗二妹吧，她是钟仰的，还要在青山界那边的山窝子里面去。"钟仰也是个苗寨，而且是极为偏远的生苗寨，常年不跟外界往来的那种。我看过法门里的杂谈，知道那边养蛊的风气极盛。于是我问那个老汉："阿公，你们这里有刚下的鸡蛋吗？"

老汉点着烟，一张满是皱纹的老脸笑开了菊花，眼睛里有狡黠的光。他说："有是有，不过……"我知道他在拿乔，于是说："十块钱一个鸡蛋，拿两个吧。"好嘞，他满口子答应，笑得咧开一嘴的黄牙，然后跑到院子里的鸡窝去找鸡蛋。

讲一点，为什么我总是用新生的鸡蛋解蛊呢？

蛊的含义泛指由虫毒结聚、络脉瘀滞而致身体胀满、积块的疾患。

虫毒喜腥、喜新，用新生鸡蛋煮至半熟，然后滚于胸腹之间，这样子很容易将蛊毒吸入蛋黄之中。但是这也不是绝对，仅仅只能解部分蛊毒，如果用不对方法，反受其害……

马海波紧张地看着我，说："我被下蛊了？是不是那碗水有问题？"那个村干部也很莫名其妙，说怎么可能，这事听过，不过那老婆子会下蛊，荒诞吧？鸡蛋很快就被找过来了，我给这老汉二十块钱，让他去稍微煮熟。我跟马海波说："一般下蛊，都得下蛊的人自己解才行。不然方法错误，死得更快。不过，我这有一点特殊，其中的窍门不好跟你讲，你知道就行。"

我讲的是实话，十二法门里把蛊大致分为十一种，有金蚕蛊、蛇蛊、篾片蛊、石头蛊、泥鳅蛊、中害神、疳蛊、肿蛊、癫蛊、阴蛇蛊、生蛇蛊。下蛊的方式千变万化，各有秘法，他们中的叫做疳蛊，是取蜈蚣和小蛇、蚂蚁、蝉、蚯蚓、蛐蛊、头发等研磨为粉，置于房内或箱内所刻的五瘟神像前供奉，久之，然后下在水里而得。如果不解，药末就会粘在肠脏之上，弄出肚胀、叫痛、欲泻、上下冲动的症状来。

要不是我有金蚕蛊护体，能克一切之恶蛊，不一定能够治除他们身上的蛊毒。

马海波愤愤不平地说，亏你还给他们一千块钱呢。

我知道他有点怪我当时没有提醒他，于是跟他说："你不是要找碎尸案的凶手吗，我只是不想让你打草惊蛇而已。"马海波一喜，连忙问："你知道凶手了？"我说你派人盯着疯子家就行了，别的不要管。这个时候老汉用一个瓷碗装着两个熟鸡蛋进来，我依照着之前的方法给他们两个分别解了蛊。

完了之后，马海波脸色苍白地去布置任务，而那个村干部则骂骂咧咧说要去找麻烦。

我跟他说你最好不要，否则死都不知道怎么死的。他脸色大变，惊恐地走了出去。看他的样子，也许是想不通平时老老实实的一家人，怎么会变得如此恐怖吧？

到了晚上，天色变暗，马海波告诉我，那家人确实有问题。

我并不想了解其中的缘由，只问什么时候动手，他说先等一等，明天早上逮捕令一到，立刻动手。晚上吃饭的时候，专案组的人明显都活泼了许多，几个年轻干警跟我说话，语气里也透着股尊敬的味道。没人喝酒，他们有人晚上还要去盯梢。只可惜我问有没有找到李德财，都摇头说没有。

我晚上就睡在色盖村专案组的驻地，同屋的有几个白天执勤的警察。

我开始习惯了每天都进行祷告祈念，一直念念叨叨，九月间正是炎热的夏末，虽有一个电风扇转着吹，但是我仍然是汗水黏黏，翻来覆去直到晚上十一点钟才睡着。也睡不安宁，屋子里这些汉子的呼噜声此起彼伏，打得震天响。

我好不容易睡去，迷迷糊糊中好像感觉脖子后面有一股嗖嗖的冷风。这种风跟电风扇吹出来的风有很大的不同，就像在脖子上抹了一点风油精花露水，然后被山风一吹，阴森森的，吓人得紧，我本就没睡熟，所以一下子就睁开眼睛醒了过来。

然后我看见，在我床前三米的地方，有一个红色肚兜、粉嫩可爱的女娃娃，朝天辫，她脸白净得像是瓷器，一双眼珠子黑黝黝的，四肢都是雪白的、肥嘟嘟的，看着十分的可爱，就像动画片里面的娃娃，然而在她的耳后和腭下，却有着青黑色的狰狞青筋。她很恐惧地看着我，但是嘟起的小嘴仍然还在朝我吹气：呼，呼，呼……我的脖子后面又是嗖嗖的凉。

我脑子里清醒得很，一下就想起了十二法门里驱疫所讲的内容：小鬼。

小鬼有很多说法，最早流传于中国茅山术中，像养五鬼、柳灵童子之类，都属于养小鬼；在泰国、印尼、马来西亚、柬埔寨、缅甸、新加坡等地，叫做养古曼童；在苗疆巫术里面也有，叫做请天童。其实这些除了少数高深的法师、降头师是用符篆、柳木养灵外，最寻常的方法是打开刚死孩童的墓地，用蜡烛烧烤童尸的下巴，用小棺材接尸油，用尸油直接炼制小鬼。

小鬼有很多用处，聚财、消灾、警兆、迷幻、护宅……当然，还有害人。

房子里的人，没有一个醒来。银白色的月光从木格子窗外洒进来，我集中精神看着她，盯盯地看，然后在心中默念道："灵镖统治解心裂齐禅……"脖子后面的凉意

开始消散,一股灼热的气流从小腹之中升腾而起。

与此同时,这个女娃娃终于发现我能够看见她了,居然转身想要跑掉。

我哪里会让她跑脱,一边沟通体内的金蚕蛊,一边低声猛喝一声:"镖!"

她的身形立刻一顿,我感觉有一股热流从身体里传出来,然后集中在手上,跳下床就去抓住那女娃娃的手。我一抓实,触手一片冰凉,我却能够感觉自己已经抓住了她。正在这时,她转过头来,洁白瓷器一般的脸变得铁青,眼睛变成了红色,樱桃小嘴一下子裂成了满是利齿的大嘴,一口朝我咬来。

我哪里会惧怕这么一个道行浅薄的鬼娃娃,集中精神在右手上,借助这金蚕蛊的力量硬扛了这一口。鬼娃娃一口咬在我胳膊上,却被我藏在上面的热力烫了一下,立刻放开嘴巴,死命挣扎。我也不知道该怎么办,只有紧紧抓着她。

过了一会儿,这鬼娃娃不动了,可怜巴巴地看着我。

她的眼睛变成了黑色,里面有一点点亮光,像黑夜中的一盏灯光。

我不知道怎么讲,反正看到这个鬼娃娃很无辜的表情,心里莫名地就多了一丝怜悯。我们两个,一人一鬼,大眼瞪小眼地看了一会儿,我见她眼睛眨了眨,心想着她是不是能够说话,就问她:"是谁派你来的?"

她眨了眨眼睛,然后很恐惧地看着西边的方向。

我知道西边就是王宝松以及他娘罗二妹的家。我又问她:"你会不会说话?"她摇了摇头,小嘴张了张,却没有一点儿声音。我知道了,作为灵体鬼魂,她没有声带,自然不会说话。不过她能够听懂我说话,那么一定还是有智慧的。

我想起了在王宝松家,罗二妹床下面有很浓的尸气,莫不就是埋藏了这个小鬼的尸体?

《镇压山峦十二法门》里面有很多秘闻逸事,僵尸、小鬼、妖物、虫蛊这些都有,见多了也就不奇怪了,而且我有本命蛊护体,并不惧怕。小鬼能够夺人性命,大部分都是利用幻觉、戾气和神秘感,真正能够以己之能害人性命的也有,不过大多是道行高深的,这个小鬼一看就没有成形多久,并不成气候。

我放松了心情,于是好奇心就浓烈了起来。我并没有见过如此的灵体,所以越发地好奇,于是问了她许多事情,比如知不知道自己的名字啊,家人在哪里,有多大了之类的,不过对于自己的前尘往事,这鬼娃娃一概不知,懵懵懂懂地只是摇头;而当我问到罗二妹的时候,她又恐惧得不行,小小的身子吓得直打哆嗦。

这时候,村子里的鸡叫了第一遍。

鬼娃娃开始变得惊恐万分起来,我知道,鬼物灵体,最开始的时候最惧阳光,见光即消融,而她一开始成形,只有庇护于炼化她尸油、毛发和指甲之后的物体中,不然必然会烟消云散,所以我也不为难她,放开手对她说:"你回去吧。"

她愣愣地看着我,手还放在嘴里吮。

我挥挥手,跟她说:"你赶快回去,不要再害人了……如果有缘,我们还会重见的。"

　　不知为何,我对这个本来非常恐怖的东西,生不出什么恶感来,一是因为她外表粉雕玉琢,十分可爱,二来她能力并不大,刚刚成形,应该做不了什么恶事。想一想,一个小女孩惨遭横死,却又被人炼了尸体,把灵魂给控制住,然后来害人,本身其实还是蛮可怜的。

　　好吧,说了这么多,其实我就是个萝莉控,舍不得。

　　鬼娃娃看着我,然后开始飘了起来,从木板的间隙慢慢挤了出去。

　　我发了一会儿呆,然后看着屋子里一床仍然在梦乡里面酣睡的家伙,叹了一口气,然后披着衣服来到院子里,静静等待太阳出来。

第九章　苗蛊斗法，金蚕出奇

第二天早上，拿到搜捕证的马海波邀我一同前往。

我摇头拒绝，说不想去看了。马海波心里没底，说他们去没人镇场子，不定就会有同志牺牲。我直笑，说你们这伙国家武装，个个膀大腰圆，提棍拿枪的，还害怕这个？然而马海波自从昨天那件事情之后，胆子还真的就变得小了，老实地说怕——他说他昨天去厕所拉的那泡屎，黑黢黢的，一晚都在做噩梦。

他们领头的是刑警队的副队长，四十多岁的男人，他也邀我，说陆左同志务必去一趟。

他还说同志们一定不会忘记你的。

我说不去真的不是在拿架子，事实上我也是真的有点害怕了。他们都拿我当旁门左道的专家，殊不知，我其实也就是一个刚入门的半吊子，而且还没有师傅带。那可是一个同样家学渊源的养蛊人，要不是我体内有我外婆养的这只几十年的金蚕蛊，而且前些天彻夜苦读那本破书，我早就中招挂球了，哪里还能在这里装潇洒。

而且罗二妹似乎并不只是会养蛊，而且还会养小鬼。

谁知道她还会养什么？就苗疆巫蛊的造诣来说，她可是比我高出许多。

而我，仅仅只是一个蒙受了先人遗泽的家伙而已。

见我犹豫不决，马海波越发不自在了，他拉着我的袖子问："陆左，你讲老实话，这一趟任务是不是有危险？要有你早点说，我们也有个心理准备。"一个年轻警官在旁边紧张兮兮地说："老板，是不是要写遗书？"

他们管领导都叫老板，而他们的老板刑警队副队长则吞咽着口水，眼巴巴地看我。

被一圈大男人围着看，这种感觉并不好受，让我有一种回到学生时期上舞台、被千人瞩目的紧张感；然而与此同时，心中又有些激动——你想一想，作为一个二十一二岁的小青年，看见平时穿着制服、开着警车呼啸而过的大老爷们全部都小学生一般围在你面前，心里面是什么样的感觉？我南下打工的日子里也跟他们的同事打过交道（其实都是些联防队员），一个两个牛得要死，拽得二五八万，而现在……嘿嘿。

我脑子一热，迷迷糊糊就答应了。

现在回想起来，那个时候真的是太年轻了：如果我没有答应，独自返回的话，我是不是就会少一个宿敌，我的人生是不是从此发生改变，不会再有后面发生的一系列的事情呢……

然而,人生就是这么奇妙。

疯子家一直有人值班盯梢,刑警队副队长与他们确认没有异常之后,宣布出发。

我走在队伍中间,脑子里一直在回想着《镇压山峦十二法门》(名字太长了,以后我一概都用破书来替代吧——之所以叫破书,是因为它实在太破了)里面的内容,这里面的内容太多,我大概只记住了育蛊一章和一些杂谈部分,此刻使劲回想。

临阵磨枪,不快也光。

我依旧跑到昨天那户人家,取了牛眼泪。

见我这般小心,其余的人也都抹了一些在眼皮子上。很快我们就来到了村子里王宝松家的房子外,与监控的干警汇合。

这么多陌生人围过来,隔壁下坎的一户人家有两条土狗,发狂地叫唤。一直在我旁边的马海波拉着我,说:"陆左,我怎么感觉这屋子里阴气沉沉的?"我抬头一看,看到那两厢陈旧的木屋里,有阵阵黑雾冒出,笼罩着房子,有风吹来,腥臭咸酸的味道到处飘散,确实煞气逼人。

我们从驻地过来、抹了牛眼泪的人,都是眉头紧锁、脸色凝重,反而是在这里蹲守的干警奇怪地问:"哪里有,哪里有?"今天是大阴天,早晨的太阳并没有出来,有风从山窝子那边刮过来,凉飕飕的,让人心中发冷。马海波这几个老家伙人老成精,有些踌躇不前,但盯门这七八个人里头,总有气血旺、不信邪的人,随着刑警队副队长一声令下,两个年轻干警破门而入。

我在后面正准备进去,只听到里面有人惊悸的叫声,然后听到砰砰两声枪响。

那两个年轻干警逃似的跑了出来,身上的衣服挂着七八条足有两指长、五彩斑斓的蜈蚣,杀猪一样嚎叫,就地翻滚。这些蜈蚣一直在摇头摆尾地蠕动,油亮亮的甲壳泛着恶心的光芒。几个警察赶紧拍下来,用脚去踩,去碾。蜈蚣脆弱,一踩压,白色、黑色的汁液就流出来,腥臭得很。

一场忙乱,蜈蚣终于死尽,而倒在地上的两个年轻干警也是面色发紫变黑,浑身抽搐。

我蹲下来看,发现他们身上大大小小有好几个咬痕,流出黑色的脓状血液。"陆左,你快救救他们啊!"见着两个人皮肤发热,全身发抖,出气多进气少,马海波把希望全部都寄托在我身上。我也一筹莫展,蛊是这玩意儿,一般都是无形无味,谁知道屋里面那位居然放出蜈蚣来,这就不是巫蛊了,是御兽驱虫,这玩意儿我哪里懂。

被咬得最多的那个年轻干警眼睛翻白,就快要死去。一个魁梧的警官拿着枪准备再冲进去,说:"大不了跟她拼了,抓出来解毒,不然就杀了她给小李赔命!"我心中一紧,一个想法浮上心头,赶忙拦住他,说我有办法,先别乱来。他们都看向了我,急躁地问怎么办。

我严肃地说,今天关于我的事情,你们都不能往外传,也不能写到报告里。

副队长满口答应：高人，高人，你赶紧的，绝不外传。其他人纷纷点头。

我为什么这么说呢？是因为我刚才突然想到一件事情，在生物毒性里面来说，蛊既是万毒之首，也是万毒之源，仅仅只是咬伤，不涉及灵学的话，说不定可用金蚕蛊来解。我现在已经能稍微跟金蚕蛊沟通了，没想到它传递过来的信息是可以，而且貌似很欢快的感觉。

我想起来了，金蚕蛊的食物，好像就是毒物，特别是蛊毒，它尤其爱。

见他们都答应了，我盘腿坐下，按照破书里面的方法，合十双手，默念：请金蚕蛊灵现身，请金蚕蛊灵现身……念了大概十来句，只感觉喉结一鼓，有一滑腻之物从口腔里冒出，我一张嘴，那只肥嘟嘟的金色蚕虫就射了出来，正好落在受伤最重、毒气最深的人手腕处，开始吮吸伤口的脓血。

我虽然知道自己体内一直住着这么一位房客，但是真正看见它的真容，自己却忍不住地想将昨天的晚饭给吐出来。可是我不敢吐，我要是没忍住，头上高人的光辉立刻就会褪色。我强忍着，脸色难看地瞧着这小东西在两个受伤的干警身上爬来爬去。

偏偏旁边有一个胖警官还说了一句："好可爱哦……"

这句话让我羞愤欲死，只想掩面而去。

随着金蚕蛊的吸食毒性，地上两个人的脸色开始有所好转，虽然仍旧很苍白，但是至少没那么黑了。大概两分钟之后，金蚕蛊将两人的伤口全部爬过，动作变得凝滞，它摇头晃脑地爬到地上来，去吃那些被踩得稀烂的蜈蚣虫尸，它倒也是个好胃口，吃相跟我一般难看。我叫旁边几个人把地上两个年轻干警扶到一旁的石头边靠着，然后说："应该是没问题了。"

副队长握着我的手，激动得眼泪花直流："陆左，真的是谢谢你了。"

我说不用，转头看向木屋里，几个干警在持枪警戒，却不敢闯进去，我心想这帮人帮到底，便高声喊道："里面的阿婆，我是陆左，昨天来看你的陆左，莫要再放虫害人啦。"木屋关着门，木窗格子里也是黑乎乎的，过了好久，一个怪异的腔调说了话："后生仔，看来你真的是龙老兰的外孙了。"

这声音根本就不是人发出来的，而像是蚊子嗡嗡、虫子爬噬的声响，怪异，不过很清晰。

我说我是，我听村子里面的老人说，您老人家这一辈子从不害人，怎么临到老了，还要搞这些事情出来。她叹气，没有说话。我又说，您老人家是不是觉得政府冤枉了您儿子，冤枉宝松哥？她仍旧在叹气，过了一会儿，她说："后生仔，说起来你外婆那一脉和我们家也是有一点渊源的，苗家十八峒，三十二洞口里面，只有我们两家在屏东，大山门户。我看你也养金蚕蛊，不如我们比一比，你赢了，我束手就擒。"

我说你老人家不是欺负人么，要比跟我外婆比，欺负我一个后生仔做什么？

她就笑，这声音像夜枭，让人瘆得慌。

过了一会儿，她问比不比。

我看了看副队长他们,他们点点头,说比。麻辣隔壁,还真的以为我会赢啊?房前屋后加起来十杆枪,害怕个球啊?我还没说话,突然木门开了,一股阴风吹了出来,扬起灰尘。我下意识地往后退两步,还没反应过来,只见在地上吃蜈蚣尸体、舔血浆的金蚕蛊那软趴趴的翅膀一下就竖起来,扇动着,"嗖"的一下,弹射进门去。

刑警副队长、马海波还有旁边几个持枪的警官都用崇敬的眼神看着我。

我面无表情地看着门里面黑黢黢的房间,不说话。

我知道他们都崇敬我能够指挥这么小的一条虫子,但是其实他们并不知道,那小东西根本就不鸟我,直接自己就冲出去了。

屋子里面没有什么声响,黑乎乎地也看不见什么,我只是感觉到有一丝意识在牵连着我,它飞速运动、纠缠、撕咬……各种动作通过某种不知名的存在联系到我脑中来,搞得我一片混乱。过了几分钟,金蚕蛊飞了回来,它地在我面前飞了几圈。我看见它仿佛大了一点点,而我腹中莫名有一种饱腹感。

金蚕蛊落在我肩膀上,然后顺着我的脖子往上爬,准备爬到我嘴巴里去。

我一想到它刚才又是吸脓血,又是啃虫尸,胃里就一阵翻腾,赶忙捂住口鼻,不让它进来。它很委屈地在我手上蠕动,一双黑豆眼直勾勾地看着我,我竟然感到一丝心软来。然而心里面实在抗拒,誓死不松开手。它见我坚持,然后放弃了与我沟通,又顺着我的手爬了下去,它的身子凉凉的,像玉石,也不臭,还有一股檀香味。

我以为它放弃了,哪知菊花一痒,感觉一物从外往里钻,接着腹中一紧。

它终于回家了,而我则泪流满面,我发誓再也不让它从嘴里爬出来了。

屋里面传来一个老人的哀叹声:"没想到龙老兰真的练成了本命金蚕,唉,这就是命啊,这就是命啊!"刚才的虫鸣振翅声已然不见,接着,传来她压抑不住的哭泣抽噎声,若有若无。

副队长看着我,问可不可以开始?

我知道他是问里面的毒虫清理完了没有,看到他那副又是尊敬又是畏惧的样子,我心里的满足感油然而生。看到木屋里黑气消散了许多,而且罗二妹既然已经说认命了,只怕是不准备抵抗,想来应该没事了,于是点点头说:"可以了,去拘吧,小心她指甲就行。"

说这话,我感觉耳朵火辣辣的,转过头一看,只见昨天看到的那个叫做青伢子的少年,正提着一个掉漆的木头餐盒站在院门口,怨毒地瞪着眼睛,看着我和破门而入的公共安全专家们——好浓重的敌意!

第十章　小鬼求收养

有人立刻去搜青伢子的身,只从旧校服里面搜出一个温热的鸡蛋来。

这显然是他的早餐,木餐盒里面是稀粥咸菜,显然他是来给这家人送饭的。我听村子里的瞎眼老头说过,这两年都是青伢子在照顾王宝松他老娘,风雨无阻地送饭。

两年前(去年和今年),青伢子才多大?十一岁,还是十二岁?

搜完身没什么发现,警察放开了青伢子,跟他说警察在办案,让他走开点。他听话,走到了院外面,然后恨恨地朝地上面吐口水。我感觉他在看我,这个小孩子的眼神让我觉得有些不舒服,于是就进到屋子里去。里面依旧湿闷潮热,一股怪味,灯被拉开,我看见罗二妹被几个男人抬起来,而王宝松则被两个魁梧的警官压在地上铐上。

罗二妹在跟他们讲:"他就是个疯子,你们不要为难他。"

昨天灯光黯淡我没有看清楚罗二妹,只觉得形容枯槁,今天一见,发现她几乎瘦得跟个木乃伊似的,身上全部都是骨头,脸十分恐怖。我知道,一般养蛊、学黑巫术,天天和鬼魂打交道的人,阳气被夺,气运侵蚀,若没有法门,容貌都恐怖,而且命格是不得善终的。以前书上看终觉得不信,今日一见,心中更寒。

王宝松挣扎着被压了出去,而罗二妹则看了看我,笑了:"真的是青出于蓝啊。"她笑得很诡异。我问她昨天的小鬼,尸体是去哪里找的?她说是啊,忘了这回事了,小鬼的尸骨在床下面埋着呢,至于是哪里找的?谁作孽就在谁那里找的呗。

罗二妹瘫痪在床不能行走,几个干警用被子把她裹着,脚的地方滴滴答答流下许多腥臭的水来,把他们几个熏得难受,赶紧抬到院子里去。我感觉这个老人的生命已经快走到尽头了。马海波在旁边插嘴,问什么小鬼。我没有跟他说昨天晚上的事情,只是跟他说,你上次不是跟我提过一起幼女横死、尸体被偷的案件么,把床搬开,挖一挖,就知道了。

马海波说真的?我说我还骗你不成。

他现在对我的话深信不疑,连忙叫两个在房间里搜集证据的干警去找锄头撬棍来,我把床往里面推了一点,给他们指定一个尸气浓郁的点,让他们小心点挖。地上是木板,但是已朽,轻松弄开之后,两个棒小伙子开始抡起锄头刨土,我则在房间里四处看,想找一找有什么奇特的东西。

我从一个木箱子里翻出一些木刺、银环、香烛等零碎,又在神龛上找到几个木头雕刻的神像,还有些罐子、一堆草药、香灰、桃木、骨头碎末……以及一个活灵活现的小瓷罐娃娃。这时候有人叫挖到了，我移步到床前，只见在一堆硬泥夯土旁边的坑里面，有一个五十公分长度的薄皮棺材，腥气冲天。

我赶忙叫人把房子的窗户全部打开，然后叫他们去找了沾湿水的毛巾蒙面，蹲下来，用他们递过来的一把钉撬把这棺材敲开。打开棺材，发现里面是一具灰白的骷髅架子，不大，里面的肉全部都烂了，化作一团肉泥血浆，无数白色的蛆虫在上面爬行交错。

这一刻我再也忍不住了，去他的高人形象，我连滚带爬地跑出木房，趴在木头架子上，一股酸水就喷射出来，而这一吐简直是连锁反应，我肚子开始闹起了革命，无数的膨胀之气翻腾而起，昨天的中餐、晚餐一下子就全部给我吐了出来，有的比较急，居然还从鼻子里喷出。而当我吐到肚子里只剩下酸水的时候，发现身边还有好几个哥们保持着我这姿势。

马海波用毛巾捂着鼻子出来，看到我们吐的这些秽物，脸上又是一阵白。他见我好一点了，然后说道："我合上棺材了，到时候带回去，让技术科检查一下，就知道是不是了。唉，我当警察二十年，什么没见过？只是这一次，真邪了门了。"

我怕他没盖好棺材，犯忌讳，有尸气漫出，于是强忍心中恶心进去看。重新走回屋子里，我看了一下这口小棺材，严丝合缝地钉好了。我朝门口的马海波挥挥手，表示可以了。一切完成了，最后的结果只等他们审讯了，这个鬼地方，我是一秒钟都不想多待，于是我抬腿准备走，没想到居然走不起来。

低头往脚下看去，我吓了一大跳——一个粉雕玉琢的小女孩正在抱着我的腿，小脸儿憋得通红。我往门外看去，发现马海波正在指挥几个干警，一点也没有发现我这边的异样。我低头问她："你要干什么？"小女孩摇了摇头，指着那边的小棺材张张嘴。

我问她："你是想要我帮你埋葬好？"

她摇头。

我又问："你是要我帮你超度亡灵？"

她摇头，拼命着摇头，惊恐地看着我。我笑了笑，说："你不会是要我带你走吧？"

她终于点头了，脸上有笑容，像讨好主人的小狗儿。我有些为难，我一个大男人带着个小鬼算怎么档子事？况且我并不是很了解如何养小鬼。她看见我为难地思索，跳起来，找了根笤帚扫了扫地，又拿着我的衣服揉了揉，看我没反应，着急得直哭。

看她一副可怜样，我心里面最柔软的地方莫名被触动了，心中一酸。我问她："我怎么带你走呢？你平时住哪里？"她要是住棺材里面的话，说实话我真的就果断拒绝了——我毕竟没有职业神婆那么好的心理素质。所幸不是，她指向了神龛上那个瓷罐娃娃。

我拿起那个巴掌大的瓷罐，发现在娃娃脖子附近有一个开关，打开一看，里面有很小的空间里装着一点黑色的头发、骨头、灰和油,有一层膜隔着,倒也不会溢出。我说好吧,我带你走,不过你要是不听话,我就把你丢到太阳下面去晒。她吓得直摇头,接着又像小鸡啄米一样点头,看得我想笑。我举起瓷罐,她立刻化成一条白线,钻了进去。

"陆左,陆左……"马海波过来推我,我说怎么啦?他笑了笑,脸色有点不对,问,你一个人在这里嘀嘀咕咕说什么呢?我问,你没看到什么吗?马海波讪讪地说你别吓我。我说好,开玩笑的,然后扬起我手上的瓷罐说这个我要带回去,没问题吧?

马海波说这个是什么?我摇摇头,装作神秘状,告诉他不要问,我带回去处理。

他这个时候也没有讲什么原则了,点了点头,说你拿走吧。这时候有人进来叫,说车来了,问我要不要回县城。我自然不愿再待在这鬼地方,于是说一同回去。出了院子,我看到青伢子仍然在门口的田坎上待着,我没有理他,任这小孩敌视我。

"你是叛徒,你是我们苗家的叛徒……"他气鼓鼓地冲我喊道。

我回头看他,他更加来劲,朝我吐口水:"呸,你们把宝松叔弄疯了,又要将罗婆婆弄死,你们这些外乡人……你,你这个苗家的叛徒还帮他们!"他的口音夹杂着苗话的发音,我听得很困难,但是能看见他的眼神是非常地怨毒。像他这个年纪正是眼神明亮的时候,自己的世界观已经形成,执拗、偏激、愤愤不平……我看着这样一双眸子,竟然有一种说不出话来的感觉。在院子里两个留守的警察过来拉他:"小孩子懂什么,走,走!"

我没有说话,转身就走。后面那个警察仍然在教训他:"这个罗婆婆犯了王法,不管是谁,都是要接受教训的……"

在车上我跟马海波交待了一下对那两个受伤的年轻警察清除余毒的事情,并且还交待了他,回去之后也要买些大荸荠来,不论多少,切片晒干为末,每天早上服用两钱,用空心白滚汤送下。连续一个星期,不可间断,这样方可排尽蛊毒。

说完这些,到了青蒙乡,我谢绝了他们的挽留,转乘班车独自返回县城。

到县城才中午十二点,我在外面草草吃了一份快餐,然后买了些营养品去县人民医院看望我小叔。来到病房,碰到堂妹小婧,她看了我一眼,没叫我,只是哼了一声,转过头去。小叔倒还热情,招呼我坐下,还问我这次去青山界有没有什么收获。

小叔的脸已经缝好伤口,现在裹着厚厚的白纱,我先问他病情怎么样,他说还好,至于留疤……男人嘛,又不是靠脸吃饭。小婧在旁边气鼓鼓地说,有几道疤,像流氓一样。小叔便吼她,说小孩子怎么一点事都不懂呢?小婧站起来瞪我一眼跑出去,而我则劝小叔别生气,青春期的小女孩就这样。太多道歉的话我也没说,于是跟他讲起在色盖村里面发生的事情。

小叔沉默了一会儿,问我:"你身上真的有金蚕蛊?"

我说是,他抓紧我的手,跟我讲:"这话,以后你千万莫再跟外人讲,也最好莫让其他人看见了。你小叔我虽然在山林子里待了半辈子,但是人心还是懂一点的。古时候有个怀璧有罪,你这个也是宝贝,太多人知道了,反而给你带来麻烦,知道不?"

我点点头,表示明白。小叔叹了一口气,说:"我这脸问题不大,到时候也只是几道浅疤,又有公费医疗,你不要太放在心上。我这一辈子也没个出息,小华和小婧又慢慢长大了,他们性子随他妈,不好,我挺不放心的,以后要有什么难处,你搭把手。还有,你给你婶的钱,太多了,我叫她还给你……"

我连忙摆手说不用,还说小华小婧的事,不就是我的事?一定会帮的。

推辞了一番,小叔也没有再说什么,又聊到了李德财的事情,说仍旧没有个下落。这野林子里也组织人搜过好几次,都没个迹象。小叔叹气,开始还恨他,现在又担心得不得了。

我在医院待了一个多小时,然后去汽车站乘班车返回家里。

虽然之前报了平安,但是父母见我安然回来,仍然欢天喜地,倒是旁边一些闲人颇为失望,跑过来问长问短,中心意思是怎么又把我给放了。我懒得理这些,关上门来,把存放小鬼魂魄的瓷罐放好后,认认真真地研究起外婆留给我的那本破书来。

这几天的遭遇让我懂得了一个道理,外婆留给了我一笔财富,很大的一笔财富,它能够化腐朽为神奇,将我带到一个不平凡的世界里,但是如果我不好好利用的话,随时都会下去陪她老人家叙旧——说实话,由于从小比较畏惧我外婆,所以我们交流并不多。

《镇压山峦十二法门》共十三篇,每篇数十页,几乎十多万字的正文,同样字数的注释理解,还有许多插图、图谱之类的,说实话,我一时间还真的难以掌握。不过当知道这些都是非常有用的知识后,我现在动力十足。

那天我一直津津有味地读到了深夜,直到月亮西移,虫子唏嘘之时,我才被困意袭扰。

迷迷糊糊之间,我又见到了我外婆。

第十一章　外婆托梦，我来催眠

其实我第一时间就想到这是在做梦，但是这梦却真实得不像话。

恍惚间外婆来到我面前，很宽慰地看着我，摸我的头，说："乖孙崽，看来你已经能初步沟通金蚕蛊了，可以不用下来陪我了，真好，真没想到你居然是……"我身体动不了，意识有些朦胧，但是却能够讲话，于是我问她："外婆，十二法门里面全部都是真的吗？我这几天遇到的事情，也都是真的吗？"

她看着我，不说话。这个时候我不觉得她丑了，反而感觉比以前的印象要亲和得多，过了一会她笑了，她说你自己都知道答案了，还要问我干吗。她又接着说，你现在也算是继承了我的衣钵了，但是对于老辈人，还是缺了些仪式。她让我回到敦寨的老屋里，去跟神龛上的历代祖师磕个头，拜祭一下，然后老屋里面的所有东西都不要了，避秽。

我说好，没问题。然后她又告诉我，书上的东西看过之后，最好烧掉。

我问为什么，她说我没有能力保护那东西，拿着就是惹祸，不知道哪一天，就会有冤鬼上门索债的，烧掉了无牵无挂。我说好，她又问我是不是跟中仰的罗二妹接上头了，我意识又模糊了，不记得说了什么，反正她就说不怕的，中仰苗寨的人，传承早就丢失了，没了……唉！

说着说着，外婆也在叹息，说我们这一脉也快没了。我那个时候基本都快没有意识了，最后只是模模糊糊地听到她讲：积德行善，好自为之。

第二天我起来，就记得三件事：磕头认祖、烧掉破书、"积德行善、好自为之"。

这记忆我是如此得深刻，以至于我一大早早餐都没吃，就买来了香烛纸钱，找了辆三轮车前往敦寨去行拜师仪式，祭奠祖宗前辈。再次来到外婆家，才发现里面阴气确实浓重，我也能感觉到院子里的土地下，似乎埋着无数的虫尸长蛇。对于外婆的嘱咐我没有一丝懈怠，点燃香烛，乖乖地对着大神龛上十来个牌位三叩九拜，恭敬高呼曰："历代祖师爷在上，小子陆左在下，蒙外婆龙老兰庇佑，收入门中，望众祖师爷垂怜，不弃我资质浅薄，佑我一世平安、无灾无难。"

跪拜完之后，不知是心理作用，还是其他，我感觉神龛上的牌位在那一刻有一股气旋升起，接着我浑身暖洋洋的，全身窍穴像吃了人参果一般，通体舒透。

我拜完神，烧完纸，收拾干净，片纸不拿，出门前还将鞋子的泥在门槛上刮蹭干净，全部散落在堂屋里。外婆死后，这幢老宅已经是我小舅名下的财产了，我走的时候再次深深地看了一眼，尔后，这辈子都没有再来过。

我回到镇上之后，跑到了影印店。这家店子是我一发小（也叫老埂）开的，在镇中学旁边，做的是老师和学生的生意，忙一阵闲一阵那种，赶巧现在正好是闲着的时候。我就找到他，让他把机子借我一天，问多少钱。他说不用，正好他那天要去县城采购东西，不开店了，你要用，只管用，兄弟伙扯这么多，不爽利。

我也不客气，说好，跑回家里去把破书拿到了影印店来。

外婆叫我把破书烧了，我自然得遵守，但是就我这破脑子，一时半会定然是不能够消化成功的，不过我这人在外边，歪歪道道自然懂得多，将文本扫描成 PDF 格式，再下了个软件把它转为 WORD 格式（有的转不了），两份保留，用 U 盘备份，想着到时候能够买个 MP4 随时观看（那个时候手机还没有实现智能化），其实比书籍还要方便得多。

正好我带了一个 1G 的 U 盘，我在店里忙到了下午，最后总共弄了 254M 的 PDF 和 WORD 文档，将 U 盘里面的动作片子删掉一些后，我拷进去，然后把《镇压山峦十二法门》付之一炬，烧成灰飞，完成了外婆的第二份嘱托。

我在吃晚饭的时候，接到了马海波的电话，他问我有空没，案情有了新进展。

我没搭理他，笑着说我又不是你们局领导，也不分管政法委，为毛还要跟我来汇报？马海波说："我不跟你开玩笑啦，是这样的，我们把王宝松和他老娘带回去审，王宝松这疯子根本审不了，她老娘又只承认咒死了黄朵朵——就是黄老牙的小女儿、藏尸，至于碎尸案根本就没有证据证明是他们干的……而且罗二妹交待了一个重要情况，说黄老牙重病也是她下的蛊，无人能解，然后她又说她要见你。"

我问见我干吗，拉家常？

马海波软语相求，他跟我说人命关天，而且罗二妹已经病入膏肓，熬不了几天了，让我最好早点过去——帮人帮到底，送佛送到西，是不是这个道理。再说了，即使我不看他的面子，也要看在黄菲妹妹的面子啊？那黄老牙可是她大伯呢！

我听到电话那里声音很嘈杂，问你在哪儿呢？这老小子嘿嘿直笑，没说话，结果没过几分钟，我家的堂屋门被人推开。

原来为了保险起见，他亲自开车过来接我。

看见一个穿制服的警察进来，我父母有些惶恐，紧张地站起来打招呼，我父亲以为又是上回的事情，搓着手，眼角的皱纹又深了几分。好在马海波还是会做人，嘴也油滑，不一会儿就把我父母哄得高兴。当得知他的来意，我母亲连忙催促我，去嘛去嘛，公家人找你办事，你还在这里吃什么饭？——在我们那儿的老百姓眼里，政府的权威非常高（关于怎么树立的我就不赘述了），公家的事就是天大的事，我父母文化程度不高，觉得穿制服的（特别是警服），就是公家人，人家找你，就得要积极配合。

在路上的时候，马海波跟我讲了一下案件的进展。我提出几个疑点：一，王宝松到底是真疯还是假疯？假疯一切都好解释，要是真疯，罗二妹瘫在床上有大半年了，怎么去挖坟？二，王宝松是碎尸案的真凶，这是我望气望出来的，但没有证据，也作不得真，这件事情他老娘知道不？杀人动机是什么？

马海波说："你的意思是还有第三个人的存在？"

我说我只是怀疑，黑巫术、茅山道术里面也有五鬼搬运术之类的法门，不需亲自出手，自有灵邪之物去挖坟撬尸，但是罗二妹显然并没有这种道行。总而言之，罗二妹罗婆婆才是整个案件的关键，只要她完全开口了，基本就没事了……当然，色盖那边还是不要松懈，要真有第三人，一定还在色盖村。

话说完，我立刻想起一个怨毒的眼神，心中想不可能吧……

马海波说："你不当警察真是可惜了，讲得我茅塞顿开。"

我知道他是在奉承我——他们这些几十年的老油条，办过的案子比我见过的漂亮妞儿还多，怎么可能连这些都想不到？然而人总是喜欢听漂亮话的，这一句话说得我心窝子里一阵激动，自觉得我的形象也高大了几分，对这个事情的心态也积极了起来。

我想到了刚刚学到的一个东西，于是跟马海波讲，也许我可以让疯子王宝松开口。

他说真的？我说可以试试，不过要准备一点东西。他说这些都好办，局里面经费充足，有什么需要采购的，尽管开口。于是我让他准备好檀香、黄符纸、净水、佛乐磁带、大一点的录音机或者音箱等，这些马海波打电话叫人一一照办。等我们到达县局时，已经全部准备完毕。

我在上次我待的那个审讯室看到了畏畏缩缩的王宝松，有着神经质的防备。

马海波说这疯子偶尔会失控，暴起伤人，问我要不要给打他打一针镇定剂，我说不用，打了镇定剂还问什么，给喂饱饭了没有？

旁边的杨宇说今天给他加餐了，红烧肉，吃了三碗呢，胃口好得很。我说好，东西留下，你们出去，一切看录像就好。杨宇赖着不走，要留下来，说要近距离观摩一下神奇的巫术。我想了一下，说也可以，不过制服要扒下来，免得刺激王宝松。

他同意了，换了一件白衬衫。

王宝松被反铐在审讯椅子上，喃喃自语地说着话，很模糊，似有似无的，但是神情却是十分防备、神经质，一会儿瞪眼睛，一会儿转脖子。我也不说话，打开录音机，放起了佛教音乐来——这音乐是很平常的那种宁心静气的乐曲，音调和缓、语言简单，在很多寺院或者香烛祭品店里都会放。

点燃一根檀香，我坐在桌子后面不说话，眼睛闭阖。随着音乐声的持续，王宝松的精神开始慢慢地放松下来，体内的饱腹感又将他的身体机能给一点点地侵蚀。

大概二十多分钟之后，王宝松开始进入了昏昏欲睡的状态。

我用净水洗了洗手，然后将黄符纸取出一张，咬了一下舌尖，将血滴在上面，抹匀，开始唱起招魂歌来：三魂丢兮哟难找回，一心游离外，两魄不足惜，昨天吃油茶，今天把魂丢，魂掉不止尽，下生不安宁，魄归兮哟魂归来……我念的声音并不大，音线细小，若有若无，当然，这些都只是依葫芦画瓢地唱，我哪里懂这些？我真正的杀手锏，还是金蚕蛊。

金蚕蛊，可以置人于幻境之中，不得解脱者，受迷惑，服服帖帖。

旁边的杨宇杨警官眼睛瞪得硕大，喃喃自语地说道："这是催眠术，还是传说中的跳大神？"我不理他，一心跟身体里面的那位爷在沟通，所幸我前面一切都铺垫好，这位不良房客终于出手了。随着我的声音慢慢变无，耷拉着头半睡半醒的王宝松突然抬起头来，两眼发直，没有焦点地直视前方。我心中一喜，先是问了他几个简单的问题，比如名字、哪里人，多大了……见他已经完全陷入了出魂状态，便直接问道："王宝松，你为什么要杀人？"

他眼球一翻，露出白眼来，语调很轻，但也清晰地说："我不想杀人，是它们让我杀的。"

"他们是谁？"

"它们？它们是山神爷爷……它们说有人得罪了山神，是罪人，就要把他们杀了。杀完人，它们就又给我金子，好大的金子，好多的金子……"

"它们是矮骡子？"

"它们是山神爷爷呢……可不敢叫它们做矮骡子。"

"它们在哪里？"

"山神爷爷在后亭崖子的千年古树下面，千年供奉，万年修行……"

我和王宝松一问一答，杨宇在旁边刷刷地记录着，我差不多问完了整个杀人碎尸案件的过程，然后又和杨宇沟通了一下，证据链、事情经过，还有杀人原由等都基本理清之后，我把檀香掐灭，然后又唱了一段自己都不是很理解的小调，结束了这个过程。

王宝松幽幽醒来，茫然四顾之后，猛力挣扎，重新开始说起了胡话。

门打开，马海波走进来紧紧握住我的手，说到了这个份上，案件基本搞定了，这简直太神奇了，就像做梦。我说疯子是杀人了，可他就是精神病，根本就没有刑事行为能力，而且是被山魈矮骡子指使魅惑，这种事情我们都信，但是未必老百姓会相信；老百姓能相信，但是未必上头会相信，你自己好好想想该怎么处理吧。

他不在意，笑着说这些都是小意思，然后又问我，要不然接着去审罗二妹吧。她现在在县人民医院的重症监护室里，身体已经病入膏肓，没几天了，要不是靠毅力强撑着，死亡也就是今天明天的事了，不打准。

我说好吧。

第十二章　罗二妹的要求

时隔一天，我又和罗婆婆（直呼罗二妹，似乎对死者不敬）见面了，在医院的重症监护房里。这一次，她的脸上几乎是死气弥漫，看着她，仿佛便是一架骷髅。

依旧是杨宇在一旁作记录。

我站起来向她鞠躬敬礼，她眯着眼睛看我，精神萎靡。我说您老人家指名要找我，为什么？有什么话你就直接讲好了。她嘴角往上扬，勉强露出了一点笑容，费力地看着我，说："苦了大半辈子，没想到居然还住上了这么好的房子。"

我看着这病房的门窗围有铁栅栏，钢丝床白棉被，满是福尔马林的味道，唯有苦笑。

她的眼睛混浊不堪，几乎是白眼，动一动，看到我的笑容，也笑，这笑容似乎有解脱的意味，我并不理解，一时间也不知道说什么才好，马海波让我过来审讯罗婆婆，但其实案件已经进入了尾声，至于后面的进展如何，法院怎么判，都跟我，甚至跟我眼前这个生命力耗尽的老人，都已经没有多大关系了。

她努力了一会儿，终于说："我找你来，是想让你做一个见证人，说说我儿的事。"

我说你儿子被矮骡子迷惑杀人碎尸的事情，他已经招认了，至于怎么判，那是法院的事情了。她非常吃惊，刚才的思路就有些进行不下去了，瞪着眼睛在猛咳，旁边的护士过来帮她拍背，终于，她咳出一口黑红色的浓痰来，吐在一边，这才好转。她怨毒地看着我，说你到底对他用了什么？他现在是个疯子，一点脑壳都不会有的。

我说我用了招魂术，想把他的魂招回来，但是没成功，不过他倒是招供了。

她问汉人的法院会怎么判？

我说我不是很懂，不过一般来讲，疯子就是精神病，是没有刑事行为能力的，治不了罪。她的脸色这才好了一点。她说她不懂，但是她信我，因为我是龙老兰的外孙。我被她说得有些怪不好意思的，感觉有点像武侠小说，高手死之前，对自己的仇家对手钦佩不已，托付小辈。但是说实话，我并没有觉悟去管王宝松的事，我就是个小个体户，我还要养家糊口，还有父母要赡养，我父母五十多岁了还要整日劳作，我哪里有那闲钱和闲工夫。

王宝松后半辈子的事情，主要还得由国家的有关部门来管，不然我们不是白交那么多税了。我知道了，罗婆婆殚精竭虑，归根结底，还是为了她那疯癫了的儿子。

罗婆婆问我去看了那个黄老牙了没有。我摇头说没有，我没事去看那个奸商干吗？

她很奇怪，说我不是黄老牙请来对付她的？我摇头，说纯粹是一个碰巧了的路人。她不懂我什么意思，于是我把事情的前因后果跟她讲起，她默默听着，完了之后长叹一声："唉，这就是命啊……"她眼睛里糊着好多眼屎，潸然流下混浊的泪来。我发现，我外婆、罗婆婆她们这些人，都十分信命。

不过也是，搞这一行，什么也不信，自然是不可能的，冥冥之上自有神奇。

我也开始有点信了。

一切都已明了，罗婆婆终于开始说了这些事情来。她情绪不是很高，她只是说她给黄老牙下了蛊，这蛊天下间除了她，谁也解不了的，她说我要不信可以去看看，但不要乱试，一步错立刻死掉，没得谈的。她要我帮忙去问一问黄老牙的家人，愿不愿他活着，要想活，就要解蛊；倘若要解蛊，就需要负责起她儿子往后的生活，包括治疗的费用。

我说我帮你问问吧，这东西也不打紧，黄老牙不是还有意识吗？有钱人怕死得很。问他就最管用。

我现在想明白了，罗婆婆是准备讹上黄老牙他家了——她最开始是准备报复黄家的，于是将黄家身体抵抗力最弱的小女儿、六岁半的黄朵朵下蛊弄死，制成小鬼；然后开始折磨黄老牙，但是当王宝松出狱之后，罗婆婆却发现儿子已经疯了，她一离世，若没人管，儿子这辈子也就这样了，没几天就要到地下陪她了，思前想后，于是筹谋着今天这一场戏码。

她嫁到色盖村，一辈子都没有给人知道是个养蛊人、神婆，此次出手，根本就是想要牺牲自己，成全儿子。

杨宇打了电话，黄家那边很快就传来消息了，她们愿出50万，将王宝松送到州精神病院去治疗，并负担后续的一切费用。我早听说黄家是我们那个穷县里数得上的富豪之家，此刻果然阔绰。我把那边的消息给罗婆婆说明，她说这件事情，要我来作保，如果黄家不守信，有我仲裁他们，她老人家也放心。听着意思她是指望若黄老牙蛊消好转，黄家翻脸不认人的时候，由我来出手维持契约。

我断然拒绝，这种鸟事我一点儿都不想招惹。

见我不肯，她咧着没牙的嘴在笑，然后问我："你是不是把那小鬼收留了？"我说是又怎么样，不是又怎么样？她说你不会养，没几天就灵体消散了，三魂七魄皆无，永世消弭。我说得了吧，我们家又不是没有这法门。

她很无奈地说，她有个法子可以召回小鬼的地魂（又为识魂），唤醒记忆，重开灵智。

我心中一动，唤醒记忆对于我来说真的没什么吸引力，但如果是重开灵智的话，那就真的让我眼馋了——小鬼属阴，原本的心性即使再淳朴善良、乖巧可爱，但是时间一久，也要被秽阴之气洗涤心智，变得善妒、记仇、暴戾和憎懂，异化为邪物，最后心智全无,只保留有残暴的本能。倘若能够召回地魂,重启心智,这样的小鬼有着属于自己的意识、世界观,方能有所成就。

而作为它的主人,我则会水涨船高。

我同意了,说如果有,那我愿意做这个见证人,一方毁约,我来追究。她看着我的眼睛,说要我发一个血咒,我心中一跳。要说往日,作为饱受党教育多年、持无神论的我,赌咒发誓就跟放屁一样,自然不会拒绝。然而我苦读了几天破书,知晓一些门道,自然不敢答应。

什么是血咒?那是一种以自己的血液作为导引,念咒语,将自己灵魂的一部分移植到另一个人体,或者契约里面。前者是以生命为代价,后者是以失血为代价。这里我们专讲后者,倘若我没有执行契约内容,或者执行不力,便会诸事不顺,而且还连累家人,虚弱、多病甚至得血液病而死。这种咒法恶毒之极,最早据说源于泰国的降头术,然而苗疆的黑巫术、茅山道术等旁门左道中亦有类似法门。

我是真的吓了一跳,没想到罗婆婆的如意算盘竟是这个。

我拍拍手站了起来,跟她说道:"罗婆婆,那法子你要是给我,我自然高兴,以后见到王宝松也自有一番照拂;你若是不肯给,我宁愿让那小鬼洗衣做饭搞卫生,给我当丫鬟,也不愿意为了这看不见摸不着的东西去冒险,风险和收益完全不对等嘛。我回家了,你们的事情我不管了——本来就不关我的事。"

我转身就走,没走到门口就被她叫住。我平静地看着她,推门的手却没有收回来。

她满是眼屎的一双眼睛里又流出了滚滚的眼泪来,她说你怎么可以这样?我无动于衷地看着她,要以前我真的就心软了,但是一想起她床下埋着的小女孩尸体,想着那些恶毒的咒法,我心就如每天早上的老二一般坚硬。

她说好吧,折中一下,那她对黄老牙发血咒吧。我松了一口气,说这可以,反正不要让我吃亏就行。我知道她并不太情愿——黄老牙遭此一劫,活不过十几年,到时候黄家人损毁契约,她也是没法子的事情。黄老牙在州第一人民医院住院治疗,查出来的是血吸虫肺气肿,然而钱花无数,效果不见好,正准备转院去一线城市呢,前两天得到消息,便还没走。刚才接到电话,就已经启程,立马赶过来了。

事情谈妥,我最后问罗婆婆:"是青伢子帮你去下的蛊吧,挖坟、接尸油、制小鬼这些事,也是他干的吧?这小鬼现在才十四岁吧,胆儿挺大的!"

罗婆婆不看我,闭上了眼睛,没有作答。

我和杨宇坐在病房外的长椅上,我认真对他说:"记录里面哪些该删,哪些该留,知道吧?"

杨宇点头说知道,我跟他确认:"有的事情要烂在肚子里,不然会长虫的,知道不?"他听出我有威胁的意思,默默地看了我一会儿,认真地点头,说好的。他问我这些黑巫术是怎么学的？科不科学？我不说话，沉默着，我也没有答案，不知道怎么回答他的问题。

他见我不说话，以为犯忌讳了，连忙道歉。我说这些不打紧的。过了一会那个叫黄菲的女警察过来了，她问我杨宇说的是真的吗？我说哪些事？她就讲她大伯黄建设（我这时才知道黄老板的真名）是真的被下蛊了吗？我说我怎么知道，罗二妹说是，你们要信就试试，不信拉倒呗。她顿时眼眶就红了，说你这人怎么这样子？

说实话，在我见过的女人里面，黄菲算不上最漂亮的，但是绝对是很独特、很有气质的一个——她皮肤白嫩、五官精致、身材也曲致玲珑，一米六七的身高再加上闲时那鸦色如瀑的长发……最关键是她穿上制服时的那飒爽的英姿，即使是最挑剔的男人来看，都不得不心动。

但是，她是女神，有文凭有工作有背景，而我呢，说不好听点，就只是一个乡巴佬、穷屌丝，会点巫蛊之术有什么用，能来钱吗？我们两个，倘若没有这一次案子，生命中定无交集，我即使有一些花花心思，也只能是徒劳而已。

有时候，人对某些镜花水月的东西太过期望，反而受伤。

看看穷困一生、瘫痪在床的罗婆婆就知道，这些东西登不了大雅之堂。

滚滚的时代洪流终究会把它淘汰。

也许是自卑吧，我对黄菲就有一些抗拒感。然而她雨打梨花的哭容却一下子把我心中柔软的地方给击中。我吃软不吃硬，看着她那如星空般璀璨的眸子蒙上雾色，眼圈泛红，我连忙说："好吧，好吧，我跟她谈过了，你们要是肯负责她儿子，应该就没事了。"我心里面在嘀咕，好歹也是人民警察，怎么说哭就哭？

谁知她立刻笑了起来："真的？"

我说当然是真的。

这个时候杨宇拉着我到一边说道："色盖村留守的同事打来电话，说那个叫做王万青的小孩子跑了，就在昨天晚上。"王万青就是青伢子的大名，他应该是罗婆婆的徒弟吧。我想到了自己十六岁时独自出门打工、在外漂泊的日子，心中一酸。不过我不能和他比，就他那心理素质，比我强一万倍。我点了点头，不想管这些，连杨宇问我要不要去中仰苗寨找人，我都没答。

又过了两个钟头，一身脓疮、腹部鼓胀的黄老牙被送到了县人民医院来。

第十三章　返回南方

在罗婆婆的重症监护病房里，由我见证，双方订立了口头契约。

随后罗婆婆以解蛊之法不外传的借口，将所有人都赶了出去，我是重点针对对象，自然不能免。出了房间，我毫无高人风范地蹲在住院部三楼的楼道口，杨宇问我要不要抽烟，我说不用，我不是烟民。他看着我，欲言又止，我知道他有话对我讲，于是就跟他下楼去。在院子里的一棵槐树下面，他抽完一根烟，然后问我，能不能教他一点巫蛊之术。

我果断摇头，说这不行，他急了，说必当重金为报，又说要拜我为师。

我还是摇头，诚心诚意地跟他讲，巫蛊之术是旁门左道，上不得台面，有伤天和，而且有所得必有所失，一个不小心，就会反噬自己，看看罗婆婆就知道，下场十分惨。我是没有办法才走上这条不归路的，你年纪轻轻，家世又好，前途无量，真的没有这个必要。若遇到什么麻烦，只管来找我便好，朋友一场，能帮定会帮。

杨宇脸色阴晴不定，过了一会儿，终于长叹了一口气。

他说陆左我知道你这种奇人异士讲究个缘分，我也不强求，只希望我们这朋友，能够长久。我说这肯定。这时候黄菲慌慌张张跑下来，胸前一双硕大的玉兔乱蹦，小脸急得通红，说听到他伯在房间里面一声大叫，问我怎么办？我跟着她一起跑上去，听到里面的哀叫声渐渐减缓，又过了一会儿，罗婆婆说陆左你进来吧。

我打开门，一股熏臭腐烂之气传了出来，只见躺在轮椅之上的黄老牙脸黄如金箔，眉心一点血痣，显然已被下了血咒，牙齿一直在打战，发出"咯咯咯"的响声，不过肚子倒是消了很多，下身屎尿齐出，从蓝白条纹的病号服里流出许多黑汁来。

我看向罗婆婆，说你连壮族的肿蛊都会放？

什么是肿蛊？这是西广壮族的一种特有手法，密而不闻，中蛊者腹大、肚鸣、大便秘结，甚者，一耳常塞，幻听有厉鬼缠身，饱受折磨，但是却困而不死，十分阴毒。

她说你倒是好见识。

我见她也是费尽心力，生命烛火奄奄一息，只是叹气。她告诉了我如何找寻回小鬼的地魂之法，并不复杂，我在心中默记一遍，然后喊黄老牙的家属进来，罗婆婆给他们讲如何解除残蛊余毒的手段。我在旁边听着，闻所未闻，而且药引居然是找齐十二只成年母刺猬，每日一只，熬煮红糖生姜，于傍晚吃下。

连续十二天，不能多，也不能少。

罗婆婆厉声警告黄老牙家属，不要忘记誓约，否则不但黄老牙要立即惨死，家人也要遭受连累，生意萧条，家宅不宁。黄老牙家属连连点头，忙说不敢。

我出了医院，黄老牙的家属，一个风韵犹存的中年妇女（他老婆），一个尖嘴猴腮的男人（妻弟）还有一个穿县一中校服的男孩子（他大儿子）追上了我，他妻弟问我，陆……陆大师，那个老乞婆说的是不是真的？

我严肃地看着他们三个，说你们也不缺钱，事关黄老板性命，你们不要失信，否则到时候后悔莫及。

他妻弟说蚊子再小也是肉啊，谁家的钱也不是大风刮过来的。

那少年也帮腔，愤愤地说你们这就是封建迷信，说不定是设好了套一起来诓骗我们家的钱呢。

我猛一回头，死死地盯住他们两个。那一刻我感觉自己脸上的肌肉都僵直了，腹中翻涌，金蚕蛊"吱吱"地在脑海里面疯叫，我咬着牙忍着心中的暴戾，却感觉眼球往外鼓。我想我那个时候的样子肯定很恐怖，他们三人都被我吓得不轻，他老婆哆哆嗦嗦地说，陆大师你别生气，小孩子不懂事的。

我深呼吸了几口气，缓过神来，淡淡地说：

"你们两家的恩怨我不清楚，我也不是当官的，管不了这些事情。但是黄老板仗势欺人这一节，确实做得不对，命中自该有这么一劫。你们先照罗婆婆说的做，等黄老板醒转过来，让他来做决定。不过作为见证人，我丑话说在前头，如果你们不按契约做，黄老板那种惨样你们也见到了，出了事情不要再来找我。"

我说得很决绝，他们三人表情各异：他老婆很惶恐，而妻弟则表情讪讪，最可气的是他大儿子，居然瞪着眼睛，很气愤地看着我，想嚷嚷，被他妈及时拦住……我没再理他们，扭头就走。

县城物流不畅，我第二天跑到市商贸广场，买了一个能够看电子文档的 MP4，虽然花了大价钱，但是里面有一个密码功能，着实让我十分喜欢。

我接到两个电话，一个是我在东官的合伙人阿根，他问我事情忙完没，什么时候回来？那个时候我并没有意识到自己的生活轨迹将发生巨大的转折，于是跟他说扯到一桩命案里，被限制离开，不过也快了。他说哦，然后告诉我一个消息，上次跟我提的那个小妹辞工了，我只说我知道了，没接下去。他沉默了一下，挂了电话。

我知道他对我有些不满了，生意是两个人的，他肯定想着自己在东官忙忙碌碌、奔波劳累，而我却在家里面撒谎放长假，自然很气愤。

接着我又接到一个电话，是黄菲打来的，她跟我道歉，说她妈妈回去之后，很后悔昨天冲撞了我，问我今天晚上方便不方便，她们在杉江大酒店设宴向我赔礼道歉。我说不用了，让他们履行承诺，一切安好，要不然，天神下凡都不管用。黄菲很幽怨地跟我说了几句，问我是不是生气了，我说没有，我现在在市里面，是真没时间。

我们又聊了几句，黄菲跟我说了一些案情的进展情况，我勉强应付，挂了电话。

我在市里面一个人逛了一中午，专门跑书店。买什么呢？都是买一些世面上关于巫蛊、病毒学、易经八卦、道家佛经和旁门左道的书籍。这些正式面世的东西究竟有多少参考价值，我不得而知，也只是为了开阔眼界而已。

我回到家里又待了三天，之后刑警副队长打电话给我，说案子破了，请我务必去参加局里面举行的庆功会，我说不用吧，我这样的人，最好不去。他不肯，说会后的晚宴要我务必参加，要不然他真没脸见我了，而且，那两个被我救的干警还等着给我敬酒呢。正说着，听到门外有车子的喇叭声，刑警副队长哈哈大笑，说杨宇到了吧，带你过来。

我打开门，果然是杨宇。

他很热情地跟我拥抱，然后说本来老马准备来的，但是他这次是主角（我的大部分功劳都让给他了），所以耽搁了。于是我上了车。庆功宴在林业局下属的大酒店举行的，在一个包厢里，上次参与行动的几个人和部分领导都在，不断有人进来敬酒。好在我也见过一些世面，倒还能够应付自如。

席间马海波告诉我案子结了，罗婆婆承认了杀害女童的罪状，而碎尸案也有充分的证据认定王宝松是凶手，案子已经移交到检察院，由公诉机关走司法程序了。我点头说知道，问首尾处理好了没有，他说没问题了，上面也不想把这件事情闹大。

黄菲又来找我，依旧是提起她大伯一家人请我吃饭的事情，我跟她开玩笑，她单独请我我就去，其他人一概不见。她居然甜甜一笑说好呀。杨宇告诉说老马哥要升职了。

当晚，马海波喝得酩酊大醉。我喝了三瓶左右的白酒，结果一点醉意都没有，我知道这都是金蚕蛊的功劳。然而从那天晚上过后，我开始变得嗜酒了——这么说好像有点歧义，应该说是金蚕蛊开始变得嗜酒了，它总是连接我的意识，让我时隔一两天就喝点酒喂它。

我发现，除了毒蛇蝎虫之类的五毒外，喂蛊喝酒也可以。

庆功宴之后，我得到了李德财的消息，有人在青山界色盖村的邻村找到了奄奄一息的他，人受了惊吓，救回来之后，关于之前的那段记忆一点都没有，身体极度虚弱，不过好在调理好了之后，已无大碍。马海波、杨宇和我成了朋友，没事经常叫我喝酒，有两次黄菲还约了我在一家山寨的上岛咖啡喝咖啡聊天，她很好奇我的事情，总是缠着我问东问西。

经过了解，我才知道黄菲比我还大两岁，是正规警察学院毕业的。

这些都不谈，其实我对她还是蛮有感觉的，身材火爆、脸盘又靓，性子又活泼，要是做我老婆，其实真的是一件美事。不过我看得出来，黄菲她只是对巫蛊之术有兴趣，对我这人其实想法很单纯，还是朋友。我不知道她是真傻假傻，试探了几次，发现不对劲，很保守，我那时已经不是清纯少年了，谈感情还是谈需求，明了得很，我怕我陷进去，于是果断撤退。

我回了色盖村一趟，去罗婆婆给我讲的地方，挖出一颗小孩子的乳牙，用红布包好。这颗乳牙是小鬼朵朵召回地魂的关键所在。

此外，我完成了对《镇压山峦十二法门》电子档的校正工作。

又过了一个星期，阿根再次打电话过来催我回去，于是我没有再继续逗留，打点行装，带上了装着有《镇压山峦十二法门》电子档的U盘和MP4，还有一个娃娃造型的陶瓷罐、一大堆书籍，坐班车到怀化，然后买了车票，转乘西川达州至广州的火车，返回南方。

这段旅程足有二十多个钟头，我一个人窝在硬卧上研究MP4里面的资料。

有一个粉雕玉琢的鬼娃娃帮我捏腿捶肩。

第二卷　南方的秋天以及冬天

第一章　鬼萝莉

　　店子的生意忙，我没叫阿根来接我，自己乘车返回了东官。
　　到了东官市，我先回到在厚街的家里把行李放下，洗了个澡，然后打电话给阿根说我回来了。他说好，今天晚上去给我接风？我说我请吧，大家这段时间也辛苦了，叫上店子里面的人一起去，吃饭唱歌一条龙。阿根说我现在就去定地方吧，你要不要来店子里看一下？
　　我说好的，一会儿就过来。
　　我重回南方之后的日子有些惨，我没有再进厂，而是先打了几天临时工，然后瞅准商机，在珠海的一个工业园里面倒腾了辆三轮车，早上卖蒸玉米、摊煎饼、稀粥等早餐，中午去跑保险业务、揽客，还有帮人淘宝代购，晚上工人下班了我就去跑摩的、帮人搬家等，真的是起得比鸡早，睡得比牛晚，累得跟狗一样，整整四个月，我瘦了二十斤。
　　但也是那个时候，我在短时间里积累了一点资金，于是就盘了一家快餐店。
　　人说穷不穷，其实是没有逼到某个临界点，真逼急了，什么做不来？我有个同学，刚开始大学毕业，找了一家药店做事，轻轻松松，一个月两千多块钱。后来家里出急事，要用钱，一毛储蓄都没有，结果长辈去世了，才后悔莫及。
　　最近联系上他，在深圳打拼，一个月工资上万，那只是努力两年的结果……
　　这都不提，快餐店做起来还可以，利润大，时间也闲适了。
　　不久之后，我遇到一个香岛老板，跟他跑了几单生意（具体是什么生意就不说了，反正不好听），又赚了一点钱。尔后承蒙那老板看得起我，给我指了条明路，让我和他表弟合伙搞生意，于是我就火速把快餐店盘给一个老乡，来到了东官市。
　　阿根就是那个老板的表弟。
　　我来到了位于商业街附近的店子里，发现阿根不在，几个店员纷纷叫"陆哥好"，我跟他们点点头，问根哥呢？店里的负责人阿美跟我说根哥去订餐去了，说晚上给我接风洗尘。我说大家这段时间辛苦了,晚上玩开心一点,几个店员都很高兴地说一定,一定的。

我让大家散了,留阿美跟我讲下店里的情况。

我和阿根这家饰品店主要销售一些时尚饰品、化妆品、化妆工具、精美小礼品和家居小饰件等,是业内数一数二的品牌商加盟店,在东官市南城区这里拥有两家店面,四个独立柜台,阿根平时负责物流和售后,我负责营销和管理以及其他杂项,不过做了快一年了,生意也基本上了正轨,也有了几个精干的团队成员,并不用太操心。

聊了一会,基本没有什么情况,过了一会儿,阿根进来了。

我们紧紧握手,让小美去忙之后,阿根和我坐在店子后面小小的办公间里聊天。扯了一会家里面的事情,我并不会将那些离奇的事情跟他讲,于是便大概略过。阿根对我外婆的去世表示了遗憾,然后讲了讲最近的生意情况。谈到王姗情(就是之前提起的那个小妹)的辞工,阿根的语气就有点责怪我,他说你要早点回来劝一劝,说不定能够留住她呢。

我问她现在人呢?

阿根语气有点苦涩,他说姗情那个混蛋男朋友在××(一个城中村)那边租了个出租屋,自己拉客,70块钱一次,麻辣隔壁的,真想找人揍死他。我笑,说这还是游击队,难怪便宜,抵不上洗脚城、夜总会这种正规军的价钱——按说王姗情的价钱不止这些的。

阿根的表情有点冷,他看出来我是故意这么说的,问我什么意思?

我说我能有什么意思?兄弟,阿根我当你是兄弟,所以讲话重了一点,那妹子现在是"一双玉臂千人枕,半点朱唇万人尝",她已经下水了你知道吗?都说"婊子无情,戏子无义",当然,这不是绝对的。但是人家都已经为了赵刚那小子,自己去做鸡,那是爱,是最纯粹最无私的爱,是伟大的爱情,但是,这爱跟你半毛钱关系都没有,知道吗?

我从兜里面掏出两百块,拍在桌子上,说:"你要是喜欢她,我给你钱,你去找她,70块钱,正好三次。玩完之后保准你会腻。"阿根听完我说的话,猛地一震,站起来想打我,但是犹豫着,却没有。他颤抖着嘴唇,缓缓蹲在了地上,把头埋在胳膊里。

过了一会儿,我听到有压抑不住的、呜呜的哭声传来。

我叹了一口气,阿根他虽然已经二十七岁了,但是并没有经历过几次情事,为人有些内向,这也是他表哥顾老板让我这么一个要啥啥没有的家伙跟他合伙的原因。阿根要是有他那个香岛表哥一半的精明,也不会是这个样子了。

阿根仍旧想不通,以至于晚上吃饭的时候,都没有开朗起来。去量贩KTV唱歌的时候,我问阿根一会结束,送员工们回家,要不要带他去夜总会解脱一下,他摇着头说不用,他现在没有转过弯来,过几天就好。我点头,说你自己想清楚,什么值得,什么不值得。

唱 K 的时候,我们店里的几个小妹一直缠着我喝酒,我来者不拒,结果把好几个都灌得头重脚轻,几个小子笑着说陆哥你回一趟家,酒量变大好多——事实上他们有的人比我大好多,但是都习惯叫我陆哥,大概是我少年老成吧。

一直玩闹到十二点,两个老油条一点的员工跟我打了声招呼,便嘻嘻哈哈地融入夜色里,寻欢作乐去了。而我和阿根则一人拉一车,避开警察把这些人一个一个送回家。我最后送的是店长小美,她喝得半醉,我打电话给她姐,让她到楼下来接一下。我挂完电话,小美倒下身子抱着驾驶座上的我,迷迷糊糊地喊陆哥。

她下班的时候换了一身靓丽的鹅黄色短裙装,丝袜,喝了些酒,秀丽的脸上白里透红,身材玲珑,声音软糯,眼勾勾地看着我,风情万种,让我的心一下有些荡漾。

想一想,自从上一次跟那个 OL 前女友分手之后,我过了差不多有好几个月的和尚生活了。小美是我们店里的店花,南河妹子,长得很漂亮,单身。我知道她有一点喜欢我,但是我却秉承着"兔子不吃窝边草"的原则,一直不敢伤害她。

然而此刻,体内莫名就有一股燥热的冲动。

好在小美的姐姐很快下楼来接她了,她姐是个少妇,风姿绰约,我问要不要帮忙扶上楼去,她说不用,二楼,就几步路,不用麻烦陆老板您了。我扶小美出来,看着她们进了楼里,闻着车里面残留的香气,恍然若失,过了好久才开车离开。

回到厚街附近的家里,已是半夜。

我住的一套三居室,在十楼。打开防盗门,感觉里面有东西在动,我集中精神看,发现我带回来的小鬼趴在客厅的地上吹灰尘。我现在已经明确了她的身份,她真的是黄老牙的小女儿、黄菲的堂妹子黄朵朵,但是因为经历过罗二妹的炼化和时间的推移,已经没有了关于自己的记忆,智力也有点退化,像是四五岁的小孩子。

我之前跟她沟通过几次,所以叫她朵朵,她也答应。

见我走进来,她抬起头,露出婴儿肥的小脸,她的脸很精致、漂亮,像她母亲,生前是个很萌的小美人儿,脸很白,牛乳一样,但是倘若细看,便会觉得有一点青蒙蒙的青黛色。我伸出手,她爬起来,然后跑到我面前,飘起来抱我——她其实是一种灵体,没有实质,但是我却能够抱到她,当然也没有实体,只是一种摸到气球的感觉。

我托起她,就像托起一只氢气球,我问你在搞卫生啊,她点点头,嘴角上翘,然后眨巴眼睛。我说那你弄吧,我离开太久,家里面灰尘很大呢。她委屈地比划着,我看了一下,知道她说她搞了很久的卫生了。我俯下身子去抹了一下地板,有灰尘,于是我跟她说方法不对,重来。看着她一脸天然呆的无辜,我便觉得很好笑。

小鬼虽然是灵体,但是对世间实体其实还是有一定作用力的。

这世间的小鬼分两种,一种是攻击型,这是引横死的孤魂野鬼炼化的,他们擅长使正常人变疯，有的能追击入室盗贼，甚至扭断敌人项颈。现在已甚少人使用，据我所知，只有在东南亚的柬埔寨边境或伊斯兰偏僻区，时或听说。还有一种是慈善型，他们擅长招顾客上门，守护住家庭院，帮主人带来正偏财，化险为夷。并能促成和合，增强魅力。

这东西在东南亚一带是非常普遍，如泰国、印尼、马来西亚、柬埔寨、缅甸、新加坡等地，传闻有很多商人、艺人、团体就有养小鬼，当中以赌场为最多。在国内其实还是比较少的，滇黔高原的深山和藏地，也有些。所以我碰到朵朵，倒也是有些缘分。

小家伙开始很怕我，但在我研究透罗婆婆和十二法门里面的资料之后，我们的沟通很顺畅，指使起来也听话。她有的时候懵懵懂懂的，但是勤快，叫她做啥，虽然有时候不愿意，但还是认真做了，有时候逗她玩，挺开心的，让我感觉有点像自己养的宠物——至少比我体内那条金蚕蛊乖。

拖把她力小提不动，我找来一条旧毛巾，弄了一盆水给她，她很听话，乖乖趴在地上擦了起来。而我则因旅途劳累得不行，于是去浴室泡澡。放满水，我躺在浴缸里想最近发生的事情，觉得人生真的是好奇妙。水温热，龙抬头，我一会想着前女友火爆的身材，一会又想起黄菲那英姿飒爽的制服诱惑，一会又想起刚才小美柔软红嫩的嘴唇擦过我的手……

突然，朵朵浮现在我的面前，左手提着湿淋淋的毛巾，右手手指放在嘴里面嘬着。

她一双眼睛像黑色的猫眼石，一副好奇小猫的模样看着我……

我："……"

第二章　十年还魂草

　　讲一下我当时的经济情况：2007年末的时候我确实有一辆车、两套房，但其实是因为我看好房地产，跟阿根的表哥顾老板借了一些外债还房贷，所以其实手头并不阔绰，还款压力很大。即使是给我小叔那两万块钱的营养费，都有些肉疼。

　　当然，如果我把饰品店的股份拆出来，还是有点钱的，可那是我立身之本，不敢乱来的。

　　提起我这一生之中要感激的人，真的太多，但是在2005、2006年，我最要感激的人就是阿根的表哥顾宪雄顾老板。对于顾老板我向来是十分的敬重，要不是他能够给我机会，说不定我现在还在某个工业园旁边的村子里面开着快餐店呢——人要懂得感恩。

　　2007年9月下旬，我回到了正常的生活状态，每天视察店子、进货、招揽顾客、算账结算、扩展业务……这样的生活说忙也忙，说闲其实也闲，主要是看我舍不舍得放手。

　　以前我是一个事必躬亲的人，对很多事情都是亲力亲为，这一方面是由于阿根比较单纯善良、性子也比较弱，另一方面也是因为我把这当成是自己的事业。结果弄得很多店员说我是"拼命三郎""陆扒皮"……不过也由于我惯来严厉要求，而且以身作则、做事公正，下面的人比较怕我，也服我，使得阿根虽然股份比我多，但是别人却把我当头儿。

　　这次回来，我开始把事情放手到之前培养起来的、比较信任的人手上，除了每天的资金流盘点之外，我基本都是放手了。很多人都说陆哥回一趟家，变了性格。

　　我开始有闲暇了，于是每天白天就研究MP4里面的十二法门，晚上回去就在电脑里面看，当然也触类旁通地看些杂学左道，相互印证。有时候痴迷得废寝忘食。随着时间的推移，我渐渐发现自己的脑袋开始变得聪明了，记忆力增长，回忆东西像印画片一样，那些晦涩的东西，开始懂了起来。

　　当然，我那阶段最主要的精力，还是放在了给朵朵招回地魂，恢复灵智的事情上。

　　在道家里面有三魂七魄之说——人的精神分而可以称之为魂魄，其魂有三，一为天魂，二为地魂，三为命魂。其魄有七，一魄天冲，二魄灵慧，三魄为气，四魄为力，五魄中枢，六魄为精，七魄为英。这里面的魂指的是能离开人体而存在的精神；魄，则指依附形体而显现的精神。

三魂在古代也有称之为"胎光、爽灵、幽精",也有人称之为"主魂、觉魂、生魂"或"元神、阳神、阴神",总之朵朵由人即鬼,经历生死,被保留下来的主体意识,只有生魂,也叫做阴神,最开始如风中火烛,转瞬即可灭,不留世间,然而被秘法逆转,经历了万千苦难终于存留,却也被阴风洗涤,有些磨灭了记忆、亲情和人性,而且这些还会随着年岁的增长渐渐淡薄,最终化为鬼戾。唯有将其离体的地魂召回,融合,方能让其长久存在。

如何召回缥缈不可觉的地魂,罗婆婆自有秘法,为此保留了朵朵生前最久的一颗乳牙。

而根据她的法子,我还需要找寻其他材料,最重要的一个名叫十年还魂草。

还魂草其实是一种中药材,属三白草科植物裸蒴的全草或叶,主治敷跌打损伤,全株治乳疮,叶治蜈蚣咬伤,在《西广中药志》和《西广药植名录》中均有记载,本是一味很好找寻的药材,然而,难就难在前面的"十年"两字。

还魂草分布于西广、云省等南方一带的温热潮湿山地,是蔓生草本,全株有腥味,光滑无毛,生长周期是一年到三年,短则几个月。这些并无奇妙之功效,唯有生长超过十年,雄蕊过六,花丝粗短,草身呈紫色,方才有还魂之奇异功效。

我身负生活重担,琐事缠身,哪里能够去找寻?

实在无奈,只有打电话给常年在两广、东南亚和香岛跑动的顾老板,请求通过他的人脉,帮忙留意找寻。顾老板满口答应,说他有朋友是南方制药厂的,可以帮我问一问。他又问我找这个东西干吗,我不敢说真话,直推说帮朋友找寻。

小鬼每逢初一十五阴气最盛之时,就会有一段时间意识消弭,这个时候有可能就会发狂。当然朵朵并不是攻击性(这是指天性攻击,而不是受人驱使)小鬼,不会害人,只是这个时候会变得青面獠牙,形状如死去之时般恐怖,本身又饱受阴风洗涤,痛苦不堪。

十年还魂草找寻之期遥遥,远水解不了近渴,我哪忍心我家小萝莉经受痛苦,于是在十二法门的躯疫里面寻摸了个法子,用柳条枝叶沾净水(也叫无根水,古时常以雨露冰凌为佳,而我则用的是电饭锅里面的蒸馏水)拍打,每晚都念十分钟的净心咒,然后结内缚印,念佛家的莲花生大士六道金刚咒,夜夜三遍,稳固身形。

随着我的坚持,十五夜朵朵还痛苦得惨号流泪,初一时已经能够咬着嘴唇忍痛了。

虽然眼睛里还是有一包眼泪,将滴未滴。

随着我学习《镇压山峦十二法门》的时间越久,我越觉得其中的精髓高深无比。

虽然其中也有很多艰涩难懂的地方,胡乱填塞愚昧也有,我到现在还认为是作者山阁老在用春秋笔法忽悠人,但是有些能够理解的地方,却如饮甘泉,郁积之处茅塞顿开。正如我之前所讲,这并不是一本专注于讲苗疆巫蛊的书籍,其中很多地方甚至涉及了中原道家、佛家的部分理论和原理,让我能够跟买来的玄学道藏作对比,相互

印证。

那个阶段，里面让我获益最多的其实不是正文，而是里面大量的注释和补充，正文为道，而注释则为术，道正然而艰涩，而术则是具体的办法准则，清晰易懂，且有实际的操作可行性，那个注释最多的人叫洛十八。他是我师公——当然，最初我根本就不知道这件事情，为此我还对他的姓氏有了一定的质疑，一度认为是笔名。

这是后话。

生活依旧在继续，十月份是消费品市场的活跃期，店里的生意开始好了起来，而我则越来越忙，有的时候回到家里都已经是十一二点，不过由于体内那肥虫子的缘故，我的精神是越来越好，倒也不会太叫累。朵朵白天依然会住在她的那个瓷罐子里，每天待大概十二个钟头，到了晚上她就会蹦出来，在房子里面玩，也干活，帮我洗衣拖地，打扫卫生。

随着日子的推移，我越发不把朵朵当成异类，只觉得是一个小保姆，小女儿。

金蚕蛊虽说是我的本命蛊，以我血肉精气日夜洗涤温养（说实话这一点我存有疑义，所谓血肉精气皆是虚妄之物，唯有感觉每日排泄减少），但是它生性活泼，喜欢没事出来溜达，刚开始两日一次，而后一日一次，必从谷道溜出，在房间里蹦跶。我会买些内脏血肉，拌52度二锅头喂它，皆舔得干干净净，残渣不留，碗都不用洗。

金蚕蛊虽为蛊毒之物，却已有智慧，喜欢跟小鬼娃娃朵朵一起玩，然而金蚕蛊性阳，朵朵不喜，总是不愿，两者便经常在各个房间里面追逐躲猫猫，自有乐趣。

起初我以为金蚕蛊的阳性会灼伤到朵朵，然而几次之后，发现朵朵的神魂竟然强大几分，虽然轻微，但是我已通过符箓之术与她取得联系，自然明了，于是也就放手不管。然而有一次两个小东西居然跑到别人家里去，吓得一个中年妇女晕厥过去。这事儿我在楼下的物业管理处听闻后，大为恼火，于是严令它们不得乱窜，金蚕蛊滴溜着一双黑豆子般的眼睛看我，而朵朵则小鸡啄米似地点头。

可是没几天，此类投诉却时常发生，甚至开始有一户人家搬走了。

房价立跌，我心肉痛。然而，哪知这次并非是它俩惹的祸，这是后话，这里暂时不提。

每个星期六，我都会带着瓷娃娃到附近的人民医院去闲逛。

这是为何？金蚕蛊一虫双份餐，时常温养，而朵朵则为灵体，食不得凡间之物，也不像生物一般需要新陈代谢，然而时间历久，自然会有所损移。普通人家养小鬼，神志磨砺，性子乖张，好妒，故而吃饭之时常在桌上摆一副小碗筷，多添置些漂亮的小孩衣服与玩具，日夜哄玩，而朵朵有我符箓、祀神两道法门祭养，日日祈祷持咒，本性不失，但我总是想她更加好些，于是想了个法子，到医院去收集天魂，滋养朵朵。

何谓天魂，前边其实已经有讲到，人分三魂，为天魂、地魂、命魂。三魂生存于精神中，所以人身去世，三魂归三线路：天魂归天路，此为不生不灭的"无极"，因有肉体的因果牵连,所以不能归宗源地,只好被带走,上空间天路的寄托处,暂为其主神收押;地魂归地府,即入地狱明了善恶因果;人魂则徘徊于墓地之间……

三魂的根本是"真如"(生命实相),它是由于"真如动念"所产生的一种能量形态并吸附了灵质而具形体,属于灵界。人一旦身死消亡,三魂归中旋即散,地魂、人魂因记忆、人格渲染不能利用,但是天魂却是纯粹能量,会残留肉身一段时间后,从旁溢出。

这东西,对于朵朵是大补之物。

在医院的停尸房里,死人的三魂消散,最快的便是天魂,相隔最短不到一个小时,命格硬的也就小半天,便飘散于星宇之上,不留人间。所以我这也是碰运气,时机好的时候几个小时内能够吸收几条神魂能量,时机不好的时候一丝也无,我背着瓷罐回去,朵朵可怜巴巴地看着我,黑珍珠似的眼睛让我心中不禁期盼着多死点人。

得,这种想法真的有一些变态了……

当然,不论是有或者无,每周六到医院蹲守,这已经成为我、朵朵和金蚕蛊的一项娱乐活动。由于在外边,它们都不敢显形,一是怕有高人在场,二是怕吓坏世人。去得多了,虽然人来人往,但也有人起疑,于是我就在附近几家医院来回周转,但是相对而言,沙田我去得较多些,以至于有一个外表冰山的女医生认为我在暗恋她,没事就给我白眼。

话说,这个御姐长得还不错……

第三章　五楼的回魂梯

有了天魂残留能量的滋养，朵朵的灵体越来越稳定了。

我最初见她，怯怯弱弱的，若不集中精神，根本无法触摸到她，气力也弱小；而后被我用祈祷持咒，灵体稍稳后，也能够干些小活计，捶背捏肩，聊胜于无；然而在我带她去医院的第三个星期，某天晚上我回家，小丫头居然煮了一碗速冻饺子给我。

要知道，鬼天生怕火，十分畏惧，端着这碗热腾腾的饺子，我既感动，又自豪。

到后来，即使朵朵不用集中精神，我也能够摸到她了，像果冻，凉凉的，软软的，又有一点儿韧劲。她好玩，经常给我扮可爱的鬼脸，逗我笑，但有一次，居然变一副青面獠牙的模样，倒把我好是吓了一跳，于是将她猛K了一顿，从此不敢。

不知从什么时候起，她迷上了看电视，喜欢看《喜羊羊和灰太郎》，看得乐不可支。她发不出声音，但是脸上的表情却尤其灵活，有的时候还在沙发上打滚，好玩极了。

金蚕蛊也有些变化，它越发肥硕了，捏着它的肉身，软软的，但是又有金石之感。很香，是那种檀香的味道，可以自由地变硬变软，我有时候在想，倘若它不是个头太小，有时候给女士用，还是蛮恰当的（好吧，我有时候邪恶了）。最主要的是，这小东西的眼睛很有意思，以前我觉得邪异莫名，现在看，却感觉里面有万千色彩，看不透。

生活仍在继续，楼里面闹鬼的消息越传越邪乎，起初我还是听楼下的物业和保安说过一点，后来他们被公司下了封口令，不再八卦，但是在业主的QQ群里面却越传越邪乎：有人说自己碰到一个女鬼，长发垂腰，吊眼青眉、脸上鲜血淋漓地悬浮于半空；有人说隔壁大爷见到一个血肉模糊的尸体在窗外飘荡；有人却说自己夜寐，有一香艳女士入梦，活色生香、一夜缠绵，晨起时不知耗尽多少子孙，糨糊于被子上，腥气四溢……

如此之例，不一一烦举，分不清是真，还是人们编撰胡说。

犯鬼的缘由经过传播，已经有了许多版本，最靠谱的一个版本是这楼里的一套房子里有一个漂亮的女人，是一个港商在大陆这边包养的二奶，吃喝不愁，每日逛街、购物、美容、姐妹派对，打打麻将喝喝酒，除了每月两次应付那个香岛老头之外，日子过得还算不错。

只可惜她并不知足，某日前男友找上了门，想重修旧好，她心中有点旧情，整日又空虚度日，于是再续前缘了。前男友是个没本事的花花公子，于是港商给的钱大部分都补了这边的亏空,然而她愿意,也没有人管得着。只可惜前男友一不小心染了HIV病毒,又传染给她,于是扩散传播,港商中镖后,染病者竟达十来人。

港商知晓,大怒,休掉二奶,将其暴打一顿之后,要收回一切之享用。

她去找寻小白脸,然而那烂人却拒之门外,苦苦哀求而不得,伤心失望、万念俱灰之下,于一黑夜从楼上纵身跳下,当场便成为一摊肉泥,稀巴烂了。然而她心怀戾气,死前穿着红衣红袜红内裤,死后化作厉鬼,折磨世人。

这件事发生在今年七月,还上了城市小报,我自然知道,当时还呸了一声晦气。

这时谣言四起,换作往日我定会一笑而过,不予理睬,然而自己已是半只脚跨入这个行当里,自然会留心一些,却一直没有碰着,也不知真假。

不过也该是我倒霉,没想到……

十月末的时候,天气转凉,生意也转淡,好在上旬和中旬业绩爆红,倒也让人精神振奋。我们店惯于中旬发工资,但是结算却是一定要在月末完成统计,所以那几天我一般都忙到很晚。金蚕蛊惯于和小鬼朵朵亲近,对我的作息十分不满,在我早上出门之时,竟然从谷道中溜出,盘在我放在书房的瓷娃娃上面,不肯走。

我自然愿意这小东西在外放风,再加上那段时间治安不好,小偷流窜,就留它看宅。

10月28日,我与阿根、小美和另一个店长古伟一直核算账目到了晚上10点,而后又请手下这两个店长以及留守的几个店员,去附近一家饭店吃烤鱼。用完夜宵,再送员工回家。那时,已经是晚上12点多了。

最后送回去的依然是小美,这小妮子现在对我的好感是越来越多,也越来越直接了。经常早上给我带早餐,没事给我端茶倒水,找我聊天。小美全名江盈美,1989年生人,在2007年时虚岁才十九,但是她十五岁初中毕业就跟着家人出来闯荡了,社会经验足,人又长得漂亮,所以业绩很好,她是我们最早的一批员工,没多久就升为店长了。

按理说小美长得真美,又主动热情,我本应安然笑纳。但是我已经过了对简单情欲追求的阶段了,又无法对小美生出太多热爱来,担心万一闹崩,店子凭空损失一顶梁柱,信任的人终究难找,于是一直揣着明白装糊涂。然而这终究不是一个事儿,拖久了也会出事,为此我愁眉不展。

在车库停好车,我走进大楼里,一楼前台的胖保安跟我打招呼,说:"陆先生,晚上好。"我点头应付,正想抬腿走路,那保安又说:"哎……陆先生。"他拦住我,一脸歉意地说:"很对不起,陆先生,今天的电梯坏了,要明天才能修好,请您走楼梯吧?"

我去——我家在十楼。

我把这胖保安大骂了一顿,说那么多物业费白交了,他脾气好得很,笑眯眯地说对不起,对不起。我自己都觉得没意思,没再理会,推开楼梯的门,开始爬起楼来。

按理说我这年轻人的身体,爬一个楼什么的并不在话下,三步两脚的功夫,然而今天累了一天,晚上又喝了点小酒,没有金蚕蛊这个酒虫在,其实我的酒量并不是很好。满心期待着回到家中泡一个舒适的泡泡澡,没想到整出这么一出。不过再怎么埋怨,也改变不了苦逼的爬楼现实。

我住的那栋楼楼层比较高,爬也难爬,我这会儿酒气上来,就略带了点儿醉意,脚步轻浮。楼道里面是感应灯,走路声音小,就黑乎乎的,我扶着楼梯的铁扶手往上走,没上两楼,手中一阵滑腻,我抬手一看——一坨小清新的鼻涕。我顿时火大,一边往墙壁上抹,一边骂骂咧咧:"真没有公德,没事乱扔什么东西……"

被我的声音震动,楼上楼下的感应走廊灯一阵明亮。

突然之间,我没骂了,感觉到一股凉意从脖子后面升起,不知道哪里起了风,徐徐地吹来,阴森森地,好像在地宫里面一样。我顿时酒意消散,猛地回头一看——空荡荡的楼梯,并无他物。我集中精神察看楼上楼下,发现除了呜呜的细风声,并无其他声响。

这时我已经意识到可能有鬼的存在了,本来并不害怕,然而又突然记起了我可凭恃的金蚕蛊扔在了十楼的家中,心中懊悔不已。

我不敢停留,拔腿就往上跑。人一急起来,还真的是潜力爆发,我本就腿长,一步可跨三级台阶,鼓足了气一阵猛跑,没几分钟已跑了四五层楼。这人一慌张惊悚起来,情绪波动最大,我莫名感觉身后有呼呼的风声存在,不敢回头,生怕一转身,就有恶鬼扑来。

为什么我断然决定往上走而不是回大厅叫人呢?因为若传言属实,这鬼即厉鬼、恶鬼,怨气重得如同腐蚀之物,凡物不能镇,反受其害。而若有金蚕蛊,它虽是至毒巫蛊,但其性属阳,金灿灿的表皮一旦激发气劲,可破大部分阴邪之物。

所以对于我来说,家最安全。

如此这般我连续上了十几层楼,跑着跑着我停下了脚步,顿在一个标着五楼的楼道口。这个楼道口刚才慌乱不觉,此时心中念起,才发觉我已经路过了七八次了——鬼打墙。我心中警兆,集中着精神默念着"灵镖统洽解心裂齐神"九字真言,推开门往走廊看去,只见平时明亮的走廊里忽明忽暗,越发阴森恐怖。

我脸上有冷汗流下来,突然想到一件事情,死去的那个女子,就住第五楼。

那个时候的我,虽然熟读了《镇压山峦十二法门》,但是因为家里面两个小东西的缘故,重点放在研究育蛊、禁咒、躯疫和杂谈之上,坛醮、布道、符箓等对付厉鬼之事有所闻,但是却终不擅长,也谈不上博知,更因为没有师傅带、无经历,使我惶然失措,发挥更失常。

最重要的是,我虽然比起普通人来说要强一些,但是没了金蚕蛊,几乎什么也不是。

那一刻我的心,那个悔哟……

正在我默念着真言、返回楼梯之时，我看见在对面白色瓷砖上，突然出现了一张粉红的女人脸孔，表情无限凄惨。我赶紧去擦，只见眼睛越擦越张得大，面容变得更加凄惨，更令人毛骨悚然。同时，第三个，第四个脸孔陆续出现各墙砖上，笑，诡异地笑着……我不擦了，紧张地看向了四周上下。

一股如怨如泣的声音从走廊那边传了过来，很缥缈，开始声音很小很细，然而随着瓷砖上的女人脸孔渐渐增多，声音越发凄厉起来，如夜枭啼叫，又像是夜猫子在叫春。我听不懂其中的话语，但是能够感受到其中蕴含的浓浓怨气。

渐渐地，我听懂了，她在说："我没有乱扔东西，我没有乱扔东西……"

得，我嘴贱！她没有乱扔东西，只是把自己给扔下去了。我才知道自己是怎么把这娘们给招惹上的。

说了这么多，其实我从停在五楼楼道，往走廊瞅了一眼，到回头看到瓷砖上全是女人脸，总共才不过十来秒钟。我下意识地感觉这层楼忒危险了，不顾鬼打墙在不在，就往楼上跑去。突然楼道的灯全部熄灭了，黑漆漆一片，凉风飕飕。

我下意识地猛回头——

透过气窗飘下来的月光，我看见一个穿着红色绸衣的长发女人轻飘飘地朝我扑来。我刚开始没看清楚她的脸，她冲到近前来，一抬起头，只见脸是摔坏的平板脸，一摊烂肉，上面蛆虫无数，两个白色眼球挂在脸颊上，白生生的牙床露出，大大张开来。

第四章　不靠谱的茅山道士

我闻到了血肉腐烂的腥臭之气，这女鬼长长的黑色指甲尖已经快要抓到我的背上。

我人生的二十一二年里，从来没有一次像那日一般惊悸，在那一刻心脏都几乎停顿住。

千钧一发，无数念头涌上了心头。

这时候，十二法门里面坛醮中的一门降三世明王心咒，鬼使神差地浮上心头，同时我已然双手结出大金刚轮印，作降三世羯摩会，扭腰、前推，然后将所有的负面情绪瞬间抛弃，沉气，猛喝了一声："镖——咄！"这一声吼叫，集中了我全身的精气神，顿时间轰鸣若响雷，在整个楼道里面震动。

世界像镜子一般破碎，灯光昏暗的楼道，闪烁的视觉，红色的纱裙和腐烂面容、狠戾哀号的厉鬼，都化作了无数漫天的小碎片消散不见，唯有明亮的灯光在走廊里无言地对我嘲笑——这样的描写似乎有些视觉化，好吧，其实当时我就是感觉心脏一张一缩，惊悸过了一个点之后，所有的恐惧感都潮水一般退去。

我大概是失神了三秒钟，听到楼道里有"哒哒哒"的脚步声，很急，也很沉重。

我这时候已然回过魂来，想起道行浅薄的厉鬼一般都是用幻觉吓人，亏得我还是半个专业人士，没想到擅泳者溺毙，我自以为可以有金蚕蛊避邪凭恃，却没想这娘们竟找上了我来……可恨，当我好欺负吗？——好吧，之所以这么气愤，是因为此时我的裤裆，已经湿嗒嗒的了。

"陆先生，陆先生……"

下面有人喊我，是楼下遇到的那个胖保安，他跑上来，旁边还有一个五十来岁的老保安，我也认识，老实巴交的一个人。胖保安气喘吁吁地问我怎么了？我说我遇鬼了，你信吗？他瞪着眼睛，说你今天也遇鬼了？

我一听这个"也"，心里面就知道这事闹大了，就问也有人遇到？胖保安说是，有一位 B 座十四楼的单身女子也遇到了，现在赖在保安室不肯走呢。我说你们怎么上来的？他告诉我在监控室里面看到我围着楼梯在打圈圈，感觉有点奇怪，然后就来看看，刚刚走到二楼，就听到我大吼一声，更加着急。

我说你们等一等，我让他们在原地等着，我一口气跑到十楼的家里。打开门来到客厅，发现黑咕隆咚的客厅沙发上坐着朵朵，她眼睛瞪得大大的，一脸紧张地看着电视，金蚕蛊在她旁边飞，嗡嗡嗡，看见我来了，嗖地一下飞到我面前，想从我嘴里钻进去。我一把挡住它,一看电视,是某卫视午夜档播放的香岛鬼片《山村老尸》,看着朵朵一副紧张害怕样,我很无语——都是鬼,而且她是真鬼,那是假鬼,怕个毛啊?

朵朵也想来抱我,我拦住了她,跑去浴室草草换了下裤子,出来后让朵朵继续看,拎着金蚕蛊放兜里,然后跑到五楼的楼道口与两个保安汇合。

在物业的监控室,我看到了显示屏里自己刚才的那副蠢样:一个人埋着头使劲地在四至五楼的楼梯里上下转圈,然后推开楼道口瞅了一眼,退回来,死死盯住楼道的瓷砖,接着又往下跑,然后停住,大喊一声……"镖——咄!"

啊,跟个神经病一样!

监控室里面坐着一个女人,鹅蛋脸,皮肤白皙,眼睛大而亮,年纪二十四五,算得上是个艳丽娇媚的女子,只是脸色煞白,浑身发抖,显得有几分可怜。我看向她,她也看向了我,犹豫了一下,哆嗦地说:"你,你也碰到了那脏东西?"我说是啊,我也遇到了,你什么情况?

她说在半个小时之前碰到一个一脸碎肉、身体僵直的女人在追她,吓得她胆都快裂了,瘫软在地上不敢动弹,幸好碰到保安巡逻,把她带回来的。我笑了笑,说没事的,要真有鬼,那她也就只有吓吓人而已,还真能把你怎么样不成?转过头来问两个保安,那个七月间死去的女人在哪个房间,住人了没?

胖保安说没有,死了人就是凶宅,挂在交易所了,没见过人来看房。

我心想还好没人来,要不然买房的人真的要经历比旁人更加揪心的遇鬼经历了。我说我能去看看不?里面有什么脏东西,定是有牵挂的,把那东西毁掉,这栋楼才能平安。胖保安笑嘻嘻地奉承说陆先生你是开公司做老板的,还懂这个?我说我懂啊,你不信?胖保安直摇头,说他没有钥匙进屋,去不了。

这时候一个大腹便便的肥人走进来,在沙发上坐着的年轻女子立刻跳了起来,乳燕投林,把自己塞进了肥人的怀抱中去,两人一阵软语缠绵,女子哭哭啼啼地抱怨着,说自己的见鬼经历。肥人听完,朝两保安大吼,两人唯唯诺诺。肥人骂了一阵,气喘,脸涨成了猪肝色,搂着女子就出去了,说要去住星级宾馆,滚床单去了,还说那费用要找物业报销。

我冷汗,看着那女子斯斯文文、瘦瘦弱弱的,怎么能够承受那近300斤肉的压迫?

两保安脸青一阵白一阵,胖保安连忙给上头汇报。

我站起来,那个老成一些的保安问陆先生你也要出去?他是西川人,说话一口川普,很亲切。我笑了笑说不出去,只不过你们上头要是不处理,以后遇鬼的人会越来越多的,这栋楼恐怕就废了,能不能打开门,让我进去瞧瞧?胖保安挂了电话,包子脸上有些歉意的笑:"陆先生,不好意思,今天真不行,老板说他明天找人来解决……"

他的说法，有点像外交部的官方发言。

我没有再说话，独自走楼梯回家，经过第五楼的时候，我拐到五楼的走道里，借着金蚕蛊的灵性，去看各家的房门，发现东首第一间的房门有些特别，怎么讲——是那种有点淡淡黑雾的笼罩，书里面叫做"阴宅怨地，不加复生"，是有邪物停驻的典型征兆。

我念了一段十二法门坛醮中的一段内容，持续地念，然后结手印。

过了一会，那黑雾淡了一点。

我估计房间里面有些见不得光的脏东西，但是我毕竟是半吊子，楼道里安检措施又周全，我这种身份也不能够破门而入，于是对着门口大骂几句——这是骂魂，有的同志小时候应该看见父母做过，凶狠一点，其实也有一些驱邪的效果。

回到家里，我从书房里面拿出前些日子在香烛店里买来的黄符纸和朱砂、毛笔、香墨，也不管有用无用，照着电脑加密文档里的十二法门影印原本，将精气神凝聚，集中精神在脑中模拟了许久，然后一口气画了四张"涅罗镇宅符"。画完，我感觉一股疲倦之感升到头顶，我叫来金蚕蛊，让它喷点血上去。

金蚕蛊不肯，扭着肥肥的虫躯在我上下左右飞，黑豆眼不时地冲我瞪。

我拉着朵朵的手，跟它沟通：这也是为了朵朵的安全，要是那女鬼没事跑来这里串门，鬼鬼相吸，把朵朵给害了，以后谁还陪你玩？金蚕蛊停在空中，然后附在朵朵的灵体上，滑梯一样的溜到地上来，过了一会，自己爬到桌子上的黄符纸上，蠕动，扭着屁股，又过了一会儿，四张黄符纸金光灿灿。

"涅罗镇宅符"终于完工，我把这四张分别贴在房门口、卫生间、客厅窗口和卧室窗口。它可以在一定程度上防止外邪进入，稳定镇宅。

有件事情值得一提——为什么朵朵也是阴魂灵体，但是却不受影响呢？

首先她现在已经是我养的小鬼了，心灵上面跟我有一定契合；其次她与金蚕蛊亲近，金蚕蛊智慧并不多，但是对亲近的人其实非常照顾，所以并不会对朵朵驱害。"涅罗镇宅符"出自我与金蚕蛊之手（爪），朵朵自然不受其害。

普通金蚕蛊爱干净，对主人是福星，养蛊的人很少生病，养猪养牛容易长大，更厉害的是把人下金蚕蛊害死后，可以驱使死者的魂魄干活，使主人致富。但是，养金蚕的人，必须在"孤""贫""夭"三种结局中选一样，法术才会灵验，所以养金蚕的人都没有好结果。于是，也诞生了一种叫做"嫁金蚕"的风俗，所以劝一劝路过少数民族地区的同志，地上有金银，千万莫捡，切记切记——这是题外话，略下不提。

我这本命金蚕蛊比较老实，对我要求不高，也没有叫我做选择题，除了刚开始不听话、拼命折磨我外，一碗黑茶功德汤喝下之后，服服帖帖，虽然也偶尔闹脾气、爱喝小酒，但其他还好，大事从来不掉链子——哦，它回住处的方式也让我不喜，当然，习惯就好。

一夜无事。

第二日我心有牵挂，于是早早地回到家里，时值下午六点，看见一楼大厅里有一个穿着青色旧袍子的男青年，跟《神雕侠侣》里面全真教老杂毛们的穿着一般，大襟大袖的道袍，裹腿，着布鞋，头上没戴方帽，挽发髻，两缕青须，正在楼下与人侃侃而谈。

跟他说话的是物业房的一个什么经理，我见过，但是印象不深。周围围了一圈人。

倒是那个胖保安看见了我，叫住我："陆先生，你来得正好，你昨天不是也遇到脏东西了吗？跟茅克明师傅说一说。"他昨天晚上值夜班，不过这会儿倒也精神，只是眼睛上糊着眼屎，显然也是被临时叫过来的。那年轻道士看着我，作了一个揖："这位先生，贫道这厢有礼。"他没叫我居士，反而叫先生，让读过一些道藏的我有些意外。

而且，这道士没有个道号，也好意思出门？

旁边的经理给我介绍："茅道长是上清派茅山宗第七十八代掌门的亲传弟子，玄机莫测，法力无边，有了他来为我们超度亡灵，大家都可以放心了……"

"失敬失敬！"

我一边回礼一边看着杂毛小道——就这鸟样也号称掌门弟子，我还真的有些怀疑。

茅山道士长期活跃于各种影视剧里，多是以捉鬼降妖而名闻于世，我自然是知道的，但是我也知道，所谓茅山法门多见于附道外道的民间巫术，殊不知茅山宗的教义精华却跟这些毫无瓜葛。真正的掌门弟子，自有供奉给养，定是在山中盘腿打坐，磨砺心神，哪里会劳累得四处奔波，装神弄鬼、骗吃骗喝？

我正在疑虑中，那自号为茅克明的道士冲我微微一笑，说："这位先生印堂发黑，眼角含煞，定然是冲了晨星、走了北火。无妨，来，来，贫道为你助一臂之力……"

第五章　驱鬼无术

　　杂毛小道跟我随意聊了几句，言语中倒也是对道家典藏、玄学古例十分熟悉。
　　我眼皮子浅，毫无经验，也分不出真假，只是应付。讲完昨天的经历之后，茅克明向周围鞠礼一圈，朗声说已然查明来源，定是七月间跳楼的那女子作恶，这便去把它超度，引渡回地府。
　　说完，他收拾起自己的家当——桃木剑、八卦盘、乾坤布袋、招魂幡……这些吃饭的家伙什倒也齐全，周围有闲的业主也都想跟着去打一回酱油，物业公司的经理阻止不成，杂毛小道淡淡说道："妖邪之物，气息阴残，沾染一些，一会体弱生病，二会财运消散，若有不怕者，无妨，自可跟贫道来。"人群立刻散了大半。
　　我笑着说我倒是个傻大胆，也好奇，去看看也好。
　　他看了我一眼，微微颔首，不说话。
　　来到五楼东首第一间，物业经理打开房门，杂毛小道用桃木剑挑一张符箓，不点自燃，念念有词地一阵乱舞，尔后进入。我跟着他、工作人员一起进去，这是一个宽敞的三居室，装修风格很女性化，粉红加淡紫，这时外面天色还早，但是里面却有一股阴沉之气。许是几个月没有住人了，有一股子的灰尘味。
　　有人拉开窗帘，又把灯打开，房间里明亮如白昼，这才好了一点。
　　我眯着眼睛瞧上了一会儿，没发现什么异常。这娘们生前明显很偏好堪舆风水学，或者说那港商很喜欢风水之说，画作、盆栽、墙面鱼缸都摆放到位、讲究，显然是经过高人指点。照理说这样的环境里是生不出什么厉鬼的，然而我偏偏昨天经历过一次，也否认不得。
　　我跟着杂毛小道在房间里走了一下，来到主卧，只见宽大的床上，铺着大红色的绸被，看得我很不舒服，由于之前就被警告说该房间主人是个HIV病毒携带者，于是不敢乱摸。杂毛小道看完之后，对物业经理说这主人本应是个富贵命，说不定还能扶上正位，享尽一世荣华，没想到一步走错，万丈深渊，故而愤恨不平，魂魄留念人间。无妨，待他开坛做法，超度这执迷不悔的鬼魅。
　　说完，早有准备的物业方立刻搬来了八仙桌、香炉神龛等一应之物，置于客厅之中，那杂毛小道从乾坤袋中拿出各种零散道具，净手焚香，开坛作法起来。工作人员站成一堆，我挤后面，见那家伙念念有词，然后舞着桃木剑，时而挑起一张黄纸符，置于香烛之上点燃，舞弄，踏着禹步。
　　我仔细听了一会儿他的经诀，好像是《登真隐诀》，又好像是神打。听不清是什么，过了一会，他高吼了一声："太上老君，众位当值仙班，急急如律令，敕！"这句话倒是明了，只见他说完不动，如同僵了，三秒钟之后，他开始用另外一种声音说起话来："兀那女鬼，人间苦难，万勿逗留，魂归魂，土归土，早日踏上黄泉路，莫耽搁，莫耽搁，今日一别，遥遥无归期……"

这会儿我终于忍不住笑了。

这一套别人不知道，我确是晓得的：这人身上毫无神光投影，自说自话，完全就是在糊弄钱财。这也印证了我的想法，果然是个骗吃骗喝的假道士。说完这些，杂毛小道仍在跳着禹步，幅度更大，也更夸张，我懒得再欣赏猴戏，沟通金蚕蛊，仔细地瞄起房间里面的不凡来。我扫了一圈，发现房间里幽暗，气色最浓郁的，莫过于卧室的卫生间。

闹了一场，天色也暗了下来，小区外华灯初上，千家万户的窗子点亮起来。

我移步，走向卧室，一直来到了卫生间的玻璃隔断门，正想伸手去拉，只感觉有人猛拉了一下我，我回头一看，是胖保安，他面无表情，说你不能进去。我说我看看都不行啊？他说未经许可，任何人都不能乱动。这边的争吵惹得物业经理的注意，他过来劝我，说陆先生，还是别乱动了，让茅道长来吧。

我隐约感觉有点儿不对劲，甩开胖保安的手，懒得理他。这厮人挺肥的，手却凉得很。

客厅里的杂毛小道已经请完了神，假模假式地超度完了亡魂，然后拿来一口粗瓷碗，里面有净水，混合了香灰、残留的黄符纸碎末，喝一口，开始往房间四周喷，他肺活量大，一口水能够喷出一大片雾来，喷完客厅，他又朝房间里的人喷，物业经理、西川老保安和另外一个年轻小伙都皱着眉头承受了这一喷，他朝向了我，这东西太不卫生了，我连忙躲开，说不用了不用了，这玩意儿我真的没福享受。

他皱着眉头看了一下我，然后转头看向胖保安，胖保安也闪，他就生气，一口朝空喷出后叨叨："我这也是为了你们好，喷完这一下，邪气全消……"他提溜着桃木剑，又灌了一口香灰水，来到卧室，知道原主人有病，他就用剑尖去挑红绸床单，一大口水雾喷出，蔚为壮观。喷完这些，他心满意足，踌躇满志地四处张望一下，说："此间事已了，贫道自去也，王经理，不是我说，你们这大楼的风水格局真的有问题……咦？"

话说到一半，他的目光注视到了卧室连带的卫生间门处。

想来这厮本来是想要从物业这里敲一榔头的风水咨询费，就此结束，然而他或多或少也是有点儿常识的人，看着隔着毛玻璃的浴室，黑乎乎，里面似乎有物晃动，心中所有诳语都停留在喉结里，咕噜一下，死死盯着浴室旁边的一盆吊兰草。

接着，他猛烈地呛了起来，显然是把残留在口中的香灰水吞咽进去了。

咳完，他的脸青一阵红一阵，喃喃自语："这吊兰草……乃大凶之物啊，我看这家人也是略懂些堪舆之术，怎会犯下如此低级的错误？"说着，他便抬腿，提着剑，

又从乾坤袋中摸出一张画好的符箓，小心翼翼地走。

走到近前，他用剑拨了一下，结果没推开门。门锁了，被由内而外地锁住。

周围几人深深呼吸，不说话，都感觉到房间里面有一种凝重的气息：没人在里面，是什么东西把门锁上了呢？我感觉到了冷，没风，但是却阴森森得冷，瘆人的凉意从尾椎骨游离上来。这时候我已经有所知觉了……老天，那鬼玩意儿又来了。

牛眼泪啊牛眼泪……这城市里哪里有一头老牛给我眼泪？

说实话，要不是这个杂毛小道让我顾忌，带上朵朵，其实我也能够看清楚灵物的。

杂毛小道显然也感觉出来了，他回头四顾，看到了我，说陆先生，这怎么搞？我不知道为什么他想到问我，但是还是给他出主意："找个锤子，或者一脚把这玻璃踹烂，里面定有蹊跷之物。"他说陆先生你是高人，要不你来？我连忙摇头，往旁边挪两步，离人群远一点。

我很冷，好像被人在暗中觊觎，怨毒的目光扫在脖子上，根根寒毛都竖起难受。

杂毛小道既然提出，王姓经理等人作了一番讨论，决定先撬门，实在不行就砸。胖保安被派去找撬棍，老保安则和另外一个高瘦个子的便衣工作人员在弄门。当时房间里有我、杂毛小道、王经理、俩保安和一个财务（看样子是王经理的情人），本来刚才还有个和我一样的酱油党业主，半途觉得无趣，就跑了。

胖保安出了卧室，杂毛小道找我聊天，说陆先生我一见你就有一种亲切感。我说是么，我看你也是，好有明星相。他问是哪个？我说是尹志平。我本以为他不知道《神雕侠侣》为何物，然而他却是十分认同，长叹一声曰：今生能做尹志平，便是身死又如何？

我不知道他是把自己想作玷污了小龙女的全真教猥琐道士，还是历史上那个真实的全真掌教，一时竟无语。两个工作人员弄了一会，都说真是邪的门，里面像有东西吸住一样，怎么弄，门都没有开。正说着，走进一个庞大的躯体来，王经理骂道："胖子，叫你去拿工具，回来干屌啊？"胖保安没说话，我抬头看去，发现这厮眼睛朝上翻，露出来的全部都是眼白，包子脸上满是邪异的怒容。

视线往下走，手上居然拿着一把菜刀。

杂毛小道和我对视一眼，同时叫道："鬼上身！"

"啊……"

话还没说完，那胖保安就高高扬起了右手上的菜刀——这一把应该是专门用来斩骨头的加厚刀——猛地挥向了最近的王经理，口中还号叫出超频的尖厉叫声。这声音哪里是一位膀大腰圆的爷们喊出来的？分明就是一个年轻女人的惊声尖叫。血光一现，那把斩骨刀劈向王经理下意识去挡的左手，刀子卡在骨头中，发出让人牙痒的声音，王经理哀号着跪倒下去。

那女财务立刻发出一声惊天动地的号叫："妈呀……鬼啊……"

要说还是职业人士素质高，虽然看着没有多少真本事，那个叫做茅克明的杂毛小道还是纵身一跃就到了门口，黄符纸烧出一缕火焰，逼到胖保安面前，这被鬼附身的胖保安怕火符，拔刀后退，稍一定神后，又挥刀斩来，茅克明举剑去挡，我本以为那桃木剑会应声而断，没想到那玩意儿竟然硬扛住了这锋利一刀，反荡回去。

女财务发疯了一般，不顾两人打斗，瞅准空隙就往外面跑去。我想拦，却只抓到一点衣角，她仍挣扎着跑开。没走两步，被茅克明荡开的胖保安反手一刀，女财务秀丽的头颅被从脖子处齐根切断，躯体里的血如喷枪瀑布，将房间里喷得血腥气浓重。

死人了……惨不忍睹！

这时我也急眼了，我向来以为鬼魂之物，仅仅只是吓人而已，没想到还有鬼上身这一招，性命相关我也不敢藏私，借用金蚕蛊传递来的力量，我一踏脚，箭步冲到胖保安面前，抬腿就是一踹——我小时候在老家经常打架，知道诀窍，于是这一脚正好踹在了他的重心处，胖保安轰然倒下，砸得木地板一阵响。

茅克明被女财务劈头盖脸地洒了一身血，气得三尸神出世，火冒三丈，只见他用剑虚画四纵五横，左手放于腰部弄成象征刀鞍状态，右手持剑，于空中或横或竖，左手持剑诀放在胸前，大拇指扣住尾指与无名指的指甲端，大喝一声："临兵斗者，皆阵列前行！"

念完，一剑直指胖保安心窝子处，捅去。

胖保安身中木剑，剑尖虽未入肉，然而浑身却是一阵乱抖，如同筛糠。

茅克明心中大喜，顾不得浑身血浆，掏出黄符朱书来，欲把上身之鬼驱走。然而那胖子抖了一阵，居然停住，伸出左手抓住桃木剑，张开大嘴狂吼一声，声音凄厉，嘴里犬牙交错，脸上有着诡异的青筋浮现，不似常人。右手去抓地上的斩骨刀，还欲再次逞凶。

我心想着坏事了、坏事了，这杂毛小道法力倒是有一点。

可是，就只有那么一点点！

第六章　降恶鬼

在这千钧一发之际，我在干吗呢？

好吧，我是在和金蚕蛊作沟通。这个冤家小东西，跟六脉神剑一样时灵时不灵。终于，就在那胖保安拾起斩骨刀，左手撑地准备起来时，一股热力涌遍了我全身，我立刻将右手大拇指扣住尾指与无名指的指甲端，持剑指，一大脚将厮又是踹翻，我高声喊道——来人啊抱住他，王经理抱着胳膊在地上打滚惨号，那俩保安瑟瑟发抖，西川老保安犹豫了一下，跑过来帮忙。

被鬼上身，这胖保安力大如蛮牛，拼死挣扎，好在有我、茅克明和老保安一起，勉力摁住。

我发现茅克明这杂毛小道法术不行，倒也是有一把子气力，发起狠来，并不逊于有金蚕蛊之力的我。好不容易将胖保安锁住，那个便装瘦子也跑过来，拉住一条腿。

我跪坐着，剑指抵住胖保安狰狞恐怖的额头，口中急念降三世明王心咒。这咒语，沟通天地鬼神能量，能够消弭戾气，劝念恶鬼去往生，超度亡灵。因有金蚕蛊加持，平时我念读时软弱无力，直叫人昏昏欲睡，不得法门，今天却感觉如洪钟大吕，在我耳朵边有某种莫名的东西牵扯回荡，每一个音节都往返回转。

我念咒，那茅克明也念，他念的是道家茅山宗的《登真隐诀》，但不是公开章明的那种，下半阕是某种秘不可闻的真言，又快又急，如同嗡嗡声响。他一边持咒，一边用桃木剑刺穴，封住女鬼戾气弥漫。

大概持续了五分钟，我咒语念过了两遍，胖保安终于不再挣扎，浑身颤抖，口吐白沫，眼珠子往上翻去，气息急促，茅克明朝我大叫一声："陆道友，这女鬼想要抽尽这胖居士的生命力，做垂死挣扎，你可有收鬼法器，借来一用，不可坏了这无辜的性命啊？"

我念得气喘，翻着白眼瞪他——我这半吊子，哪里有这般玩意儿？

茅克明脸上阴晴不定地变化，见那胖保安气息接近于无，大叫："坏了，坏了，再不治这人就要丢魂失魄了……"见我仍然没有反应，一咬牙，丢下桃木剑，在随身的乾坤袋中一阵摸索，掏出一张用红绸包裹的符箓，揭开红绸，毫无风范地猛啐一口，曰："今天贫道算是亏本了！"说完，猛地咬住舌尖，一口鲜血喷在上面，不润湿，反手贴在胖保安的脑门上。

那黄色符箓一定在胖保安青色额头上，我立刻感觉空气都仿佛一震，黏稠得难以呼吸，一直摁住胖保安的左手处传来一丝触电的麻感，金蚕蛊给我传递来一种恐惧的情绪，我连忙放开，跌坐开去。只见那符箓随着胖保安的身躯一起颤抖，接着，尾端升起了一丝蓝色、纯净的火焰，不热，不伤胖保安身体的丝毫，但是他全身的凶戾黑气被缓缓燃尽，或许是幻听，我似乎还听到有女子在嗒嗒地哭。

这哭声似笑声，如丝竹靡靡之音，声声入耳，惨不可闻。

突然，一股黑气从胖保安的玉枕穴中窜出来，无形无状，茅克明大喝一声"好胆"，挥剑去斩，黑气应声裂开，而我却不由自主地平推双手，将黑气尽数震散。

一个女人头颅模样的黑雾支离破碎，厉喊声中，有着无尽的哀怨和不舍。

空气的阴冷消弭殆尽，唯有满屋子的血腥气飘散。

王经理仍然在声声哀号，那个瘦高个儿脱下了他的衣服，帮王经理包裹起断了半边的胳膊。这时，门口传来一阵脚步声，威武的、雄壮的人民警察出现在我们面前，领头的是一个魁梧的中年警官，他配了枪，持着这把黑疙瘩对准我："蹲下，举起手来……"陆续奔进来几个汉子，厉声大喝着，有个小年轻声音颤抖，显然被屋子里的血腥场面给吓倒了。

我打量了一下，原来我跌坐在了女财务无头尸体的旁边，这一屁股，正好挨在她穿着黑丝的长腿上。我暗道一声晦气，蹲起来，抱着头，不敢惹这些戒备的警察，生怕他们一不小心走了火。我看见门口有一个物业公司的职员在畏畏缩缩地探头，想来是他在外面看不对劲，报了警。

好在那个瘦子机灵，他刚才表现差劲，此刻倒是口齿伶俐，将事情头尾讲清楚，为首那个警察虽然疑惑，但是好歹也放下枪口，收入枪套中。立即有人把杀猪似叫唤的王经理抬走去医院，警察们开始忙碌，准备保护现场，茅克明拦住他们，说且慢。

为首的那个中年警官看向他，而他却询问我："陆道友，你觉得这厕所是否有蹊跷？"我说莫这样叫我，担不起，茅师傅做事要彻底，将这污秽之物除尽，免得遗祸。他点点头，跟中年警官商量把卫生间弄开。那中年警官将信将疑，但是瘦子和老保安言之凿凿，而南方这边敬神迷信的风气也很浓重，于是点头同意。

说好之后，有个警察找来一根钩子，七弄八弄就把门打开了，滑动玻璃门，摸索着找到壁灯，一打开，他立刻一声大叫，跑出来使劲甩手。中年警官忙问怎么啦，他结结巴巴说里面有虫，一扬手，好几条白色的蛆。里面灯已开，我和茅克明一同探头进去，发现里面洗手台上有一块白色的肉块，上面爬满了白色的蛆虫和黑紫色的甲壳虫，那甲壳虫仅有指甲盖大小，密密麻麻地蠕动着，在浴室各处散落好多。

茅克明叹了一口气，说道："原来是胎盘，未成形的胎盘！不知道里面有什么缘故，让她有这么多的怨念……"我撇了撇嘴，懒得去理会，把门关上，回身检查了一下那警察的手，发现上面有一些尸毒，我扣着他的肘弯，严肃地说道："马上去找糯米来拔毒！"

旁边的人愣住了，看向中年警官，那个中尸毒的警察觉得头晕目眩，连忙大声喊他们老大："欧队，欧队，照他说的做，我可能真的中毒了。"中年警官连忙问我是什么糯米,我说普通的糯米就行,他赶忙叫手下去买。我又说去找点烈性杀毒剂来,不要开门,里面的虫子应该都有毒性,杀干净,不要留后患。他也照做。

茅克明收拾好自己的家当,朝我拱手说:"陆道友,想不到你还懂些驱毒之术,克明承蒙援手,多谢了。"我大汗,心说你这是什么劳什子称呼,我什么时候转职当道友了。我连忙摆手说,你要不要再做一场法事,超度一下过世的亡灵?他说也对,问中年警官行不行?

中年警官说可以,你搞吧,一会给做一下笔录就可以。说完他打电话呼叫局里面派人来增援,说发生了一起命案。我出了门口,楼道里堵了一堆人围观。那个中年警官过来和我谈了一下,我知道他姓欧阳,我叫他欧阳警官,他说一会做一下笔录吧,我说可以,这是一个公民的义务。他又问这一切到底是怎么回事,我说我也只是旁观的,略懂一点,要问什么,还需要找里面那位专业人士。

那是个道士,好像有点儿本领呢。

过了一会儿,有人买了糯米来,我把糯米放在那个中了尸毒的警察手臂上,用水浸润贴裹着。没多久,糯米变成了黑色,再换了一堆,又黑了,我连续拔了三次,终于没有再黑了,他的脸色变得好了一些,我给他交代道:"回家之后,熬猪油莲子红糖水喝,连喝三天,不可间断,毒性方消。"他点头谨记,又问了我的手机号码,以做联系。

这时候他们联系到附近防疫站的人来了,带来了乙硫磷杀虫剂,一阵狂喷,把卫生间里面的虫子消灭干净,有人来找我做笔录,我将刚才的情况作了叙述。过了一会儿,欧阳警官找到我,握着我的手说感谢,还说有什么问题还可能要找我去局里面一趟,让我暂时不要离开东官市里,我说可以,接着,那个茅克明做完法事,给人带走了。

我回到了家里,一身血气,还滴滴答答的,熏得自己都恶心。刚才在那浴室里看到的一屋子的虫,别人恶心,我肚子里那位却是一阵闹腾,居然馋得不行。我无奈,将它放出来,从冰箱里拿出动物内脏切上,和着二锅头给它混好,做出它今天的伙食。它翻滚着肥身子,赖着不肯吃,我管它爱吃不爱吃,把衣服脱下来扔垃圾桶里,把浴缸里放上一缸子热水,躺进去,心情久久不能平静。

我一闭上眼睛,就能够看见那个女财务腾空而起的头颅,和喷溅的鲜血。

这是我第一次见到活生生的人,失去生命。

我也是普通人,不是天生冷心肠,所以越想越难过,生命是如此的脆弱,而我,似乎并没有坚强许多。人死之后会是怎么样的呢?我见过了鬼魂,但是却不知道它们去了何方,百年之后,我又将停驻在哪里?

是一粒尘埃,还是在黄泉地狱中,饱受折磨?

又或者,死寂,直到宇宙的湮灭,新世界的崛起……

这时候有电话进来,我拿过来看,是在老家的马海波,我想一想,自己跟人民警察还真的是有缘分,自嘲着,我接通电话,马海波跟我一阵寒暄之后,说起罗婆婆于昨日病逝的消息,我说我知道了,案子判得怎么样?马海波说还在走司法程序呢,大概要等王宝松的精神状况报告出来才知道。

我洗完澡出来,发现朵朵蹲在垃圾桶旁,撅着身子在猛吸那里的血腥味。

金蚕蛊那肥虫子干脆就不见了。

我赶紧把垃圾桶的袋子捆好,不让朵朵看,让她看电视去,我找了金蚕蛊一圈没找着,心中集中精神联系,发现这小东西还真的溜着爬下楼去,准备去吃虫子尸体。

那些可是沾惹了乙硫磷的,我不知道这东西对金蚕蛊到底有没有害,但是我可不敢保证,赶紧念咒,把那小东西强制召回来。它不情不愿,没办法,我只有承诺它,改天送它去郊区某个蝎子园里面,让它大吃一顿,它这才爬回来,也没有理餐桌上的内脏拌酒,跟朵朵玩去了,不理我。

我也不在意,这小东西就是那狗脾气。

第三天星期六,我给自己放了个小假,驾车去西城郊区的某个度假山庄玩。那山庄旁边就是一个蝎子园,专门养各种各样的蝎子,提供给药品公司和化妆品公司的。我带着朵朵的瓷娃娃在山庄里面闲逛,虽然风景秀丽,但我形单影只,看着别人成双成对地在林间草荫间卿卿我我,更加无趣,将金蚕蛊放出后,我就去睡觉。

下午五点,睡得迷迷糊糊的我菊花一紧,知道它酒足饭饱了,于是驱车回家。

刚一走上大楼前的台阶,一个青袍束腿的杂毛小道就朝我作揖,唱喏道:"这位道友,贫道这厢有礼了!"我定睛一看,这茅克明怎么还没走?我说叫我陆左好了,道长有什么事?茅克明又是作揖,说见我同道中人,见猎心喜,想要一起研讨一二,彻夜攀谈,交流心得。我说不必了,我懂得也不多。我抬腿往上走,他跟着,笑嘻嘻地说同是玄门中人,陆左兄弟你何苦拒人于千里之外呢?

我听出来了,这小子找我有事,我就问到底什么事,直说!

他期期艾艾地环顾了一下左右,然后说:"我新来此地,人生地不熟,想来想去也就陆左你一个熟人了……嗯,你要是方便的话,能不能借我一点儿钱?"

第七章　朵朵不见了

我很好奇他怎么会穷成这样？

他早有腹稿，一待我问起，眼圈立刻发红，马上就是一包眼泪下了来。他说他这回真的是做了趟赔本买卖，本以为可以做场法事拿钱，于是预案里也就没有留底，本来就是个穷道士，花钱又大手大脚了些，于是就没有了结余。本以为这亏空昨天能够补上，没承想前天一役将他压箱底的符箓给耗掉了，然而那个王经理断了半边手，居然迁怒于他，想要赖账，不肯结钱。

双方没有签署协议，一扯皮，杂毛小道顿时抓瞎。

他在局子里待了几个钟头，好是一顿盘问，出来之后找了个地方住，花掉剩下的所有钱。王经理一耍赖，现在是衣食无着，已然饿了一天了。他说想来想去，在这偌大的城市里，也就只有和我有肩战斗的友谊，老交情了，于是就投奔我而来了。

我哪里能够让这杂毛小道进我家，他虽然道行不深，但是眼皮子劲儿还是有一点的，我可不想把朵朵的事情曝光。我就问你要多少钱？他犹豫了一下，看着我停在远处的车，说："要不……就一万？"我大骇，说你这话就当我没听过，抬腿就走，他拉着我，说陆左，陆左兄弟，一千，就一千，江湖中人讲究滴水之恩、涌泉相报，贫道有钱了，定然是会还你。

他一副赖上我的模样让我很无奈，我问他你不是茅山宗掌教的真传弟子吗？去找道教协会的，他们免费管食宿，说不定让你讲上两节课，收点专家费。他摇头说自己道行太浅，不敢辱没了师傅名号。我说你就装吧，你根本就不叫劳什子茅克明吧？

他嘿嘿地讪笑，说我姓萧，名倒是真的，我乃茅山门下，号曰茅克明，自然不假。

我说你怎么不号个"清虚""了尘"这些一听上去就很厉害的名字呢。

他嘿嘿笑，不做答。我掏出钱包，数出了一千块钱给他，说我这辈子也不指望你还了，这点钱当作返乡的路费，哪里来的，哪里去，好吧？他忙不迭地收下钱，说前天的案子未了，警察告诉他先暂时不能离开，能不能在我这里暂时借住一段时间？

我说不行。

茅克明——不，真名为萧克明的这杂毛道士掐着指头看我，说陆左你近日应有一劫，大凶啊，这劫不好破，很难破，除了我无人可解。你留我几天，待我帮你破了这劫再走？我忍不住笑了起来，我说你滚球吧，骗人骗到我这里来了，趁天还没怎么黑，你赶紧去街上寻摸一人，算上几卦，也好有个开张，免得入不敷出。

他点点头，说也好，贫道正有此意，那我们就此别过，如果有缘，自当重见。

说完挥摆着衣袖，拿着我给的一千块钱离开。

我也没在意，这家伙说实话确实是个奇人，换平时我自当带回家里面，攀谈一番，摆个门子扯一扯，了解更多的事情。但是，我现在养着朵朵和金蚕蛊，这两样东西在正宗的道士面前都是邪异之物，鬼晓得他脑袋会不会搭错一根筋，会不会跳出来要除魔卫道？如此，还是免了吧。

我上楼去换一件衣服，然后带着朵朵到医院去，继续吸食残留在空间里面的天魂。

第二日我被传唤到警局里面对那天的事情做了笔录，这也只是例行公事。回来的时候我在店子里面，听到手下那两个老油条员工在聊天，说昨天在洗脚城里面看见一个家伙，头发长得跟个娘们儿似的。他俩是我手下年纪比较大的，经常出入红灯场所，我心中一动，把他们叫过来问了几句，他们就跟我把那个长发家伙的容貌给我描绘出来，我一对比，还真的是萧克明那个杂毛小道。

这家伙我估摸着有二十七八左右，想来也是男人的虎狼之年，脸上油光粉面，火气旺盛，确实不像个正经的宗教人士，这下想来果不其然。我一想到那小子去洗脚城嗨皮的钱，可能还是我给的，心里面就一阵不爽，丫的真能够骗钱的。

不过我这气也是刚刚生起就结束了，好吧，我本就不是一个心疼钱的人，而且他好歹也是一个有点儿能力的家伙，我这也算是结个善缘吧？我当时没有想到，我随意给的一千块钱，结交的一个杂毛小道，之后成为我最主要的伙伴和救命恩人。

勿以恶小而为之，勿以善小而不为。人生就是这么奇妙，不是吗？

2007年农历九月十四，霜降，天气转冷，一股寒流南下。

中午吃盒饭的时候，从外边吃饭回来的小美笑着跟我说，刚才在街口碰到一个男人，肩膀上居然站着一只猴子，那猴子浑身毛茸茸的，但是很凶，见人就龇牙咧嘴，好不暴躁，害得她吓了一大跳，小时候看孙悟空时的美好形象，全都给毁了。

我哈哈大笑，说是不是碰上耍猴的啦？要是，那就千万莫看，现在那些人凶得很，你看了要是不掏钱，他就跟你掏刀子，不要以为搞街头卖艺的，都跟你看《还珠格格》那几个帅哥靓女一样可爱善良……她说不是耍猴的，就是一个穿短褂的丑陋男人，这才奇怪。

我嗤之以鼻，笑，说这么冷的天，哪个男的还穿褂子？

小美见我不信，她急了，连忙抓了几个姐妹过来作证，她们都说是啊是啊，那个人好奇怪，穿得好像是——好像泰国片里面的人，长得也丑，是看一眼都想吐的那种丑，跟他肩膀上那猴子差不多。小美得意地抽着鼻子笑，说我冤枉她了，怎么补偿吧？我说好吧，下周末请大家吃火锅，我们"又一村"见。

几个和小美关系不错的女孩子就起哄，说是不是拖饭，是拖饭我们就去吃。

什么是拖饭？南方这边把谈恋爱叫做拍拖，年轻人在一起，讲究要叫人吃拖饭、发拖糖，图个喜庆热闹。我心中犹豫，自然不会接茬，没说话，继续埋头吃一次性泡沫盒里面的白饭，上面还有个鸡腿。大家哄闹一阵，这时有顾客来了，于是就忙着做事去了。我抬起头来的时候，发现忙碌的小美，侧脸上有些隐约泪痕。

我心中一软，但还是当作不知。

下午有一批货要进，阿根叫上了我去东城某个仓库验货，我们从一点半一直忙到了傍晚六点多钟才回来，在外边吃完快餐，本来准备回家的，店子里又有点事情需要我去处理一下，于是我就跟着阿根返回。刚一进去，小美就跟我说中午碰见的那个带猴子的男人来店子里面找我，说是家里面的亲戚，见我不在，打我电话又不通，于是就问了我的住处，让我赶紧回家去。

我翻了一下手机，发现关机了。我疑惑，说不会是耍我吧，她们几个都说是真的，我就问那个男人叫什么名字？

她们摇头，说没问。

看她们表情不似做伪，我猜想说不定真的是我家的亲戚。

自从我在东官扎脚落户之后，经过那个我把江城的快餐店盘给他的老乡一宣传，陆续冒出一些八竿子打不着的老乡、亲戚和朋友找上门来，寻求帮助，或者要我帮忙找工作。类似这些人我接待过好些个，靠谱的我就帮忙介绍到一些朋友的厂子里去上班，有些实在不靠谱的、只想着让我接济的，在我那里待上个把星期吃吃睡睡，我就毫不留情地扔大街上，爱咋咋地。搞得这次我回家，暗地里被很多人说冷漠无情。

但是我绞尽脑汁，实在也想不出一个养猴子的亲戚朋友。

不过人情世故这东西，你不理他，在家里的父母耳根子里就塞满了闲言碎语，我没办法，把事情讲个大概，让阿根和小美去处理，然后急着赶回去。我来到一楼物业那里，问有没有人找我。那晚闹鬼的几个保安，陆续辞工了，当班的是一个新来的保安，不认识我，问我是哪一户，我说是 A 栋十楼 102 的，他摇头说没有。

这小子说着话，还在玩手机，吊儿郎当的。

我奇怪，打电话给小美，让她如果再见到那个据说是我老家亲戚的人，把我手机号码给他，让他直接打电话给我。挂了电话我乘电梯回到家里，走到门口时，我突然感觉心中一跳，抬起头，发现我贴在门口镇宅的"涅罗镇宅符"不见了。我四下找了一圈，也没有看到。

这件事情让我心中阴霾，担心着朵朵，我赶紧推开门进去，鞋也不换，冲到客厅里面喊："朵朵，朵朵……"没人应我，平日里我一回家总有一个娃娃跑过来抱抱我，这会儿却是一点音讯都没有。我立刻急了，跑到书房去看放在桌子上的那个瓷娃娃……

果然——没有了！我手足发凉，不敢相信这个事实：朵朵不见了。

是哪个挨千刀的家伙偷进了我的屋子里？我焦急地四处找了一下，发现我房间里被翻得乱七八糟，特别是书柜，上面的书散落了一地，桌子的抽屉被暴力扯开来，卧室的床被翻了个底朝天，旁边的保险柜被打开，半掩着门，里面我存放的现金和存折被一扫而空。

天啊！

我心中只有无数的脏话往外冒，回过神来，我立即报了案。

警察来得比想象中要快，带队的居然是上次那个欧阳警官，另外一个是被我救起的那个警察。老熟人就好办事了，我粗略地跟他们讲了一下事情的经过，欧阳警官说去看一下监控吧？我们来到了监控室，调取了今天的资料，欧阳警官是看这个的老手，一阵快进，早上、中午基本没事，一直到了下午四点多的时候，几个摄像头相继变成黑色，然后又重现。

欧阳警官说等一等，他停下画面，指着密密麻麻的黑点问道，这是什么？

我看着视频上面的黑点，周围有细微线条，上面一下子就游离成一团，感觉像……苍蝇！欧阳警官凝神一看，点了点头，说真是苍蝇，这些苍蝇封住了摄像头，掩护小偷到你家的过程——看着几个画面，都是去十楼的必经之处。他指着大堂那个保安问："你……在下午四点十一分的时候，有没有看见人从这里出入？"

那个保安仔细地回忆，然后摇头说没有。

我盯着他，说你是没注意还是说没有？老实说！他脸上露出很诚恳的表情，说真没有。我顿时气得火冒三丈，一把把他推倒在地，大骂道你眼珠子都勾进那破手机里面去了，看到个毛？还真没有，老子交这么多物业费是享受服务、享受你们提供的安全的，不是让你来玩手机的！当狗也没个狗样子！

他瘫坐在地上，心中有愧，不敢还嘴。欧阳警官还有另外一个警察拦着我，劝我不要太过生气。我一时气愤骂得太毒，监控室的几个保安脸色立刻有些不善起来，他们那个队长一本正经地说道："陆先生对于你的遭遇我们表示抱歉，但是你也看到了，这些苍蝇莫名其妙糊住摄像头，我们也没有法子，小金他也说了，没看见，当时肯定也是没有人的！"

我死死地盯着他看了一眼，有警察在场，他有恃无恐地看着我，露出虚伪和善的笑容。

我心里烦躁极了，一想到朵朵不见了，杀人的心都有了，这暴戾不但是金蚕蛊传递给我的，也是我自己内心深处的想法。怒到极点我反而笑了，我对这个屌毛淡淡地说："你认为你很负责？你认为你没有失职？"他受之无愧地点头，我又问地上那个保安："你当真是没看到，没有人进来，而不是在玩手机？"

地上那个保安很无辜地说："陆先生你被偷了钱，我能理解，你踹我一脚，我也受了，只是你真的不能冤枉我啊！"他说得很真诚，眼泪水都往外面溢出，经过他脸上的粉刺和青春痘，滴滴答答地落在了地上。

第八章　讨债师叔

　　欧阳警官拉着我，劝我说陆左，你别太生气了。
　　有的话他没说出口，但是潜台词是：别太较真了，至于吗？
　　我摇摇头，盯着这保安队长和地下躺着的那个保安，轻轻、然而却很坚定地说道："这个世界上，很多事情是没有量度标准的，比如职业道德，黑即是白，白说成黑，反正没有人知道，也不会受到惩罚，所以当良心麻木之后，就窃窃以为然。但是，我要告诉你们，今天但凡在我面前说了谎话的人，必定会口舌生疮、胸腹绞痛、肿胀，最后七窍流血而死——一定会的，老天作证。"
　　我说得恶毒，他俩反而更加不在意，直以为我在赌咒发誓。
　　回到房间里，欧阳警官他们取了一下证，拍照、搜集残留物，过了一会，他拍着我肩膀说："陆左，放心，你上次帮我们，这一次我费尽全力也要破了案，帮你找回失物！不过你也别太在意了，从你报的失物来看，总共损失也没有超过一万块，不要太操心……哦，记得把你的银行卡电话挂失！"他说完，带着他们的人收队了。
　　我愣愣地坐在沙发上，看着黑屏的电视。
　　我不能说我丢的最重要的东西是什么，倘若可以，用我所有财产去换都可以——财产丢失了，凭着我的人脉和经验，不用多久就能够挣回来，而朵朵丢了……我不知道怎么去解释我跟这个小鬼头儿的关系，每天晚上我下班回来，总会有这么一个"人"在等我，笨手笨脚地做家务，逗我笑，不管再忙，我都会跟她玩一会游戏，她很乖，勤快，打扫卫生一丝不苟，有的时候又傻乎乎的，乍看觉得阴森森，然而却十分可爱，像最纯净的天湖之水。
　　她即使是鬼，也是纯净的，是无瑕的。
　　短短不过一个多月的工夫，我已经感觉自己的生活，和她已经息息相关了。那一年我已经二十二岁了，久经苦难，淡漠的人生中突然多了这么一个小东西，就一下子，触动到自己心底里最柔软的地方。
　　我想，这就是所谓的父女之情吧？
　　然而，幸福来得太快，走得又匆匆。她突然消失了，悄无声息，无影无踪。我的心仿佛被巨大的黑暗、恐惧紧紧抓住，每一次的跳动，都有喘不过气来的悲伤在蔓延。
　　我仔细想着，到底是哪个混蛋把朵朵带走了？
　　真的是蟊贼吗？显然这是最不可能的，行窃的时候还有苍蝇相助，悄无声息地跟鬼魅一般，所有的锁在他面前全部成了摆设，把我的书房翻得乱七八糟，关键是，他不仅带上了保险柜里的钱，而且把我书桌上最不起的瓷罐娃娃给带走了……

如果不是蟊贼，那么，会不会是……萧克明？这个杂毛小道士，骗吃骗喝，没事还老朝洗脚城、夜总会跑，他是懂得些法术的，又对我的虚实大致了解，倘若是他出手，以朵朵的安全来要挟我给他钱，也不是没有可能；除了萧克明，我突然又想起了一个人来。

小美中午给我讲了一个人，长得很丑，又老又丑的那种，穿着对襟褂子，肩上蹲着一个凶恶的猴子，下午的时候还来找过我，说是我们家的亲戚……我家哪里会有一个养猴子的亲戚？这么一联系起来，我的心都快要蹦出来了，连忙打电话给小美。

她大概等我听了两遍铃声，才接的电话，声音慵懒，不耐烦，郁郁地问我怎么啦，什么事？她大概还在为中午的事情闹小脾气，言语间有些不爽，我不理会这些，直接问那个自称我家亲戚的家伙，下午是什么时候去的店子。小美回忆了一会儿，说差不多是三点钟左右吧。我心一沉，说是谁告诉他我家地址的，她说是她啊，怎么啦？

我骂了一声，挂了电话。

我瘫软地坐在了沙发上，仰望着天花板，无尽的疲倦从心底里冒出来。

这样的一个人，牛到能够指挥苍蝇遮蔽显示器的地步，他来到我屋子里面翻箱倒柜，显然不是为了区区七千多块钱和几本取不出钱的存折和银行卡。而我，又有什么可以让他图的呢？我扳着手指算，在这种人的眼里，我最值钱的东西莫过于三个：金蚕蛊、朵朵和我外婆给我留下来的《镇压山峦十二法门》。

这三样东西，我都被别人看过、知道过，就价值而言，朵朵显然对他最无用——只要有狠心，如此的小鬼他想炼十个炼十个，想炼一百个就炼一百个，并无大用；金蚕蛊其实也好炼，难炼的是我身上的这条金蚕蛊，它是本命蛊，温养数十年，穷尽我外婆一辈子心力炼成，不知耗尽了多少材料、毒虫和草药，独此一家，别无分号，可是，这肥虫子已经跟我挂钩了，那人拿去也并无大用；那么，唯有我烧掉的那本破书，才会引人觊觎。

我想起了外婆给我交代的话语：你没有能力保护那东西，拿着就是惹祸，不知道哪一天，就会有冤鬼上门索债，烧掉了无牵无挂。

这……就是所谓的冤鬼上门吧？只是，这是哪路的冤鬼呢？我第一时间想到了前几日死掉的罗婆婆，她的死虽然不是我引起的，但是别人不这么想，至少……我想起了那个叫做青伢子的少年怨毒的眼神，至少，他不是那么想的。

除此之外，还有谁呢？

我愤恨不已，对于神秘的、仿佛空气一般的敌人，心中怒意狂生。

不过，既然有所求，他终究会要和我联系的。

鬼终归是要上门的。

当天晚上，我陆续把自己的银行卡挂失之后，检查了一下电脑，将所有的文件都隐藏好，那个随身的 MP4 被我删除了资料，扔在一边。我先是默默地念着真言，给失踪的朵朵祈祷，而后仔细在脑海里回想着十二法门里法术争斗的过程。

我从没有一刻那么渴望自己的强大。

第二天早上，手机铃声将我吵醒，我吓了一跳，从沙发上跳了起来。

看着来电显示，是顾宪雄顾老板，我接通，他跟我说了几句寒暄的话语之后，直截了当地问："小陆，你是不是懂一些风水巫术？"我心中一跳，很奇怪地问顾老板你怎么这么问？他见我不直接说，就问我找十年还魂草干吗？我说有一个朋友找我要的，你人脉广，我就求到你门上了。

顾老板说鬼扯，你这家伙还藏得蛮严实的，你不知道吧，你们那个小区物业管理公司的老板是我朋友，我都知道了。我眉毛一跳，心想那晚上我确实出了大风头，物业公司也有好多人看到了，瞒也瞒不住。于是我只好点头承认。

顾老板并不在意我的隐瞒，他问我你的道行怎么样？我说只是一般般，我们那里是少数民族地区，家里面有长辈懂这些，所以我就学了一点。他说你长辈呢？我说我外婆刚死了。他说那你要节哀啊，然后问我这里有一点事情找你帮忙，你看你有没有空咯，过来看一下？

我说很急吗？我这里正好有一点事情要处理，不是工作上的，是那方面的。

他沉默了一下，说也还好，你有事先忙着，顾哥这里最迟可以到十一月中旬，你要答应，我好转告别人。我问是什么事？他说他有个朋友的孩子病了，有高人说是鬼缠身，被人下了降头了，现在四处在找会的人，这方面你懂不懂？

降头术是一种在南洋地区盛行的巫术，跟中原流传的茅山法术、西南的巫蛊是一个性质的，恐怖诡异，它大致分为灵降、蛊降和混合降三种，在东南亚家喻户晓，十分盛行。我身具金蚕蛊，要是蛊降，还是能够有些作用的。顾老板是我的伯乐，人生道路的前辈，我一直很尊敬他，也不想欺骗，就跟他说要是蛊降，我倒是可以看看。

他说好，你的事情解决完了，打电话给我，到时候我接你到香岛去。顿了一顿，他又说你叫我找的十年还魂草有消息了，江城那边的一个朋友手里面有你描述的类似的东西，到时候带你去看看，是不是你要的那种。

这是我这几天听到的唯一好消息，让我心头一亮，连忙说感谢。顾老板说你帮我我帮你，人这一辈子还不是相互帮助，是吧？我连忙说是。这时候又有一个电话转接进来，陌生的号码，我跟顾老板赶紧告别，把这个电话接通。

电话开始是一阵沉默，死一样的沉寂让我的心一点一点地沉重起来，有呼吸声，悠远而绵长。过了差不多十多秒钟，电话那头传来一个男人的声音："你是龙老兰的外孙陆左？"

我说是，他的声音里面有一股别样的腔调，不是苗话、侗话的口音，我不熟悉。

他又说:"是你拿了《镇压山峦十二法门》?"

我问你怎么知道的?

他哈哈大笑,说:"是你舅说的,你舅说你外婆死了之后老宅和宅基地都留给了他,就单单那本破书,交给了你。"

我说好吧,算是我拿了,怎么了,你是谁,凭什么这么问?

他阴着笑,说那是他的东西,他要拿走,拿走属于他的债。

我说你是谁啊你,你说是你的就是你的,我戳在地球这么多年了,也不敢放大话讲这地球是我的。他一直在笑,这种笑是那种"一切尽在掌握中"的笑声,过了一会儿,他淡淡地说道:"陆左,我想杀死你,是分分钟的事情,我听你舅说你被龙老兰下了一条虫,是本命金蚕蛊吧?但是你以为凭那个就可以抵抗我?少年,你未免太幼稚了吧?这个世界有多大,你哪天有空了最好去走走,不然跟洼水井里面蛤蟆一样,不知深浅。"

我哼声,说我轮不着你这个藏头露尾的家伙来教训。

他说:"我要论起辈分来,还是你师叔呢,小子。我这次来,是要拿回我师公洛十八的道藏笔记,重开山门。我昨天拜访了你家里,拿了点路费,还有一个装在罐子里的古曼童。你倒也是好眼光,选了这么一个多福多运的古曼童来养……不过那又怎么样呢?废话少说了,把经书给我,我把古曼童交给你,不然,我把这古曼童给我乖猴子吃了,再将你打杀了,也算是为我师父清理师门了!"我心肺都气炸了——这可是"人在家中坐,祸从天上来",不知道哪个疙瘩里面冒出这么一位,硬说是我师叔,冒充长辈不说,还大刺刺地想要抢夺外婆留给我的法门。还好我外婆托梦,说这本经书留不得,让我把它给烧了,果然是真知灼见啊。

又有,我电脑里面其实还是有一些影印件浏览记录的,可惜他翻遍了书房,卧室也掀翻了天,却没有想到把书房里的电脑打开看一下——这算是思维误区呢,还是"没文化真可怕"?我心中各种念头转动,只听他说:"你想好了没有?"

我说一手交书,一手交瓷罐吧!

他说好,我告诫他要是我养的那小鬼有半点问题的话,小心啥子都没有。他也笑,说你要是出什么花花肠子,别说这古曼童,就是你,我都给炼成厉鬼,你信不信。

我说信,然后跟他谈如何交易。我心里面暗暗骂着:我信你老母!

第九章　同门相见，一见即怒火

没有一点准备时间，我那突然蹦出来的便宜师叔让我现在就去交易。

地点是南城车站附近的一个大型商场，他警告我，他和我师出同源，想来也能料到他的本事，若报警，他自然知晓，到时候就不是一拍两散的问题了。我说这规矩我懂，你别乱来就是啦。

其实正因为我懂，我心里更加没底。

他要书，哪里还有书，那本破书在人间的存在，大概是一堆飞灰而已。

我坐在沙发上，看着满房子散落的东西，一阵捉鸡和无语。墙壁上的挂钟一直在走，滴滴答答，当它的分针走了五格，我才站起来，深呼吸，跑到洗手间里去洗了一把脸，精神稍微好一点，我去把工具箱翻出来，拿出一把略长的瑞士军刀来，这是我过生日的时候阿根送给我的，据说还是行货。

我问金蚕蛊：今天我们要去救朵朵了，给力点行不？

金蚕蛊：吱吱吱……

我腹中一阵蠕动，显然，这个小东西也是十分的焦虑。

和罕有的暴怒……就像这肥虫子第一次整我一样的感情。

此去凶险之极，然而是福不是祸，是祸躲不过，我换了一身方便舒适的运动服，黑色，下了楼，我一边开车一边用蓝牙耳机给阿根打电话，说今天有事情可能不去店子了，他不在意，说好，没问题。我沉默了一下，又说："阿根，兄弟我要是挂了，你知道我家地址吧，钱都转给我父母吧！"

他沉默了，过了一会儿说，你这是遗言吗？

我说对呀。他着急了，说你是不是碰到什么难事了？有问题大家一起解决，有什么事情想不开的？我叹气，说有的麻烦总是要解决的，没得法子。他沉默了几秒钟，说我表哥说的事情是真的？我很郁闷地说怎么你们都知道了啊，这件事情到你这里为止，不要外传了啊！

阿根真诚地说："陆左我知道你不是常人，向来都比我厉害，但是，做什么事情，有什么难处，还是别忘了有我这个兄弟在。我能力不行，但是好歹有把子力气在的……"

我说那肯定的，我们是兄弟呢。说话间，已经来到了商场附近，我跟阿根说有事情先挂了。停好车子，我走下车来四处望，因为是中心城区，又是极为繁华的车站附近，人来人往，滚滚车流，举目过去，到处都是人，那人头好比沙田地里丰收的西瓜,连绵一大片。

不同的是,那瓜田绿油油,这里黑乎乎。

果然是好地方,我在想便宜师叔是不是香岛警匪片看多了?我拎着随身的皮包顺着人流往商场里面走,这里面装着一本老版的三国演义,"滚滚长江东逝水"那种,是我以前打工的时候在地摊上淘的,除此之外,还有一本香岛风水玄学大师白鹤鸣的《飞星改运显锋芒》,两本书让我的手提包沉甸甸的,一看就很有分量。

来到了三楼的日常百货专区,我站在电梯出入口等,过了一会儿,有电话进来,我接通,传来了我那便宜师叔低沉的声音:"你包里面装着书?"听到这一句话,我就知道他一定在某个角落,偷偷监视着我。我点头说是,然后他说让我把包放在公共寄存处。我说不行,我要确认朵朵安全了才能给你。

他笑,说好啊,我现在就把她放出来给你看?

我日,白天把朵朵放出来,不是要这小鬼头的命吗?我心中大骂这家伙的狡诈,但是嘴里却寸步不让,说我要见到瓷罐娃娃,确认朵朵无事了,才会把书给你。他沉默了,过了一会,他说好,那我们换一个地方吧。我心一跳,问到哪里去?

他说这里人太多了,你去附近的××酒店开一间房,我们叔侄俩好好聊一聊,你也可以验证一下你的小鬼是否安好。不过,从现在开始,把手机扔进你旁边的那个垃圾桶里,不要再打电话了。我说这个可以,不过我怎么联系你?

他说不用,他来找我。我扬起手中的手机举了一举,给他看到,然后放到耳边说:"叔,这手机卡里面还有好几百块钱的话费呢,我把手机扔了,卡留着好不?"他没想到我这么说,一时语塞,尔后催促道:"你快一点,磨磨唧唧的……"我挂了电话,把手机卡拿出,攥在手心里,把刚买不久的手机扔掉,坐着电梯下楼,出商场右转,直走几百米到了××酒店。

我知道这便宜师叔这个时候,定然在我后面尾随着,于是我一边跟酒店前台说话,一边代入他的角色去想问题:之所以在车站附近的商场交易,是因为这里人多、四通八达,一拿到手立刻就可以乘长途汽车离开;那为什么又要开房交易呢,显然他已经确定了我拿着破书,认定胜券在握了——之前不敢直接找我,就是怕我吃软不吃硬,用感情来逼迫,成本最低。

我该怎么办?我扪心自问,这老鬼常年浸淫巫蛊之道,自然比我这半吊子要高明几分,我虽然不知其来历,但是想一想能够指挥一群苍蝇的人,那是怎样的老棺材?——这件事情也提醒我,时刻注意身边的耳目。我办完手续,拿了房卡,来到电梯间。

随着门"叮"的一声关上,我用最快的速度从手提包里拿出一个手机(这手机是我六月份换手机之后扔家里的,刚才我随手带出),老款诺基亚拆装简单,一开机,我立刻给阿根打了一个电话:"阿根,我说你记,我现在在南城车站200米处的××酒店1104房间,十分钟后我没有给你打电话的话,立刻报警……"

我话还没说完，11楼已经到了，我立刻挂了电话，把这手机给扔到了垃圾筒里。

我进了1104房间，门没锁，坐在床边缘等着便宜师叔的到来。

床垫很松软，被子是洁白的、带着蕾丝边的那种，想来找个女士一起在这儿滚床单，肯定是一桩美事，可是我此刻却陷入了对未知的恐惧中。我脑海里出现了各种念头，比如我埋伏于门口，门铃一响，我猛地拉开门，一个"三皇冲天锤"轰爆这家伙的脑袋；又比如我让金蚕蛊在门口等着，直接给他下蛊毒，到时候有了威胁，大家彼此就有了顾忌；又比如……

然而我坐在床边，却一动没动。

直觉告诉我，待着别动，比做什么小动作都要好一些。我面对的不是一个普通人或者穷凶极恶的歹徒，而是一个擅长蛊毒之术的老油条，他奸诈、阴毒、深悉人心，就像潜伏在草丛里的毒蛇，不到最后一刻，不会露出自己的爪牙——恰如猛虎卧荒丘，潜忍爪牙苦受。

几分钟之后，门被推开，脚步声几近于无。

我抬起头，只见套间转角处出现了一个瘦小的身影，这是一只猴子，它的体型只有小猫那么大，脸颊、胸脯和四肢内侧均为深橙色，背部为红褐色，黑色的尾巴有白尖，佝偻着身子窜进来，头和身子长二十多公分，尾长三十公分，不似平常猴子。

它朝着我龇牙咧嘴、表情凶神恶煞，吱吱地叫着。我站起来，它吓了一跳，往后腾空蹿去。我顺着它的身影，只见到它跳上了一个男人肩膀。

这时候，门才传来一声锁门声。

当真是神出鬼没，我看着眼前这个男人，他的皮肤很黑，脸型轮廓像是东南亚那边的人，年纪约摸有五十岁上下，左眼眉毛上面有一颗大大的黑痣，人很丑。他在冷笑，嘴一动一动地，我仔细看，原来是在嚼槟榔。见我站起来戒备地望着他，他伸出手抚摸着猴子的黑黄毛发，眯着眼睛说："我本以为你会耍一些小动作，没想到你还挺自觉地——很好，我喜欢你这种有自知之明的年轻人。"

他的眼一眯，我感觉这眼神尖利，就像破碎的玻璃渣子。

我深呼了一口气，说道："瓷罐带来了没有？"他从随身带着的一个布袋里面掏出了装着朵朵的瓷罐娃娃，平摆在手上，前伸，说："书呢？"我走到窗前把窗帘拉上，房间顿时暗了下来，我轻唤："朵朵，朵朵……"朵朵没有出现，而那男人脸上则浮现着莫名的笑容。

我说你干了什么？他耸了耸肩，嘴角一抽动，瓷罐娃娃立刻飞出一道白线，朵朵出现在房间里，见到我，跑过来咿咿呀呀地张嘴，紧紧地抓着我的衣摆，躲在我后面，像一个受惊的小兽，精致的小脸上写满了恐惧。

他平摆双手，说："看看，我只不过是想告诉你，控鬼之术，我比你精通，所以你不要玩什么花样，来，把书给我，我们两清！"我一直盯着他的眼睛，当他说到"我们两清"的时候，眼神不自然地往旁边瞥去——这表现是在否定自己说的话语。

心情跌到了谷底，不会是想要杀人灭口吧？

我把紧紧抓着的皮包往前伸，他手一翻，我看见这家伙手上的颜色明显和露出的胳膊部分颜色不一样，显然是戴上了肉色剥皮手套，这家伙真够谨慎的。我们两个相隔一米，他接过了我的黑色皮包，而我也拿过瓷罐娃娃，手指一触，我立刻就有一种灼伤刺痛之感，感觉身体里面爬进去了几只细小的火蚂蚁。

我眉头一皱，盯着他一字一句地说："你敢给我下蛊？"

他收过皮包哈哈一笑，说传说金蚕本命蛊百毒莫进，我倒是很想看看。

我中的是癫蛊，中蛊毒之后，半日发作，人心昏、头眩、笑骂无常，饮酒时，药毒辄发，人痒难耐，愤怒凶狠，俨如癫子。这是小儿科，往日两广之人常用，最普通的治法是嚼槟榔，即可预防或缓解。我见他一副成竹在胸、掌控场面的表情，心中大愤却无奈，惟有让体内的金蚕蛊忙着解毒，以免毒入腑脏，用布包好瓷罐，脚步移动着，说我可以走了吗？

他伸手拦住，说等等，你验了货，我可没有验货。说完他低头把皮包打开，翻看时，他肩膀上的那只袖珍猴子一直瞪着我，警戒得很，而我的右手已经抓住了裤兜里面的瑞士军刀。老家伙翻了一下，拿出两本书，草草浏览，抬起头，眯着眼睛说书呢？书到哪里去了？我强作镇定地说不就在你手上吗？

怒气在第一时间填充了他的眼睛，我感觉他的晶状体瞬间变成了红色。

"你竟然有狗胆来骗我?!"他愤怒地狂吼着。

第十章　猿尸降，杂毛道士算计强

这老家伙一发怒，肩膀上的猴子立刻就龇牙咧嘴，朝我蹿来。

我中了癫蛊，身子正难受，但见这死猴子猛地扑来，爪子尖儿又黑又尖，也不敢懈怠，摸索瑞士军刀的右手立刻出兜，往前一挥。要说我身体素质的进步也不是一点两点，这猴子快疾如风，而我出手却似闪电，后发先至，一刀就劈在那猴子头前。

它倒也敏捷，横手一挡，坚硬锐利的爪子竟然和钢铁刀刃擦出火花，被我一震，弹到一边去。

我那瑞士军刀的刀刃不过八厘米，加上刀身也不到二十公分，我往后退了几步，刚一站稳，只见那个老家伙把手中的《三国演义》朝我猛砸来，我偏头一闪，躲开，他张大嘴低吼了一声，脸上突然黑色雾气萦绕，开始长起了稀疏的黑毛来，脸腮、脖子、额头……这黑毛长得极快，几秒钟，便跟猴子一样了。

我失声大叫道："猿尸降？"

我没有想到这个家伙居然把自己炼制成了降头本物。什么叫做猿尸降？

这里的猿尸，指的是东南亚丛林中独特的一种猴子，学名叫作 Mandrillus sphinx，也叫做山魈（跟前面提到过的矮骡子不一样），有一张色彩艳丽的脸，性暴躁，尤其雄性，体强壮，敢与敌害搏斗，十分少见。有巫者认为它有沟通神灵的力量，待其死后，腐化尸体，从颅腔中取出少量的红白色液体（血液和脑浆混合物）和大量半腐化状毛发，涂抹于人体，日夜祈祷念咒，最后人便能够化身为山魈，力大无匹，一跃几丈。

古时常有邪恶的巫师和宗教人士，用猿尸降来炼制护坛武士，维护其权威。

然而，这也是一种非人性的手法，被下降之人，平时虽然可以如常人一般，正常生活，然而每当圆月当空，月光如水之时，全身各处、三万七千穴窍之中奇痒无比，根根毛发长出，皮肤鲜血淋漓，痛苦不堪，惟有吸食鸦片解痛，长此以往，精神异常，寿命不过十年。

这些我也只是看到在杂谈里面有所记载，还好奇地查过资料来对比，没承想还真的碰上了。难怪这个家伙说杀我轻而易举，并非难事呢。我看着窗户，连忙摆手说道："叔你先别急，先别急……我跟你说实话，那本书我早已经遵照我外婆的嘱咐，把它烧掉了，不过内容我还记得呢，你要是需要，我可以给你一一复述出来的……"

喊着话，我终于知道这个家伙为什么会出现在这里了。

因为，在《镇压山峦十二法门》的杂谈里面，有一段洛十八关于解猿尸降的论述，很有可行性，我也是看着有趣（有没有感觉像狼人？），所以才对这一巫法印象深刻。

然而，这人一入临降状态，理智便大部分被本能所淹没，哪里能听我辩驳？

何谓本能？

此山魈马脸凸鼻，血盆大口，獠牙密布，脾气暴烈，性情多变，气力极大，有极大的攻击性和危险性，这种习性随着血液秘法传承，已经融入到了受降者灵魂之中，根本不会听我辩驳拖延，他往后一收，便如同投石机一般弹射到我面前，我只是低身避过，脚被擦到，跌到一旁去。我也是着急得很，顾不得许多，连滚带爬地往门口跑。

左边突起一道厉风，我一闪，左脸就一阵火辣辣的痛，却是被那猴子抓伤。

我回过头，瞥见朵朵飘到了这死猴子头顶，小丫头噙着眼泪，开始变得青面狰狞，张大了嘴要去啃它。我心中一动，突然想起来它是什么品种了：塔特原狐猴，又名食脑猴。这鬼物可非凡品，普通的猴子是杂食动物，食性一般，然而它却十分奇特，喜欢食腐尸脑，是有名的灵长类食腐生物，据说可以沟通冥界，吞噬灵体。

"朵朵不要！"

我已经拉开了门，见那死猴子伸出黑沉的爪子去捉朵朵，我忍不住返回一脚朝它踹去。这一脚快得出乎我的意料，直直地把它踹飞，"啪"地一下摔在墙壁上，我心中喜意还没等萌发，便感觉黑影一现，却是那进入猿尸降状态的老家伙出现在我左侧，他抡直了右臂，朝我甩来。这时我已然来不及闪避，微微侧身，让自己的背部承受这一击。

砰！我还没反应过来，就感觉自己仿佛被那东风重型卡车高速行驶的冲击力猛地撞上。

一瞬间，我被巨力撞出了门，直接撞到走廊的墙壁上。

双眼一黑，我几乎昏死过去。

然而此刻正是危急关头，我要是双眼一闭昏过去，估计再也没睁开双眼的那一天了，绝望关头我凭空生出几分悍勇之气，软趴趴地从墙壁上滑下来，我也不知道自己骨头到底断了几根，紧紧抓着那把瑞士军刀，奋力就往大步踏前而来的这黑毛怪物面门一掷。

他偏头一让，那把军刀"嗖"地一下，深深地扎在了后面的沙发上。他狂吼一声，"嗷呜"，我背后的墙面上有碎石索索掉下来，砸在我头上。我肚子一阵翻腾，口中的鲜血止不住地涌出来，呛得肺部抽离。额头上流下的鲜血，糊住了我的眼睛。

血色中我看见朵朵朝我无助地跑来，后面是那男人大踏步而来。

我本以为要好一番龙争虎斗，哪想到自己竟然这般没用，一个照面就丧失了战斗力，想到体内金蚕蛊，这小东西是用毒行家，却也不是万艾可，只能缓慢给我带来体能、反应和精神上的增长，却在搏斗时给不了我多大的支持。太年轻啊太年轻，我心

中无限哀叹着，想奋力挣扎起来，胸背之间却是一阵剧痛，几乎疼昏过去。

而这时，那男人离我仅仅只有一步之遥。

要死了吗？

我仿佛听到了天国的声音传来，不，是一个故作老成的声音在喊道："妖孽，胆敢造次。待贫道来降你！"我稍稍偏过头，看见一个着青色道袍的男子从斜里横出，舞着一把破桃木剑朝那浑身是毛的男人劈去。

接着传来了一阵急促的脚步声，好几个声音在吼着："警察、警察……"还有人喊："这是什么怪物？"

我一口鲜血又鼓出来，心中却稍微安定。然而刚待把心放下，却看到我刚才跌落时滚在地上的那瓷罐娃娃，在打斗中，被一只毛茸茸的大脚，猛地碾成粉碎，流出一小滩清亮的油质物来。接着听到朵朵的一声尖叫！

这一下我真的是怒急攻脑了，胸中闷痛，眼前一黑，听到几声枪响，就什么也不知道了。我最后的一丝意识是：天杀的……

当我再次醒来的时候，首先闻到了消毒水的味道。

这味道让我悠悠地回过神来，睁开眼睛，发现自己在一个很普通的病房里，眼睛被纱布的边缘阻隔，勉强用余光看到左右似乎有好几张床铺。我想站起来，却动不了，发现自己全身上下都被打满绷带，脖子上套着护颈，跟个木乃伊一般。我用尽全力弄了一点动静出来，于是，有一个长相路人、身材肥硕的护士过了来，用手拨弄了一下我的眼睑，问："咦……有意识了吗？能说话了吗？"

我说能，刚一说话，就感觉自己的喉咙像火烧一般，辣得很，我下意识地说："水……"这时，余光中有一个倩影跑了进来，然后我的手被紧紧抓住，然后一头秀丽鸦色长发就把我眼睛的视界给填满，这个女人嘤嘤地哭着说："陆哥陆哥，你终于醒了，呜呜……"

我看不到，听声音才知道，是小美。

于是我又用劲喊道："水……"我的声音生涩得很，然而她却听清楚了，赶忙去倒了一杯温水，一点儿一点儿地喂我喝。门口又进来了几个人，有阿根，还有我店里的那两个老油条色鬼，他们围着我寒暄了一番，慰问身体，我心中有事，也只是应付着，等到喉咙不再难受了，才问怎么回事。

阿根跟我说那天他接到了我的电话，一分钟都不敢耽搁，立刻报了警，同时往南城车站的××酒店赶去。到了车站汇合了出警的警官们，紧赶慢赶地跑到了十一楼，刚一到走廊就看到我躺在走廊的地上，一个道士在跟一个黑猩猩一样的生物在打斗，警察们示警不成，开枪打伤了那黑猩猩，结果那家伙见势不对，打伤了两个警察就跑了。

阿根说，还好这些警察带了枪，不然，那个怪物可真的难对付。

"跑了?"我问,他点头。

这时候医生在护士的带领下过来了,给我稍作检查之后说我的身体素质还可以,断了三根肋骨,但是恢复得不错,安心治疗……我点头说大概多久能出院,他说要先等一个月吧,等情况稳定了,再回家休养。我不敢问他做手术时有没有从我身上溜出一条肥虫子来,猛点头不说话,他也没说什么,宽慰一番就走了。

我问阿根说我昏迷几天了?现在什么时候?

阿根说你昏迷足足有四天了,抬进医院的时候跟个死人一样,我们都准备给你搞丧事了,幸亏人家医生医术高明,一会给人家封个大红包去。我点头,说账从我那里出。我看小美脸色疲倦,就问是不是好久没睡了?小美甜甜一笑,摇头说没事。旁边的一个店员嘻嘻笑说小美同志这三天就没睡过好觉呢,就把你当老公一样伺候呢。

小美脸一红,扭过去啐他一口,不让他乱说。

我很感激地对她说了声谢谢,她脸红了,站起来说她回家去,给我煲一点汤来喝——像我这样断了骨头的,就应该喝莲藕炖龙骨。

我们目送着小美出去,阿根说小美真心不错,对你好得跟自家未来老公一样,贴心巴适的,你要好好把握。我摇头不说话,阿根有点儿急,问你是嫌人家文凭低,还是嫌人家谈过男朋友?我告诉你,这个年代,像她这么又漂亮又贤惠的女孩子,真的不多!

我没说话,不知道怎么讲才好——要说我对小美没什么感觉,那是骗人的,这样一个青春美丽的女孩子,光对眼球都是一种不小的安慰,又美丽,又有活力,善良勤快;但是,我对她真的就没有那种很浓烈的感情,反而是很珍惜的那种,如果我们不熟,大家一起滚滚床单,当当炮友也挺好的,但关键是她对我的事业(当然是小生意)也很重要,而且我真把她当朋友,关系闹僵了真不好收拾。

我问那天那个道士呢?

阿根见我避而不答他的问题,有点不舒服,语气生硬地说也住院呢,那小子伤到了手。

我说能帮我叫一下他不,我要单独跟他见一面。

阿根本来不想动,但是又想到我另外一个身份,定然是有急事的,站起来说我去帮你叫吧。阿根出去后,我手下那两个老油条店员围上来说,那道士是个花花肠子,说是你朋友,住院这几天我们也给他送饭,天天没事找护士小姐看手相,身边围着一群妞。对了,上次跟你讲在洗脚城按摩院碰见的那个长毛小子,就是他。

我点头说知道了,谢谢你们,店里忙,赶紧回去照顾生意吧。

他们两个是那种老炮油子,做事懒,一个月大半工资都花销在老二身上,但是为人还可以,机灵,嘴勤快,放店子里招揽生意是把好手。我对他们不错,时常关照,偶尔向我借钱,数目不大我也不拒绝,所以他们很挺我,自以为是我的人。

见我这么说,他们点头说好吧好吧,赶紧回去给同志们报告陆哥康复的喜讯。

又过了一会儿，萧克明这杂毛小道穿着病号服，吊着一只手进来了，我示意阿根在门外待着，阿根点头，没有进来。病房里几张床的病人，都各干各的事，或睡觉或玩手机，也不理会这边。萧克明搬个板凳坐下，作一揖，说陆道友终于醒了，贫道也算是了却了一桩心事。

我先感谢了他的救命之恩，然后焦急地问我的那个瓷罐怎么了——我现在最急的就是朵朵的安危，当时瓷罐被毁，尸油流出，朵朵无家可归，神魂惊悸，高叫了一声……别人看不到，这杂毛小道法力不行，眼力劲儿倒是有的，定然看到了。

他微微一笑，说："陆道友，想不到你居然是南疆巫蛊之道的传人啊，既种本命金蚕蛊，又养玉女灵童，真的是阔绰啊，失敬啊失敬！"我苦着脸，急忙说后来到底怎么啦？他眼睛一转，说贫道这几日花销甚大，且又受了伤，囊中羞涩……

我说我来报销！

他又说贫道在此处人生地不熟，也没有个落脚之处，去那道教协会人家也不收留……

我说住我那儿。

他终于满意地笑了，手伸进怀中，拿出一物来。

第十一章　百年槐木牌

　　这是一块巴掌大的暗红色玉器，块状，质地细腻而均匀，蜡状呈油脂光泽，边际浑圆，雕刻有天狗食日的图案，造型古朴，然雕刻技艺并不怎么高明，简陋，并非专业匠人所为。

　　我说这是啥玩意儿，萧克明得意地说这是他的本命玉，虽然用的是档次不高的岫岩玉，但却是经过一番心思处理。怎么处理的呢？他说他刚出生之时，家中老人便已制好此玉，算好生辰八字，房内刚一呱呱落地，外边就一刀捅入方圆百里最健壮的一头公水牛肚中，剖开腹部，趁牛血尚热未凝固时，把这玉器混裹胎毛、新血放入牛腹中，缝合，埋到乡间小道地下。

　　过三年后取出，玉上出现有土花血斑，与初启蒙入世的小萧克明已经能够血脉相连。将其佩戴于身后，心思聪敏、能辨阴阳，成人之时便有一牛之力。

　　我不听他胡诌这些，直接问我家朵朵现在怎么了？

　　萧克明把玉放在我手心，说自己感受咯。我沉心静气，摩挲着光洁润滑的玉器，顿时感觉有一点亲切，没一会儿，我就能够感觉到玉器里面附着有朵朵的气息，似乎在沉睡，安详平和。这会儿我心中的大石终于落了地，长叹一声幸好。

　　萧克明说不好，我忙问这话怎么讲？

　　他说这玉他佩戴了二十余年，而他本人虔诚向道，欲证乾坤，所以玉虽然属阴，然鲜血浸染，阳性灼热，并非长久居所，此刻他持咒让小鬼沉眠，却也不是长久之计，日子久了，小鬼的灵体自然会有所损伤，烟消云散。她在人间的寄托物已然被毁，本应消失，但是有我老萧在，出手方能暂保灵体而已，要想留她，必须还要另外找寄托物。

　　我说是不是要再铸一个瓷罐娃娃？

　　他摇摇头说不可，你那拘鬼手法应该是南疆一派，简单粗暴得很，非我中华正统流传，本也可以，但是此刻小鬼的骨骸、骨灰、毛发及尸油均已遗落，古曼童瓷罐再铸已无意义。他说到这儿，我苦思，想起十二法门驱疫一章中所言，于是问道是否可以用阴属老木来替代。萧克明吃惊，说你怎么也懂我茅山拘鬼之法，不错，取上了年岁的柳树、桐树和槐树的树芯，雕刻成符，具有锁魂的功能，这其中，以槐树为最佳。

　　我说这倒好办，要说是银杏、秃杉、四合木这些个珍稀植物，我还真的难找，老槐树，满东官城倒是到处都是，随便找一找园林公司，看能不能够弄一点儿来。

萧克明摇头，说道："此言差矣。这槐树与槐树，之间还是有差别的，风水朝向、树龄形状、环境都直接影响到其最后的功效，弄好了，固魂养体，弄砸了，化为灰灰也是有可能的。贫道自幼习得一奇书，名曰《观山字七八经诀》，颇有心得，前几日见到环城河畔有一景观树，树龄过百，形态十分出奇，心有所感，颇觉得有些缘分。如今一看，果然是有用场的。只是，那树位于公共场所，人来人往，又有城市管理者蹲守其间，我若去取芯，难免会遇到一番波折……"

我算明白了，这杂毛小道兴奋自夸时，便说"我老萧"，装模作样、讨价还价之时，便自称"贫道"，果真是个顶讨人嫌的家伙。不过我心中关切朵朵安危，无奈只有授人以柄，说你自去，我陆左定然不会忘记哥们你这一份恩情的，滴水之恩，定当涌泉相报。

得到我的许诺，杂毛小道嘻嘻地笑，说我们有并肩战斗之友谊，谈这些做甚，谈这些做甚，忒俗了。话锋一转，说东官此地风景甚好，他还须在此盘桓数日，既然大家都这么熟了，他也不客气，在我家暂住几日。我咬牙说这是说好了的，当是自己家，谁客气，谁是龟孙。

谈完这些，萧克明脸色一正，说你怎么惹到了那个法师？他是何来历？会化狼的人已经没有人性，变身为妖了。我说狗屁妖，咱们都是内行人，勿哄我，这是猿尸降，最早出现在古印度的韦陀教、所罗门教，古已有之，而且，是猿人、不是狼人——你堂堂一中华国粹的先行者，有那么喜欢看西方的奇谈异志吗？好莱坞大片看多了吧。

萧克明大骇，说老弟你有如此见识，竟然没见过妖？何为妖，反常即为妖，你还真的以为妖怪都是《西游记》的人妖啊？

我刚刚苏醒，没多大力气跟他争辩，只好挑紧要的说。

当得知那家伙是我师叔之时，他摇头叹说同门相煎，哪儿都有，这语气似乎有一肚子心酸要倾诉。然后又问我，那本引起武林之中腥风血雨的《镇压山峦十二法门》现在在哪里？我老实说烧了，他心痛得很，骂我败家子，麻辣隔壁的，这样一本前辈留下来的心血之作，怎么可以付之一炬呢？你这死货！

如此拌着嘴皮子，他问我要行动经费，说事不宜迟，今天晚上便带着伤，去为我取槐芯。我并不敢动，只说多少。他竖起食指，我说 100 吗？他说 100 也无妨，他出门捡根破树枝做一个应付，也是可以的。我说你直接说，我们别猜谜语了。他嘿嘿一笑，说咱们都这么熟，那就 1 万吧。

我说这么熟还宰我？他昂着头装听不见，我没办法，让门口的阿根帮我预支钱，陪着这杂毛小道去。

萧克明见有了钱，眼睛笑眯了，也不跟我胡扯，站起来跟我告别。

走到门口他又拐回来，表情正经了一点儿，说你那个便宜师叔可能还会找上门来的，你要小心。我说那家伙不是跑了吗？他说是啊，但是跑了不会回来吗？要知道，你是他唯一的希望，不找你找谁？——话说，他怎么知道你家传破书里面有猿尸降的解法？

我说鬼知道！我一想这杂毛小道的话语，的确如此，心情就开始有些郁结了。

人走光，我没有消停一会儿，欧阳警官又带着两人到来，我闭上眼睛哀叹：真忙。

那天的冲突中有两个警察受伤，有一个哥们现在还躺在医院里。

袭警——这还了得？于是此案立刻得到了极大的重视，抽调警力，组织精兵强将，广发海捕文书，有了我店子里店员、萧克明等人提供的信息，再加上当天相关区域的监控录像，很快就确认了凶手的原形，一时间展开了如火如荼的抓捕工作。

而我作为最主要的当事人，昏迷三天、人事不知，警方本已将我放弃。没承想拥有金蚕蛊的我生命坚强如蟑螂，又醒了。得到通知，便立刻过来找我做笔录。我躺在病床上，犹如一个木乃伊，略过无异事一节，把那天的事情一一说明。欧阳警官询问完，亲切安慰我，要安心养病，不要想太多，等到出院之后，还要继续为人民、为社会作出贡献。

我头不能点，咬着嘴唇，疼出几点泪花，算是谢过欧阳警官的关心。

送走这些人，我终于安宁了一些，三波人过来，左右床铺的人都偷偷看我，也不说话，也有人窃窃私语，说我是非。我乃小民，也不期望有高级的独立病房享受，唯有闭上眼睛，享受着片刻的清静。

闲下来，我想起了肚子里面的金蚕蛊，这家伙打斗不行，不过帮我恢复身体倒是一把好手。我犹记得自己那天见面就被便宜师叔下了癫蛊，此刻已经消失全无。我一念及它，这小东西立刻回应了我，大意是我受伤太重，即使有它全力周转补救，康复之期也晚。

它在我身体里钻来钻去，有时候有感觉，有时候却一点异样都没有。

我受伤的骨头处开始发痒，麻麻的，闭上眼睛能够感觉到骨骼在生长、在聚合。这是金蚕蛊在刺激我的生命活力，能够尽快地恢复，但是，光靠它，我的复原定也是遥遥无期。大敌当前，我可没有闲心思躺床上，我开始回忆了一会儿十二法门里面的巫医一节。

巫医其实也是中华医学的一部分，始于南疆（也有说藏医、蒙医和萨满也是巫医的，这里不论），在古代是宣扬神权的重要组成部分（几乎所有宗教都是以医学为主要手段），作为一本神婆传承的阅读物，十二法门里记载了很多偏方药理。事实上，一个顶级的养蛊人（不像我这种半吊子），必定是一个在药理学上有着高深造诣的老手，因为很多蛊毒并非实体，更多的是病毒和病菌。

作为实体出现的本命蛊，太少，太少！

天麻、南星、丁香、白芷、生白附子、防风、猪牙皂……这些药材熬制的一味药汤——"接骨养气汤",对肺腑受伤、骨骼节断的恢复有着很好的促进,我默念着,等阿根回来,让他帮我去药店买来熬制,并且,还让他帮我去挂失电话卡。他见我自己开药,并不放心,不住地问,我只说无妨,借了他的手机给家里挂了一个电话,一切安好,又打给小舅,他吞吞吐吐地说有一归国华侨来找外婆,结果被他打发来找我,并且虚伪地问我没事吧?

想必他也是吃了点苦头的,但是祸水东引至我这,真不厚道。

我懒得理他,挂了电话。

都说拿钱好办事,1万块钱刚到手,萧克明第二日下午就拿着一块三指长宽的木牌,来到我病房,上面雕刻着精美的金童玉女、祥瑞云彩,原木色,边角着朱砂碎玉,棱角打磨得光滑,穿了红色挂绳,尾末还打了中国结,看着像艺术品。我狐疑地看他,说不会是去工艺品店买的吧?他嘻嘻地笑,说承蒙夸奖,不过你若不信,出院后去××公园的河边看那一棵古槐,不出一个月,定然枯萎——为何?这槐树芯集中了它一生精华,我取了,它便死了。

我还真不信他,暗自留了心,决意出院后必去瞧上一瞧。

萧克明受伤不重,要了我家的钥匙,没几天就出院了。后来楼下物业告诉我,那个长毛小子老是带不三不四的女人回家过夜。而我则只有乖乖地待在医院拥挤的病房里,听着房间里其他病人的喊痛声、呼噜声和放屁声,安心养伤。我不在,阿根事忙,将熬药煲汤的责任就交了了小美,药她总是用一个小保温瓶子装好给我,而汤,却每天换着花样。她是南河人,并不擅长煲汤一类的活计,于是跟她姐姐家的房东太太学习,总是能够撑得我直呼饱。

我在病房无聊,于是叫萧克明把我的笔记本电脑带来医院,解开密码,独自研究资料。

住院唯一的好处就是朵朵每日吸取天魂的机会增多了。

她经过一番周折,灵体饱经折磨,薄弱了许多,自从萧克明把槐木牌交还于我,我除了每日持咒祈祷之外,每逢晚时,便放她去自由活动,吸取空间里残留的能量。没过几天,小丫头灵体越发稳固,分不清是槐木牌的功劳,还是吸食了天魂的功效。

过了几天,我头上的纱布拆下,脸上留下了几道伤疤,是被那死猴子给抓的,医生说破口有毒,但恢复得好,所以很浅,不用太担心。有了接骨养气汤大量药材的补充,我的骨骼恢复得也快,已经能够在护工的帮助下翻身下床了。

又过了一个星期,某天中午,萧克明带着两个人来见我。他们一进来倒头就拜,哭声动天,男儿伤心泪滚滚落下。

第十二章　金蚕解蛊

我凝神一看这二人，原来是我家楼下那俩保安——一个保安队长，一个青瓜蛋子。

这两个瓜皮在朵朵被窃的事后拼死抵赖，既不提供信息，也不配合，指鹿为马地辩驳，把当时痛失朵朵的我气得够呛，于是当面发了毒咒，暗地又指使金蚕蛊给他们两个来一下子，本想给他们一个教训即可，哪知后来忙于交易，而后又身受重伤，竟然将这两个倒霉鬼忘记了。我下的是慢蛊，这几日他们肯定是毒发了，痛苦莫名，被萧克明见到，于是领了过来。

我心中侥幸，想着幸亏有萧克明在，要不然我莫名其妙地手中就多了两条人命，这样有伤天和。不过虽是如此，我自然也不肯承认自己下了蛊，只是问怎么回事？

那保安队长已经哭得眼泪鼻涕糊满了脸，一直磕着头。

他见我问，抬起一张扭曲的英俊脸孔，可怜巴巴，哭着说他们错了，以后再也不敢了，求我放过他们。我说这真奇怪了，我怎么就不放过你们，我做了什么？他张开口，伸出舌头，里面全部都是大片大片的溃疡，脖子后颈大片脓疮，肚子有圆球那么大，不断地噷着酸臭的气，嘴唇肿得外翻，疼得只是哭。

我很冤枉地说我住进医院都有十来天了，哪里有机会去搞这些呢？生病了就住院嘛，找医生，找我有屁用？他们见我这么说，哭声更大了，说去了医院了，也没用，还说上有老下有小呢，他们那天是龟孙，是他们错了；那个青瓜蛋子使劲扇自己巴掌，说他那天在玩手机，所以没有注意，但是怕受惩罚，于是就说了谎。

他打得很使劲，又揍到自己口腔溃疡的上面，哇哇地哭，大把大把的眼泪掉下来。

病房里的其他病人纷纷侧目看着我。

我说好了好了，真不是我搞的鬼，我当时只是随口一说，没想到还真灵验了，所以说，举头三尺有神明，做事都要凭良心才好，对不对？我听说，只要诚心悔意，连上帝都会原谅你们的呢，对不对。好了，你们真不要找我了，看一看你们旁边这位仙风道骨的道长，我隆重推荐一下，他才是一位奇人异士呢，找他，才会有办法的。

说完，我让金蚕蛊把这两人体内的毒性截断，然后朝萧克明眨了眨眼睛。

杂毛小道久混市井，一颗玲珑心晶莹剔透，一点就通，于是嗯嗯啊啊的扯呼起因果报应来，讲得云山雾罩，玄之又玄。两人皆俯首称是，他送走两人出门口，折回来问我解法，我一一相告，他满意而去，称这笔生意八二分成，因为他出力较多，于是

他八我二，成不成？我闭上眼帘，赠送他四个字："滚你个球。"

他们走了之后，一个病友问我小陆你还懂法术呢？

我说我年纪轻轻的，哪里懂这些，那个年轻道士好像有，我就见过他用木剑挑起一张黄符纸，突然一下就点燃了，好厉害呢。那个病友惊呼一声说这么神奇？旁边有一个摔断腿的老人嗤之以鼻，说那张黄符纸做过处理，上面涂得有红磷。我说也许是吧，你这么说，看着倒真是骗人的玩意儿。

他们哈哈笑，说本来就都是骗人的，世界上哪里会有这些。我说是啊，怎么可能呢？刚说完，一旁的朵朵就冲我做鬼脸，猛地眨眼睛。

晚上的时候顾老板打电话给我。

他之前也打过电话，向病中的我问候，对于跟他的约定，我已经表示恐怕不能去了。他表示了理解，说听阿根说了，都瘫在床上了，自然是来不了的。这一次，他一见面就问我，说那孩子快不行了，遍访名医、高人而不得，几经无奈，她父母辗转知晓了我这边有点路子，于是央求顾老板带到东官来，求我想想办法。

我很惊讶，说香岛那么大，高人异士辈出，都是大师，我现在看的好多玄学书典都出自于港台，怎么会没有一个人能够出手救治，居然还想跑来找我这个小苗寨子出身的家伙？顾老板叹气，说香岛确实有高人，但是托人找了几个，对于这件事情的态度却都是出奇一致，不愿意出手。李家湖是他生意场上多年的朋友，若是你懂，务必帮你顾哥这么一回。

我说不保证看好，但是看看没问题，你只管带过来就是。

顾老板很高兴我能卖他面子，笑眯眯地说小陆你放心，只要治好，诊金一定丰厚。我苦笑说我要是冲诊金，真就是个混蛋了，主要还是你顾哥的面子大，你都开了口，我还能说什么？他说明天就启程过来，让我准备准备，于是心满意足地挂了电话。

第二天下午我还在研究十二法门，忽然看到门被推开，一个穿着青色西裤白衬衫的中年人走了进来，在他后面有一个戴金丝眼镜的年轻人，提着燕窝鱼翅等贵重礼品和一个花篮。这中年人便是我之前一直提起的顾宪雄顾老板，旁边那个是他的助手秦立。我连忙关上了电脑，招呼道："顾哥你来了……"

想撑起身来，但是顾老板很快就阻止了我，他走到我面前拉着我的手，感慨地说了一番寒暄之话。没几句，他就进入正题，说他朋友李家湖和他太太，以及他们的小孩都到了东官，他先到一步，他们随后就来，问我在哪里可以开始。

我说找一个独立的房间就行。

他环顾了一下病房，说阿根太不懂事了，怎么能让小陆你住这种房间呢？要不然给你换一个单间吧？我说不用，创业初期，宜俭不宜奢，这里挺好的，足够了，顾哥你去院方那里找一个独立病房，我在那里给那小孩看病好啦。他让秦立去安排，坐下来陪我聊天，问关于巫蛊之事孰真孰假的事情，这里病房人多嘴杂，我也不愿多谈，摇摇头，点到为止。

他是聪明人，见我这般，呵呵地笑，说我们改日好好聊一聊，于是没有再谈及。

那家人很快就来了，我让秦立去院方那里借了一架轮椅，在护士和他的帮助下，让人推着我过去。他们找的是十五楼的一个高级病房，一进去，就闻到有清新的香水味，现在是下午，温暖的阳光从明亮的窗外洒进来，如同金子。这病房是套间，我首先和小孩的父母见了面，都是四十来岁的人，男的儒雅精干，女的秀丽婉约，很有素养，只是面容有些憔悴。

然而他们见到坐在轮椅上的我，却有些失望。

虽然经过了十来天的治疗，但是当时的我身上到处都是固定骨骼用的夹板，脖子处有护颈，脸上有疤，给秦立推着进来，穿着病号服，头发好多天没洗，油油的透着股酸气，精神谈不上坏也谈不上好，哪里有世外高人的风范。

顾老板给我们双方作了介绍，他对我颇有吹捧之辞，什么苗疆世家、历代传承，又将近日发生的两起怪事移花接木，把我大大粉饰了一番。那男的叫李家湖，还能保持礼貌，跟我打招呼，那个女的英文名叫Coco，顾老板介绍作李太太，她秀眉蹙起，看着我就仿佛如那招摇撞骗的江湖骗子，一脸不善。

我不以为意，说能不能先看看病人？——因为不知道叫什么，所以我只能以病人作称呼。他们说好，秦立把我推到了房中的一个病床前，轮椅是可以升高的，大概升了五十公分，我正好能够看见病人，把目光一放到床头，我吓了一跳：哇，黑气萦绕。

床上躺着的是一个十五六岁的少女，瓜子脸，西瓜刘海，两颊消瘦，闭着眼睛，长长的眼睫毛微微颤抖，仿佛忍受着巨大的痛苦，一头黄色的波浪卷发散落在枕间。她本应是个极美的女孩儿，然而此刻小脸是病态的灰白色，没有一丝生气，嘴唇干、发白，好多灰皮。

我想站起来看身上，但起不来，问她父母能不能够把被子掀开？

李先生把女儿的被子掀开，里面是一具玲珑的女性躯体，穿着可爱的粉色睡衣，胸口微微隆起，腹部平坦。我问身体有结脓成疮的现象吗？李太太说没有，我又问，发病的现象是什么？她接着回答说大便秘结而瘦弱，不肯饮食，夜里浑身发烫，起初还只是十天左右一次，最近越来越频繁，每隔一天便发作，疼得难受，需要把嘴堵上以防咬舌自尽。

我说去过医院，医生怎么说？

医生说是病毒感染，厌食症、身体虚弱，CT过，查明体内有结石，但是经常转移。

我又问，李先生是做什么生意的？

李先生和他太太对视一眼，他虽疑惑，但还是给我说明：他是做珠宝玉石生意的，常年在缅甸、泰国和越南等地往来，在香岛有几家连锁的珠宝店，内地也有，在深圳罗湖。

我说不对吧，你在马来西亚应该也有生意吧？

他很吃惊，问你怎么知道的？我说我猜你在马来西亚惹到仇家了，你女儿应该是中了马来西亚降头师特有的玻璃降。何谓玻璃降？原理我就不跟你们解释了，这是药降和飞降结合的一种混合降法，中降者起初只会厌食，整日怏怏不振，而后肠道蠕动变慢，消化系统被损，而后，多则三两年，少则数月，体内会多出一堆碎晶石，形同玻璃，五脏糜烂而亡。

李先生动容了，他说大师你说得果然不差，我们前天去给 Sheri 做体检，在胃部发现了一些玻璃……李太太更是激动，她紧紧抓着我的手，哭着让我救她女儿。

我挥手阻止了情绪激动的两人，说在香岛，之所以那么多高人不愿意解，这里面原因有二：第一是会玻璃降的人，必定是积年的老家伙或者天资卓绝之辈，不好得罪；其次是因为这是混合降，飞降乃灵降，用施降者的灵力、咒法生成的怨念很强，恶毒，还能转移，会让解降人走背运……当然，还有一个原因，就是李先生你找的高人，其实未必真的很厉害。

李先生紧紧握着我的手，神情激动，说大师你能解吗？

顾老板也说，是啊是啊，小陆你快帮忙解啊！

我笑了笑，说："李先生，你还没有告诉我，你在马来西亚到底得罪了什么人呢。"

第十三章　血手掌印

　　我之所以知道这么多，并非从书上得来，而是源自与萧克明这个杂毛小道的交流。
　　这些天他倒也会常来看我，聊天扯淡。曾经自号上清派茅山宗第七十八代掌门亲传弟子的萧克明，虽然出身不详，但是也是走过南闯过北，见多识广，许多秘闻野史都能够一一道来，虽不知真假，但是拿来开阔眼界，也是极为有用的。
　　所谓玻璃降，便是和他交流巫蛊之中的石头蛊时谈及的。
　　所谓石头蛊，便是随便用什么石头，施以蛊药而成的，下蛊时将石头一块，放在路上，结茅标为记，但不要给其他人知道。行人过之，石便跳上人身或肚内，初时硬实，三四月后，便能够行动、鸣啼，人渐大便秘结，又能涌入两手两脚，不出三五年，其人必死。
　　玻璃降和石头蛊，症状多有相似之处，然而玻璃降更加高深一些，需要配合灵力咒语。
　　据萧克明称降头术源于中国，而蛊降药降源于中国云贵高原。
　　云贵一带，少数民族所在地多潮湿，山区中多亚热带气候，蜈蚣等较多，怪药生长。比如，毒品就适合在云省及再往南一点的泰国等地生长。事实上，毒品使人崩溃，它本身就是一种可怕的药降引子。符降与灵降等，也源于中国并与道家有关。所谓妖道妖道，正是因道家中也有心术不正者，认为法术越高就越能成仙，于是大量的江湖道士运用了道家博大精深的道术原理，去炮制大量的与道家思想相悖的"实验"，养鬼、降头等术始生，逐渐误入邪门。
　　而这些人，大部分都是打着茅山名号招摇撞骗的道士群体，也包括他。
　　时隔多年，各地自成一派，流派纷繁，孰优孰劣已难以分辨。但是降头术真正流传于世，其实还是在泰国、马来西亚、印尼、菲律宾、印度、缅甸、越南、澳洲等各地发扬光大，那里的很多宗教人士（包括庙宇里的和尚），都是优秀的降头师，横行一时，声名赫赫。反而是中国内地，邪门歪道之说被数次运动洗礼，已渐凋零，还比不过香港、宝岛。
　　当然，这些终究是上不得台面的东西，不比风水堪舆等博大精深之术。
　　消亡不消亡，都是自然选择的结果。
　　李先生沉思了良久，说他并没有去过马来西亚，但是可能得罪了一个来自那里的行脚僧人。

他曾经于半年前带家人到过缅甸乌龙江中游的马猛湾石场口游玩，一日赌石，得到一块色泽艳绿如玻璃般明净通透的翡翠，在玉石的最中央有一团红色絮状物，形如眼球，价值非凡。回程路上，有一个短衣行脚僧人问他讨要，说这玉不吉祥，为恶魔之眼，需供奉佛祖前，日夜念经祈祷消除戾气，方能佩戴。

李先生哪里会鸟他这种讹诈，只是不理。那行脚僧人也不纠缠，双手合十念了一段经文，然后说若家人遭遇不幸，方知他言为真，到时候可以到马来西亚丁加奴州的首府瓜拉丁加奴婆恩寺找寻他。

我问那玉石呢？他说他回来后找寻高明的设计师，把那玻璃冰种的翡翠制成了项链，送给了他女儿作十六岁成人礼的生日礼物。出事之后，把那翡翠项链收到了香岛东亚银行的保险柜中。

他说完，脸色惨白，问我能不能解降，是不是要把那翡翠项链，送给那行脚僧人？

我说这事情我本来是不想掺和的，那个行脚僧人是个顶厉害的角色，我小门小户的，惹不起；但是，这事情是顾哥找我办的，顾哥是我什么人？去年的时候，我只是一个烟熏火燎的小快餐店个体户，是顾哥看上我，拉了我一把，我才有的今天。顾哥开口了，我自然不会说二话，所以，这降头我会解，那我便给你们解。不过术传千里，各有分别，成与不成，我只能试过之后，再与你们说结果，这样，可好？

李先生和李太太相互对视了一眼，然后李先生说那好，您先看一看吧。他对我的称呼改成了大师，说话也用上了敬语，显然是被我的一番举动所折服了。而顾老板被我明里暗里的一番吹捧，面子大涨，在一旁呵呵地笑，十分满足。

我说你们先出去吧，我要一个人在这里。

旁边的人闻言都转身离开，李太太有些不放心，犹豫了一下，然后被李先生给拉走了。

门被"嗒"的一声关上，人都走了，只留下我，和在病床上的这个女孩子。

四周一片寂静，我静静地盯着床上的这个女孩子，我知道她被打了镇定剂，陷入昏睡中。但是即便如此，眉目之间仍有着浓浓的痛苦，牙齿"咯咯"地颤抖。她眉毛细而长，唇型很美，不知道怎么的，我一见她，就联想到《红楼梦》中的林黛玉，即使病了，也有着动人心魄的美感——即使胸部很平……

此刻见到她那副惨样，我心中本来有的一点猥琐心思，也基本消耗殆尽。由于行动受限制，我没有多看，口中高呼："请金蚕蛊灵现身，请金蚕蛊灵现身……"——正式场合，我必须这么叫，以示排场。不过这肥虫子与我熟了，倒也不拿架子，没几句就出现了，飞临病床上空，盘旋了一会儿，很兴奋，好像有些惺惺相惜的激动。

看来这降法，是个厉害的毒物。

绕飞三圈之后，金蚕蛊落在那小美女的口中，蠕动着短而肥的金色身躯，开始爬进她的体内。我看着那一道金色在小美女的檀口中消失，菊花一紧，心中发寒，有一种莫名其妙的不适应感。

金蚕蛊入体没一会儿,那女孩子头顶的一团黑气开始摇曳起来,如风中的火苗,时强时弱,我知道她的身躯里必然有一番大战,此时不是西风压倒东风,便是东风压倒西风,正是你死我活的关键时刻。我对金蚕蛊充满信心,却有些忧虑缠在这女孩身上的那一丝怨念,于是我用左手轻抚着胸口的槐木牌,右手持剑指,开始念降三世明王心咒。

有了朵朵给我加持的鬼眼,我能够看清楚平时看不到的东西,故而也能够清楚把握这团黑气的实时动态,于是真言的轻重缓急,均能够有所节奏,踩到点子上。

没多一会儿,这女孩子开始猛咳,口鼻间不断冒出黑红色的鲜血、黏液,这些鲜血之中,还裹挟着许多细碎的杂质、污垢和一团团的呕吐物,里面似乎有许多细微的虫尸,腥臭难闻,我怕这些东西把她呼吸阻碍,拿了旁边的被子给她揩去,她又不断咳出。突然,那团黑气发出了一声尖戾的惨号,仿佛有万千生灵在纠结、在缠绕,如人间地狱,千鬼啼哭,万灵咆哮。

我虽然在照顾这女孩子的口鼻,然而口中却一直在念咒法,精神力高度集中。

所有的啼哭又化作了一声厉喝,凝聚成一点,骤然朝我脑门钻来,我立刻停止持咒,吸气凝神,口中真言呼出:"灵……镖……统、洽、解、心、裂齐禅!"真言出口,不动如山,自有空间能量震荡,黑雾逐渐消散,然而最根本的一点,却不惧这威严,直印我脑门。

一丝阴戾之气从我的天灵盖顺着大脊椎骨,一直蔓延到脚板底,心中寒意堆积。

我往后一靠,心中一直默念着真言,将这烙印给镇压磨灭。

过了好久,我寒冷的心才开始回暖。些许戾气并不足以影响我的正常生活,但是它会给我标上一个精神烙印,倘若那个行脚僧人是个巫术大拿,必会在此刻有所感应——灵降这东西玄之又玄,就我感觉而言,有些像无线电。当然,他或许是偶尔为之,千里之外,大概是不会报复上门,只要我不出国便好——话说像我这种劳碌命,几时能够出国?

这时金蚕蛊驱毒的进程已近尾声,借着朵朵的视野,我能够看见这肥虫子刚才在面前这女孩子的身体里乱窜,此时停留在脐下三寸之地,没有动弹。那里是下丹田之地,也是消化系统中最重要的一关,梳理通畅,则无大碍矣。

不过两分钟,金蚕蛊飞出,临空,金色虫身上有黑绿色浆液,发出酸臭难闻的味道。

去洗澡——我对它说,它游了两圈,似乎对我不满,想附在我脸上,我瞪它一眼,不敢,乖乖地跑到洗手间去找水。病床上这女孩子——哦,她叫 Sheri(雪瑞?)——脸上一堆呕吐物,然后腹中有咕咕的响声开始传来。那呕吐物,除了鲜血浓痰和一些食物残渣之外,还有很多黑块,这黑块倘若仔细看,便能发现是结晶的钙质和微末虫子的集合体。

我帮她稍微擦干后,身上的被子已经没有干净的地方。

这时,她紧闭的眼睛开始缓慢睁开,一点一点,我看到一双大而无神的眸子,略有些黄,她的意识游离了一会儿,看着我,柔柔地说了一句话:"Who are you?"然后感觉脸上脖子间黏稠,想伸手去拨,我跟她说别动,在治病呢。这时她的肚子又叫了一声,接着有臭气从下面逸出来。

她苍白的脸一下就红了,咬着牙,眼泪一下就出来了。

我按了铃,让外边久候的李先生和他太太进来。

在李太太扶着雪瑞去洗手间清洁的当口,我们出了臭气熏熏的病房,我告诉李先生这降头已解,但是贵千金受毒已深,身体各机能都有一定程度的损伤,一时半会好得也慢,需仔细调养,缓缓驱毒。我说了个解石头蛊的草药方子,这味汤去除药引之外,本就有固本还原的功效,也有针对性,李先生仔细听好,又复述一遍,让人用笔录下。

我又叮嘱他,说了一些注意事项,以及一些简单防蛊的法子,并且强调千万不要再去马来西亚,他都点头称是。这时李太太出来了,很欣喜地说女儿上了一回大号,排出了许多腌臜之物,精神似乎好了一点。见女儿康复在望,两人都一阵感激。倒是顾老板问我解降的时候有没有发生什么意外,之前说的怨咒转移,有发生吗?

我苦笑,说有倒是有——我被标记了。不过这也无妨,相隔千里万里,并不担心找上门来的。李先生紧紧握着我的手,哽咽着,话语不清楚,翻来覆去说感激我,会好好报答我的。我笑着说这本是小事,不必介怀,又让他们赶紧去看看雪瑞,不要让她独处,身子里排出这些个虫啊玻璃啊,小女孩子总会惊吓的。

李太太说她女儿脸羞,把她赶出来了。

我又说雪瑞身体虚弱,不能再辗转周折,最好在这医院里住一段日子,调养好才行。李先生说这是自然,在这里,好歹也有您的照看,他们也放心。我谦虚一番,感觉精神有些不济,便提出返回病房休息,他们连忙说好,顾老板亲自把我推回了病房。

路上,他笑声有些收敛不住,不时拍着我的肩膀,说我给他涨大脸了。

我不说话,身心疲倦,眼帘子往下闭合。

刚回到病房,就接到阿根打来的电话,说在商业街那家主店,在刚刚的时候突然出现了一个大大的血手印。

第十四章　祸不及亲人？

阿根说得并不在意，而我听着却一阵头晕目眩。

在门墙上印血手印这一节，其实在金庸先生的小说《神雕侠侣》第一章便有出现，那是伤心道姑李莫愁的杀人习惯，也是对实力的自信宣言。然而在现实的巫蛊世界里，这种血手印其实也是真实存在的，这最早的历史要延伸至早期南疆的部族山寨时期。那个时候人力是真正的资源，不好滥杀，两个拥有巫师神婆等神职人员的寨子或部族，倘若有仇怨，便在对方村口、井边或屋旁，印一血淋淋的手印子，以作警示。

然后双方斗蛊，输者寨败人亡，赢者得到人口财物。

这个血手印，跟西方两绅士决斗时扔白手套，是一个原理。

然而不同的是，巫蛊之术，从来都很少有正面冲突，大多数下蛊者从头到尾都不会露面。

这是我那狂傲的师叔在向我挑战。

而那个时候的我，仍然躺在医院里，虽然已经开始做一些康复训练，但是要说活蹦乱跳地去斗蛊，简直是天方夜谭。说实话，如有可能，我宁愿把那本破书交给便宜师叔，以求平安。然而世界往往都不是那么单纯的，我交给他，他会想上面的内容好像我也会哦，我会不会报复他，要是报复的话，何不如先斩草除根，了却这桩麻烦……

好吧，本来无仇无怨，现在却是非杀不可了，这就是猜疑链，人性的弱点。

我想了一会儿，立即打电话给不知道在哪里逍遥快活的杂毛小道，要他帮我去店子里照拂一二。电话那头的声音略微嘈杂，不时有女人的声音传来，不过他也爽快，立刻答应了，但是期期艾艾地，说最近手头略紧。

我说好，回头我给你1万先花着。他高兴了，说我这钱花得值，请他这么一民间高人做保镖，太赚了。

我又给欧阳警官挂了电话，给他通报了这个情况。

晚上的时候李先生给我转了一间高级病房，单间，跟他女儿雪瑞相邻。我并不拒绝，安然享用，夜间的时候他跟我谈及报酬一事，我推辞了，说这并不用，举手之劳而已，况且雪瑞的病情并没有立即好转。他没有再说了，紧紧握着我的手。

我很忧虑那个在暗中潜伏的师叔，虽然迄今为止我还不知道他的名字，来自何方，但是他已经成功地在我心中种下一根倒刺，让我坐立不安，如鲠在喉。我很奇怪，都已经这么多天了，这老家伙会不知道我在医院吗？干吗不直接来找我，反而去我店子里印什么劳什子血手印？

傍晚小美依然来给我送饭，这次她煲了清淡的银耳莲子羹，我告诉她这几天先别过来了，她不理，笑着说是不是看上那个大老板的小女儿了，我说哪有，她的胸可没有你的大。小美脸红了，转过头去不说话。我这也是说顺了嘴，话一出口就感觉自己太孟浪了，连忙道歉，她转回来盯着我，突然问你喜欢我吗？我一时口结，吭吭哧哧半天，说你这么漂亮，我自然是喜欢的……

我后面的"但是"没有说出口，就立刻被她给紧紧抱住了。她身子很柔软，也饱满，披散的头发里有很好闻的洗发香波的味道，她把头埋在我胸口，抽噎着，有嘤嘤的哭声传来，没一会儿，我胸前的病号服就湿了。这哭声把我的心给哭得柔软，就像在水中泡软的纸巾。

之后我们都没有说话，静静地依偎着。

小美把心中积淀已久的感受说了出来，而且勇于付诸行动，在那一刻，她大概是幸福的；而我，这样一个亲切熟悉的漂亮女孩子投入怀中，感受着她炽热的感情和好闻香气，一种被人关心、被人期待的感情油然而生，让我不愿放弃，在那一刻，我想我也应该是幸福的。

然而，人生若能够倒回，我宁愿当时自己狠心，斩断自己，以及小美的情根。

一连几日，我小心提防，但是自称是我师叔的那老家伙俨然消失了一般。

警方的追查仍在继续，但是动静越来越小，东官是一个流动人口以百万为单位的城市，在如此密集的地区找寻一个人，说实话很难，毕竟他不是公安部挂名的A级通缉犯。生活仍在继续，就像某些电视剧里的镜头，一个城市从黑暗沉寂到璀璨万家，不过短短几秒钟。

我隔壁的香岛女孩雪瑞，她的病情开始好转，连续几天陆陆续续排了些毒素之后，在第四日就没再腹泻了，蛊毒消尽，精神便好了许多，食欲也增强了不少。李先生生意很忙，在第五天确定女儿基本无恙之后，返回香岛。李太太虽然抱怨，但是脸上的笑容越来越多。她会经常来我这里坐一坐，聊会儿天，求教一些问题。我能答则答，不能答则避而不谈。

李太太说起自家女儿很多事，她说她女儿本是个活泼开朗的性子，一向都调皮捣蛋，像个男孩子，可是自从中了这降头，性格大变，就变得怯弱敏感了，患上了轻微忧郁症，而且由于身体机能变弱，视力越发下降、退化，只能大约看见近前的物体。她让我多接触一下她女儿，鼓励支持一下她。

我说好，可是每当我去串门，雪瑞看见我，都扭过头去不说话。

小妮子大概是想起了自己那日的惨样儿，害羞。

看到十六岁的她，我不禁想起了当年的自己，那个时候的我真的是初生牛犊不怕虎，一个人揣着几百块钱，跑到南方来投靠同乡，结果地址记错，一个乡下来的穷小子在繁华的城市里穿行,又胆小又害怕,话都不敢说,穿着破旧的校服(那个时候居然穿着一身校服,奇葩吧),像城市里的流浪狗,孤独无助……

那段日子真的很难忘,不过也就是那个时候,让我的性格里拥有了坚强。

后来我看到港台电视剧或者八卦杂志里面,十六岁的小女生连男友都换了好几个,私生活糜烂不堪,越发觉得自己很傻很天真,没见过世面。可是现在,看到雪瑞那纯净无瑕的眼眸,我却生不出这样的想法了。

这世界什么样的人都有,一概而论,大概是不太公平的吧?

我们两个都不说话,我就给她念经。暂住我家的杂毛小道把我的MP4拿过来了,我记忆力变好,本来已经熟读,然而却仍旧喜欢阅读的感觉,温故而知新。《镇压山峦十二法门》的注释者洛十八所学颇杂,佛经也有,不全,断章取义的,所以我之前念的,也是照搬。此刻念,她觉得好玩,不说话,微黄的眼睛盯着我看,亮晶晶的。

我念经文,念快了就觉得腮帮子痒,脸上的抓痕已经结痂,正在脱离。

和我小叔一样,都是左脸,我很荣幸地加入了刀疤界,成为一个外表凶悍的男子。

与小美的感情进展很快,就某种意义而言,应该说是水到渠成。

小美来医院的次数越加频繁了,好在十一月饰品店的生意已经进入了淡季,阿根也不会多说什么,我们的拖糖也由小美给所有人发了,很多人都带来了祝福,当然也有嫉妒。我仍旧是个半残废,但是好歹也能够生活自理了,去洗手间,也不用人帮我扶把了。一个人的单间,其实很好,至少我不用担心金蚕蛊和朵朵曝光。

要说这段时间最幸福的,得说是朵朵。

小家伙得到了医院仙逝的各位生灵的滋润,已经茁壮成长起来。别的不说,最主要的一点,她可以拿起水果刀了。水果刀有多重,这并不会比一根笤帚重,但是意义却是不同。

《国语·越语》中谈及"兵者,凶器也",亡魂灵体十有八九能够迷惑人心魂意志,但是未必有一成能够持戈捉兵,为何?人为阳,鬼为阴,心志坚定不移之辈,从来不恐惧,也就不会遇到鬼物,唯有心中忐忑不安者,时常被惑。鬼拥有人性的弱点,其实更加恐惧真正的消亡,本能地害怕刀兵,往往战场上下来的猛士、杀过人的凶人、屠夫,身上的杀气就能够镇住鬼。但是,总是有些鬼物,能够超越本能的恐惧而为,这类鬼,被称之为猛鬼、厉鬼或者……鬼灵。

我很高兴,因为,朵朵的捶背功夫终于有了力道,轻重缓急,几如常人。

时间悠悠又过了一个星期,我真想用"时光荏苒"或者"白驹过隙"来形容悠闲无事的日子,人若闲着,心就思动,总想着有些刺激惊奇的事情发生,然而真正有些什么事情,就会无比怀念那段平静而美好的日子。

就在我以为事情已经过去,认为那血手印只是一个玩笑,认为生活便如水,缓缓地流淌东去的时候,某天傍晚,我接到了一个陌生电话,电话的那头仍然传来了一个老男人低沉的声音:"你以为事情真的就这么过去了吗?"

接到电话的时候,我正在给雪瑞念"金刚萨埵心咒"的节选之段,"今后纵遇命难时,亦绝不造诸恶业,祈汝悲眼视吾等,柔和之手赐解脱",读得顺畅,心中正飘飘然,突然一盆冷水泼下。我冷语,说那本书我已经遵照我外婆嘱咐,烧了成飞灰了。你若是要猿尸降的解法,我立刻说予你听,只求你能够不要再不依不饶——我本就不是你们这个圈子的人,老婆孩子热炕头,就图个富贵小民的命。

他哼声冷笑,说现在满世界都是警察在找他,他安能放过我?

我不说话,只恐触怒了他,再做出什么危险的举动来。他见我不说话,嘿嘿地笑,这笑声凄厉,让人听着说不出的心寒,他说了两句话,就挂了电话。

第一句是他带来的猴子死了,是被警察给打死的。

第二句是我老婆在他那里,让我好好想想,《镇压山峦十二法门》毁没毁了?

我握着手机,机身都要被我捏烂。

第十五章　世间没有童话

我立刻打电话给小美,电话已关机。

我着急了,打电话问店子里,得知小美下午四点半就回家去了。这傻丫头,她是要给我送饭。我打电话给小美的姐姐,小美姐姐说小美半个小时之前就已经出门来医院了。

她问我怎么了,我没有答话,心却往下沉。

雪瑞也问我怎么了,我摇了摇头,坐着轮椅回到了房间。拉开窗帘,十一月的夕阳顺着玻璃窗透进来,暖暖的,这是即将陷入冰冷夜里的黄昏。我看着沐浴着金子光芒的城市,心中想,或许我已经不属于这平淡的世界,温情脉脉的面纱被掀开,一个血淋淋的真实世界就要展现在我面前,逃避,绝对不是最好的办法。

我心中对那个"师叔",升起了无穷的杀意,这杀意寒冷刺骨,就如同冬天的冰凌。

我独自待了一会儿,门被敲响了,李太太走进来,问是不是雪瑞惹我生气了,这小孩一直在哭。我叹气,说雪瑞的余毒已清,剩下的调养,以及后续的治疗,我也没有能力了,最好还是帮她办转院手续吧。她很吃惊,问好好的干吗要转院?我说我的仇家找上门来了,他是个丧心病狂的家伙,小美已经被他绑架了,我怕你们再受牵连,最好立即准备走。

李太太哪里见过这种事情,问了两句就仓皇离开,去联络转院事宜。

我立刻打电话给欧阳警官,说起小美被绑架的事情,他说他立刻上报给领导,立刻展开对"狼人"——这是专案组给那家伙的外号——的抓捕行动,让我少安毋躁,也不要打草惊蛇。我表示知晓,也希望他们不要太暴露,以致那家伙狗急跳墙,对小美造成伤害。

我接着又打电话给萧克明,问他有什么法子没有。

这个半吊子的茅山道士,虽然也经常掉链子、贪财好色,但是为人还算真诚,我大致还是信任的。他立刻给我回复,说不用担心,他施展茅山秘法追踪术探寻一二,必有结果。见他这么胡吹,我本来对他很有好感的心,更加没底了。

接着,我坐在窗前,看着落日斜阳沉入钢铁森林中,一言不发。雪瑞被她妈妈推着轮椅过来和我告别,我们话都不多,草草说了几句,她说陆左大师我能摸摸你的脸么,我看不到你啦。我说好,她平伸双手过来摸,先摸我的鼻梁,再摸到了我的刀疤,摩挲着,她问你怎么哭了?我说没有,是太阳光刺眼呢。

她扑哧一笑，说你瞎说，你又骗人了，现在都是晚上了。她又说，我能拜你为师吗？我说不行，她问为什么？我说我这人，可能没几天就要死掉了——我仇家太多了，老是莫名其妙地冒出来，韭菜一样，割一茬长一茬，很讨厌。她便说她要回去拜师傅，找一个玄学高手，学成了来帮我，问我拜谁好？我说我认识的人少，白鹤鸣——他出的书最多，你可以拜；要不然，黄易也可以，他的书我也是读过的。

　　她说好，听名字，黄易这个人道行似乎要高一些，我就拜他吧。

　　听她一本正经地说着，我心里似乎好过一点儿。

　　李太太过来催促了，她已经知道是那个让我住院的家伙又来寻仇了，十分着急。在她心中或许我就已经够厉害了，能把我弄得这么惨的人，自然是高明十分。人越居高位，就越怕死，她现在富贵平安，女儿重病初愈，自然没时间陪我。我们告了别，雪瑞恋恋不舍，李太太头也不回。我仰着脸微笑，看着离去的雪瑞，在想她还会过多久，走出温室，变成和她母亲一样，知性、美丽但是却又现实的贵妇。

　　说实话，我比较喜欢现在的她，但是这个世界几乎没有童话。

　　当天夜里，我工行的账户被打入50万，这是雪瑞的诊金，同时，我这次住院的费用也被李太太一并付清，留下的金额足够我在这个高级病房待上三个月。

　　李太太没走多久，欧阳警官就过来了，他穿着便服，跟我证实了小美失踪的消息。

　　他说上面拟了一个方案，要利用这次机会将狼人抓捕归案。他还说已经联系了附近驻军的特警大队，随时有两组狙击手待命。我说要一击致命，要打头或者心脏，不然对他损伤不大。他笑说你看《生化危机》看多了吧？我认真地看他，脸色僵硬，说要不要我给你展示一下，科学以外的东西？

　　他摇着头，连连摆手说不用了，我们已经联系到了你老家县里的同行——马海波，马副队长，他跟我提及了你的事情，所以就不用尝试了。

　　我冷着脸，说这家伙嘴巴也不把个门。他连忙说陆左、陆左，你别急，我们这也是为你好，上头说起这件事情，说要特聘你当我们局里面的顾问呢，所以有什么事情，我们都配合你。至于马海波，他也是体制内的人，交情是交情，纪律是纪律，他也是没法子的。

　　我说扯这些算球？我哪有心思去报复那老小子，先把小美救出来再说。

　　然后我们商量了一下，均感觉头痛，狼人——好吧，我也叫他狼人吧——这个家伙神出鬼没，又有很强的反跟踪意识，要找到他太难了，只有由我来把他引出。交待了一番事项，他递给我一个纽扣，说是追踪器，到时候可以随时找到我，说完，他果断离开了。

　　我们的谈话，进行了十分钟。

　　我拿着手上这颗纽扣，往上抛了抛，接住。

　　这就是传说中的追踪器，我没想到在我平平淡淡的一生中，竟然会用到这种东

111

西。但是，比起美剧或好莱坞大片里面的，似乎好像落后了许多代。

我端详了一会儿，放进了裤兜里。

今天晚上，似乎要流血了。

夜很黑。

2007年11月21日，晚上22:32。

宜纳采、订盟、祭祀、开光，忌嫁娶、开市、入宅、移徙。

我接到一个电话，又是一个陌生号码，狼人告诉我，让我到南城的一个工业园等他。我很直接地回绝了他，就此时此地而言，拜他所赐，我是一个连自己行走都不能够的残疾人，坐着轮椅，能去哪儿？他有些意外，问我怎么还没好。我说我是人，跟你们不是一个圈子的，我受伤了，肋骨断了，得养，伤筋动骨一百天，我也不例外。

他沉默了，说好吧，你在医院停车场等我吧。

我说什么时候，我的护工下班了，要是现在，我还要去找人把我送下去，要不然麻烦你上来一趟？放心，我这里没警察。他没说话，我以为他挂了，很奇怪，喂了两声，他那边接话了："你以为我是送快递的啊？"说完他补充道："你没报警吧？"

我问小美怎么啦，我要跟她通话确认安全。

他说好，没几秒钟小美的声音从电话那边传过来了，嘤嘤地哭，说陆左救我，陆左你来救我啊。我安慰了她几句，电话被夺了过去，狼人说了一句十分钟后见，便挂了电话，随后我听到有汽车的声音。我掏出了装有十二法门影印件资料的MP4，巴掌大，删掉了一些关键地方，比如谈及解猿尸降的随记，比如一些蛊的炼制法门。

然后我保存好文件，将MP4放在兜里，静静等待。

十分钟后，门被推开，走进一个人来。他瘦高个儿，五十多岁，一脸沧桑和劳累，穿着一件很旧的红色羽绒服，衣袖和兜旁边都有泥土的痕迹。他拿着一张纸，看到了坐在窗前轮椅上的我，对了下房门牌，然后搓着手一脸讨好地问："是陆左先生么，我、我是你叔叫过来的，让我推你到下面去……"他一句话说得吭吭哧哧的，不利索，浓重的西川口音，眼睛下意识地往下瞧，自卑，不敢看我。

他不是狼人，不是我那便宜师叔，显然，那家伙担心埋伏，另找的人。

我看着他，这种眼神我经常看到，在公交车上穿着一身汗臭工装的中年男人，在肯德基店前面看着里面食客和炸鸡咽口水的瘦弱女孩，在步行街边看走过的火辣美女猛吸鼻子的老光棍……他们很多都是我的老乡，或者与我一般的出身，他们穿行在这个城市的角落，看着满地的繁华，挣扎地、艰难地生存着。他们的今天，就是我的昨天。

我心不由得一软，我说是啊，是我，我们到哪里去，我叔在哪里？

见我肯定，他十分高兴，说在楼下呢，在楼下，出了医院往左转，过天桥，那里有个草地，在那里等着你呢。我说好，叔你帮我推一下。他搓着手走过来，脸通红，说快莫叫我叔咯,我就是个乡下人,当不起呢,会折寿的,叫我老王就好。我说我也是乡下人呢,你比我大一轮多,担得起的。他笑,张张嘴想说句好听话,没词。我叫他把我大衣拿过来,然后他推着我走出去。

楼道有护士问我,怎么现在出去,医生知道不,这个人是谁?

我说是我叔,推我出去透透气,一会儿回来。这个护士跟杂毛小道很熟,仿佛还一起滚过床单,许是看在老萧面子,又或者因为我是高级病房的病人,说了两句,就没再问起。我问老王,说我叔一个人吗?他交待什么事情?老王犹豫了一下,说一个人。

我点头,没有再问。乘电梯的时候,他不会按,我就教他,按这里按那里,怎么弄,他小心翼翼,仿佛那亮着灯的按钮是自家新婚的婆娘,模样像个小孩般好奇。在电梯里,我问他没见过吗?他说见过的,不过工地里的和这里的不一样,这个奢侈得很,那个就一个架架子。我说不可能吧,你到南方多久了,没见过这种电梯?他笑笑,说见过,没坐过,倒是超市里面的滑行电梯,有一次去坐了好几回,有点儿晕。我笑,说这原理都一样。

快到一楼时,他突然问我,那个人不是你叔吧?

我笑了笑,说你怎么知道的。他说你别看我是乡下人,我又不是傻子,哪有叔叔要见侄子,还花钱雇人把侄子找出来,冷风天在外边见面?里面有空调,几多舒服呢!

我说他都说了什么?

老王说你叔说要是你打电话,就把你带到草地子里面,要是不打,就把你带出了医院大楼,到后面综合楼的旁边,花园那里……小伙子,要不然我把你送回去吧,我觉得你那叔,不是好人呢,我可不能帮着来作孽。

我说你推我到综合楼旁边吧,没事。

出了楼,外面有些风,披着大衣的我仍然感觉有些凉,把它裹紧。我发现老王的红色羽绒服有些不合身,太艳,胳膊袖子里还露出些羽毛来,黑黑的,显然这是捡别人来穿的。到了综合楼拐角,我说好啦,就到这里了。他说这哪行,一是没有把你送到,二是、二是……我笑了,说他答应给你多少钱?老王说五十,我从皮包里给了他一张一百块,让他走。

他是个贫困窘迫的普通人,说不定在家里还是个顶梁柱,我不想让他出意外。

老王没钱补,脸憋成了红色,收也不是,不收也不是,我把钱放在他手上,合着,说走吧,快。他接过钱,说谢谢你陆先生。我没再理他,往前继续走去。

我想他如果回头看,一定会很奇怪,为什么我的轮椅会自己走。

其实,后面还有一个鬼娃娃在帮我推。

轮椅骨碌骨碌转。

第十六章　小美之死

夜黑黢黢的，繁华的大楼在我身后，走进花园子，大冷天，全身都透着寒意。

我没有四处瞅，让朵朵默默地推着我到了花园的一处石桌前，这是一处院方修来让病人散步、休养的去处，倘若在春夏之际，必是鲜花遍地，草木茵茵，即使是秋天，也有桂花开，香满地。只可惜现在是冬天，寒风呼啸花凋零，唯有些常绿植物，在远处的灯光投射下摇曳树枝，更加让人心中阴冷。

我坐在石桌前，静静地等着。大概十分钟后，黑暗中浮出一个人影来。

我看着他，说你终于来了。

他说他来了好一会儿，刚才在检查是不是有警察，或者那个杂毛道士在。我说没有吧，他点头，我说我只求平安，那玩意儿你要便拿去，我留着也没什么用。还有，你要不然先自我介绍一下吧，不要老是占我便宜，让我叫你师叔，他呵呵地笑，说我还真是你师叔，不过你要不乐意，叫我王洛和，或者老王也可以，书带了没，在哪里？

我问我老婆在哪里？

他说这不行，他要看到书，才能把小美放了。我盯着他，看着这张浮着诡异怪笑的老脸，皱纹密布，歪嘴斜眼，丑得让人厌恶，想吐。很久，我叹了一口气，说既然你之前都说了，我们好歹也能够攀上一层亲戚关系，何必这么为难我呢？你要书，只管拿去，搞得跟抓特务一样，让人牙疼，有意思吗？

他说你外婆没跟你讲起我们两家的事情吗？

我们两家到底出过什么事？是我外婆之前把她师傅给下蛊杀掉的事，还是别的什么？其实我从小都不怎么跟外婆亲近，老一辈的恩怨，我自然是不懂的。于是我摇摇头，说鬼才知道这什么事情，你看我好好地在这里做生意，起早贪黑地努力奋斗还房贷，您老人家这算怎么回事？唉……小美在哪里？

他眉头皱起，嘀咕了几句话，我听不懂，但是看过泰剧，知道是那边的语言。说完之后，他一拍手，从西边的花坛处缓缓走过来一个倩丽的身影，我定睛一看，是小美。

然而我并没有高兴，反而是咬牙切齿地说："你对她做了什么？"

这身影确实是小美，她穿着磨砂蓝色的牛仔裤，粉色的羊绒衫，外罩着一件浅色的小披肩，一如平日的秀美可爱——但也不是。怎么讲，走过来的她四肢僵硬，头不低，走路缓慢，一顿一顿地，仿佛是一个木偶玩具在被人操控着。我的心一瞬间就被愤怒填满了,怒瞪着他,说你他妈个巴子,你居然敢把小美做成僵尸!

他笑,抬手招起,小美踱步来到他的旁边,脸色苍白、僵硬、木然,一双眼睛白的多过黑的,抿着嘴,嘴角下撇,没有血色。这张熟悉的美丽面孔,有着我所陌生的怪异表情。我咬着牙,感觉眼泪不住地往眼眶上涌,我不能哭,不能让王洛和看见我的脆弱,然而自责的情绪却浓烈得如同黄果树瀑布,奔滚不息。

王洛和揽着小美的腰,地看我的衰样,笑,他说你睁大眼睛,再看一看。

我的双手紧紧抓着轮椅的扶手,看着被王洛和这个老色狼搂着的小美,她面无表情,目光平视,脸颊靠近耳际的地方有着青黛黑色。我突然想起一物,问你放了虫瘿?

他昂然地笑,说然也,怎么样,她的生死系于你手,活,或者死,你选择吧?

我咬牙切齿,感觉自己腮帮子都疼。

这混蛋居然有虫瘿!

什么是虫瘿?这只是一种微小的生物、病菌,肉眼几乎不能见,又名僵尸虫、傀儡虫,叫法很多。它作用于昆虫较多,在世间常见的是来自于南美洲原始丛林中的蜜蜂,这种蜜蜂生前被虫瘿所感染,死后尸体仍然能够被生物电所控制乱飞、攻击生物。于是便有不良的巫师、炼金师找寻这种病菌,用尸体来做试验,研制出活动的尸体,也叫丧尸。一旦炼成,便随着本能攻击活物,啃噬血肉,炼制者能够应某种音频震荡而指挥尸体。

这种虫瘿炼制手法繁琐复杂,十分难得,而且一旦丧尸损毁,便也无用。这传闻由来已久,是真有,不假,但是远远没有后来电视剧上演绎的那么夸张,也不传染。它跟湘西沅陵、泸溪、辰溪、叙浦等地的赶尸看着相似,其实并不相同,这里先不表,后文再叙。

我说二十多分钟之前我还跟小美通过电话,怎么这会儿小美就变了模样,原来是被下了虫瘿——虫瘿一入人体,大脑被感染寄生,如同木偶(植物人)。按照原理来说,虫瘿也是蛊毒的一种,外婆说我体内这条肥虫子是百蛊之王,按道理说是能够解蛊的,但是我一直有一个疑问——我外婆就是个穷乡僻壤苗寨子的神婆,她这一辈子,甚至连我们县都没有出去过,而久在外乡漂泊的我,则知这世界有多大!

她怎么敢下此狂言?

我外婆会是夜郎自大吗?

我不敢确认,而且也不敢拿小美的性命来开玩笑,这小妮子把心都给了我,我怎敢不爱护她?我掏出了MP4,说给你。王洛和望着我手上银色抛光的电子产品,发愣,说这是什么?我说我真的没有骗你,书是真的烧了,但是里面的资料我整理了,都放在这里,你若不信,可以确认一遍。他疑虑地看着我,第一次流露出一丝惊慌的神色。

这种神色,我上一次见到是某个不识字的人拿着一本厚书,手脚都不知道往哪里放才好。

他叫我抛给他。

我指着小美，说先给小美解了那个虫瘿，让她神志恢复正常。反正我现在坐着轮椅，也跑不了，你担心什么？他仍旧坚持，伸手掐住小美的脖子，说快点，抛给我，我要验证一下。小美没有反抗，木然地被紧紧掐着，然而她脸色铁青乌黑，眼球爆出，张开嘴，呼着寒气。我连忙叫住他，说好吧，你可以看看。我调出资料丢给了他，王洛和拿到手上看了一眼，立刻被吸引了，一边问我操作，一边浏览。

两分钟之后，他抬起头来，说你还真的……很天真啊。

我说是吗？他得意地大笑，说我不知道你是怎么晓得这个虫瘿的，但是我不仅用了虫瘿，还用了用罂粟提取的一种精神毒药，配合砒霜，这是快速达成目的的药引子，服过之人，必死无疑——我的猴子死了，你知道吗？它陪伴了我有五年，没让我在毛淡棉（缅甸某地）雨林里孤独。可是它死了，因你而死，所以，你，还有这个女孩子，必须死！

他面色狰狞，形容立刻恐怖起来，脸上又有隐隐的黑毛浮起。

我大声制止他说，你真不想恢复正常人的生活了？里面的资料，没有猿尸降的解法，没有——洛十八的注解我没录进去，这世上只有我一个人晓得，你杀了我，或者杀了她，一辈子就饱受毒降的煎熬吧。他听到这句话，肺都气炸了，一抬腿就冲到我面前，抬手来抓我。

朵朵一直在我后边站立着，见状立刻拼命把我往后面拉，王洛和一手抓空，道了一声"咦"，耳朵耸动。

果然，没有那死猴子在，除非朵朵自愿现形，他也看不到朵朵。

"你那古曼童还没有死？那天我可是把窗帘拉开了的！"他问道，并没有追来。

我心中狂怒，这个家伙，简直太恶毒了，要是当时没有萧克明在，估计我和朵朵已经阴阳两隔了吧？我怒从心起……今天不是他死，就是我活！

这时候我被朵朵拉开六米远，拖到一个石道上。我还没有答话，他立刻大吼起来："你又叫了那帮警察来！"他咆哮着，脸上难以置信。这时黑暗中出现了几个人影，有人喊不准动，也有人用大喇叭喊话，说"你已经被包围了，请放开人质，接受检查"云云等屁话。他大怒，毛发昌盛、黑雾盈体的同时，俯身下去拿那石桌旁边的石凳，想来砸人。

然而那石凳是连着地面用水泥砌成，骤然间拔不起来。我朝那边人群大喊，你们倒是狙他啊，开枪啊，再不开枪就没机会了……喊个毛啊！话还没讲完，完全变成黑猩猩般模样的王洛和已经拔起了几十斤的石凳，转过头看我，我都没见到什么，心中一惊，就见一道白光飞来。

我根本没有几秒的反应时间，动弹不得，只是倾倒身子，往草丛里面扑去。

一道劲风呼啸而过，我全身一阵过电的发麻，寒毛乍起，感觉那轮椅被砸到，轰

隆一声响。

还没反应过来,黑灯瞎火的,就听到有几声枪响交错响起,爆豆一般。我没留意,挣扎着爬起来看,发现一道黑影朝我扑过来,扑到我身上,我伸手一挡,不是王洛和,这身形娇小柔软,力道也不足,竟然是小美。我捉住她的双手控制住,然而她的身体在痉挛,挣扎的力道大得出奇。"哈哈哈,你们去死吧。"我耳边传来王洛和丧心病狂的声音,渐渐远去:"我的便宜师侄儿,你就好好享受失去爱人的滋味吧……"

我头一偏,正好避过了小美的这么一咬。小美的嘴唇本来很柔软,然而此刻却发青,嘴里面有一股汽油的味道。

我无暇去管王洛和,紧紧用头顶住小美的下颚,不让她咬我。

过了几秒钟,有人飞奔而来,两个人,把小美给制住,她挣扎着,手脚不合常规地摆动。

我挣扎着爬起来,感觉胸口气闷。

世界上最恐怖的事情不是鬼啊虫子,也不是僵尸之类的,而是人心。

面对着小美变成了如此模样,只凭借着本能,撕咬着、挣扎着,我的心仿佛被撕裂成了无数块,怎么都拼不整齐。

头顶是灰蒙蒙的天空,星子稀疏分布于天际,一大片云飞过,露出月亮的半张脸,清冷寂寥。花园里黑,我能看到小美口吐着白沫,僵直的身躯抖动,美丽的脸变得无比妖异,眼无神,直勾勾的。我咬着舌尖,喷出一口血到她脑门上,然后用食指勾兑到她的太阳穴,涂抹,念着金刚萨埵降魔咒,快速地、颠倒地念书抄中的语句,二十秒后,我泪眼模糊地用力把右手食指和中指并拢,抵在她光洁的额头上。

"解……解……"

随着我的话语,当头棒喝,小美开始停止了挣扎,她的眼睛渐渐明亮起来,白色减少,黑色增多,就像浮动的画,瞳孔里面有着我的倒影,长长的眼睫毛翦动,直勾勾地看我。我流着泪,指头感觉冰冷,她的生命力迅速地消逝。她干枯的嘴唇动了动,却没有说出什么,看着我,有光,那一刻,如同星空般璀璨。

我知道,她恢复了意识,然而这只是她生命的最后一刻。

接着,她安详地闭上了眼睛。

我闭上眼睛,没有做任何努力,只是将颤抖的嘴唇轻轻印在她满是血污的额头上。

来不及了……

我们并没有临死诀别的桥段,来不及,也动不了,彼此目光对视,彼此都猜测不透对方的心思,然后生死诀别了。恍惚中我看到小美的灵魂离体,飘起来,含着笑,看我抱着她尤有余温的身躯,亲吻她恢复光洁的额头——这是我第一次亲吻她。她笑了,僵硬的脸在这一刻,瞬间变得异常柔软,就像天上的天使,异常的美丽。

然后她带着不舍,带着遗憾,朝天上的月亮,朝着被大气迷笼的天空飞去……

上天就是如此的不公平，我陷入了无比的懊悔中。我曾经觉得小美只是一个小妹妹，一个有能力的店员，一个……我真的是一个笨蛋，一个慢热的笨蛋。

当我真正爱上了小美，她却离我而去了。

2007年11月21日晚上10点57分，刚刚过完十九岁生日的漂亮南河女孩，我第三任正式女朋友，某品牌饰品店店长，一个父亲的女儿，一个姐姐的妹妹，江盈美，在我的怀抱里失去了她年轻的生命，未来得及说过一句话。

与此同时，悲怆莫名的我用左手大拇指和无名指打了个响指，下了人生中第一次灵蛊。

发作吧，全身溃烂、身首分离、千虫噬心吧！

第十七章　天煞孤星

王洛和的再次逃脱，让欧阳警官和他上面的老大，很没有面子。

欧阳警官来找过我，先是道歉，然后问怎么办？我问你们为什么没有第一时间狙他？一枪崩了他，还能跑个毛？欧阳警官跟我解释，说上头对这个王洛和很感兴趣，希望能够抓到活的，然后研究一下。他就是个小跑腿的，现场指挥是他老大，拿狙击的特警都听老大的，他也没有办法。

我没再理他，说这事儿我也管不了，我不拿工资、不穿制服，关我屁事？他说你就不怕王洛和回来找你寻仇？我说我不怕，你们不是会保护我吗？

欧阳警官悻悻离开，他看得出来我在抗拒他们了。

说实话，没人喜欢被利用，也没有人喜欢被当作棋子，傻乎乎地被走来走去。

我在第三天的时候，坐着轮椅参加了小美的葬礼，很简陋，在火葬场的殡仪馆中举行。我见到了小美的父亲，一个四十多岁的中年男人，长得老相，佝偻着身子，眼圈红，在跟小美的姐姐说话。他看见我，十分愤怒，冲过来要打我，被阿根他们拦住了，但是却啐了我一脸口水，骂了很多难听的话。

我以前听说他是个老实巴交的农民，然而此刻，却像一个要去战场杀敌的战士。

过了一会，小美的姐姐好歹劝住了他，他狠狠地瞪着我。

我跟小美的姐姐打招呼，这个美丽的少妇以前都会很热情地叫我陆老板、陆老板，现在却只是冷冷地看着我，像看一个陌生人。

是火葬，所以葬礼很简单，小美家里没来多少人，几个亲戚，还有一个拖鼻涕的小孩子到处找人要糖吃。小美平时人缘很好，饰品店除了几个值班的，其他的人都来了。中途小美的姐夫，一个瘦弱的眼镜男过来跟我谈赔偿的事情，他告诉我，小美的死完全是由我而引起的，我有必要对此负责，不然他们会去法院起诉我。

我问要多少，赔给谁？

他张口就是一百万，赔给小美的父亲……和她姐姐。

我说哦，那你去告吧，随时让法院开传单给我，无所谓。他急了，说你怎么可以这样，小美是你女朋友，也是你手下的员工，于情于理，你都要承担起责任来的！你要是这样子，我们就去告你，告得你倾家荡产，搞得你名誉扫地，声名狼藉。我笑，说你倒还是会用几个成语，也人五人六的，怎么就是不懂法呢？好吧，现在不谈，等送走小美，我后面去找她父亲谈吧。

他又急了，说他是小美父亲和姐姐的全权代表。

我没理他，我能够体会一个失去孩子的父亲的心情，但是却不会理会一个失去小姨子的姐夫的不合理要求。我店里面那两个老油条员工走过来，嘻嘻哈哈地夹着他，推搡着到前面去。这时候，消失了好几天的杂毛小道出现了，他贼笑兮兮地蹲在我旁边，右手朝我举起大拇指。

他说陆左你真的好本事，看不出来啊，杀人于千里之外。

我淡淡地说哪有，那厮未必能够逃出三十里吧？萧克明嘿嘿笑，说是，我刚刚从附近那个开发园区回来，那个家伙死在一家旅馆的日租房里面，全身溃烂、高度腐化、皮与肉分离，血淋淋的肉身在洗手间，爬满了白色蛆虫，头在床上，肠子拉了有六米，整个房间就像屠宰场，熏臭得跟粪坑一样……你不错啊，小毒物、小毒物，你不会是五毒教的后人吧？

我说你确定你自己是修道之人么，我怎么感觉你这么兴奋呢？

他嘿嘿地笑，他说你应该不会收徒，但是我们是朋友啊，是好朋友啊，有你这么霸蛮的朋友，我好有安全感哦！嗯，对了，估计条子还会来找你的。

他自从跟我熟了之后，也不叫道友了，也不叫先生了，勾肩搭背，惯熟得很。

我沉默，何谓灵蛊？这和之前提过的灵降是一样的，需要极大的精神力……或者怨念才行，我之前把金蚕蛊的蛊毒下到了MP4上，但是隐而不发，直到他突破重围，逃远了，认为没有威胁了，我才用附在上面的一缕挂念，和着自己心中的悲愤，引发蛊毒。

他死于自身的毒素牵扯，数年来的降头毒素怨灵潜隐着，一直到了某个临界点，瞬时蒸发。

他不死，我心难安。

得到了王洛和的死讯，我笑了笑，感觉自己的脸皮有些绷，心情仍旧郁积。

殡仪进入了尾声，准备把尸体进行火化了。小美的父亲呼天抢地在哭，小美的姐姐也哭得泪如雨下，他姐夫一边哼哼，一边紧张地看着我，似乎怕我跑掉。我不理会他，只是静静地看着前方，回忆起小美的音容笑貌，以及跟她在一起的点点滴滴。说句实话，对于小美，我怜大于爱，说有多么悲痛欲绝，这太假。但是，这么一个粘在身边嘘寒问暖，把全身心都系于我身上的女孩子黯然离世，永远离开了我，这让我实在接受不了。

小美他姐夫对我说了很多屁话，但是有一句说得很正确：是我害了小美。

这件事情我一点儿也不否认。

这件事情便如同心蛊，蚕食着我的心灵。每一个我爱的人，都会离开我的身边——我必然要在"孤""贫""夭"三种结局中选一样吗？这些人都会离我而去吗？养蛊之人的宿命，我是逃脱不了吗？命运的河流分支无数，虽然最终会流进大海，走向死亡，但是途经的风景却各有不同。命数这东西，我以前不信，现在仿佛有些信了。

冥冥之中，仿佛有一根线在牵引着我，跌跌撞撞走向前方。

最终，我赔给了小美的父亲 12.54 万元，这里面牵扯到一些计算公式。除此之外，我额外给了他 30 万元的补偿金，当是给他的精神赔偿金。王洛和至今我仍然不知道来历，似乎是滇黔一带的，也似乎是东南亚的（后来知道他说的毛淡棉是缅甸孟邦省的一个地名），这家伙是个穷鬼，在东官犯案期间的花费，居然还是从我保险箱里撬出来的七千现金。

这家伙还省得很，后来欧阳警官找我，居然在房间里还有四千多。

还有一个被血迹浸烂的 MP4。

所以，这些花费全部都由我的账上支出，还好之前李太太给了我 50 万诊金，才大大缓解了我的财务压力。小美的父亲拿着钱走了，说不上失落也说不上高兴，有些神情落寞——这些钱也许是他这辈子见过的最大数目，但是，这是拿他女儿的命换回来的。

倒是他大女儿、特别是大女婿颇为兴奋，围着老岳丈不断说漂亮话儿。

小美的父亲要带着女儿的骨灰回到南河商丘，把她埋在一处向阳的山头，日日看那太阳从东边升起，西边落下。我问他要地址，说有空去拜祭，许是钱的作用（谈赔偿的时候我主动加了 30 万），又或者是他的悲伤减轻了一些，他告诉我说，要有空，去玩玩也好。

其间欧阳警官来找过我数次，谈及王洛和的事情。

这人是个黑户，没有身份证，也不知道他来自何方，是何人，自称王洛和，年岁约摸 50 岁，容貌异常，身上有科学解释不了的东西（兴许是基因变异），会变成"狼人"（其实是猴人），死于 2007 年 11 月下旬，死状颇惨。

欧阳警官问我说，陆左你觉得王洛和是怎么死的？

我说法医怎么讲？他说法医都吐得把现场破坏了，研究半天没有一个结论，说迄今为止没见过一个人会死得这么惨。我帮他指着卷宗上的括弧，说是不是因为基因变异，不稳定，结果突变了，就死了。也许吧？他意味深长地看着我笑，这笑容很有内涵。

我说你不会以为是我吧？我可是全程都在你们的注视之下，就差上大号被围观了。

他摇了摇头，说确实没有证据证明是你干的，但是，从我听到的消息，我觉得你很有嫌疑……不过呢？我只是个小警察，不是头儿，所以没有话语权，只能放过你这个可能的凶手咯。但是有一个事情，以后我有什么难处找你帮忙，你得答应。

我摇头，说除了帮忙洞房这事儿，其他免谈。

他想拍我肩膀，但是手停在了半空中，指着我悻悻地笑，说我都能当你叔了，你还开你婶的玩笑！我说我怎么知道我有几个婶婶啊，走村串巷多少红色灯光，你敢说你没有付过床位费体检费？他一脸的正气凛然，说没有，他从来不干这事儿。

好吧，不管我信不信，反正他信了。

经历了朵朵一次、小美一次，共计两次威胁，让我有了警觉——这世界上从来都不怕强大的敌人，只是怕躲在暗处、阴狡诈兼猥琐的敌人，连黑社会都有"祸不及家人"的潜规则，他们愣是当作看不见，我不知道我离那个可怕的世界有多远，但是王洛和的到来，已经给我敲响了警钟。我懵懂无知，不知道到底还会不会有李洛和、刘洛和的前来。

这世界上太多恐怖的事情，但是最让人不寒而栗的，是人心。

于是，我做了一个艰难的决定：退掉店里的股份，不再参与饰品店的经营。

阿根很吃惊，问我为什么？我跟他讲了我的顾虑，说之前看到一个港片，郑伊健演的那个白毛青年，自号"天煞孤星"，我跟他很像，婚姻难就、刑亲克友、六亲无缘、兄弟少力……掐指一算，一大把各种稀奇古怪的理由。兄弟我不是不想跟你一起创业，一起奋斗，只是怕连累了你。

阿根说怕个球，这两个店是我们俩一起搞起来的，现在正红火，你转给我算个什么意思？别搞封建迷信的那一套，小美死了，我知道你很难过，心灰意冷，这我都能理解，但是犯不上，真犯不上，死者已矣，生活还在继续，活着的人要为自己的未来负责。

我很惊奇地看着他，说你怎么会说出这么一番大道理来，看不出。

他低下头叹了一口气，说上次为王姗情的事情，被你骂醒了，想了很久，我现在算是看明白了——天空飘来五个字：这都不算事！

我们谈了很久，后来我把股份折了一些给他，又折了一些给除小美之外的另外一个店长古伟，最终保留了10%的股份，但是不参与具体的经营。阿根问我接下来打算怎么办？我说没想好，先把伤养好，然后想一想接下去，要做些什么事情。

接下来的日子我安心养伤，做康复，看书写字，基本没有什么故事，很平静。我康复得很快，总共没要一个多月我就出院了，医院的医生并没有惊奇，反而觉得我这个麻烦走了，终于清静了。为何？这主要是因为萧克明这个杂毛小道，一直赖在我家混吃混喝，没事来找我玩，顺便勾搭医院的护士妹妹。美女在哪里都是稀缺资源，医院女人虽多，但优质的少，杂毛小道的勾搭能力很强，不多久医院两个以容貌身材著称的院花被他斩于马下。

爱屋及乌，也有恨屋及乌，医院的男医生现在看着我，都是苦大仇深。

出院后，我搬到了郊区一处房子，这也是我的，租给别人住，还供房的贷款。共三个人，正好有一个人走了，于是我就搬过去。郊区，总比市区清静，同屋的两个人上班去后，我就在房间里潜心读书，想把《镇压山峦十二法门》读懂，看透。萧克明想赖过来玩，我不让，他就在东官各处的天桥、广场和小区门口摆摊算命，以此糊口（东官的同志也许见过这么一个猥琐的道士）。

这样清静的日子过了大概一个月，2008年1月初，顾老板打电话问我，上次说的那十年还魂草，你还要不要？

第三卷　南方寒冬之江城妖树

第一章　江湖救急

接到电话的时候，我正蹲在街边看萧克明给人算命。

要说杂毛小道没有点本事，这纯粹是在胡扯，他自号曰茅山宗传人，从小耳濡目染，对生辰八字、紫微斗数、面相手相、八卦六爻各类算命法门，自有一番见解。在这边来算命的人大体分两类，一问前途，二问姻缘。杂毛小道闯荡江湖十几年，早已练就了见人说人话、见鬼说鬼话的基本技能，又或许有些许门道，是故生意倒也红火。

很多人都认为算命先生不过就是些满口胡诌的骗子而已，不值一提，这里就有些以偏概全了。为何？想一想，作为靠嘴跑江湖的先生们，自身倘若没有两把刷子的话，怎能在一地长留？当然，也有很多先生在打游击战。作为一个算命先生（算命婆子），他首先得会一门最基本的功课，就是心理学。话语模棱两可、云山雾罩这是基本的，观人看相、言语牵引这是起码的，当然，还必须要熟读阴阳学、鬼谷子、易经八卦术数等书籍，有了理论基础，才能张嘴即来，琅琅上口。

所以，一个算命先生，混得差的在街头穷困潦倒，被居委会大妈撵得满街窜，混得好就能成为大师，成为权贵富豪的座上嘉宾，出书，成名立万。

三百六十行，行行出状元，潜伏在各地街头的算命先生里，其实还是有几个有真本事的人。

高手在民间。

好吧，熟读十二法门中占卜、圆梦两章的我，其实也算半个旁门左道中人，深知其中道理，天人感应之说玄之又玄，偶或有灵感瞧见，也是真实的，合理的，然而事事皆灵者，必在大内之中。旁人看的是热闹，而我看的是门道，抱着学习的态度，看着杂毛小道忽悠人。

萧克明刚刚送走几个春心萌动的打工妹子，转过头来笑嘻嘻地问我："你注意到左边那个红衣服的女孩子没有，好像是个处哦，我留了手机号码了，你要不？不要我要了！"他见我心不在焉，挥挥手说："哎，丢魂了？谁的电话，出什么事了？"

我说顾老板打电话过来，说有个地方有十年还魂草，叫我过去看看，是不是我要的。

萧克明问顾老板是谁？我跟他解释是阿根的大表哥，香岛大老板。他立刻拉着我要求介绍。我没理，闹一番后他问去哪儿看啊，我说是江城，他说哦，是江城啊，那儿不错，听说靠近澳江，口岸一条酒吧街，南英北美，异国风情，大大的闻名，嗯，同去，同去。

我捏了捏胸口的槐木牌子，白天阳气太盛，朵朵一般都躲在里面睡觉。没理他，我抬腿走，说你先慢慢摆着摊，糊弄人，我真有事走了。他把画有八卦易学的破布一卷，收拾家当追上来，说贫道是很认真地帮善男信女们答疑解惑，指点人生，你怎么这么诬蔑我。小毒物，等等我，等等我，一起去，我观你此去江城，必然又有一劫，此劫曰水劫，非贫道不能解也。

我大笑，你个杂毛道士又来这么一套，老子不信。

他拉着我，严肃地看着我，一字一句地说："上次我跟你讲的事情，发生了没有？冥冥之中，自有注定的，此次也是一样。贫道我为你指点一条明路……"他拖长了语调，然而露出了讨好的笑容："你就带上我老萧吧？"

我无语，后脖子发麻。

顾老板的消息来源是一个朋友谈起的，说江城一个私人植物园里有这么一株。他之前帮我打听过几次，但是都不靠谱，也就没提了。这次说起，仿佛是真的。他最近在忙一桩生意，很忙，所以不能亲自陪我去找，但是他打发了助手秦立在江城等我们。

回到家里的时候已经是下午五点了，冬天冷，天也黑得早。合租房子的两个人居然都在，一男一女，男的是个老实巴交的年轻人，在附近工厂里面做技术员的，女的是个会计，长得一般，人倒很精明，没事缠着我减房租。

两人都坐在电视机前看一个美食节目，见到我回来都跟我打招呼，又跟萧克明点头。

我收拾了一下，带着一个小包就出了门。

杂毛小道赖着，我也没办法，混久了，也就成了朋友，他既然想去，难道我还真把他撇开不成？于是只好载着他出发。从东官至江城，足足有近三个小时的路程，一路上有他陪着聊天打屁也是极好的。萧克明极为健谈，我能够从他口中听到许多奇闻轶事，虽不辨真假，但是满足一下好奇心，也是足够了。

出了东官不久，天就阴了下来，道路两旁的灯也亮了，昏黄。我把朵朵叫出来，让她看一看外面的世界，路上的风景。她趴在车窗上，一双眼睛晶晶亮，看着往后飞驰而去的景物，她十分快乐，指指这儿，指指那儿，一脸的惊奇。我搬到郊区这套房子后，朵朵的行动就没以前独处那么方便，所以也憋得难受，这会儿倒是很开心。

她跟萧克明也熟了，没事就揪这杂毛小道头顶的长毛，萧克明也很奇怪，问你养的小鬼怎么是这样的？我说哪样的，一直是这样的啊。他说哪有，一般的小鬼，因为心性没开，阴风洗涤，所以向来都好妒，任性妄为，而且时间久了，模样都很恐怖，青面獠牙的。你这个，像是个洋娃娃。我说是么，我说我家朵朵从来都很乖啊，长得也很可爱，这点像我。

他哈哈大笑，说是你生的吗？是你做的吗？像你……鬼扯。

我就跟他讲每日给朵朵持咒祈祷的事情，他点头，说这样子貌似也可以。他没养过小鬼，听说在泰国、缅甸一带有庙宇的高僧养古曼童，都是善良的，祈福的。他在湘西认识一人，就养鬼，不是小鬼，是大鬼、厉鬼，用来寻宝考古。

我说你就吹吧，寻宝考古？是盗墓吧？不过南湖想来也没有多少墓可以盗了吧？

萧克明说谁说的，长沙马王堆你知道吧，大大的有名，楚国故地，你别以为是你们那穷乡僻壤、蛮夷之所在。我说我一提湘西南湖你就那么激动，你南湖人？他说非也，都说我老萧是茅山宗掌教弟子了，自然是江省人。我说呸，你就是一个茅山粽子，改天要从坟里面跳出来了。

他不理我，朝外面看去，我瞥了一眼，玻璃上的他眼神有些郁郁。

这会儿，金蚕蛊挣扎着从我裤子管儿爬出来了，飞起来，绕着朵朵转圈。萧克明伸手去捉，肥虫子敏捷地躲开，飞到他面前，一双黑豆子直勾勾地看着他，锐利得很。想起了王洛和死去的惨状，杂毛小道看着害怕，他叫我管一管它。我叫金蚕蛊安分点儿，不要闹道士蜀黍，他是朋友，好朋友。它这会儿听懂了，飞到萧克明近前，用身子蹭了蹭他，以示亲密。

萧克明很紧张，说小毒物，你家虫子身上没毒吧？

我说没有，它可以控制的，喜欢你，就不会放蛊毒，干净得很。听我这么说，萧克明顿时胆儿大了，他没怎么见过金蚕蛊，看着它围着旁边的朵朵飞，越发觉得这个肥虫子可爱，平伸着手放前去，金蚕蛊停在他手掌上，他好高兴，说哟嘿，痒痒的，好好玩哦。接着他把这肥虫子放到鼻子下闻了闻，说好香，一股檀香味。

突然他想到一个问题，问你平时都把金蚕蛊藏到哪里，我怎么都没见过？

我瞥了一眼在萧克明手上越发变肥的金蚕蛊，不答，专心开车。

副驾驶座上，他忍不住了，情不自禁地亲了一下这个可爱的小肥虫子，金蚕蛊扭扭身子。

它也觉得不好意思了。

我们大概是晚上 8 点钟到达的江城，联络了一下秦立，才知他今天在鹏城，明天才能坐船过来，让我先在此等一夜。于是我们去找地方住宿，我虽然在江城待过很长一段时间，但是大多是在下面区县的工业园里，市区路不熟，萧克明又叫唤着往东走、往东走，去口岸那边玩一玩。

于是一路从繁华都市里穿行，灯光璀璨，过环海情人路，一直到了口岸附近，找了一家酒店住下。

安顿完毕之后大概都九点半了,这杂毛小道又向我借钱,说要去领略一下所谓的江城风物。

我不给,我的钱又不是大风吹来的,哪里能没止境地给他填补亏空?再说了,我自从饰品店退了大部分股,也是个没有收入的三无人士,社会无业游民,还是个房奴,手头没有以前宽裕了,现在就盘算着把厚街那套房子租出去,好歹也能抵过房贷了。

他见我啰啰嗦嗦讲这么些个理由,摇摇头说我这个人真不爽利,他自出去,看看有什么差事可以接的,他就不信了,偌大一个江城,几百万人口的城市,就没有个需要他茅山宗大弟子出力的地方,就没个闹鬼的所在,来解决他资金微末的需求?

我鼓掌,说好好好,你赚钱了,最好把借我的一万五还我。

他吃惊,问有这么多了吗?我说当然了,我都用小本子记着呢,一笔一笔,绝不做假账,也不坑你。萧克明很委屈,说你这人怎么这么小气,那点俗物你还整个小本子,真没出息。说完,大袖一挥,气鼓鼓地出去寻花问柳。

门一关,此人便消失于夜色当中。

我很奇怪,这杂毛小道为何一天到晚都穿着一件道袍——古人扮道士僧侣,是因为那个时候实行地域管制,要查暂住证,去哪儿都要个度牒指引什么的,装宗教人士好全国各地流窜,博闻广识。而今,再穿道袍四处晃荡,就有些脑残神经病的可疑了。而他,居然去夜总会都穿,真的是把个性进行到底了。

世人笑我太疯癫,我笑他人看不穿?

是不是……

我不理这私生活混乱的家伙,洗澡,换上睡衣,看见酒店房间里有免费上网的电脑,就打开,逛几个平时经常看的宗教论坛,里面龙蛇混杂,泥沙俱下,只是看热闹,也没个真假。有几个比较活跃的版主,我发私信请教灵异问题,也不答我,不知是因为信息太多看不见,还是心中怯弱不敢回。

倒是有一个自称来自新加坡的吧友,说起南洋降头术的事情,和我书中所看能有些印证。

我打开QQ,人不多。我的同学基本都已经毕业了,分落在祖国的各地,见得少,也正处于苦逼的奋斗拼搏期,太累,所以也没个闲暇时间来联系。我看到了黑名单里的一个灰色红发美女图标,心中有些沉默,这是我的前女友。

两个曾经那么相爱的人,现在却只能在对方的黑名单中静静地沉默着,嘲讽当年的幸福。

不一会儿有头像闪动,是我上次回老家认识的女警察黄菲。

我心情好了一点,跟她聊起天来。

话题依然是之前的碎尸案,我并不太在意,朵朵帮我倒了一杯热水过来,我端着喝，她便趴在我键盘旁边的桌子上，瞪着眼睛滴溜溜地看。我不知道她看不看得懂字，按道理她应该还是学龄前儿童，况且此刻记忆已经丧失许多，想来是不懂的，不过她倒是看得开心。我看着她清亮的眼睛，想着这回来，一定要把朵朵的地魂招回，让她能够重拾记忆，长久停留在世间，久久远远。

网上跟晋平警花聊着天，旁边有一个粉嫩小萝莉端茶倒水，满目期待，我正心情愉快呢，结果手机响了，杂毛小道在电话那头呼救："陆左，陆左，能不能到东方星夜总会来一下，速度，江湖救急！"

第二章 黑猫、醉鬼、鬼娃娃

这时候已经是晚上十一点了,我望着外面黑沉沉的夜色,城市灯火繁华。

沉吟了一下,问是泡妞不给钱吗?

他老实说是,又说他本见此地有冤魂飘散,想用一场法事抵消他今天的消费,然而那些人却不管,硬是要他付钱才行,那堆膀大腰圆的家伙给了他两个选择,要么打电话叫人拿钱来,要么砍断一只手——当然,左手右手可以随便选。萧克明没坚持三秒钟,然后果断选择了第一条。

我问他,多少钱?

八千……

我顿时就火冒三丈,八千?你这个妖道真够腐败的,你不是被人敲诈了吧?

他说没有,他见到了两个乌克兰大洋马,那个激动啊,打小除了在好莱坞电影大片里见过洋美女外,就没有见过真实的,十分想跟国际友人探讨一下世界风云局势,并且给她们普及一下博大精深的中国国粹,顺便沟通沟通感情,探讨某些私密性、深入性的问题。结果一个小包厢,几盘果盘,几瓶啤酒,两个妞陪着用磕磕绊绊的东北话唱了几首《两只蝴蝶》,便欠下了如此债务。

为此,两个洋妞表示了遗憾,并且对他这种行为强烈谴责。

我也很郁闷,这杂毛小道荤素不忌,有这样的朋友,真是我人生的不幸。

没办法,我重新换上了外衣,带上朵朵和金蚕蛊出了酒店,又找了一处银联的 ATM 机取了一万块钱。口岸这边果然热闹,都这么晚了,街上的行人居然仍是熙熙攘攘,让人称奇。在电话的指引下,我很快就来到了他说的那家夜总会。我在东官,类似的夜总会也有见过一些,甚至还跟顾老板他们去过几回,并不足为奇,只是感觉装潢略为金碧辉煌了一点,走进去,连服务员都跟电视里的妖精一样,搞得有点不似人间的感觉。

后来国际著名张导演的《满城都是大波妹》上映后,我和朵朵去看了一会,就有一种很熟悉的感觉,而后拼命回忆,原来是在江城此地见过如此奢华之景,大为感叹——这是后话。

在侍者的带领下,我很快就在四楼的一个包间,找到了杂毛小道。

这家伙并没有他电话那边说的那么紧急,大屏幕上放着轻音乐,他舒服地坐在宽大的沙发上,跟旁边一个带耳麦的西服男子瞎侃聊天,要不是看到旁边几个站得一丝不苟的黑西装男,神情戒备,我还真的以为刚才那通电话是幻听了。

杂毛小道看见我，很高兴地招呼我坐下："陆左来了？来，给你介绍一下，这是夜总会的安保主管刘明——刘哥，刘哥，这就是我给你说的高人，十万大山苗疆巫蛊传人，陆左，你们好好亲近亲近。"那坐着的西服男子没站起来，斜着眼睛看了下我，说你……就是陆左，你真的有茅克明说的这么神奇？能够千里之外杀人于股掌之中？

他一脸不信。

这个男子是个歪嘴，唇上有些短胡须，又浓又密，脸型轮廓方正，正规西服束缚不住他发达的肌肉，紧绷绷的，看起来像是个厉害角色。我哈哈地笑，说怎么可能，我就是个手无缚鸡之力的普通人，身家也清白得很，别听萧……小道士乱说。杂毛小道见我否认，一脸惊诧，而那刘哥则哈哈一笑，笑完之后，脸容一肃，说钱带来了吗？

我提了提手中的皮包，说带了。刘哥头一偏，说那好，去结账吧。

"别、别、别……"

杂毛小道连忙站起来拦住我，说你别介啊，赶紧露一手真功夫给刘哥瞧一瞧，好相信贫道并非胡吹瞎侃、浪得虚名之辈，一会儿我们好把此地的孤魂野鬼清除掉，免了今天的床资啊？我对他说你闹够了没有，赶紧付钱回去了，孤不孤魂，这劳什子管你屁事？

杂毛小道见我并不配合他的计划，激动地说你这么搞，这债我可不认啊？

我说得了，你这么说，老子也懒得管你这个臭杂毛道士的屁事了，我回去睡觉了，你爱干吗干吗。我收起钱包，转身就走。杂毛小道急了，拉着我说陆左你别走、你别走，谈谈嘛。我没走几步，门口涌出两个膀大腰圆的魁梧汉子，左边的一个很肥，一脸憨态，如同一座肉山，走进来肚皮就颤起一层波浪的肉，忽悠忽悠地荡。

我心想，这条好汉，怕不得有三四百来斤的好肉！

我回过身来，看着刘哥问，这是怎么个意思？

他不动如山，悠然地坐着，看着我和旁边的萧克明，掸了掸指甲说："陆左先生你既然来了，自然是要把你朋友带走的，不然把贵友留在我们这里，也不是回事。我们开门做生意，求的是个和气生财，对吧，你最好不要让我为难，翻了脸皮大家都难堪……"

配合着他的话，房间里五个壮汉一齐"哼"了一声，紧绷着脸，刷的一下秀着结实的肌肉棒子。

我淡淡地说你这意思就是不让我走咯？

他没说话，盯着我，许是他瞳孔过于凝聚，我感觉到有些冷，锐利，让人看着就有些后背发凉，莫非这就是传说中的"杀气"？

杂毛小道"嘿嘿"地赔笑，说都别生气，都别生气，大家有话好好说嘛！

我沉默了一会，然后说好吧。他们都看着我，不知道我这"好吧"是什么意思。我走进沙发圈里，坐下来，倒了一杯琥珀色的酒液，斟满，一口饮下，酒液从喉头滑落，味道并不甚好，看来是假酒，然而一道热意却立刻从胃中翻腾上来，体内的金蚕蛊给我传来一丝欢快的意识：再来一杯，再来一杯嘛……

我见他们都盯着我，好整以暇，把方形玻璃杯放在前面茶几上面，说那我来摆一摆，你们这里的风水格局和凶煞之事吧。刘哥哈哈地笑，说你们两个黄口小儿，居然斗胆敢在关公门前卖大刀？知道我们这里的风水顾问是谁不？哼哼，说出来吓死你——是被评为"全球百名最具影响力易学研究杰出人物"之一的澳江命理派大师，张志威。

什么风水格局，什么凶煞之事，看到我们一楼的墙面水箱美人捞了没有，那就是张大师亲自指导筹建的，自此之后，夜总会财源广进，财运亨通，没有一天不在赚钱。

一楼确实有一面墙的水族箱，许多热带观赏鱼在游荡，几个穿着美人鱼服装的美女游来游去，头发像海藻一般，四处飘散，湿淋淋的衣服贴着身体，有着美好的曲线，让人一眼望去，若隐若现，高明之极。

我说哦，是么，我怎么没有听过这个张大师？

杂毛小道也在旁边坐下，说他也没有听过，他说："我会告诉你我师傅是上清派茅山宗当代掌教、全国道教理事协会副理事长陶晋鸿先生吗？告诉你，真正的隐士从不在意名声，什么全球一百强？你以为是企业家啊？开玩笑——还是那句老话，高手在民间！"

我把酒杯再满上，看着一脸沉静的刘哥，说："我就讲一句话——三天之内，是不是见过什么不干净的东西？"他没动，腮帮子却不由抖了一下，我举杯，和着他那逐渐露出的一脸惊容，饮尽这杯酒中的风雪。

他颤抖地站起来，周围几个围了上来，他挥手阻止，说你们先出去。

左右之人相互看了一眼，然后退了出去。我望着那个大胖子后颈的一堆肉，默默地看。

刘哥看着我，神色阴晴不定，良久，他也倒了一杯酒，饮尽，然后喘着粗气问我怎么知道的。我笑了，说这世界上有三种人能够看见常人难以见到的东西，第一是三岁到七八岁、眼神清澈透亮的小孩子，那是他们先天的、与生俱来的本能还没有被尘世的污垢所消磨；第二是天生阴阳人，他们是物种的错误，天生的慧眼，半数以上能够看见；而第三，就是有道之人，得了道，有了法门，自然通晓阴阳……

你猜猜我是哪一种？

他说，您（这时应该是用了敬语）是有道之人。

我心说，还好你这混蛋没说我是第二个，要不然真的揍死你。

其实，我是第四种人，就是借助于某种东西达到这一目的的人，比如前面说的抹老牛眼泪，比如此刻借助于与朵朵日夜持咒祈祷产生的莫名联系（在神秘学中这叫做开鬼眼）。我一进来，就发现这个家伙颈后有一丝阴晦的黑气，似乎是沾染到了什么

不干净的东西,于是大胆放言,没想到还真中了。

我含笑不语,端坐。

他脸上肌肉抖动,纠结了一会儿,然后站起来鞠躬,九十度:"陆先生,请帮我!"

一番寒暄之后,刘哥讲起了自己前天的经历。

前面杂毛小道介绍过,刘哥是这个夜总会的安保主管,负责这上下六层楼的安全工作,每天傍晚五点上班,到凌晨两点才歇息。他当过兵,还是传说中的特种兵,后来受伤复原之后来江城打工,被这里的老板看上,于是便从小保安一步一步地爬上来——关于刘哥的奋斗史,先不讲。

前天,不,应该是昨天凌晨一点多,一个客人喝醉了,在小包房里面吐了一地。这自然有服务生来处理,并不妨事,然而那人却又闹,跑到走廊上来摸包房公主的咪咪(这里给纯洁的看官讲一下,包房公主,纯粹是正经的服务员,不下海,要有本事自己泡,不能强求),那人常来,是一个跑机械业务的普通职员,没有背景,刘哥自然不会客气,直接把他痛殴一顿,暴打,然后扔到了大楼后面的巷子里。

那个醉汉被猛怼一顿之后,继续趴在地上接着吐,白的黄的一摊呕吐物,引来了一只猫。

这猫又瘦又长,全身都是黑色,油黑发亮,没有一丝杂毛,头小,尖尖的更像是狐狸,它从黑暗中冒出来,停在醉汉头前面,伸舌头去舔食他吐出来的呕吐物,粉嫩的舌头在黯淡的后街巷里时隐时现。刘哥看得有趣,于是点了一根烟,倚着门看着这来历不明的猫咪。

然而他看着看着,发现那个人越发有些不对劲。

醉着趴在地上的那个男人越呕吐越起劲,不一会儿,恐怖的事情出现了——那个男人竟然吐出了一大团血红黏稠的肉块来,而那只黑猫,则一小口一小口把肉块吃下。刘哥的烟掉了,在地上砸起火星子,突然,那黑猫转过头来,抬起那张尖尖的猫脸看着刘哥,它的眼睛黑亮得像最纯粹的宝石,有迷雾,咧着嘴一笑,好像一张诡异的人脸。

刘哥猛地一声大叫,踏步冲出去,那黑猫立刻窜开七八米,没走,转过来盯着他。

刘哥就怕那醉汉出问题,惹得夜总会被查,开不了业,低下身去把他扶起。那醉汉突然睁开了眼,白色的瞳孔,游走红光,张开嘴,白森森的牙齿上面挂着血色肉丝,朝他咬来。刘哥大惊,本能地把这醉汉一把推开,只见那只黑猫突然大叫一声,根根寒毛乍起,"喵……"刘哥感到肩头沉重,扭过头,只见后面有一个在空中飘浮的小孩子,光着头,头颅硕大,嘴里面全部都是密密麻麻像鲨鱼一般的利齿……

与此同时,被推倒在地上的那个醉汉爬起来,面容僵木,斜着眼,一身血污地拖步而来。

黑猫继续叫，这声音又尖锐又瘆人，给这黑巷子添了许多恐怖。

即使以刘哥这种阅历和见识，也不由得有些发毛。他大叫，挥着手就疯狂地去打那个飘浮着的小娃娃，手一触到，却是空的，那小娃娃张口就向他咬来，阴气森森。刘哥往后一退，不知道被什么东西给绊倒了，结果头磕到了一下，眼前一黑，就被庞大的重量给死死压住，拼命挣扎都动弹不得，只有吼，使劲吼……

第三章 杂毛道士来捉鬼

愣神只有十几秒，歇斯底里的惊悸过后，便有了一点儿平静。

摇晃的世界开始稳定下来，刘哥这才发现压在自己上面的不是那个化身为恶鬼僵尸的醉汉，而是自己手下那个大胖子保安魏沫沫，这名字有些女孩儿气的痴肥家伙，三四百斤好肉压着自己，果真是动弹不得。

这时耳朵好像也恢复了一些听力，然后有焦急的声音传来："刘哥、刘哥……老大，老大你怎么了？"

世界回到了正常轨迹，刘哥发现自己依然在夜总会后面的巷道里，然而那黑猫、鬼娃娃乃至于那疯狂吐内脏的醉汉都不见踪影了。他喊道："沫沫，沫沫，你他娘的别压了，放老子起来，这到底怎么回事？"

一个手下凑过头来仔细打量了一会他，问："老大你好了？"

"怎么回事？"

大胖子这才艰难地挪开身躯，小心把刘哥扶起来，那手下告诉刘哥，说他们扔完人回去，发现刘哥没有跟上来，然后叫小山子回来找，没承想见到他一个人在巷子里声嘶力竭、歇斯底里地喊叫，这叫唤像喊魂，然后朝空气里猛出拳，胡乱挥舞。小山子奇怪，叫刘哥、刘哥怎么了？刘哥不理，仍旧状若疯狂。

小山子去拉，没想到刘哥一拳就把小山子掼倒在地。

小山子的号叫引来了他们几个，过来发现刘哥着了魔症，几个人联手，最后靠大胖子魏沫沫的重量，终于把他给压醒了。

刘哥看围的几个手下，人人带伤，说话这个手下嘴角淤青，大胖子哼哼地揉着肚皮，而最惨的小山子，被一个保安扶着，口鼻里面全是血。他问："你们来的时候，没见到什么东西？"几个手下皆茫然，这个时候刘哥大概知道自己遇见了脏东西。他听说一见黑猫必有祸事，心中凉意渐生，也不敢乱讲，怕坏了夜总会生意，于是向几个手下道歉，承诺了一顿饭赔罪，然后把小山子送到医院去就诊。

他离开巷道的时候仍然忍不住回头看，地上一地狼藉，却没有血迹，呕吐物也是很久的，那个醉汉，再也没有见过。

说起这些，刘哥很忐忑，他反复跟我和杂毛小道描述起那醉汉当时的恐怖模样，仿佛《生化危机》系列电影里面的丧尸，铁青着脸，死了几个月、眼球都要吊出来的感觉，这种形象一直在他脑海里徘徊，还有那鬼娃娃……

这一切都太真实了，以至于回去睡觉，也是反复地做着噩梦，反复地做！做得他总是猛然地醒来,耳朵里总听到有女人的尖叫声,一天没精神,也让他今天上班心神不宁。

他当过兵,是个坚定的无神论者,然而就在晚上上班的时候,却不断地琢磨着,要不要去江城很有名的金台寺,求个开光避邪的饰物来佩戴。

"你信我们吗?"

他说信,真信,先生你是高人,一眼就能够看到昨天发生在我身上的事情,太神奇了,不得不信。我说,你信不管用,我朋友在这里好像被敲诈了,想免单,应该是要找值班经理谈吧?他说没事,我虽然只是个安保主管,但是这种小事还是能办的。来来来,我们不打不相识,能够认识您这样的高人,真是三生有幸。他又把酒斟满,然后敬我和萧克明,先道歉,给萧克明道完歉后,一口喝了,眼睛通红,说请指点迷津。

我问萧克明,萧兄你怎么看?

他说依老刘——这家伙就是个顺竿儿爬的猴子,这会儿就叫老刘了——的说法来看,我个人认为是碰到了小鬼。这小鬼有迷惑人的功效,如果是被撞到了灵体,定会把那人吓得日夜忐忑不安,睡不安宁,整日精神萎靡。倘若贫道师傅给的捉鬼瓶仍在,这个好解,将它捉拿便是,只可惜……上次在东官××广场贫道施法的时候,那捉鬼瓶子遗失了,找寻不到小鬼的来源,一时之间,就没那么方便了。

刘哥紧紧握着杂毛小道的手,眼泪都要下来了,说请大师务必帮忙除了此害!

杂毛小道拿架子,摆困难,一阵推诿,我见他如此,自然又是老习性子上来了,也只有配合,一唱一和。那刘哥自从把昨天的事情讲了出来,心中的畏惧就又多了几分,被我俩一挤兑,终于妥协,说道长今天自然是要免单的,而且,给您金卡一张,所有消费打九折——这是他职权范围内能够给出的最高折扣。

杂毛小道摇头说今天晚上的消费都没有完成呢。

刘哥知趣,说是是是,一会道长施完法、捉完鬼,定叫那两个老毛子妞过来陪您探讨国学。杂毛小道这才心满意足地点头,说好嘞,老刘你这么仗义,贫道也不是吃素的,此番出手,一定会把那个小鬼抓来的。

他说完,朝我挤眉瞪眼,说陆左你说怎么搞?

我郁闷,说这地是你老萧找的,偌大一个口岸,偏偏你眼尖,一下就挑中了这么个邪门的地方,你自然知道捉鬼的方法和门道,况且好处是给你的,你自然要下死力气。杂毛小道讪讪地笑,说贫道也只是略懂一些望气之术,远远感觉有些不对劲,便进来了,你也知道的,贫道一身功力,已被封锁大半(这还真没他听说过——吹牛?),现在只靠本命玉的灵效在支撑……

我见刘哥皱起了眉毛,想着我们两个在这里相互推诿,也是没用处的,于是站起来,说去现场看看吧?刘哥连忙站起来,引我们下楼。打开房门,几个黑西服保安都还在,刘哥说散了吧,他们各自回岗位去。

我看了一下那个大胖子的背影，想到刘哥说他名字叫做魏沫沫，就觉得好笑，这名字够娘气的。杂毛小道也看出了名堂，叫胖子留下先别走，一起去现场。

我、杂毛小道、刘哥和大胖子魏沫沫，四个人乘电梯下到了一楼。

有一点值得一提，那大胖子一进电梯，整个电梯猛地一沉，搞得我心惊肉跳的，害怕得很，杂毛小道也是一脸不自然，倒是刘哥这会儿表情淡定了一些，许是习惯了，浑不在意。

出后门，来到了夜总会后面的小巷子，这大冷天，嗖嗖的凉风就从巷道里穿行而过，即使穿着大衣，也感觉有刺骨的冷风往脖子里面钻。我们都缩着脖子，呵着冷气在周围转了一圈，冻得鼻子发红。刘哥来到那个醉汉躺着的地方，蹲下来，指着一摊干了的呕吐物说，这就是那家伙趴的地方，然后又说了几处故事里的场景和方位。杂毛小道深吸一口气，说果不其然，他闻到了妖气。

我一闻，巷子里臭臭的，寒风灌来，格外的冷。

所谓妖气，是虾米东西？

杂毛小道翻他随身带着的乾坤布袋，弄出一张黄纸符来，他的桃木剑等道具还躺在我车子的后备箱里，便用右手大拇指压住无名指和尾指，比成剑指状，中指和食指夹着这张符箓，说让你们瞧一瞧贫道的本领。说完，他挥手朝天一指，那符箓无火自燃，果真神奇，然而风大，立刻便把烧着一小半的黄纸给熄灭了。

他也不尴尬，踩着禹步，嘴中念念有词，依旧是那次在我家五楼捉女鬼做法时念的咒语。刘哥惊讶地看着这杂毛小道神打，大胖子一脸茫然，而我则抱着胳膊，看这杂毛小道发疯似地左跳跳、右跳跳，踏着禹步，一路把诸天神灵、各路值班星君请了一个遍。

请神上身这个东西，说实话我的十二法门里面也有，方法各异，大概就是请到有法力、有神格的神灵入体，然后借助法力来驱妖捉鬼，或者显神迹传道，也有人请死去的亲人或者祖先，托付、道破真相以及其他……这东西是大部分神婆巫师的惯用手法，有的是演得跟真的一样，有的确实是真的——这就要考验施术请神者的能耐了。

我之前说过的神光投影，其实是一道雾蒙蒙的白光，十二法门上记载，倘若请神成功，进入另外一种意识的话，请神者身上是会有一层雾蒙蒙的白光笼罩，这即是成功的。

然而，我从来没有在杂毛小道的身上看到过。

于是，不知真假。

另外还有一点，所谓请神，一般请太上老君、诸天神佛之类的，即使有门道法力，基本也都是请不到的——迄今为止我都没有看到一个成功的案例。为何？我个人揣测是这些个大拿太忙了，没空搭理这些小喽啰。至于其科学性，这真的不得而知，或许真的是某些人说的磁场能量、空间震荡的缘故吧。

此刻，杂毛小道已经被太上老君他老人家附体了，正在跟莫名的空气喊话儿。

我拉了拉在一旁茫然的大胖子魏沫沫，他一米八几，三四百来斤，转过身来看我，我感觉面前有一座肉山矗立。我问他最近去过什么地方没，他摇头，说没有啊，俺天天都在公司待着啊，要不然就在宿舍。他一说俺，跟小美的口音很像，我听着亲切，说哦，真没有吗？他笑了，不好意思地挠头，说有的，今天傍晚刘哥请吃自助餐，去了莲花路那边的餐厅。

我说你这几天，不，这两天有没有跟什么比较特别的人接触？

他挠着脑袋，想，使劲儿想，半天后嘿嘿地笑，说都是平常的伙伴，没遇到什么人啊？哦，对了，就是昨天敏香托我给她带一杯星巴克的热拿铁，我帮着跑了一下腿，结果……结果，嘿嘿……

他猛笑，这大胖子脸上浮现出一股幸福的笑容，又肥又油，在视觉上看来，是一件比较恐怖的事情。

十来秒钟之后，他终于抑制了心中的狂喜，羞答答地说她把俺拉弯腰，亲了俺一口——他指着自己层层堆叠的颈后肥肉，说道。我仔细看，上面果然有一个小小的口红印子，淡淡的，唇型大且宽，联想到嘴，算不上很好看，然而大胖子魏沫沫却是一阵色授魂与的幸福感，让我有些奇怪。

仔细看，这口红印子，淡红色，可是出汗了，有些扭曲，胖子没洗澡，一股酸臭味。

我觉得这印子似乎就是他脖子上黑气的来源。

我拉着刘哥的手，问敏香是谁？

刘哥先是愣了一下，然后回答说是他们这儿妈妈桑手下最红的头牌，裙下之臣不胜枚举，周游于富商权贵之间，好多人想把她纳入自家后院慢慢品尝，但她不肯，骄傲得很。他又问怎么了，怎么突然问起这个？我说这个敏香多大了？

他想了一想，迟疑了一会儿，说大概是二十……三十？咦，沫沫，敏香多大了？

胖子嘿嘿地笑，说十八。

第四章　诡异的敏香

我心中有了计较，便朝杂毛小道喊道："老萧，赶紧收工了。"

杂毛小道念完最后一句，挽了几个漂亮潇洒的剑诀，剑花缭绕，气度俨然地放回了胸前，收法，转过头来问："怎么啦？这鬼物甚是厉害，贫道正请得太上老君与它交涉，几近成功了，你这又是要出什么幺蛾子，闹的哪样？"

我说我大概知道是怎么一回事了。

他屁颠屁颠跑过来，问怎么回事呢？我回过头来问刘哥，说我能够见一见那个叫敏香的女孩子吗？

刘哥很为难，说敏香虽然从事的是无烟工业，但是在这夜总会里也是有身份、有地位的，夜总会红牌小姐中的头牌交椅，在大老板面前不见得比他这个心腹差。

我说我能够看一下敏香的照片吗？他说可以。于是我们离开了后面的巷道，来到了二楼的一个小办公室。刘哥从电脑里翻出了在他们夜总会就职的女性从业人员的档案，有照片有名字也有年龄，很详实，当然这里面很多都是化名，比如小美小丽小芳，以及 andy、vivi、Adela、Daisy……我就看到好多个，当然，她们每个人都有一个编号区分。

杂毛小道看见这么多佳丽，看得眼花，流着口水赞扬说你们这里好正规哟。

翻了几页，刘哥指着一个女人的照片说："喏，这就是敏香啦。"我和杂毛小道凑一起看，是艺术照，模样倒有几分姿色，眉目间有几分香岛玉女掌门的感觉（此玉女在一个月后的艳照门事件中，形象轰然崩溃），漂亮，但一看就 PS 过，要谈有多么国色天香，都是扯淡。再一看出生年月，1980 年生人，那不是有 28 岁了？再倾国倾城的美女，做这个行业到了这年纪，基本也是人老珠黄，该收手了吧。

刘哥补充了一下，说你们看照片看不出什么样子来，最好是见本人，本人漂亮许多，言谈举止，也很有魅力的，让人深陷里面去。杂毛小道看看我，说："听你的意思，是不是讲这个女子也养有一只小鬼？"我点了点头，应该是。

前面讲过，旁门歪道在中华大地不显，然而在周边国家和地区却十分活跃。这里的小鬼，也叫古曼童（男的叫古曼童，女的叫古曼丽），常流传于泰国一带，印尼、马来西亚、柬埔寨、缅甸、新加坡等地，也比较普遍。养古曼童，是一种用来控制故去的鬼魂的方法，常用符篆法咒，有的是养来寄托哀思，留恋亲情，有的则是驱使它来给养制者做事，牟取私利。

常见的有庙宇、商人、赌场、富裕之家以及艺人，都有养古曼童的人在，据闻香岛、宝岛某些艺人也有养古曼童的经历。比如我的朵朵，其实也是古曼童的一种，她就经常给我扫地洗衣服……世人有千般，这个花名为敏香的女人，想来也是靠养了一只古曼童，迷惑客人，从而坐上了夜总会一姐的位置。

刘哥问你们到底是在说什么意思？

我没说话，我又不是州官，自己养一个朵朵，就不让别人放火了，再说了，她养古曼童只是为了提升自家的魅力，在获得美誉的同时，也付出了辛勤的劳动，鬼有鬼道，鸡有鸡路，贸然指出、断人钱财这种生儿子没屁眼的事情，我自然不会干。

然而，见那大胖子脖子上一团薄薄的黑气，事情似乎没有那么简单。

于是，我再次提出要见一下敏香。刘哥见我坚持，脸色沉重，心知此事必有蹊跷，他也决断不了，说你等一等，然后他出去了。没五分钟，一个戴眼镜、脖子处有蜈蚣般疤痕的中年男人进来，他一脸的斯文气，眼睛笑眯眯，很小，眯成一条缝。

刘哥说这是我们的值班经理——杨经理。

那男人跟我们握手，说刚才我们所说的话，老刘都已经跟他讲了，他们这几个月确实感觉有些奇怪，已经有三个客人莫名就失踪了，最后出现的地方都是在这里，这样搞下去，再硬的后台也得倒；还有发生好几起见鬼的事情，要不是他和老刘弹压得力，手下人心早散了。本想着去请张志崴张大师来帮忙看看的，可他一直忙，现在有两位在就好，若是能够查出缘由，自当重谢。

我心中一跳，问有客人失踪？他说是，昨天那个醉鬼也失踪了，晚上的时候局子的朋友还打电话过来过问了一下呢。听他这么说，我心里面就有些发毛了。

为何？之前说过，小鬼或者古曼童，有善有恶，善的是被有道、有法门之士或者寺庙僧侣，消磨了怨气戾气，初始时乖乖的，如同朵朵，只是后来阴风洗涤脾气才渐渐乖张；也有恶的，这恶的便是野地里的孤魂野鬼，有了意识，心中不甘，一切行动自有主张，会跟炼制领养人商量每日的伙食供养，它恶，便对人体三魂中的每一魂能量都极度渴望，需要隔一段时间，便害死一人，将其三魂七魄皆吞食。

若是如此，那便是一头恶鬼了。

外婆告诉我，"积德行善，好自为之"，这里面的话语里含着很多意思。

要是有一只吞噬生人的变态恶鬼存在而我不出手，那么她老人家应该是不会答应的吧？

我跟他说我要见一见敏香。

杨经理说去看看敏香有没有客人，刘哥听吩咐出去，而他则跟我们攀谈起来。对于吹牛这种事情，迄今为止我仍然没有见过比杂毛小道更加厉害的，这时候他立刻接过话茬，跟杨经理相谈甚欢起来，我懒得编故事应付，只是在一旁听，不时附和几句，搞得跟真的一样。

过了一会儿，刘哥打电话过来，说敏香刚刚陪完马主任，现在有时间了。

杨经理说让她过来一趟吧。他端坐着说这话，看样子地位确实是这儿最高的。

等了差不多有五分钟，门开，一阵香风吹来，有一个穿着粉蓝色旗袍的高挑女子在刘哥的带领下，走了进来。我定睛一看，只见这位美女乌发蝉鬓，肤如凝脂，白若初雪，娥眉青黛，眼波流转，果然比照片上的美丽百倍，活似天上的仙女谪落入人间。她一进来，杨经理立刻眼睛一直，连忙站起来，招呼她坐在待客区的沙发上。

我都不由得一阵心魂荡漾，想来我旁边这个好色的杂毛道士定然会流下口水的。

然而，并没有。杂毛小道一脸戒备地看着侧坐在沙发上的敏香。

我这才想起来，这敏香，定是有小鬼助她增长了魅力。这一想，牙齿猛地咬了一下舌头，剧痛，然后胸口处的木牌子传来一阵冰凉的气息，我再一瞪眼，哇靠，毛的"肤如凝脂，白若初雪"，这粉扑得简直比刷墙的还厚，整个人好似那装修铺子，各种浓妆艳抹，让人胃中翻腾，只想作呕。

杂毛小道也是一阵冷笑——这女子姿色原本是不错的，可是下海多年，日夜纵欲，身体早就垮了，谈不上什么保养，自然也有几分年老色衰。他喜欢小清新，口味倒也不重。通过朵朵给我共享的视野，我立刻看到这女子身上黑雾萦绕，想来这便是她增强自身魅力的法门，但是她在养小鬼的方法上几乎是个白痴，看着这样子，竟然有一点反噬其身的感觉。

杨经理给我们双方做了介绍，敏香看见萧克明一副道士打扮，立刻就皱起了眉毛，说这是怎么回事？什么招摇撞骗的蟊贼都上了门，什么道士？这年头十个装道士的就有九个说自己是茅山的，这个是也不是？

杨经理看向萧克明，他很诚实地点头，说我也是茅山道士。

敏香立刻高声大叫道："那还不赶紧滚蛋？"

杨经理有些犹豫，那一刻在他的眼里，如此佳人的请求定然是不能拒绝的，唐突不得，然而理智却又觉得必须一查到底，于是纠结了起来。我暗想这金蚕蛊附体也有了几个月，我日夜揣摩，也有了一些子"法力"，见此刻她如此嚣张，立刻结不动明王印，对着这女子就大声地口出真言道："灵！"

这一声巨大，空间震荡，有回声，立刻把这敏香身上的黑气给震散了许多。

灵——

第五章　恶鬼娃娃

声音渐小，我见到杨经理和刘哥看着敏香都放大的瞳孔，一阵急剧收缩，估计是看清楚了敏香的"真容"，心中震撼。而我这一吼把敏香吓了一跳，懵了，回过神来，扑到杨经理怀里哭，说呜呜呜，有人欺负我……杨经理脸上青一阵白一阵，看着我和杂毛小道戏谑的眼神，看着刘哥一脸明显的同情，咬着牙，一把将敏香推回沙发上，冷冷地说：邓春菊，你到底干了什么？

黑雾消散，杨经理也有些不客气了——这么丑，明显也没有什么价值。

事实上从刚才杨经理的表现来看，他应该是见过如此容貌下的敏香（或邓春菊），但是原本的敏香与被迷幻后的敏香，两者的面容交错混杂，让他的记忆显得有些混乱，不敢确定——这也是常用古曼童提升自己美丽的女人的常有印象，你会觉得很千面，各种姿态都会有。

仔细回忆一下你见过的明星，想一想谁会养呢？

敏香见杨经理这么反应，见我们这些男人厌恶的表情，愣了一会儿，知道自己的戏法被破了，怨毒地看着我，突然她双眼一瞪，翻白，像一个木偶般从沙发上弹起来，扑到我面前，要抓我挠我。我这人不打女人，但也不想被人挠一脸的血印子，立刻从沙发上一个后空翻——我身手已经很灵活了——避开这发疯了般的女人。

她见我跳开，大骂着，那脏话我现在想起来都脸红，就不一一赘述了，紧接着她又盯上了萧克明，母狮子一般怒吼，去抓他。

屋子里的几个男人七手八脚地把她给制住，我刚才还说杂毛小道不重口味，这话我现在收回。这厮此刻已经死死的摁住了敏香的胸和手臂，一边喊莫乱来，莫发疯，一边咸猪手乱摸，毛手毛脚的。我四处张望，提防那个害了三条人命的小鬼露面。

在我胸口处木牌里的朵朵跃跃欲试，想出来看看她的同伴是什么样子的。

杨经理、刘哥和杂毛小道终于制住了敏香，这女子的力气出奇的大，但是刘哥可是传说中的特种兵，而杂毛小道据说也有一牛之力，好歹将其制住，杂毛小道立刻咬破右手中指的指尖，涂抹在这女人额头上，然后念"清心寡欲咒"。我曾笑他是个做小和尚的命，偏偏做了个荤素不忌的杂毛小道，这里面就有夸他念经持咒字正腔圆、快速的意思，打个比方吧，他那速度，跟现在很火的《中国好声音》主持人华少播广告的那段一样——快吧！

在杂毛小道持续的咒语中，敏香的挣扎逐渐地减轻、停止，她呆地任三人给抓住手脚，长叹了一口气，无神的眼里，滚出许多热泪来。

见她情绪恢复正常,三人把她扶着坐起,杨经理和刘哥小心戒备,而杂毛小道吃完便宜,擦干抹净,直接问道:"你自己根本不会制小鬼的,怎么弄来的这个恶鬼?"她仍在流泪,清亮的眼泪从两颊间滑落,滴滴答答地落在大腿上,把粉蓝色的旗袍氤湿。

终于,她回过神来,说她是在淘宝上面网购的,是来自泰国的古曼童,花了她两万多块钱。买回来之后,胡乱地养着,按照说明渐渐感应到了,然后自己的魅力就变得越来越厉害了,很迷男人——男女通杀,开始还窃以为喜,可是到了后来,却感觉它越来越不受控制了,暴戾,好杀人……说完,她坐起来,旁边两人以为她又发狂了,谁知她紧紧握住杂毛小道的手,哭着呐喊道:"大师,救救我吧!"

这声音凄厉悲惨,静寂的房间里面乍听有些惊恐。

更大的一声喊叫又出现,这回是刘哥。只见这个汉子指着办公室的窗外猛喊:"又来了!又来了!"我们顺着他指的方向看去,只见一个木偶般的大头娃娃,正飘浮在窗外,面无表情、大头上面脏兮兮的,全是血污,它盯着我们——不,应该说是盯着我胸口处的木牌子,眼睛是白色的,空洞无神,说不出的诡异……

呀——尖利的叫声响起来,它一张口,露出许多白森森的牙齿,透过窗户,扑飞进来。

瞬时间,整个房间都扭曲了,四周都是血海深渊一般。

"哚——"

"镖——"

我和杂毛小道几乎是一起口出真言,那瞬间临近的小鬼,在我们共同的猛力呵斥声中,被生生定住。这时它的真实模样才显现出来:大概三岁孩子大小,头颅出奇地硕大、古怪,是光头,上面有不少黑蚯蚓一般的筋脉血管,虫子一般蠕动,眼睛是纯净空洞的白色,直勾勾的,无神,四肢短小,身上穿着一身破旧的婴儿服,脏兮兮的。

它嘴抿着的时候很小,像樱桃,一张开,全部是锋利的牙齿。

然后,一大股极其难闻的尸臭味就传了出来,在整个房间里飘散,恶心至极。

杨经理和刘哥这时"哇"的一声叫唤,连滚带爬地离开,萧克明一把推开敏香,不知从哪里就掏出一张黄纸符箓,上有黑红相杂的字迹,龙飞凤舞,他右手拇指和食指一搓,隔空便掷去,很准,立刻就沾染到了这小鬼的身上。

一沾阴身,立刻燃起蓝色火焰来。

我没有这般符箓的本领,只是按着十二法门中禁咒一章的本领,持着咒,用空气震荡的能量,将它死死地拖延住,手上一热,这是金蚕蛊传递给我的能量,它其实也算是个搞幻术的大行家,四周血海深渊被我手一挥一带,又还复了模样。见多了朵朵,我对此有些心得和研究,于是并不畏惧这小鬼,一个箭步跨前,就揪着了这个小鬼头青灰色的小腿。

它虽是灵体，但是我却有着朵朵和金蚕蛊的帮助，一把抓个正着，拽下来，把它大头砸在茶几上，砰地一下作响。这时萧克明的符箓已经燃烧完毕，那小鬼难受极了，居然发出了像老鼠一样"唧唧吱吱"的叫唤声——我前面说过，小鬼没有声带，一般都发不出声音来的，除非是很厉害，引起空气共鸣。

这个小鬼虽然用迷幻之术害死几个人，但是并不如我和老萧两人，显然不是。

它这叫声，纯粹是因为被杂毛小道的符箓之火灼烧到了灵魂。

这是灵魂的怒吼，绝望的嚎叫，燃尽生命力发出的悲鸣。

它白色无神的眼睛突然一亮，只看一眼，便觉得无比的怨毒和心寒。

萧克明一个箭步抵近，掐着法决，中指和食指之间又是一张黄纸符箓，他大声喊道："小毒物，这小鬼执怨已深，留着必是祸害人间的角色，你我今日合作，把它超度了算球？"这鬼娃娃猛地回身，朝我的右手臂咬来，一口犬牙交错的利齿。它虽是灵体，但是拿这利齿咬人，人却要中那尸毒，浑身变僵、长满绒绒的黑毛，不消一个多时辰便死去，阴毒得很——这里说的是那杀过几次活人，见过鲜血的小鬼，我家朵朵乖，不是。

我哪里能够让它得逞，随手一翻，抓住脚，把它大头朝下又一摔，避开去。

我终于下定决心，这等邪恶之物，怎么能够留它在人间害人？口中高呼同意同意，你老萧快快的，不要再拖延。杂毛小道刚才是考虑到我养着朵朵，可能对这类古曼童爱屋及乌，若是痛下杀手，会惹得我不快，此刻见我放话，大喊："得嘞！"话音一落，那黄纸符箓便伸进了小鬼满是利齿的口中，轰的一下燃起来。

第六章　淘宝上的古曼童

这一下，小鬼叫得更加悲惨了，那声音几乎是高频震动，把每个人的耳朵都震痛了。它奋力挣扎，像刚出水的河豚，各种诡异的扭动。我手像过电一样，一瞬间全身发麻，臂膀颤抖得厉害，好像小时候上体育课长跑，第二天全身肌酸蔓延，浑身无力。我大叫一声，咬牙坚持着拽住它的细腿。

好在这声音仅仅只持续了十几秒钟，然后，这小鬼终于停止了挣扎，四肢都往下垂着，它的大头几乎烧了半边，留着半边的脸上，居然出现了安详的微笑来，萧克明见状，立刻盘腿坐在地上，虔诚地开始念道家的超度亡灵经诀，做起了法事。

这时，朵朵从我胸口槐木牌中飘了出来，悬立在空中，呆呆地看着自己的同类。

我把手中的这小鬼（古曼童）放在了茶几上，它气息仅存一点儿，没烧到的半边头颅，眼睛直勾勾地看着在半空中、像天使宝宝一般的朵朵，它终于积聚了一些力气，伸出小小的手，举起来，想去摸一摸朵朵，朵朵飘下来想搭它的手。

我拉住了她，摇头。

这小鬼古曼童身上，全部都是萧克明启动的符箓之力，赤焰凶猛，一不小心就烧会到朵朵这里，那可不好。

小鬼躺着，火继续灼烧着它的身躯，绕过这边脸，把身躯给燃着了，我盯着它的眼睛看，白色中出现了一些黑点，里面居然流露出许多感情，我认真读，似乎是遗憾，又或者是羡慕、苦痛、解脱以及别的什么情绪——我从没有想过能从这么一点儿眼神中读出这么多东西来。

心中莫名就是一酸。

手被紧紧拉着，朵朵看了看燃烧成灰烬的小鬼，又看了看我，眼睛里似乎有好多泪。

我在想，倘若朵朵没有碰到我，罗婆婆一死，说不定便和眼前这小鬼一样，逢初一十五便被阴风洗涤，没多久就头大身子小，变成了邪恶之物，丧失神志去害人，被我或者萧克明这样的人给捉拿去，焚尽灵魂，永世不得翻身？我只一想，就觉得可怕，不由得紧紧抓住了她粉嫩的小手。

小鬼终于燃烧殆尽，成为飞灰，空中，仍有它凄厉的哀鸣。

可怜、可恨……

朵朵看了一眼我，倏地一下飞进了槐木牌中。

她的出现，没有任何能力的杨经理、刘哥和敏香都没有看见，杂毛小道看到了，朝我挤挤眼，笑，我不知道这笑容所为何来，只是感觉猥琐，有不好的预感出现。

一切完毕，当场的三人这才反应过来，杨经理一巴掌扇在了敏香的脸上，破口大骂，以掩饰自己心中极度的恐慌，刘哥已经闪到了一办公桌旁，按着桌面的手指骨节都青了，显然内心也慌得很，而他脸上流露出的苍白神态，显然不像是一个经历过魔鬼训练的特种兵。

敏香被一巴掌扇倒在地，放声哭号。

事情结束了，杨经理竭力感谢我们，然而却半点没有提及报酬一事。我还好，萧克明却耿耿于怀。杨经理竭力邀请我们明天来见一见他们的大老板，一个尊号曰段叔的家伙——他们老板最喜欢我们这般的奇人异士，求贤若渴。我推辞，提出要回去了，以免耽误明日的大事。萧克明不愿，不给钱就算了，但是既然前面说他今晚在这里消费免单，他自然不愿错过机会，便伸长脖子，不肯跟我走，嚷嚷着要留下来。

杨经理拍着胸口说今天上百位佳丽随意选、随意挑，都算公司账上。

这杂毛小道的嘴巴立刻咧得巨大，合不拢。

此事已了，后续是报警还是什么别的，我不知晓，在外闯荡多年，我自然知道什么是自己该管的，什么是不该管的，我不拿工资，也不是超人，抓完鬼，回酒店睡觉便是，其余的那已经是超出我能力范围的事情了。杂毛小道不走，我也不强求，自己裹紧了上衣，走出去。

路过二楼楼道，我见到有一个女子的身影十分熟悉，仔细瞧，原来是王姗情，就是之前阿根暗恋的店员小妹，后来为了男朋友和自己的生活下海的那个。之前听说是在做楼凤，游击队的干活，现在居然混迹到了江城口岸的夜总会，看来，已经是加入了职业化、专业化的队伍了。虽是熟人，但是我却没有一点儿去打个招呼的想法，想来她见我也尴尬，于是脚步不停地走了。

返回酒店的房间里，已经是凌晨时分，我又洗了个澡，然后来到床上，给朵朵持咒祈祷。

结果召唤几次，这小丫头居然没有出来。我奇怪，今天怎么有点儿不听话了。

我强制把她叫出来，她瞪了我一眼，舞着小手，呀呀呀，朝我抗议。我奇怪，这怎么个情况？这时金蚕蛊也出来了，学着朵朵，朝我瞪眼。两个小东西冲我示威半天，身子一扭，跑到另外一边自个儿玩去了。我这才想起来，莫不是朵朵在生气我和老萧配合着，把刚才那个小鬼给超度了？

难怪刚才那个杂毛小道看着我意味深长地笑呢，原来他是早已料到了朵朵会有这反应。

可是……可是捉住敏香的那古曼童，跟朵朵一起玩的那肥虫子不是也有一份吗？

为毛跟它玩得欢畅，却对我张牙舞爪的呢？

小鬼头们的心思，还真的很难猜呢。

第二日我起得很早，拉开窗帘，晴天，有很清冷的太阳。

透过钢铁水泥森林的间隙,能够看见远处的海,我以前的视力才4.6,现在却比5.2还要厉害,很远的海边,有白色的海浪逐水而来,那是一条白线,推着混浊的海水。这边的海并不清澈,黄浊,也有很多垃圾,看着让人失望。远处是澳江,那是一个寸土寸金的地区,看到的建筑多是又高又窄,间距也很小,跟这边对比,很有特色。

摸摸胸口的槐木牌,朵朵已经回来,她昨天和肥虫子玩得高兴,故意不理我,但是最后还是亲了我的额头一下。因为肥虫子回家,我就没睡熟,能够感觉到软软的果冻一样的触感。

她即使再闹脾气,仍旧是那个乖巧可爱的小女孩。

我心中充满了怜意,决心一定要给她找回地魂,恢复记忆。如有可能,甚至可以帮她重塑肉身,或者投胎,重新享受作为一个普通人的快乐生活。我希望她能跳能闹,能够说话,发出银铃一般的笑声,能够自由享受那温暖的阳光,像普通小孩子一样读书识字,快乐成长,或许,长大以后还会遇到一个懂她的男孩子,敬她爱她怜她,组织家庭,过着快乐的生活……

这样想着,我突然有一种嫉妒那个男孩子的感觉。

这也许,就是每一个作为父亲对待自己女儿男友的情感吧?又或者是……

早上八点半,萧克明这个死道士还是没有回来——这小子迟早有一天会精尽人亡的。有一次跟他谈及偶像,我说我的偶像是钱锺书,博学多才,我以为他的偶像是三清祖师或者老聃、鬼谷子呢,没想到他居然跟我说是NBA最伟大的球星之一张伯伦。这真心让我奇怪,这小子不像是喜欢看体育节目的人,没想到他的理由,居然是那货据说跟两万个女人发生过关系……

我没有再等他,去附近茶楼吃了早点,九点钟的时候,秦立打电话过来说到了八州港,于是我驱车去接他。接到了秦立,也没有过多寒暄,他就直接带我去说有十年还魂草的人家。那是一个小型植物园,私人的,在一个名为野驴岛的半岛上,四处荒凉。

当我和秦立找到了那家主人时,他热情地接待了我们,我们说是顾宪雄老板介绍过来的,他立刻叫人备了好茶,说顾老板的朋友,就是他的朋友,有什么话直说,我说听说您有一株十年以上的还魂草植株,想看一看。

如是,那能不能转让给我。

第七章　求草被拒，怎么办？

讨要十年还魂草的话题刚一提出来，他脸色一顿，看着我，很为难的样子。

沉默了一会儿，他筹措了一下语言，然后说那株还魂草，本来也不是什么珍贵的玩意儿，只是稀少难见，他也是以前觉得稀奇，就从南宁移植了过来，本也没想着活下来，没承想长势还颇讨人喜欢，一直生长了这些年，当杂草一样了。本来你若是早上一个星期来，既是顾老板的朋友，送你便是，可是——四天前，有个佳能的日本佬过来参观游玩，说他要了，一番讨价还价，竟然以100万成交，那日本佬先交了10万订金，然后回去请人来移植，后天就到，所以……

他最后很惭愧地说道，虽然他向来仇恨日本人，但是跟人民币却是感情深厚，这个小植物园平日里花销也大，入不敷出，他渐渐也维持不了了，若能够得到这一大笔资金的支持，他也可以缓解一段日子。

话说到这个份上，基本就是没戏了，之后我提出来，先去看一看十年还魂草是什么样子的要求，也被主人婉拒，他显然是认定了这笔生意不能够被破坏，怕我生出歹意，所以就显得十分谨慎。当然，他并没有堵上所有的门，端茶送客的时候，他说陆左先生，你要是有心，可以也拿100万来买，日本人和中国人，我自然是喜欢跟中国人做生意的。两天时间，你若有钱，尽管过来，我给你便是啦。

100万——我心中苦涩，虽然之前转让股份有点余钱，但是这么多……我手头哪里会有？便是立刻回去，卖房卖车，转让股份，也来不及啊？

我和秦立出了植物园，我蹲在车子旁边的道路旁，秦力也蹲下来，点一根烟递给我。

我摆手，说不会抽。秦立觉得有些不好意思，毕竟是他带来的人，可是这家主人明面上客客气气，但是骨子里却是一副拒人于千里之外的态度，着实让人心里不爽。我不抽烟，他就跑到了下风口，把这根烟抽完，之后，把烟屁股丢在地上，狠狠地碾，然后问我，要不要告诉顾老板一声，若真的很需要那劳什子草，又缺钱的话，可以找顾老板拆借一点。

我说不用。这时候海风吹来，带着一些潮湿和腥味，我站起来笑，说什么玩意儿，天涯何处无芳草，不就一株草而已么，没有钱，老子未必拿不到！笑话！

秦立只以为我在发泄怒气，嘿嘿笑，不说话。

开车回去，路上我问秦立忙不忙？他说还好，忙倒是不忙，只是最近顾老板的公司在搞年终盘点，很多事情千头万绪，比较麻烦，听他这么说，于是我直接把他拉到八州港,说兄弟我就不请你吃饭了,下次见面,不醉不归。他说陆左你是顾老板看重的人,又是身怀奇术,忙碌是定然的,你若有空,随时找我,喝酒吃饭,随便挑选地方。

我拍拍他的肩膀,说真不好意思,劳累他白跑一趟了。

秦立离开,而我则看着他远去的背影,静立沉默。

要说我和秦立之间,其实还是有一段故事的:前年的时候,我跟着顾老板一起跑过几桩生意,他很欣赏我,想提拔我做他的助手。后来被秦立使了手段阻挠,具体是什么就不讲了,反正后来就没成。不过顾老板还算不错,又把我介绍给了他表弟阿根,一起盘了个店子,做点小生意。

说实话,秦立的手段其实我是看出来了的,不过我没有作声。

他却自以为得计。其实,我并没有太怪他,人的志向不同嘛,他喜欢那种在顾老板公司里"一人之下、万人之上"的风光感觉,他觉得自己是二把手(其实有几个副总),但在我眼里那就是个跑腿打杂的活计,远远不及我在东官与阿根合伙,招几个伶俐的小伙和顺眼的妹子当手下,过小老板的生活来得安逸。

他喜欢风光、繁华和迎来送往的虚荣,而我,则喜欢在一个小地方静静享受生活。

在我心里,一个是无自由,一个是自由,自然不难选择。

回到了酒店,我坐在房间里想了一会儿,然后去附近的商场里买了灰黑色的登山服,毛绒帽子、茶色眼镜及口罩,然后买了高倍度的军用级别望远镜,这些装备搞齐后换上。回来的时候我见到有租自行车的摊位,在情人路的道边。我没开车,乘公交车到了那个摊位附近下,天气冷,摊子的生意并不多,经过讨价还价,摊主决定以30块钱每小时的价格,租给我。

说实话,还是很贵,我真心肉痛啊!

下午两点左右,我骑车环游野驴岛。这岛不大,站在对面四景山上看下来,就只有小小的一块。我很快就来到了这个私人植物园附近,一边装作游玩,一边趁着人没注意,考察地形,研究路线。但是由于不知道那株十年还魂草栽培在哪里,所以没有目的,一片懵懂。

我有点儿急,这植物园说大不大,说小倒还真不小,室外室内,各种各样的植物花朵开放。有腊梅,外有花黄、内有紫纹,应是名贵的磬口腊梅,按理说这种植株应该在秦岭中部、大巴山区等地区生长最佳,分布于陕省、北湖等处于北方的地区,能够在此见到其绚丽的黄色绽放,说明这里的主人,一个缺门牙的老男人还是有些本事的。

哦,对了,他叫做胡金荣。

那么,说不定朵朵需要的十年还魂草,真的有可能出现在这里。

我心中本来有所顾忌,早上我来寻药,被拒,但是倘若夜里这株草药丢失,这缺门牙儿的主人定然会想到是我偷的。他原本并不会在意这一株不起眼的东西，但是此刻，这株草值100万，那是和它一样大的金坨坨都换不来的，他哪会罢休，到时候我定有麻烦。然而此刻我却等不及了，若真有，其他东西都好准备，朵朵召回地魂的条件就只欠一个良辰吉日了。

我等不起，朵朵也等不起，那漫长的时间。

其实最好的办法是买通里面两个工人中的一个，给到我具体的信息，然后再行动。但是后天日本人就来拿货了，我没时间。想到这里，我不禁恨起了那个哄抬市价的家伙。说实话，我是一个普通青年，又对日本这个国家的影视业（我是说日剧和动漫，你们别想歪了），十分倾慕——当年看《一公升的眼泪》时，我可是很喜欢泽尻英龙华的哦（可惜后来嫁给一个近五十岁的摄影师了）。当然，我也对这个国家的政客和右翼十分不爽，但总体而言，我不会乱开地图炮，去不理智地胡乱痛恨它。

正如我之前说的一样，这世界，哪儿都有好人，也都有坏人。

可是现在，我由衷地痛恨那个捣乱的日本人。

我在野驴岛待到了下午三点，差不多画好了地形图，考察了撤退方案和一些应急措施。回来还自行车的时候，一个小时二十八分钟，摊主硬要算我两个钟头的钱，一番讨价还价以50元成交。我倒公交车返回酒店时已经是下午五点左右，回到房间，发现另一铺床上面趴着杂毛小道，正呼呼大睡。

我一脚把他踹醒，问他晚上有活动，去不去？

他迷迷糊糊的，嘴巴旁边还流着口水，抿抿嘴，回过神来问去哪里，搞什么？

我坐下来，把事情一五一十地跟他讲起来。萧克明十分生气，大骂，先是骂那植物园的主人见利忘义，囤积居奇，而后又骂日本人扰乱社会市场秩序，本来路边野草一般的植物，又不是名贵兰花，几十块、几百块，多则上万，直接拿下就好了，搞一个100万，这是吓唬谁呢？日本人不是很精明的么，这回怎么就犯傻了呢？

最后他总结，说日本人钱多犯了傻，植物园见利忘了心。

我说对得倒挺工整的，可接下来怎么办？要知道，为了朵朵，那株十年还魂草，我可是势在必得，一定要拿到手的。

第八章　夜盗植物园

萧克明浑不在意，挥挥手，大言不惭地说草木花朵，乃滋天地精华而生，并非一人一家之物，这东西，套一句老话，叫做有德者居之。何谓有德者，我看小毒物你这种从外表到内心都善良的小伙子，自然是首选。他不给，我们未必不能去偷吗？放心，我老萧今晚陪你走上一遭，定拿回来。

我说这杂毛小道今天怎么突然转了性子，这么热情。

"但是……"

果然，他话锋一转，"但是"二字立刻又冒出了口，我知道他就这狗脾气，于是听他摆——"但是，贫道对朵朵也是十分喜爱，我不能夺人所爱，只求这小丫头能够拜我当干爹，让我也享受享受几天有个乖女儿的日子。"

我没理他，把厚厚的衣服脱下，准备去吃饭。

他见我这样，连忙拉着我："哎、哎、哎……你这人怎么这样？这干爹不是那种干爹，我是真心想有一个女儿啊？"我回他一句："自个儿生去。"说完我去餐厅吃饭，他起床，换了一身新长袍，追着跟在我后面边走边说："我要生，也养不出像朵朵这么乖的女儿啊……哎你等等啊，走这么急干吗？"

虽然杂毛小道说不去，但是到了晚上九点钟，他又跟着我屁颠屁颠儿出门了。

我叮嘱他换身普通人的衣服穿，于是他从善如流，弄了身黑色运动服，我一看，整体感觉像个中学体育老师，比那身道士袍顺眼多了。一月份，临海的江城也已经冷了，尤其是海风呼呼地刮着，让人觉得从心底里就冒寒。我们两个人坐在车里，在野驴岛对面的海滨大道旁边，发动机没停，有余温，仍旧冷。

我找来了下午买的江城地图，说本来想让金蚕蛊或者朵朵溜进植物园，然后直接拔草了事的，结果不知道方位，两个小家伙不认识，办事都不靠谱——尤其是金蚕蛊。其实本来我可以共享金蚕蛊的视野，然后操控的。但是我跟它，都没有达到那个境界。

那么，现在只能执行第二方案，那就是人为地秘密潜入到其中。

说到这里，萧克明立刻举手，说我负责……接应你。

我说我本来就没打算让你这个不靠谱的杂毛小道来派上用场，你不用这么担心。然后我把进回路线、撤返路线，还有一些行动细节重新捋好一遍，结束后，我问他杨经理那里联系好了没有，他说没问题，不在场证据老杨和老刘已经答应提供了。

我拿出普通还魂草的图片给他看，说我们的目标长这样，但是十年的还魂草，雄蕊过六,花丝粗短一致,草身呈紫色。他看过,说好像这玩意儿在哪里也见过。我忙问在哪里,他挠着头,不知道在山奚还是在陕省。我说屁啦,这东西一般生长在南方,你说云省、西广等地,我还相信,山奚?长脚了成精了才乱跑呢。他回想,半天没放个屁出来。

现在才十点钟,还早,我们要等到凌晨三点再行动,那个时候,正好是人最困的时间。

一想到凌晨三四点,我就会想起自己在家乡青山界林场守林屋里,蹲守矮骡子的事情,不知道怎么的,莫名就有一种不祥的奇怪预感。

也许是我太关心了,所以才会这样吧?

凌晨三点,寒露降,月亮沉入云间,大地一片黑暗。海水拍打礁石,传来一阵又一阵的海浪声,野驴岛,两个黑影在行动。这两个黑影身形矫健,疾步如飞,静悄悄,在环岛的土路上飞走着,不一会儿,就接近了一个不规则的区域。

这个围着铁丝网的区域,就是野驴岛的私人植物园。

这两个黑影,其中就有一个我。

另外一个,是杂毛小道。

我们两个蹲在植物园南边的铁丝网外,看着不远处的那栋建筑物里有昏暗的灯,海风吹着露天植物园的吊灯,一晃一晃的,摇曳树影,藤条乱晃,像女人的头发。大概十分钟,有一个佝偻着身子的老汉走过,他是胡金荣(缺门牙植物园主人)雇的夜间工人。那老汉有些生病了,猛咳嗽,一边咳一边骂骂咧咧地,说你们这些鬼孩子,滚球去,滚球去……

我和萧克明面面相觑,这是啥子话——口头禅?喊魂?还是呵斥鬼物?

这老头儿还挺迷信的。

萧克明说价值百万的还魂草,他个人认为应该会放在那个屌毛的房间里,最可能就是卧室里,抱着睡觉。

我摇头,说这不可能,这十年还魂草是掌状网脉,主脉五条,叶柄长 2.5～4 厘米,扁圆形,它有一个习性,就是需要接地气。什么是接地气?就是植株要一直生存在土地里,不能移植到花盆的土壤里来,一离开地脉,隔天便会枯死,功效全失,毫无用处,用什么样的营养素都不行。这就是为什么日本人不立即买走的原因。移植十年还魂草,必须要准备一样东西,看到我背包里面的塑料袋了没有?里面就装的有。

他问什么玩意儿?我哈哈笑,就是不告诉他。

见我卖关子,萧克明嗤之以鼻,说那胡金荣能从西广移植到江城来,他会不懂?

我懒得跟他解释还魂草和十年还魂草之间,质与量的变化。见那个老汉走远,我把背包给他,说在这里等着我,他接过来,幽幽说了一句话:"我怎么感觉今天凉风飕飕的,真的很诡异啊,好像要有什么事情会发生一样……"

我没理他,今天风大,气温低,自然冷。附近的一处沿坡的大树挂枝,那是我白天探好的路线，我爬上了树，深呼吸，一个纵身就跃过了铁丝网，然后落在植物园里。里面黑影憧憧，我踏着小碎步子，慢慢走，放出了朵朵和金蚕蛊，心中不免又忐忑又激动，暗自嘀咕道："十年还魂草，我来了，你在哪里？"

这样激动着，突然一回首，感觉潜伏在暗处的萧克明，脸色有些怪异。

两个小家伙与我心灵相通，离得近，便听指挥。

金蚕蛊震动着它柔软的翅膀，嗖地一下就飞进了室内，而我则和朵朵在室外找寻。

讲一下这个植物园的地形，它由三部分组成，最大的当然是室外，有黄桐、胭脂、假苹婆、鸭脚木群落和猴耳环、降真香、亮叶杜英一棕竹等小群落，间隙中还有豺皮樟、桃金娘、降真香等常绿灌木；还有小温室，隔着半透明的玻璃，有室内灯光，看见里面的植物大多是一些娇贵的香岛木兰、文珠兰、黄杨、墨兰、吊钟等；除此之外，还有一栋建筑，两层小楼，是主人及工人的住宅，仍有灯光。

我主要在草丛里面找寻，植物园很仔细，在每一个植株的旁边和附近都会有一个醒目的标识。所以这些植物生得千奇百怪，又或大致一样，我也可以辨识清楚。

植物园里的灯光分布比较散，靠近温室、住宅的地方明亮，而别处则黑黝黝的。

天空中黑蒙蒙，一月天冷得很，没有月亮，连星子都少，偶尔看见一点亮光闪过，那是夜里航行的飞机。四下黑暗，然而虫子唧唧吱吱的叫声却很多，按道理冬天的虫子早已蛰伏，然而这里地处南方，气候温湿，各种不知种类的虫子一年四季都是有的。

时间紧急，我也顾不得杂毛小道在外面朝我龇牙咧嘴，猫着腰，开始有规律地寻摸。因为事先想好了方案，我负责左边，朵朵负责右边，金蚕蛊先去室内看看，再钻温室里。有了分工，我们效率很快，一点一点地排查。

过了十分钟，金蚕蛊飞出来，到我面前摆着肥屁股，扭一扭，然后又钻进温室去。

我正寻摸着到前面的那株大树去看看，突然听到一记很沉闷的落地声。

"砰"——

我心中一紧，连忙猫着身子溜到一株大树后面，躲在阴影里，趴着往声音发出的地方看去。

第九章　藤蔓游动

　　隔着几十米，从西边过来一个瘦小的身影，也是踩着碎步，悄悄地潜过来，由于金蚕蛊的原因，我在黑暗中视物的能力大大提高，那是一个全身穿黑的人，不高，就一米六多一点儿，身体极为柔软，像一只黑猫般灵敏。

　　他蒙着面，速度很快，不一会儿就来到植物园中间的一个巨大的玻璃罩房前。

　　那个玻璃罩房是植物园第三个大型人工建筑，在室外，我白天见过，感觉那里阴气森森，隔得远，又被其他植物给遮蔽，只能看见几缕艳丽的红色。还魂草按照阴阳学的理论来说，属于阳，喜欢光照和温湿的天气，跟中间那里的气氛十分不和谐，所以我并没有考虑到那里去。

　　那人是谁？怎么也这么凑巧，半夜潜入进来，他要干吗呢？

　　有人在，我自然不敢乱动，只是静静待着看他。其实我的心里面也有些不爽，这好比在公交车上，两个贼同时把手伸进了一个人的兜里，握手，然后一种诡异的竞争感就油然而生了。

　　黑暗中，那人悄无声息地检查了一下玻璃罩房，门上锁了，他拨弄了几下，没有开，于是从怀里掏出一个细小的铁丝状物体，用嘴叼着一个微光手电筒，准备开锁。他这样子，让我想起了电影007里面那种专业特工的形象来，心中不由得一阵激动，然而正在这个时候，之前走过去的那个老头儿提着个强力手电又巡了回来。强光乱照，那人一下子就如同灵猫一样伏在地上，往草丛处爬去。一道光线朝我这里射过来，我也尽量伏低身子。

　　然后听到由远及近的声音："……你们这些鬼孩子，滚球去，滚球去……"

　　我听着这声音有些神经质，莫名的就有一种紧张感，话说，要是我被抓住了，该怎么解释？说天热睡不着，就爬进来歇歇凉？还是说这里太美了，想在树林子里面睡一觉？脚步声近了，声音也渐渐大了，那个老头的说话口音是南方话，听得我有些着急，突然，我的衣角被拉了一下，心都跳了出来。

　　我回过头去，原来是朵朵。

　　这小家伙拉着我的衣角，拼命地摇头。那老头正从我前面过去，我不敢讲话，瞪她，让她先等等，她指着玻璃罩房的中间，双手交错抱胸，表示着害怕的样子。那老头儿终于走远了，我便问她怎么了，她不能说话，拉着我的衣角往外走。我不让，说今天要给你找药，有了那十年还魂草，你就能变聪明了，会想起很多事情来，而且说不定还可以说话了哦。

她气鼓鼓地看着我，咬着嘴唇。

这时候，玻璃罩房里突然发出了一声惨叫，我抬头望去，只见那个瘦小的黑影从草丛里面蹿了出来，他失魂地大骂了几声——是男人，而且根据我多年以来看电影的经历来讲，骂的好像是日语——然后掏出一把军刀，黑色，猛地往后面挥去，拼命乱挥，仿佛见了鬼。

借着更远处温室那边的灯光，我能看到他后面缠过来的，竟然是几条成人大拇指粗细的青色藤条，上面有好多细密的刺，像日漫里面的触手怪，十分灵活，在空中舞动着。那人挥了几刀，利落得很，斩断了几截，然后掏出一种喷雾剂，往前一喷，黑色的雾气弥漫，那四五条舞动的藤蔓就缩了回去。

他见自己已经暴露，直接从身上取下了一个包裹来，冲到玻璃罩房的门前两大脚，就把那个蒙铁皮的木门给踹烂了，从包裹里拿出几个东西来，往里面丢去。值夜的老头听到了声音，立刻大叫起来："来人啊，有人偷东西了，来人啊……"

他边喊边往楼里跑。

我心中一沉，娘呢，这下坏事了，事情闹得这么大，今晚上都消停不了了。我想着立即撤退，但是金蚕蛊还没回来，我心有不甘，窃想着能不能趁乱打劫一番，于是定住身子，静观其变。朵朵见我不理她，气嘟嘟地在一旁，掐我大腿。

那老头一声大喊，楼里面的人立刻惊动了，好几个房间的灯也陆续亮了起来。而玻璃罩房这边却发生了一件让我至今都难以忘记的事情：黑暗里有老鼠的吱吱叫唤声，然后里面一阵暗影摇曳，像鬼影。那个说日本话的黑影取出包裹里的另外一个东西，像消防灭火器，比刚才那个喷雾剂大好多，往前面猛喷，这次是白色的雾气出现，很猛，击打着前面的黑暗。

玻璃罩房里面乱动的影子，发出小兽一般嗷嗷的鸣叫声。

突然，玻璃罩房的灯光亮了起来，如同白昼，只见到玻璃罩房里面绿意盎然，最中间盛开了许多色泽艳丽、红黄相间、其叶似轮一般的肉质花瓣，周围无数藤条舞动，如同活物。植物园的主人胡金荣和他的老婆、值班老头和一个五大三粗的汉子都跑了出来，胡金荣听到这声音，哭喊着，说快住手，你这混蛋。

那个五大三粗的汉子和胡金荣都提着一根闪着电火花似的电棒，一起冲向了玻璃罩房。

"砰！"

一声枪响打在了玻璃罩房的侧壁，巨大的冲击力把周围的玻璃震碎，也把胡金荣和旁边那壮汉的脚步给镇停。那个闯入者蒙着面，手上突然多了一把手枪，指着冲到近前的两人，平静地说道："你们来得正好，你，到里面去，帮我把这株笪箩竹笼花的红色果实拿出来。"

他指着那个壮汉，那个壮汉被吓了一跳，举起双手只知道喊别开枪，别开枪。

这个人的中国话说得字正腔圆，但是结尾的时候，总是有些翘舌音，让人听着怪异。我只叹这人好猛，偷不成，变成明抢了。不过那笸箩竹笼花的红色果实，到底是什么，值得这个日本小子这么拼命？

看来胡金荣这里的好玩意儿还真的不少啊。

那个壮汉丢掉了电棍，举起手来，然后慢慢走过去，脚发抖。日本小子指着他，余光还看着胡金荣。壮汉来到了玻璃罩房门口，突然跪下来哀求，说饶过他吧，上有老下有小，好几张口都指望着他吃饭呢，他哭了，声嘶力竭，那日本小子浑然不动，指着他，说你要不进去拿到，我立刻就打爆你的脑袋。

壮汉哆嗦着爬起来，然后弓着身子进去了。

我越发好奇，里面到底有什么玩意儿，能够让这日本小子铤而走险，又让壮汉害怕得如抖糠筛。在所有人都注意这玻璃花房的时候，金蚕蛊飞了回来。它没有独自而来，而是附在一株四十多公分的植物上，这肥虫子以小博大，居然凭着一己之力带了回来。

偷偷摸摸，悄无声息。

我拿着这株药草，摸了摸这小东西的脑袋，它惬意地摇晃着头，发出吱吱的细叫声。

我蹲下身来，仔细打量这一株植物：光滑无毛，茎软弱，具节，有着淡淡的腥味，像鱼腥草的味道，叶面大而圆，雄蕊过六，花丝粗短，草身呈紫色——跟罗婆婆给我描述的几乎一模一样，啊，不对，这株还魂草怎么在紫色中夹杂着诡异的红线白丝呢？

我一时苦恼，不知道是变种呢，还是假货。

我仔细观察，应该是变种，不知道还会不会有那种奇特的功效。我刚把这草用袋子包好，系在背上，突然听到一声巨大的惨号声传来，我闻声望去，只见那个壮汉捧着一个榴莲大的红色果实跑出来，没走几步，便有十数条婴儿胳膊粗的活动藤蔓游上来，缠脚的缠脚，拉头的拉头，想要把他给扯回去。

那藤蔓的力量十分大，把这么一个壮汉拉得动弹不得，藤蔓上有许多倒刺，把他刺得哇哇大叫，不住惨号。

空气顿时一阵滞涩，有隐隐的臭味传来，像腐烂的动物尸体。

第十章　无尽小鬼遍地生

日本小子立刻提起地上的喷雾桶，往那些藤蔓上喷，藤蔓力道这才稍微减缓了一下。然而壮汉的惨号声却更加激烈，只见那白雾一沾染了他的身，就像硫酸一样把皮肉腐蚀，皮肤黏嗒嗒地往下滴，变成了一个被腐蚀了的血人。

日本小子猛叫，把果实丢过来，丢过来，快快的……

壮汉不肯丢，一手抱着红色果实，一手拉住了玻璃罩房的门框，防止被拉进去，然后仓皇地猛叫："救我、救我……"

声音嘶哑而诡异，仿佛忍受了巨大的痛苦。

而这个时候，玻璃罩房周围的土地开始出现了诡异的变化，泥土缓慢崩离，浮出一些树根的根节和许多陶罐子，那些陶罐子就像我老家腌酸菜、酸鱼的坛子，三四十公分，不一会儿，密密麻麻足有五六十个被挤了出来，还陆续的更多，有的被挤碎，哐啷一响，掉出许多白骨来，也有颅骨。

日本小子不管，只顾朝拉壮汉的藤蔓，喷着他的毒气。

玻璃罩房里传来了"嗷嗷"的小兽鸣叫声，声声悲切，像人的啼哭一般。胡金荣的老婆和那个值班老汉早已见机跑开，而胡金荣，他则摸起地上的那根又黑又粗的电棒，悄悄地摸向了那个在抱着喷液罐的日本蒙面小子。

十米、五米、三米。

突然，玻璃罩房又是"哐啷"一声，接着有让人牙酸的钢筋折断声响起，轰隆隆，整个玻璃罩房居然被里面的物体给生生弄塌，尘烟一起，日本小子吓了一大跳，猛地往后一蹿，正好碰上了潜过来的胡金荣，两人跌跤在一起，滚作一团。

我看见那个壮汉被玻璃罩房垮下来的钢筋活生生地压到，头像熟透的西瓜被砸，一下破碎，红色的鲜血、白色的脑浆溅得四处都是，眼球崩了出来，弹出了几米远，然后，尸体被十几根婴儿手臂粗细的藤蔓拖着，迅速地被拉入了玻璃钢筋的倒塌堆里面去。

我心中一紧，此地不能久留，要赶紧走，猛地一站起来。

一回头，我的脸一下就白了。

在我的身后草丛里，冒出了无数个几十公分高的小娃娃，是灵体，漂浮在离地一点儿的距离，脸上一点儿表情都没有，白色的眼瞳直勾勾地看着我以及其他的一切。这眼瞳让我的心刷的一下子，就冰凉如水，腮帮子都疼。

有风吹来，江城的冬天终于让我感到了无比的寒冷。

这些小鬼头，全部都是赤裸着身子，头特别大，离地飘浮着，风将他们"嘤嘤"的哭声卷起，吹到了各处，我感觉胸中的气息凝重得不行，想抬脚，发现好几个小鬼抱着我的大腿，很有劲儿，不让我走。我面前的这些小鬼并不大，看着不超过两岁。有的会说话，一边哭一边叫唤：带我走吧，带我走吧……

这叫声悲切，仿佛从黄泉之中冒出来的，让人背脊骨发凉。

朵朵咬着牙、憋红脸使劲去推那几个抱我腿的鬼娃娃，她力气自然比这些小家伙大，一下就推飞一个，她并不高兴，一边推一边哭，好像在干什么错事……没一会儿，抱住我腿的鬼娃娃都被朵朵扔飞了。然而，这才是开始，密密麻麻的鬼娃娃全部都朝我这边涌过来。

那时的我已经经历过了太多的事情，害怕是定然的，但是手足无措却也谈不上。

只是看到这么多诡异的大头鬼娃娃朝我涌来，心中有些胆寒，不自在，有几个鬼娃娃眼睛是红的，在黑夜里尤其清晰吓人。我轻喝道金蚕蛊归位，然而身体却没感觉，左右一瞧，这狗东西又不知道跑哪儿野去了。我本来还觉得它偷回还魂草，想要夸奖一下他，没想到果然是烂泥糊不上墙。

反正它目标小，我也管不上这肥虫子了，积聚心中的信念，暗结外缚印，念着金刚萨埵普贤法身咒（这些真言都是十二法门中的禁咒一章的节选，是山阁佬研习佛家所得，摘录之，后面如有不再赘述），然后九字真言也不断念出。真言一出，我日夜习诵也有一些"法力"，所有围着我的鬼娃娃都如冰怕火一般散开去。

我大踏步，朝来路退回去。

一路跑来，不细数都有不下两百个，密密麻麻如同西瓜地的成熟绿瓜。

这样一想，我又想起了那壮汉破碎的头颅，也像瓜，烂了一地的瓜。

我一路惊慌地跑，其他小鬼也不敢犯我，于是都朝植物园的其他人爬去，我不敢去看，原路折回，身上擦破几处，一落地，一个人立即迎了上来，我心中惊慌，挥手就是一拳，却被死死抓住，力大得很。我定睛一看，却是萧克明这杂毛小道。他也十分着急，说此地十分凶险，看到刚才密密麻麻的小鬼了没？那是厉鬼，给院中妖物吸了三魂，只剩七魄中的怒、哀、惧、恶四魄，主杀戮，本来不厉害，上了数量临界，就凶了！你没事吧？

我摸了摸刚才翻网时，身上被铁丝网刮破的伤口，说没事，我道行高着呢。

萧克明嗤笑，说要不是朵朵强大的魂魄和鬼魂的体质，让那些小家伙犹豫，你能趁乱跑出来吗？我顿生自豪感，说没事，我家朵朵有本事，跟我道行厉害是一样的。萧克明忙问怎么回事，他这边问着，手中还在往地上丢着石子树枝，好像在摆什么阵法。我不管这些，把刚才发生的变故给他说明，一边叙述，我一边从给他保管的背包里面掏出来一包塑料袋装的土，他伸手去摸。把泥土碾碎，闻一闻，说到底是什么？

我说这是一个老人家告诉我的泥土配方，用这泥土包裹住十年还魂草的根系，能够让它存活一个月之久。

萧克明拍了拍手，右手的大拇指和食指上有些黄黄的黏稠物，闻，感觉有点臭，说这泥土配方都有啥玩意儿，怎么闻着这么古怪啊？我摇头，说你是不会想知道的。我一直戴着手套，蹲下来把偷到的十年还魂草根系放入泥土里面。萧克明催着我说，我无奈，只有支支吾吾地说："这里面有一个配料比较古怪，学名叫作新生无垢泥……"

　　他说哦，那还有别的名字吗？

　　我站起来把它放入背包，隔着铁丝网看植物园里的鬼影重重，乱相纷起，只想离开。他见我不说话，再次重复了这句话，拿脚来踢我，问什么名字啊？我没办法，说有的，还有一个名字……叫做婴儿屎！

　　杂毛小道顿时绝望，拇指和食指一放，往我身上揩来，我连忙闪开，作势欲踢，他讪笑，擦了擦地上，说要不要进去看看热闹？

　　我说屁，我又不是太平洋警察，管个球啊，里面那一大堆人，说日本话"雅篾跌"的小子一看就不是个好人，那胡金荣在这里养着一棵食人花、食人藤的鬼东西，地上埋着几百个装着陶罐子的婴儿尸骨，也不是什么好种——这两人是狗咬狗，一嘴毛，小爷我可不在乎。

　　还有，哥哥，里面死人了啊！

　　说完我就跑，杂毛小道跟着跑，一边说他的九离超度阵还没有摆设完呢。

　　我不说话，埋头猛跑，那里可是发生人命案了，我去沾惹，不是弄得一身腥味？实在不妥。萧克明跑着跑着，比我还快，突然他停住，转头问我，你的金蚕蛊呢？

　　我反应过来，怎么把这不听话的肥虫子给忘了？

第十一章　金蚕蛊沉眠

我立定，闭上眼睛，深呼吸，苦思冥想着，尝试着去联系它——黑暗中，整个世界一坠一坠的，很累，黑暗在蔓延，景象动摇，往前飞，使劲儿飞，用吃奶的劲儿……终于，前面出现两个黑影，一个穿黑色运动服、猛用手擦地下泥疙瘩的猥琐长毛男，一个左手提包、右手放在太阳穴上做沉思状的普通青年，脸上有疤。

很有必要、值得一提的一点，这个青年的伤疤，浅，恰如其分地把他的娃娃脸修饰得彪悍帅气。

随着萧克明的一声欢呼，我睁开眼睛，只见一个二十公分直径、像卷心菜一般的赤红色果实，飘在我面前，我一伸手，这果实就掉落在我手上，入手有点沉，好几斤，而在这赤红果实的上面，有一坨金黄色的东西，黑豆儿眼睛滴溜溜地看着我。

我心中一下子被幸福填满——多么顾家的小东西，就知道往家里面搬货。

这东西，就是俺家的金蚕蛊，手上这颜色艳丽的果实，就是刚才日本小子不惜杀人抢夺的东西。我不认识，但是知道有人抢，就是好东西，果断收起来，让金蚕蛊回家，然后和萧克明一起迈步跑到停着车的道路上。

车子启动，沿海走了几分钟，就听到"呜哇呜哇"的声音擦肩而过。

本来想着去报警的，没想到有人提前去报了。

我们不管，一路开回到了口岸的东方星夜总会。把车停好，正是夜场散去的时候，我和杂毛小道一起进去，自有侍者带着，来到了上次闹鬼的办公室。坐着，萧克明给我讲起昨晚我走后事情的后续：他和刘哥去了敏香的单独化妆间，找到了那个陶瓷彩璃的古曼童，敲碎，里面是碎骨、毛发、指甲和些许尸油，有黑烟密绕。房间里还有煮熟的鸡蛋，供奉着香、碎米和糕点。他设了法坛，超度了亡灵，而后在敏香的带领下，在一个下水道里面发现了四具尸体，有的高度腐化，有的长起了尸斑（包括那天死的那个醉汉），之后由夜总会幕后的大老板段叔与局里面的人协商，让敏香投案自首了。

我说你昨天一晚上没有回来，只以为去双飞了，没想到还干了些正经事。

他嘿嘿地笑，说那是，不过呢，那两个乌克兰大美女，活儿简直不是盖的……他兴致勃勃地讲起昨天的艳遇来，用词言语不堪入耳，哪里像一个有道之人。我连忙拦住他，说懒得听他床上那点儿事，问刘哥说的那只黑猫，不知道是幻觉，还是有蹊跷。杂毛小道被打断谈兴，有些不爽，说一只猫而已，这黑猫是惊魂之物，能辨阴阳，当时出现也是正常的，疑神疑鬼什么？

说着话，这里的安保主管刘明刘哥进来了，他说杨经理回去了，不过包厢安排了一整晚，现在回去，若有人来调查取证，他们自会应酬的。这些事情，他只是做，但是从不问缘由，做他们这一行，总是有些涉灰的，很多东西自然懂得，也见过我和老萧的手段，总体来说还是可信的。

我站起来跟他握手，说多谢了。

他摆手，说举手之劳的事情，又说他们老板段叔想见见我们，问有没有空，安排个时间吃顿饭。

我心急着回去给朵朵准备召回地魂之事，没心思应付，但是人家帮了忙，冷淡了不好，于是点头说今日晚上即可。萧克明这杂毛小道喜欢钱，又好色，自然乐意认识——他们这些混江湖的道士，就跟学者、明星一样，需要权贵来捧的，做到"谈笑有权贵，往来无白丁"的时候，就可以出书、成为大师级人士，之后，自然名和利，滚滚而来。

约好地点，我们步行返回酒店，一觉睡到天明。

早上八点起来，我打着呵欠，开始整理起昨天的收获。打开拉链，却发现背包里面的十年还魂草的叶面有些泛黄，心知这特制泥土虽然有用，但是总不及根系地脉稳妥，我想了想，还是决定把它找个地方先埋着，等返回东官时再挖出来——即使把这价值100万的草本植物放在草丛里面，也不会有丢失的危险，这世界识货的人很少。

再翻背囊，只见到昨天收获的那赤红色果实，居然瘪得只剩一张烂皮了。

半晚上的功夫，这东西怎么给谁吃了吗？

我大怒，跳到双人间的另外一张床旁边，把抱着枕头做春梦的杂毛小道给揪了起来，使劲地摇晃他，大骂你个杂毛道士，不声不响就把我们的劳动成果给侵吞了，你当这是火龙果啊，一口吃完？

杂毛小道睡眼惺忪，回过神来，问怎么回事？

我说还怎么回事？你这个家伙是不是半夜偷偷起来，把我们昨天弄回来的红色果实给当夜宵吃掉了？

他大呼冤枉，打早上回来一上床，头沾枕头就睡得稀里糊涂，哪里还有时间去想什么别的东西？再说了，那个来历不明的东西，还是从那个妖气冲天的房子里面拿出来的，说不定有剧毒，嫌命活长了的人，才会干这傻事儿呢！

我说你等等，刚刚说到哪儿了？

他愣住，说："嫌命活长了的人，才会干这傻事儿呢……"我说前一句，他说："说不定有剧毒的……"我们两个四目相对，跑过去翻包，果然，在那变成暗红色的烂皮上，躺着一条肥硕了不少的虫子，金黄色的背上，有一道红色的纹路，波浪形，这红色像血，极为妖艳。杂毛小道叫了一声"无量天尊"，先是给了我肚子一拳，说果真是贼喊抓贼，麻辣隔壁，然后叹服道："蚂蚁食象，原来就是这样啊？"

159

的确，那赤红色果子足有 20 厘米的直径大小，居然被拇指一般粗细的金蚕蛊一晚上就吃光了，而这厮仅仅才增大了一小圈儿。

这，符合新陈代谢定律吗？这符合物理定律吗？——这不科学！

我怕它吃坏了东西，连忙联系它的意识。然而这家伙仿佛进入了冬眠状态，蛰伏了，怎么叫都叫不醒。我无奈，拎着这家伙的躯体放进了上衣口袋，然而，它一入口袋里，立刻隔着白衬衫，渐渐地融入了我的皮下去，开始鼓成一个包，像输液时鼓起的青筋，然后慢慢变平缓，最后不见踪影。

"半灵体？"杂毛小道惊呼，他叹服曰："你这家伙一直不肯说它藏在哪里，原来是在你身体里面啊……原来如此，原来本命蛊还真的是在人体内，需要怎么养？它吸你的血么……"他一连串的问题就问了出来，而我不答，心中的狂喜将头都冲昏了，激动得很。

在这一刻，眼泪止不住地流了下来，滴滴答答的，把他吓了一跳——这是怎么个情况？

唉，很多事情，辛酸苦辣，不足为外人道啊！

既然已经起床，那么就下了楼，在二楼餐厅用了早点。我返回房间，背上了装有十年还魂草的背囊，和老萧来到附近街区景观的花园坛子里，他算了一卦，于是找了个地方把这株草埋下。用的是随地捡到的破碗挖的土，两人一手泥，找了个地方洗洗手，杂毛小道见路上行人多，擦擦手说要不然今天开张一门生意？

我说好，陪着他在路边摊忽悠人。坐着无聊，想起有一个远房堂弟陆言好像也在江城打工。想去找他玩玩，可是翻开手机通讯录半天，没找到电话，想着我这身份，天煞孤星呢，去找他估计又是平添麻烦，就此作罢。

杂毛小道生意不错，一直到了下午四点才关张，收入 150 元。收了工，我们返回住的宾馆，发现大堂正有两个警察在问大堂招待什么问题，那女人看见我们，朝我们指了指，然后他俩就走了过来，威严地问："是陆左陆先生吗？"

我心想果然来了，脸上却没有半点变动，点了点头，说我是的。

第十二章　酒店失窃

这是我在 2008 年，第一次跟人民警察打交道。

我发现自去年九月份起，我就反复跟他们纠缠，不断纠葛。

我可以说我很倒霉吗？——好吧，我很倒霉，当然这一次，是我主动招惹的他们。

警察告诉我，说我昨天拜访的胡先生一家发生了人命案，植物园被毁坏大半，而且当晚还有一株价值上百万的花草被偷，这花草，正好是我昨天去找他探询的那株，所以我有一些嫌疑，需要调查了解一下。两人说明了来意，问可以进行调查了吗？

我说当然可以，这是每一个公民的义务。

我们四人回到了我开的房间，然后在沙发上开始了调查。我言明，我确实于昨天在朋友的带领下去找过胡先生，而且目的也是想看一下那株十年还魂草。但是胡先生藏得严实，并没有见着，他昨天声明这株草值 100 万，而且已经卖给了一个来自日本的商人。在提出见一下这植株未果的情况下，我把那个朋友送回鹏城，而我则在江城逛了一天街。

"晚上你在哪里？我是指今天凌晨 3 点至 5 点这段时间里？"

我和萧克明对视了一下，那个提问的警察皱了一下眉头，说有串供的需要吗？我连忙摇头，说不是，不是，怎么可能。我们昨天晚上去了附近的××夜总会，一直玩到了凌晨 4 点半才返回的酒店。我对面这警察明显就有些不相信，说你确定？

我说我确定，我旁边这个也在场。

他看着我和萧克明真诚的脸，摸了摸胡子，问除此之外，还有没有别的证人？

我想了一下，说有，就是××夜总会的安保部主管刘明。

他深深看了我一眼，说我们会去调查的，我说没事，尽管去问，但是事先声明，我们只是去那里喝酒唱 K，别的事情什么都没干哦。他不相信，说鬼扯，但还是结束了谈话，旁边负责记录的那个年轻一点儿的警察把记录纸递过来，让我浏览一遍后签字。我扫了一眼，没有出入，然后龙飞凤舞地签了一个"陆左"，问讯的警察看了看我的签名，说字倒是蛮飞舞张狂的。

我谦虚，说没读过什么书，但是学过几天的草书，后面的签名都是在工厂里面打工时写报告练出来的，为了效率，难免有些潦草，莫见怪。他见我说得诚恳，点了点头，说了句××夜总会那地方，藏污纳垢的，最好少去。站起来，他跟我握手，说调查基本结束了，这两天最好不要离开江城，要随传随到。

我心急回东官找配合的药草和材料，哪里能等这一天，于是说能不能冒昧问一句，这到底怎么啦？我还急着回东官去照顾生意呢？再有，也没几天半个月就过年了，离家漂泊，总是要回家看看爹娘的，在这里晾着也不是这么回事啊？

他没理我，只说让我等着，然后带着助手离开了。

两人走后，萧克明怂恿我一起去看一看昨天在植物园中间的那玻璃罩房里面，到底是什么怪物。他说你不是没见过妖吗？那玩意儿红光冲天，遍地都是小孩尸骸，养了一堆鬼娃娃，绝对就是妖。这时已经是晚上5点多，天色晚，我一见夜幕降临，黑黑的，就想起今天凌晨那一片的鬼娃娃浮立着、面无表情地看着我，红眼睛的还在说"带我回去"之类的话语，心中就打寒战，不想去。

正好刘哥打电话过来，说起了与他老板段叔吃饭的事，于是就对萧克明推说明天再去。

傍晚七点，在江城某个最著名的海鲜酒店包厢里，我和杂毛小道见到了夜总会的幕后老板、也是江城很著名的民营企业家段天德段叔，陪客有夜总会的安保主管刘哥、夜场经理杨怀安以及一个一脸僵木、耍酷的英俊男子。

段叔五十多岁，眼睛炯炯有神，一副典型的南方商人形象，说话声音洪亮，精力充沛，喜欢用手势，喜怒不形于色。他脸上一直有着笑容，和善、亲切，但是我知道在这个城市最繁华的地段能够开上这么一家规模的夜总会，必定是手眼通天的人物，暗自留心。入了席，基本都是杂毛小道在应酬这老狐狸，我只管吃菜。

前面提过，我是一个吃货，对食物的热爱已经超过了一般人的境界。但是我不挑食，稀粥咸菜也吃得，山珍海味也吃得，尤其爱吃肉。上一次吃请，是在老家的局子里刚放出来，马海波和杨宇请我吃的饭，当时还被黄菲给灌醉了，而后大鱼大肉的宴席吃过几次，都是请别人。面对这一桌子龙虾扇贝、鱼翅海鲜，我哪里控制得住手脚，一瞬间，面前的澳洲大龙虾就被我消灭了一半，惹得与杂毛小道亲切交谈的段叔、杨经理不断侧目。

我不管，只吃，因为太好吃了，我会告诉他们我平生没吃过大龙虾吗？

好吧，麻辣小龙虾我倒是吃过一些，拉了一个星期肚子（那是有金蚕蛊以前，而后，我除了与人拼斗受伤外，基本不会生病）。

杂毛小道淡定地聊天饮茶，脸色平淡，仿佛得道高人，但是他的余光可耻地出卖了他——这厮不断地瞟着我前面的大闸蟹，喉头微微颤动。他也饿，但只是偶尔饮汤、吃一筷子的素菜，就是为了表现自己的清高。我心中暗笑，说这厮连色都不忌了，还装个什么大尾巴狼？不过，貌似道士是可以结婚生子的，这比经过道学家改革过后的佛教，要显得有人性多了。

在佛教的发源地印度，寺庙里，貌似也有庙妓一说。

聊休闲养生、聊教派传承、聊命理学究、聊画符念咒、驱鬼降妖、祈福禳灾……杂毛小道端的是好口才，这人要是投胎到了美利坚合众国，说不得也要混个议员之类的大人物。段叔见多识广，精明果断，也难免不被他所吸引，频频点头。其他人皆被侃得头晕，唯有那个冷脸帅哥一如平常地淡定。他是段叔的安全助理，像是当过兵的人，不说话，但是跟常人不一样。后来刘哥在席间跟我介绍，说是个脱北者。

他看了我一眼，眼神锐利如刀，只一下，我的后脊梁骨就生出凉意来。

是个杀过人、见过血的厉害角色啊。

宴席过半，段叔转而朝向了我，问我的一些事情。我只说我是跟萧大师打杂的，学习学习。他点点头，说陆左你也不要妄自菲薄，小刘跟我讲过了，你的道行还是蛮高的。

饮宴完毕，我擦了一手油，吃得肚子生疼，撑得慌。段叔与杂毛小道相谈甚欢，十分投机，然而他是个日理万机的大忙人，于是约定日期，改日再谈，他由那个叫做朴志贤的男人陪着，先行离去。段叔一走，杂毛小道便松了一口气，问被我吃完的澳洲大龙虾，能不能再上一份，陪着的杨经理和刘哥自然说没问题。

吃完饭，杂毛小道被邀着再去逛夜总会，而我则推辞，赶回酒店睡觉。

回到房间，走进去，行李、床、柜子被翻得一片散乱。我大吃一惊，居然有人来这里偷东西？我立刻叫来酒店方，责问怎么回事。来的是住房部的经理，也很吃惊，连忙问我丢失什么贵重物品没有，我查了一下，我钱包手机钥匙都是随身携带，行李里都是些衣服袜子洗面奶，散乱丢弃，丢倒也没丢什么。

他问有没有得罪什么人，或者丢了什么东西？

我立刻想到是不是被人盯上了，好在我还够谨慎，早上就把十年还魂草栽到了公园里。

是谁呢，警察吗？

不可能，他们要是想搜，下午那会儿就直接看了，或者偷偷地搞不让我知道，这不更好？

难道是植物园的主人胡金荣？我倒是没有听到关于他的消息。又或者是别的什么人？我不再想，立刻拨通下午那个申警官留给我的号码，给他说起失窃的事情。他哦了一声，过一会儿，说失窃的话还是报案吧，不用找他们，找附近的派出所。

我勒个去，这个申警官摇身一变，成了有关部门了。

真不负责！

我问这个客房部经理，说能不能查一下楼道里的监控录像？他说可以，但是要等派出所的民警过来，我立刻不干了，跟他讲，你就说行不行？行，好，那我们去看看到底是谁偷了；不行，那么我就给这酒店所有的住客讲一讲酒店失窃、你们不作为的事情。

他果断选择了第一方案，连说好、好。

我们来到监控室，调取资料，结果没一会儿，他们的工作人员很遗憾地告诉我们，监控的资料被删了……

我坐在沙发上，闭上眼睛，感觉头上似乎有一张大大的网，朝我身上撒来。

第十三章　重返事发现场

我通知了杂毛小道,当晚就整理行李,转到另外一家酒店。

而之前这家××酒店给我的优惠则是免了我的房钱,并且由值班经理及主管一起,诚心向我道歉——他们怕我去网上乱说。

第二天早上,杂毛小道神采奕奕地联系了我,又问要不要去野驴岛看一下稀奇?我心中也牵挂着这件事情,于是说同去。我们两个在口岸附近的华润广场汇合后,驱车前往野驴岛。车行不远,大概四十多分钟,我们过了桥,来到岛上。这岛不大,很快来到植物园附近。然而前方有穿制服的人在执行封路,不准人过去。

这里隔着二十多米,路口一堆人。

无奈,我们只有下车,听到众多好事者在那里论是非。我越过去,准备靠近,被警察拦住,说不能走了。我问为什么,他说前面昨天凌晨发生了爆炸案,正在调查,闲杂人等赶紧走开。我无奈,和杂毛小道折回来,问那些伸长了脖子的人们,怎么回事。

一个四肢短小、通红酒糟鼻的中年人笑了,他悄悄地说:"那些警察哄鬼呢,告诉你也无妨,前天这里发生了一起UFO事件,天上有红色云彩出现,十米长的漩涡在半空中停歇了几分钟呢,被人拍到了……"

另外一个人立即打断他,说屁啦,他就是这附近的人,是这里的植物园出问题了,他们这里以前就经常闹鬼的,前天啊,是昨天凌晨的时候,平地响起一声惊雷,然后地上冒出好多陶罐子,里面全部装着小孩子的骨骸,也不知道死了多少年呢,这阴雷一响,无数的小鬼鬼魂就爬出地里来,然后找胡金荣那个家伙索命呢……

另外又有一个人反驳,说植物园里面,玻璃罩房里面养了一棵妖树,专门吸食血肉灵魂为生。这妖树开的花直径都足足有一米五,长得又妖艳又香,是兰花一样的诱人香味,这妖树,每吃十个人的血肉灵魂,就开一朵花,一年开一朵,开了十年之后,会结一个果实,先是绿色,而后才会从绿到褐红,再熟成滴血的赤红,这一过程又要十年。这果实,就是世间珍品呢,相闻能够延年益寿、白骨生肉,起死回生呢!

真真地堪比人参果!

一堆人叽叽喳喳地议论,好不热闹。

这时,一列车队行了过来,打头的是一辆行政级别的高级轿车奔驰S600。那车队停到了这里,门打开,下来一群人,为首的一个,灰白头发,西装革履,气度俨然,旁边立刻有人迎上前,在跟警察交涉些什么。我看见一个瘦小的男孩子静静地站

在不远的地方。

他不高,身体瘦弱,跟旁边那群膀大腰圆的黑衣西装们形成了鲜明的对比。

他只有一米六。

他转过头来,看到了我,以及我身边这个穿着青色道袍的杂毛小道。

他是一个少年,年纪不超过十七岁,瞳孔呈淡蓝色,轮廓偏西方,应该是个混血儿。

他看过来的眼神里面,有一种淡淡的忧伤,是逆流成河的悲伤。我与他对上,只是觉得,这是一个从偶像剧和漫画里走出来的人,跟我这种凡夫俗子有着本质的区别。他看着我,我便看着他,四目相对,过了一会儿,他笑了,居然走过来跟我们打招呼:"你好,我叫做加藤原二,初次见面,请多多关照。"

旁边的人纷纷惊呼,哟,日本人哦!——在2010年钓鱼岛之争前,很多普通国人对日本人还是有些好奇和友好的。

我点了点头,却没说话。杂毛小道也是,斜着眼看他。

他没在意,叽里咕噜说了一堆话,我们只是礼貌点头,也不讲姓名。过了一会儿,那边有人来叫他,他礼貌地鞠躬离开。我们两个到了人少的地方,杂毛小道问我那天夜闯植物园的,是不是他?我说是的,看着柔柔弱弱跟个女孩子一样,但是心狠手辣起来,胜过很多人。

我仍然记得穿着一身黑衣的加藤原二,用枪逼着植物园那个壮汉进玻璃罩房去拿赤红果子,然后又用喷雾罐把壮汉喷洒得几近融化,眼睛都不带眨一下。我本以为他昨天凌晨死掉了,或者被警察给逮起来了,没想到这小子居然又活生生地出现在我们面前。

他坐着豪华汽车,跟着一批趾高气扬的日本人一起过来。

一个西装革履、皮鞋飒亮的眼镜男在跟设警戒线的警察交涉,他的语气比较激动,不断地说加藤先生怎么怎么牛,让他们赶紧让开路,他们要进去找这家植物园的主人完成一桩价值上百万的交易。警察显得很为难,在解释,后面有一个年轻的在打电话请示上峰。

正在这时,又来了一辆奥迪。

车停,下来三个人,穿着普通,容貌普通,比较特别的是第三个下车的,他也是留着长发,打了一个发髻,跟我身边的这个杂毛小道几乎一模一样。我转过头来招呼他,没想到这老萧居然不声不响地溜到了人群中去,找了一会才发现他。

他猫着腰,鬼鬼祟祟的。

我走过去问他这是为毛?遇到仇家了啊?

他摇头,把右手食指放在嘴唇上,然后嘘,让我不要做声,我被他鬼鬼祟祟的样子弄笑了,说你偷鸡呢?他摇头,说碰到一个熟人,有过节,不好出面。我望着那个挽发髻的男子正朝着日本人走去,说哦,看这打扮,那是你师兄还是师弟吧,混得不错啊？

萧克明嘴往旁边撇了一下，很不屑，说狗屁，就一师侄而已。

我肃然起敬，说你真能吹牛。

后面来的三个人确实很牛，找在场的警察问询了一下，为首的一个矮个男人把手中的证件亮了出来，然后几个警察立刻就高举右手，敬了一个标准的礼。然后那个男人就义正言辞地对这伙日本人（含翻译）讲了几句话，神情威严，日本人便悻悻地撤离。我认识的那个申警官和两个警衔比他还高的男人跑了过来，热情地拉着三人一阵寒暄。

几个人热情地拉着手聊了几句，然后就往植物园里面去了。

奔驰往回走，停到了我和萧克明面前，然后那个精英打扮的翻译跳下来，走到我面前，说陆桑、萧桑，我们加藤社长有事情找你们，能不能找个清静的地方聊一聊？我心中一惊，为何？按理说，此时此地我和老萧就是个打酱油的角色，这个家伙一口就叫出了我和他的姓，显然对我们已经有了一番认识。

难怪那个日本小子还跑过来跟我们寒暄。

可是，我根本就不认识这一伙人啊？

虽然我知道，这一伙人，里面定然有哄抬十年还魂草市价的那个日本人，也有昨天凌晨盗取"妖树"果实的日本小子，但是，我们真的就没有打过照面。仅仅就翻译这一句话，我就有一种被曝光的感觉，好像没穿衣服出门一样，被人看个通透。

这人有些盛气凌人，我本来不想答应，然而旁边的萧克明却果断地答话："陪聊可以，按分钟收费，一分钟10块钱，价钱公道，童叟无欺，两人打八折。"翻译明显愣了一下，扶了扶眼镜，说萧先生你没开玩笑吧？萧克明耸了耸肩，说大家都很忙，咨询费什么的，自然还是要有的，哦……

他顿了一顿，补充了一下，是美元哦。

第十四章　结下仇怨

　　翻译回到了车里，跟那个灰白头发的男人问了几句话，然后折回，说可以，那我们去附近的万向会所谈一下吧。
　　我和杂毛小道莫名其妙地折回了车里，跟着日本人的车队离开野驴岛。
　　路上的时候，老萧跟我讲，估计昨天偷东西的家伙就是这伙日本人，妥妥的。真神奇啊，一天工夫不到，居然就能查到我们，小日本这情报工作，简直就跟在自己家门口一样。我说，听你这意思说来，日本人已经怀疑我们在中间插了一杠子，夺了十年还魂草，以及那不知名的红果子？
　　老萧点头，说连昨天我们房间被偷的事情，都有可能是这帮孙子干的。
　　我深有同感，心中也有些难过，在我大中国的土地上，这帮孙子如此横行霸道，就没人管了吗？
　　随日本人来到一个环境雅致的会所后，那个白发中年人早已经在一个房间里等待，陪同的还有那个翻译，日本小子加藤原二却没有在。我和杂毛小道进来，翻译向我们隆重介绍了这个白发中年人，说是××株式会社驻中国区高级代表加藤一夫先生。加藤一夫坐着，四平八稳，像一个王者，霸气侧露。我和萧克明，在对面坐下，萧克明让这翻译废话少说，为了你的美元着想，赶紧问。
　　加藤一夫盯着我们，小眼睛有着细碎的光芒，他问："两位先生是否偷了我在植物园订购的龙血还魂草？如果是，我愿意以同样的价格，将它买回来。"他一说，那个翻译立刻将他的意思同步翻译给我们，让我有点儿惊奇——真看不出来这猥琐的翻译，倒有这等本事！那他看日剧，岂不是很爽啊？
　　不过羡慕归羡慕，我和老萧还是异口同声地说：没有！
　　我说这怎么可能？你这是什么意思？
　　加藤一夫笑了，说咱们明人不做暗事，我们打听过了，来找胡桑的人里，就陆桑你目的最明确，而且时隔一天，龙血还魂草就失窃了，其实不用想都知道，是你们做的，对不对？
　　我懒得理他，说你们到底是怎么样的思维，都21世纪了，还搞卢沟桥事变那一招？
　　加藤一夫他开始讲起自己在中国投资，帮助了多少人就业，促进了江城经济的腾飞，又讲起了他向来对中国都是抱着友好的态度，多么受他工厂里员工的爱戴。我昂着头，做认真倾听状。确实，大的道理我不会讲，那是经济学家的事情，但是我辗转珠三角地区数年，见过一些日企，也曾经加入过一家，总体而言，日企的工资和福利待遇相对都会高一些，但是里面的规矩，简直是严苛到让人崩溃，日籍员工和中国员工的待遇、等级差别很大，简直让人有重回七十年前日伪时期的感觉——富士康就是沿袭了日企的管理风格，由此可见一斑。

见我们没什么反应，加藤一夫开始变得更动情了，他说他之所以要找龙血还魂草（日本人的说法），是因为他有一个十八岁的可爱女儿，因为一场车祸变成了植物人，在确定医学上没有突破后，转而通过其他路径来想办法——龙血还魂草据说经过日本神道中有能力的宗教人士的炼制，能够帮助找回他女儿的魂魄，所以务必请两位归还，以让一个父亲，重新见到他那可怜的女儿。

他哭得泪眼婆娑，连我都感动得忍不住流了一公升的眼泪。

我想起了池内亚也。

然而当他再次问起时，我仍旧是说，没有。

他的脸色开始变了，铁青色，脸僵直，让我想起了以前就职的那家日企秃顶老课长的形象来。他冷着脸问，你们确信没有？中国人有句古话，叫做别敬酒不吃吃罚酒，我可是有证据的，两位是否想让我送你们进大牢去？

他说的证据，是我们那晚上的漏洞吗？

我霍然而起，哈哈大笑，说你们图穷匕见了吧？在中国人的地盘，我倒是要看看你们怎么嚣张？我转身走，杂毛小道没走，厚着脸皮找翻译要"谈话费"。我一出包厢的门，就被一个瘦小的身影拦住了，是加藤原二。他站在我面前，被我身影覆盖，但是就像倔强的草，孤傲。他冷冷地盯着我，脸上有着莫名的忧郁，他问我："你到底拿没拿龙血还魂草，拿了，赶紧给我，我给你钱，两百万！怎么样，中国人？这草，我要来救琴绘姐姐的性命的。"

我说滚球去，麻辣隔壁的，看你一脸的衰样，好狗还不挡路呢，知道不？

我硬走，他拉着我的衣袖，大骂，说你这个粗鲁的男人，该死混蛋（此处应该是巴格牙鲁），我一挣扎，没想到重心一偏，天旋地转，居然被这小个子一下子给摔了出去，屁股着地，生疼，感觉盆腔骨都要裂开似的。被这一摔，我的脸一下子就红了——我比他足足高出了十来公分，块头也比他大了一圈，居然一下子就被摔了个狗吃屎，这太伤自尊了。

我一下子就跳了起来，发疯似的冲过去，跟他扭打。

没承想这个家伙是个练家子，好像是柔道，右手接住我的拳头，左胯一扭，三下两下，就把我按在地上制住，我肌肉酸疼，关节都用不了力，怎么挣扎都不行。我这时才发现，我居然用不了金蚕蛊的力量了，这小东西陷入了沉眠，而我，则变成了以前的那个废材，虽然多了一把子力气，却也上不得台面了，打得了群架王八拳，但是跟这种专业训练过的人一比，就满眼抓瞎。

没有技巧啊！

我脸贴着地，动弹不得，憋屈得想发疯。

十秒钟之后，加藤原二放开了我，淡淡地看着我，眉毛上扬，说或许吧，这么弱的家伙，怎么可能成为我想象中的对手呢？我高看你了，偷草者，或许应该是另有其人吧。滚，不要让我再看见你了……他正趾高气扬地说着，突然被人从后面一把掐住脖子，轰的一下，就把他死死按在了光洁的地板砖上，然后我听到了一个男人的咆哮声："麻辣隔壁的，你这个小日本鬼子敢打我家兄弟！不想活了？"

我爬起来，正好看见萧克明死死压住加藤原二，使劲掐，这会儿该他动弹不得了。

我想起老萧吹嘘过自己有一牛之力，此次看来，果然不假。

看着他一副义愤填膺的样子，我心中不由得一阵感动。

都说吃亏是福，我因杂毛小道吃了这么多亏，果然没有白吃。

保镖们本来就一直关注着这边，一看到自己人都吃了亏，立刻围了上来，冲突一触即发。

十几个人，一下子就围住了我和萧克明。

听到这边热闹，里面的加藤一夫和翻译都走了出来，加藤一夫看见这个景象，冷冷地盯着杂毛小道，说都别闹了，需要我报警吗？我叫老萧住手，他放开了加藤原二，然后站起来，拍拍手，说："加藤先生，你倒是个阔绰的主顾，但是你的儿子，却是个冲动的家伙。话不投机，我们就此别过吧。"

杂毛小道和我一起离开，旁边的保镖想围上来，但是那个白发的家伙叹了一口气，说不用了。

我们两个回到车上，驱车离开这个会所。

老萧见我脖子上有勒痕，问没事吧？我说没事，就被狗咬了一下，他哈哈大笑，说你怎么一下子就软了？这可不像你。我愁眉苦脸，说我的金蚕蛊休眠了，我借助不到它的力量，那小子又会两手，所以一下子就跪了。他很惊奇，说你的虫子怎么会出现这种现象，不会是吃了那果子，挂球了吧？

我啐他一脸唾沫，说怎么可能？我跟它在意识上一直有一丝联系，吃撑了倒是真的。

老萧哈哈笑，说你这个家伙也是，金蚕蛊白从跟了你，就没过上一个好口了——金蚕蛊的食物不是带毒的生物吗？你天天给它喂什么，喂猪牛内脏拌二锅头！我的天啊，这么奇葩的食物，亏你想得出来。这一次见了好东西，它自然是先吃为妙啦。得，把我的份额也吃了，不行，你得赔我。

我叹气，说这次的聊天费，我就不跟你分了。

杂毛小道见我转脖子，问很疼吗？我说是。他问要不要找个机会弄一下那个小子，他昨天凌晨算是杀人了吧？要不然我们给警察举报？我说要人家问你是怎么知道的，你怎么回答？他又出主意，说要不我们找个机会把他打一顿？话说出口，又觉得不对,人家那么多保镖呢?他叹气,说你杀王洛和的时候那么牛B,现在怎么这样了,干吗不放蛊?

我开着车,没好气地说金蚕蛊已睡,我下个毛的蛊啊?

嘴上这么骂,心里不由得怀念起了体内这个肥虫子,觉得它有的时候有点像权利,是毒药的滋味,一旦没有了,心里面骤然失落,感觉自己就像一个从高位上退下来的离休老干部。又想起了那个日本少年,这个人性格怪异、坚毅果决,连杀人都不眨眼,简直是个狠角色,而且我隐隐感觉他有些不凡,对周围事物有些排斥力,想必身上佩戴着什么东西,即使有金蚕蛊在,我也不一定有把握把他给灭了。

好吧,君子报仇,十年不晚,我忍了。

第十五章　江城事了拂衣去

我们聊了一会儿，又说到了妖树的事情。

我颇想知道那天夜里我走后，到底发生了什么事情，加藤原二没有死，那么胡金荣死了没有呢？其他人呢？那满地装着尸骨的陶罐到底是怎么回事？那些密密麻麻的鬼娃娃，到底又是怎么回事？无数的疑问在我心头升起，真的是百爪挠心啊！然而在这里我们没有一个熟人，那个申警官，连我们被偷了东西都不管，我可指望不了他给我们提供什么消息。

我突然想起来，杂毛小道说进入现场的那几个人里，有一个是他师侄，于是让他去打探一下。他一听，装傻充愣地说有这回事儿吗？我怎么不知道？

他不愿去，我也没有办法逼他，只好就此作罢。既然已经拿到了还魂草，于是我放下了好奇的心思，没有再去关注。我只以为这只是我人生中离奇经历的一件小事，放下心，过去了就过去了——没想到，这件事情远远不像我想的那么简单，我今后几年的奔波，也只是缘发于这几天的事情。

当然，这是我当时所不知道的，这也是后话。

我们返回了酒店，刘哥打电话过来邀我们去见段叔，我懒得去，就让萧克明去了，拉上窗帘，自己躺在床上，陪朵朵一起玩手拍手的游戏。"你拍一，我拍一，一个小孩坐飞机……"我念叨，然后她很认真地拍着，有时候我错了，她就挠我痒痒——我特别怕痒；要是她错了，她就一脸沮丧，嘟着嘴巴不高兴，而我则很欢乐地把她的脸使劲拉长，做可爱的鬼脸。

没了金蚕蛊，我却依然有一些"法力"，或者说是信念之力，依然能够触摸到朵朵——当然，前提是她也愿意让我看见。

她不甘不愿，但是却并没有躲开我的惩罚，因为她是个好孩子，不会耍赖皮。

没了金蚕蛊，朵朵一个人时有些无聊了，就连看电视剧，都没有往日那么高兴。

晚上萧克明回来，跟我神秘地说想不想知道昨天凌晨，到底发生了什么事情。我问你有消息来源？他说然也，那个段叔你是不了解的，他可是江城这地界的一尊大佛，坐南朝北，黑白两道，手眼通天。今天说起此事，他便与我说了个大概，就准确度，也是八九不离十了。我来了兴趣，说那你就说来听听吧。

他弄来一杯茶，润润喉咙，开始讲起此事。

这野驴岛在古代是个敬奉妈祖的祭点，上面有一个渔民搭建的简陋妈祖庙，上个世纪 40 年代的时候被飓风摧毁，时逢年代动荡，老百姓连填肚子都成问题，自然不会想着重修庙宇。而后又进入了新社会、新时代，辞旧迎新，破四旧，人们也就渐渐淡忘了此事。90年代初期，这植物园的主人胡金荣，还是江城南城区林业局的一个技术人员，很偶然的机会结识了一个高人，这高人别的不精，专擅长赌术老千，名声很大，又号"八手神眼"，后来出入澳江何先生的场子，出千被识破，结果被挑断了手脚筋，流落江城被胡金荣搭救。

八手神眼生命垂危，也来不及教胡金荣平生最得意的赌术，只说起自己偶尔听闻的一桩秘闻。

这秘闻便是关于野驴岛妈祖庙的传言。相传古代，重男轻女，海边的渔民尤其严重，经常碰见有人生下女婴后，溺毙而死。南方迷信，尤其是常年在海边漂泊的人，这辈子都寄托于海面上的晴雨，迷信，死婴不敢随便乱埋，必须把死去的婴孩放入陶罐之中，收殓，然后埋葬在野驴岛妈祖庙附近的树林中。这一习俗极其恶劣（是说溺毙女婴一事），泯灭人性，但相传已久，直至民国时期还仍有渔民偷偷干起。

八手神眼某日路过野驴岛，去参观了一下，发现埋婴地里，居然长出了一颗绿色的青藤红花。

他长年漂泊江湖，什么样的朋友都有结识，奇闻轶事知晓得也多，虽然擅赌术，但是眼皮子也是一等一的利害，一眼就看出来这株植物，乃极阴之地、怨气凝结的灵物，名曰修罗彼岸花。此花与佛家中的天降吉兆四华之一"摩诃曼珠沙华"彼岸花有着本质的区别，是吸取阴气、怨气而诞生的，剧毒，又名"死人花""地狱花""幽灵花"。此花剧毒，但花茎成熟后二十年结一果，红色，大若榴莲，异香扑鼻，味甘甜多汁，里面蕴含着众多灵力纠结的精华所在，佛曰，食此果，能达彼岸。

何谓彼岸，没有人知晓，但是这益寿延年、返老还童的功效，历史上还是有记载的。

八手神眼本待自己来享用，但是年岁已高，此番所受灾劫，怕是避不过去了，那段日子胡金荣待他极好，于是便认了这个义子，将自己往日的财富从异地取出，全部赠与胡金荣，翻了年后就撒手人寰了。而胡金荣这正是好心做一事，没想到天降下横财，他本身不信神，但也敬畏某些莫名的东西，遵了八手神眼的遗愿，花钱盘下埋婴地，建了一个私人植物园，收集些花草树木，偶尔涉及花木市场，也是有所结余。

十八年过去，当年的绿蔓藤，如今已经长得大如华盖，胡金荣遍访高人，以血肉喂食，居然把这修罗彼岸花培植成一罕见的食人妖花，催熟，然后用敏灵八卦阵建起一玻璃房子，镇压之，只待再过两年后，就享用这传说中的灵果。然而他自以为此事做得隐秘，但是他这些年来的作为早就落入了有心人的眼中，比如段叔这个黑白两道都混迹的大人物，就极为眼馋，只是顾忌这果实成熟期未满，没有出手抢夺而已。

然而此次，死了人，连胡金荣也被某个黑衣人捶成重伤，至今仍躺在医院里面昏迷未醒。事情闹大了，很多垂涎欲滴的幕后人物都急红了眼，想要找到那个心急的死家伙，把他扔浊江里栽荷花的心都有了。

段叔说起此事也连连摇头,说那人太可恨了,暴殄天物。

为何?那修罗彼岸花之果若不完全成熟,一身灵力全是毒,这毒比工业化学上的氰化物还要毒上千倍,要之何用?

我听到此节,心中一阵抽痛。

萧克明哈哈大笑,说我往日喊你小毒物,还多有几分不准确,现在看来,老子勘命之术还真准啊!

他笑完,神情严肃,说段叔这些人已经盯上了加藤一夫这伙日本人,嫌疑很大,不过我俩也有嫌疑,真的是抓贼抓进贼窝里,我们两个居然白痴到找段叔的人做不在场证据。你别看他好像只是个夜总会的小老板,你知道他真实身份是什么吗?××房地产开发集团的幕后董事长!牛吧!后面还有一连串头衔,要不要我跟你摆一摆?

我摇摇头说不用,我禁不起惊吓了,此地太危险,临香岛,高人辈出,国际巨鳄爬来爬去,幕后黑手层出不穷,我玩不起,我是什么人?我就是一个小小的个体户,现在更是个社会闲散人员,玩不起,稍不留意就粉身碎骨了。我要回去了,回东官,再过几日,要过年了,我得回家去了。你呢?

萧克明拉着我,说别介啊。他今天跟段叔说起我早上受辱一事,段叔还准备给我出头呢……我说不必,我自己的仇怨,自己了结。现在我是个初出茅庐的小子,什么也不懂,什么也不会,太过计较仇恨荣辱,只会在这泥潭里越陷越深,能力却无寸进。

仇,总是要报的,但是,不是今天,不是明天,要论持久战,长期坚持,总有一日,会让这小日本鬼子低头,后悔今日作为的。

他笑,说你这人,总是姑息养奸,不果断。那小子,一看就知道是个日本神道的信徒,看着还是个天才呢,不扼杀,终究是麻烦。我四海为家,也没有个牵挂,你不搞他,我搞他。正好段叔这里说缺一个师傅助阵,我便在此地盘桓一段时间,先把这加藤龟孙子伏法了再说。

我说你这算是攀上高枝了吧。

他嘿嘿地笑,说贫道四海为家,只为捉鬼降妖、开世间之太平,其实说来说去,在那里总是不自在的,不过是借了那段叔的势力,办几件让贫道心安的事情而已。别妄言,别妄言。

我与杂毛小道攀谈半晚上,聊了许多事情,不尽兴,后来实在太困了,沉沉睡去。次日,我与他相互交换了QQ号码,邮箱地址等联络方式(手机号码以前有了),然后依依惜别。之后,我又打电话给申警官,谈及离开江城一事,也许是案件的注意力转移了,他并没有说什么,就是不行。我试探着说起我跟东官市局的欧阳警官认识,他挂了电话,过了十分钟又打过来,只说可以,但是需要时,要能随时联系到我。

我说好的,这个没问题,我这个人,最喜欢跟人民警察打交道了。

我退房出了酒店，出来时有人盯着我，自以为很隐匿，我把行李都放到车子后备箱，然后两手空空地去逛街，然后找机会把他绕晕。大概下午，我提着大堆的江城、澳江特产返回，中间还包着我抽空去挖出来的十年还魂草（也就是日本人所说的龙血还魂草），我上了车，然后离开江城。

　　路上我本来想打个电话给我那堂弟陆言的，结果最后还是免了这心思。

　　我总感觉自己能够带给人噩运，还是不联系为好。

　　自小美死后，我一直这么想着。

　　还好，有朵朵陪着我。

第四卷　故乡的云和溶洞子

第一章　阿根头上的黑气

　　我返回东官,只有两个人知道,一个是阿根,还有一个是他表哥顾老板。
　　顾老板听秦立说起了我求药未果的事情,在我回程的路上特意打了一个电话给我,谈及胡金荣,他大为恼火,说之前已经谈妥了的,结果又去接什么日本人的那生意,结果平添横祸,弄得重伤进了医院,还出了人命案子,真活该!
　　这一通邪火发完,他挺不好意思地问我还要不要找,我当然说要,让他再帮忙寻摸寻摸,看看哪里还有这东西。
　　顾老板安慰我,说这东西本来并不稀奇,只是大家为了经济效益,隔几年就拔了卖钱,所以才少,又不珍贵。再看看,仔细找找,西广云省的药厂,都可以找,他自去办。说完这些,他又问我有没有空,帮他一个小忙。我说什么事?他说香岛有个朋友,年纪大他一圈,在大陆包了个二奶,结果那二奶滥交,患上了艾滋病,传染给了他。这艾滋病,在科学上一时半会是攻克不了的,但是你不是能人吗?
　　要不……你给看看?
　　我连忙摇头,说这玩意儿,我真惹不起、折腾不来——我还没结婚,没生娃呢,要万一中镖了、感染了,我也跪了。我真不是医生,有事情,还是要相信科学的。顾哥,这次真对不起,我帮不了。快过年了,我准备回家呢。
　　他在电话那头讪笑,说他也是受人所托,那老家伙是他一远房表叔,听了李家湖的事,求上门来。他不光染上了艾滋,而且还老梦到他死去的那个二奶,脸朝下,一身血,血肉模糊地来找他,苦苦哀求,求包养,鬼压身,各种灵异。
　　我翻了翻手机的通讯录,把杂毛小道的电话给他,让他问问,那家伙做这笔生意不。
　　挂了这电话,我都已经进了东官市。
　　我心中那一阵汗啊,这顾老板以前我是十分佩服的,年纪轻轻(四十来岁)的,家产上千万,游走在大陆、香岛和宝岛之间,生意广、朋友又多,曾经是我的奋斗目标、人生偶像，此刻见他不断地给我拉生意，各种稀奇古怪的病症（有一次还问我管不管生儿育女的事）都介绍给我，在我心中的形象，顿时变成了带乌龟帽的皮条客了。

不过说实话，我以前只是一个普通人的时候，每天过着普普通通的生活，吃什么饭、做什么事、遇见什么人，都是可以预料到的，循规蹈矩的，没有一点儿离奇的地方。每日上着网，看看国际、娱乐新闻，看看电视剧，以为世界就是这个样子了，也以为自己这辈子，就平淡如水地度过了。

然而自从中了外婆给我的金蚕蛊，所有的一切都仿佛变了模样，在我眼中封建迷信的外婆，居然是这么厉害的角色，而从小一直听闻的矮骡子，居然真的有；具体的蛊也出现了，肥虫子的形象，《聊斋志异》里面说的鬼也出现了，不过颇小，是个萝莉，暖不得床，只能当女儿养；我住了一年多的大楼里出现了个凶厉女鬼，接着又莫名其妙冒出个师叔可以变成大猴子、力大无穷，淘宝上可以买到真的古曼童而且还能够迷惑顾客，一个普通的植物园里，不但有着遍地的小鬼娃娃，还有一株妖树……

天啊，这世界怎么了？

所以说，一个圈子都有一个圈子的事情，这是一个围城，外面的人看不透，里面的人，也只是盲人摸象，不窥全貌。"怪、力、乱、神"，子所不语也。连孔夫子他老人家都曾经这么说过，世界上也有着那么多诡异的、难以解释的事情，凡夫俗子如我们，有什么资格去妄称了解世界呢？

自2007年8月末后，我对这天地间的一切神秘事物，都心存敬畏。

晚上六点，我返回了郊区的那套房子，上了楼，打开门，只见到租我房子的那个男技术员和女会计在沙发上做男女之间的剧烈有氧运动，叫声滔天，一阵高过一阵，吓我一跳，赶紧合上门，听到里面一阵慌乱声。我站在门口，闭上眼睛，想起刚才看到的那白花花的身体，笑，这事情放在小时候，一定要大声说几声晦气，呸，眼睛不要长针眼的话儿。

我有些奇怪，那个女会计向来精明，而且一向都要求很高，怎么就看上了那个老实巴交的男人了？

转而一想，她即使再精明，再市侩，但终究是有需求、有欲望的，年纪好像也二十七八了，正是女性意识觉醒的时候，那男人长得也耐看，在工厂里面做事，体力也是足的……这样想一想，心里也释然了。

心中释然，又有些怅然若失——要是小美没死，此时的我是不是也可以拉着她做一些比较成人的事情，不让这对狗男女专美于前呢？

这样想着，心中又郁结。

过了一会儿，门打开了，男技术员出来了，黑黑的脸上全部都是尴尬。

他摸着头说陆左，陆左……他的脖子上全部都是炽热的吻痕，又深又重，有细密的牙印，一片狼藉，想来刚才是很激动的。我笑了，说不好意思，突然回来，打扰到你们了吧?他尴尬地笑,说没有,没有。我调笑说你不会刚才曝了一下光,痿了吧?

他横眉怒眼,说怎么可能?

我看气氛稍微缓和,就说你们也真是的,拍拖了糖也不发,饭也不请,真不把我当朋友呢。

一番闲扯,那个女会计也出来了,羞羞答答的,不复之前的精明模样,倒是多了几分可爱。

我进去收拾了一下东西,说准备搬回市里面去了,你们两个在这里住着,但是尽量不要在公共区域乱来。两人都羞红着脸,连说不敢了。我见他们尴尬,说好好干,尽量在这个城市里落脚下来,买个住处,到时候想在哪里在哪里,也不用提心吊胆的啦,这样,年前我让房屋中介先别找人了,你们好好过一个春节。说完,他们都很激动,连说谢谢。

我要走,他们拦住我,说一定要请我吃一顿饭,补偿欠着的拖饭。

我想着反正没什么事情,于是就答应了。收拾一番,来到附近的一个中档饭馆,小肥羊,吃火锅涮羊肉。这两人,男技术员叫尚玉琳,女会计叫宋丽娜,除此之外,宋丽娜还叫来一个女伴,没到二十的一个漂亮女孩子,说是她们厂里一个部门的同事,叫谢旻嘉。那个女孩子在不远的地方租房子住,我们先去接她,然后再到饭店。

吃饭时,尚玉琳讲起他和宋丽娜两人的恋爱史。都说"家是心灵的港湾",果不其然,在家里,心防就降入了最低的警戒线,单身男女同在一个屋檐下,相处久了,一旦出现火花,干柴烈火一点即燃。他俩和我,其实没有在外面一起吃过饭,尚玉琳很热情,劝酒劝菜,宋丽娜也是,不断地怂恿女伴谢旻嘉邀我喝酒,这姓谢的妮子也辣,眼儿媚,陆哥陆哥的喊得亲热。

我不知道金蚕蛊沉眠了,我的酒量是否依然完好如初,只推说晚上还要开车,勉强喝了两杯。

不过这儿的火锅料子不错,特别是店家自制的辣椒酱,吃起来很过瘾,网上流传的湘黔川三省的"不怕辣、怕不辣、辣不怕"的口头禅十分妥帖,我就是个嗜辣的人,所以倒是吃了很多。许是幸福了,宋丽娜倒是有些想当红娘的想法,不断地问我是否单身的个人问题,又不住地夸赞旁边的小谢,而旁边的谢旻嘉则是一脸羞红,却胆儿颇大地看着我,水汪汪的大眼睛,蕴含着一泓秋水。

若是在两年前、不,一年以前,没的说,我只会顺手勾搭,今晚立马去开房滚床单,然而现在,却是一点心情都没有。在小美之前,除去一些艳遇,我正经谈过两个女朋友,初恋是懵懂的美好,也是永远的遗憾,第二个女朋友让我迅速成熟,教会了我"情大于欲"的道理,让我没有那么饥不择食。

当然,我仍然沉浸在失去小美的悲痛中,不说难以自拔,但是总是有些愧疚感。

还有一点儿,有朵朵在场,我还真的不好意思做些什么。

上一次在浴室里面让朵朵撞上都已经让我费尽唇舌,还一再告诫她不能在我洗澡的时候随意闯入。如果我带这个叫谢旻嘉的小妮子去滚床单，万一朵朵闯进来，我可怎么跟她解释？这就是家有儿女的尴尬，普通人家，把卧室房门一锁，欢天喜地地"啪啪啪"；我这儿，把门一锁，小鬼头直接从墙上过来……

饱餐完毕，先送谢旻嘉回住处，临走时她给我留了电话号码和 QQ 号，还把网名告诉了我——"奔驰他妈"，这个网名让我一头雾水，搞不懂这小孩儿的心思。我载着两人回到住处，收拾了点东西，然后驱车返回了在市区的房子。到家时已是晚上 10 点多，阿根打电话给我，叫我出去喝酒。我稍微整理了一下，梳头，然后下了楼。

一楼仍是那个曾被我下蛊的保安在执勤，他见到我，跟见到鬼一样，但又不敢冒犯，鞠躬，九十度的那种。我一看这姿势，就联想到日本人，心中来气。不过我对楼里闹鬼事件的后续好奇，找他问起。他说案子还在处理，说那个阚老二（胖保安）可能要被起诉蓄意杀人。我一惊，这可倒了霉，他是被鬼上身，完全没有意识，这件事情，我可得给欧阳警官说道说道。

这时阿根又打电话来催，我就先搁下，打了车去附近的 A 酒吧。

到了酒吧，一股暖风吹来，嘈杂劲爆的音乐让人脑壳都疼，无数年轻男女在里面的一个小舞台上扭动着活力的身躯，跳啊闹啊，灯光乱射，群魔乱舞。我找到了阿根，他坐在一个吧台上面，喝酒，细细地品。我过去跟他打招呼，要了一杯酒，刚喝一口，随意看了一眼阿根，就感觉心中猛地一跳。

怎么他头上有着淡淡的黑气？

这可不得了。

第二章　机场偶遇

"阿根，你这几天碰见过什么奇怪的事没有？"

"没有啊，能有什么事？"他很奇怪我会问他这件事情，见我脸色凝重，小心地问怎么啦？我仔细看他，酒吧里灯光昏乱，许是刚才花眼了，但是万事须谨慎，我叫他最近出门小心一点，不要与人发生争端，遇到什么奇怪的事情，第一时间打电话给我。他呵呵笑，说我怎么突然一下子变得敏感了。

他说我职业病。

抛开这些，我们聊起店子的事情，冬天是饰品店的消费淡季，所以不忙，大家都松了一口气，结算的结算，要回家过年的准备回家过年。阿根是本地人，自然可以留守，我说也要回家，再过几天吧。

阿根叹气，说我走了之后，心里面空落落的，挺没干劲。

我突然想起了在江城夜总会里碰见阿根喜欢的那个小妹一事，不知道要不要给他提起。随后一想，这多少也算是阿根心口的一道伤疤，不提也罢。酒吧里好多寂寞的靓女，五光十色的灯光照着，又性感又火辣，我怂恿着阿根去泡一个，他不肯，说接受不了这种以欲望为目的的一夜情。我笑他，太保守，年轻人，何必呢。

可是我也只是嘴上说说而已，真要自己去，心里面又不是很想。

有时候还真的很羡慕杂毛小道这种人，他活得真性情，想做就做，一点也不在乎别人的想法，心中无一丝挂碍，也不受约束，自有一套自己的道德观、世界观，洒脱利落，在生活态度上是一向的积极猥琐。

而我，或者阿根，则是受了太多教条、道德的束缚。

两个男人对着喝酒，又无愁肠，自然醉不了，到了晚上近十二点的时候就各自返回。我回家，还特意来到五楼，看闹鬼那家的房门，冷冷清清，没个生气。我至今为止，仍然不知道那个女人为什么会在卫生间里放一个胎盘，为什么会孳生那么多的虫子，这是个不解之谜，尤其是她本人遗留下来的怨灵已然被杂毛小道超度，更是不得而知。当然，这世界上成谜的事情太多了，真的想一个个都知道，不可能。

好奇心会害死猫，也会害死人。

所以我以前在街上，看见有人围拢在一起，就觉得必有祸事，果断闪远。

回到家里，我放出了朵朵，然后把十年还魂草从包包里找了出来。

这是一株整体呈紫色的植株，高二十厘米，主干粗大，一掐，很硬，有汁水冒出来，一闻，臭臭的，像是艾蒿那种刺鼻的味道。然而跟罗婆婆跟我所说的不同的是，这草叶边缘，居然有鲜红色的锯齿，稍不留意就有被割伤的可能。顶端有嫩芽，紫红色，像花儿一样绽放。

我有些不确定，这东西是真是假。

与此同时，我还在担心它的安全问题，早些时候，它若生于山间，或者像我在江城一般放一花坛中，便一文不值，然而现在有人把它炒到了一百万，这可是人民币，可是一笔让人眼睛发红的款项，我早上的时候就已经被人盯上，想来也是瞄中了它。财帛动人心，若是有人追踪我到这里，把它给偷了，我就真的难过了。

所以，给朵朵召回地魂之事，宜早不宜迟。

给她找地魂最好的时机有两天，一是我的生日中元节，"七月半，鬼门开"，各家亡者会返家中取食祭品；还有一天是朵朵的生日，大年初四，也叫做生祭，眷恋人间的魂魄会返家，看望父母亲人。现在离过年还有二十来天，离朵朵的生祭2月10日则还有近一个月。

除了十年还魂草、朵朵生前的乳牙之外，还需准备许多药材和丹石……五金、三黄、乒石等四十多味药物，以及丹砂化汞。

什么是丹砂化汞？这就是通常所说的水银，它呈液体状态，具有金属的光泽而又不同于五金（金、银、铜、铁、锡）的"形质顽狠，至性沉滞"，向来道家炼就"九转还丹"或"九还金丹"等外丹最重要的一味材料。当然，现在我们知道水银有毒，《水浒传》里玉麒麟卢俊义便是服用水银夜坠江中而死，历代帝王有好丹药者，也多死于此。但是这水银在招魂的过程中，会起到凝聚神魂的重要作用。

这些材料，有的在中药店就能够买到，有的还需要走特殊渠道才能采购。

我必须在一个月内把这些材料置办完。

朵朵蹲在地上，好奇地看着十年还魂草，用手捏了捏，然后有所畏惧，跑开，过一会，去接了一杯热水给我。我接过杯子，走之前开的加热，这会儿烫，小鬼属阴，尤其不喜欢热气，亏得她一点痛苦的表情都没有，看来果然是有点儿道行了。我跟她说你看看，这就是还魂草，有了它，以后你就越来越厉害了，就不会担心变成植物园里的那些小朋友一样了，可以快快乐乐地和我在一起咯。

她很开心，拍着手，围着我转圈圈。过了一会儿，她拉着我的衣袖，用手做了一个蠕动的手势，又作了一个飞翔的手势。我知道，她想金蚕蛊了，可是那肥虫子贪吃，现在还在我肚子里不知名的角落蛰伏着呢。我仔细解释给她听，她似懂非懂，点点头，一副很委屈的表情。

我合计了一下，此地绝对不宜久留，反正此间也无事，我回老家，便是龙游大海，从此海阔天空，无人找寻，偷偷找一个地方，把朵朵的地魂找回来再说。事不宜迟，我心念一起，一分钟都不想多待，立刻收拾了行李，让朵朵帮忙打包，忙碌一阵收拾妥当。我上网查了一下南方航空，赶巧了，从南方市飞往我老家隔壁县机场的航班，居然还有一班飞机，于明天中午一点半起飞。

我立马订了票,然后带着朵朵和行李,直接驱车,马不停蹄地赶往南方市的白云机场。

　　走夜路,出了城区之后上高速,车辆减少,我把速度加快,一路疾驰。朵朵坐在我的旁边,一脸惊奇地看着外面的世界。路边昏黄的灯光照进车里,穿过她空灵的身躯,落在坐椅上,透过车上的后视镜,我突然发现她婴儿肥的可爱脸上,出现了一丝很少见的落寞。朵朵爱笑,不笑的时候就有些天然呆,然而这落寞的表情,却从来没有出现过。她不会说话,不能用言语来表明自己的感情,我不知道她到底在想什么,但是我知道她开始思考了。

　　或许在想自己的未来,或许在觉得孤独了,或许想在阳光下行走,或许……

　　我摸了摸她的头,她转过头来看我,眼睛清澈,如一汪清泉流水。

　　我跟她说,朵朵,你这个小东西,在想什么呢?她看着我,睁大眼睛,摇摇头,小嘴张合却说不出话来,于是不说了,嘟着嘴。我说朵朵,我跟你说哦,这次回去,我就帮你叫魂回来了哟,到时候,你就会记得以前的事情了,你就能够学习知识了,锻炼锻炼,说不定就可以说话了哦?

　　她笑了,嘴角向上翘起,露出两个小酒窝,十分可爱,大眼睛眨巴眨巴,好像在说:真的吗?

　　我猛地点头,说:"我告诉你哦,我一定会帮你的,我会帮你……"我说着,突然想起了《聊斋志异》的某些段子,于是豪情万丈,捏着她的小脸蛋儿承诺:"朵朵,我告诉你哦,我会让你拥有正常人的生活,能够呼吸清新的空气,在阳光下自由行走,想笑就笑,想哭就有泪水,拥有家人,拥有朋友,也拥有一份专属于自己的爱情哦……"

　　她看着我,摇头,表示听不懂。

　　我哈哈大笑,说你不懂也没关系啊,长大了之后就明白了。

　　说完这话,我心中暗下决定:一定要帮朵朵恢复肉身,不管是转世投胎也好,或是借尸还魂也罢,这世界这么神秘,那么多未知的事情,未必就没有一个法门道路,是走不通的吧?

　　到时候这小乖乖要是能够变成了人,那得有多么的可爱。

　　车行一个多钟头,就到了南方市的白云机场。

　　把车停到了车辆寄存处,我带着行李进了候机厅,这时是凌晨三点多钟,我发了个信息给阿根,说明此事,让他有机会帮我把车开回去。候机大厅里面灯火通明,如同白昼。这是中国南方最繁忙的空港,所以即使是凌晨,滞留的人也很多。有钱的,就去附近宾馆开个房间住下,没钱的或者懒得麻烦的就在这一排排的长椅上将就着,等待航班起飞或者……天亮。

　　我本就是个不讲享受的人,来到这里,我自然不会矫情地去找个宾馆住下,行李就是一个装随身衣物的箱子和一个旅行包,于是寻摸到角落里一排人少的长椅,把行李放在脚下,抱着装有十年还魂草的旅行包,躬身缩着,开了一天车,又折腾了大半宿,我也累得不行,闭上眼睛就睡去。

当然,我睡觉的时候,朵朵会帮我警戒周围。

小家伙其实很厉害的哦。

这一觉不知多久,迷迷糊糊之间,我感觉肩膀被人推了一下,接着有声音从遥远的地方传过来:"陆左、陆左……"我开始还只以为是做梦,然而这声音越来越清晰,而且还貌似十分熟悉的样子,想睁开眼睛,不过睡太久了,糊住了眼屎,强光一照,感觉视网膜一阵失明,有些晕。我鼻子一吸,感觉是一阵好闻的女人香气。

这香气让我头脑一醒,这时那个人笑了,她说陆左你怎么在这里,还睡着了?

我睁开眼睛,终于看到了她。

这是一个我意想不到的女人,一个漂亮女人。

第三章　返回晋平

黄菲俏生生地站在我的面前，吸溜着鼻子，精致的小脸红扑扑的。

她穿着一身鹅黄色的呢子大衣，紧绷的高脚裤，白色的皮靴子，围着围巾，是粉红色泡泡的那种。她依然如往日一般俏丽，秀发如鸦，脸白净，像刚剥开的鸡蛋，又白又嫩，一笑，贝齿如编。整个人美得像画上走下来的人儿。我赶忙站起来，揉揉眼睛，然后也很吃惊地问："你怎么在这里？"

她说她和几个朋友一起到海蓝三佳去旅游，又在鹏市盘桓了几日，刚刚从那边回来。栗平机场是个地方小机场，只开通了两天航线，一条是飞魔都，一条是飞南方市，而且还是逢二、四、六才有一趟，还真巧呢。她问我是不是回家？我说是，也是今天下午一点半的飞机。她很高兴，说真有缘，在这里也能够遇见。她这么一说，旁边就有一哥们不乐意了，插进来，问菲菲这是谁啊，也不介绍一下。

我这时才发现黄菲旁边还有五个人，三男两女，说话的这个，长得真帅，一头迷乱的黑发，像张信哲。

经这哥们一提醒，黄菲很高兴地给我和他们做了介绍，说这是陆左，是我们那儿的，这是××、这是××，这又是×××……一圈介绍下来，多的我也没有记住，就记得那个帅哥叫做张海洋——瞧瞧这名字，多霸气，跟《血色浪漫》里面的男配角一个名字。

一番寒暄，黄菲问我怎么在这里睡着了？

我说我凌晨到的机场，懒得去开房间，就在这里凑合一下呗。她说哦，现在都早上9点多了啊。我看外面，天色大亮，果然已经是白天了。目光转回来时，正好看见几个男人、特别是张海洋脸上，流露出了不屑的神情。

这是为毛啊？

我心中刚一疑虑，就立刻明白了：大概是这张海洋见黄菲待我热情洋溢，雄性生物的占有欲立刻爬上了上风，对我有所不满，然后看到我为了省这一点儿房钱而在公共场所睡觉，更是不屑。我好笑，我这算不算是躺着也中枪？且不说我跟黄菲没有什么，就算是有，我睡机场又怎么样？想当初，大冷天我还睡过桥洞子呢，那也没啥啊？现在想想，还算是一件真实的人生经历，是财富呢。

以张海洋为首的这几个男人用居高临下的优越感瞧着我，让我很不爽。

黄菲问我离下午一点多还早着呢，要不要办好登机手续，托运好东西后，一起去咖啡厅里面喝点东西？

我说好，反正是一趟航班，一起去。

这句话一说出口，张海洋面部肌肉很隐约地抽搐了一下。我心里暗笑，你让我不爽一会儿，我让你不爽三个月。小子不是以我为情敌么，我这黑锅背得也累，不如直接揽过来，一起竞争吧，让你小子斗鸡眼。我站起身来收拾好行李，然后说要去洗手间洗个脸，黄菲很热情地帮我提东西，不过她东西也多，看来在海蓝免税商场也买了不少，大包小包。张海洋看不过，无奈帮我提着，一脸衰样。

我一身轻松地去附近卫生间放水、洗脸，精神抖擞地出来，他们已经在南方航空的柜台口了。

办理好手续，一群人来到了附近的咖啡厅，有热咖啡，也有西式糕点。

我也饿了，埋头猛吃，一连吃了一份起司、一份巧克力蛋糕和两份三明治，这才长舒了一口气，握着手中的热拿铁暖手。有悠扬的音乐声在店子里飘荡，几个人开始聊天，说起这几天的旅游。我刚才边吃边听，大概知道了他们的身份——都是我们县城的公务员，有工商的、有城建的，也有银行的，唯一一个不是公职的，就是张海洋。不过，他是我们县林业公司老总的侄子。

果然都是天之骄子，幸福感最强的一群人——即使是在我们那个国家级贫困县。

黄菲一直在陪我聊天，她问我最近还好吗？我自然答好，然后又问起上次案件的情况。她说罗二妹已经认罪了，但是还没到公审，就在医院病逝了；王宝松杀害两人、碎尸的事情也已经判定了，然而他是精神病患者，又是被矮骡子所迷惑——这当然不能在法庭上面讲——最后被送到州精神病院治疗监管。

聊了一会儿，一个叫做小杜的哥们插嘴了，问我现在在做什么事情？

我说以前在东官做个体户，现在不做了，还没找工作呢，想回来歇一会儿。他又问我读的是哪个大学？我呵呵笑，说是社会大学。他也呵呵笑，这笑容有些勉强，说社会大学好啊，好多东西都是学校里面学不到的。说完，然后说起自己是××大学（某名牌大学）毕业的，如何云云。我没说话，他们几个又在侃了，那两个女孩子拉着黄菲，说起包包化妆品的事情。我握着手上的咖啡杯，感觉有些冷了，一口，便将它饮尽。

通过一个多小时的时间，我也看出来了，除黄菲外，这五个人里面有两对情侣，张海洋独身，但是其他人在尽力撮合两人。张海洋喜欢黄菲，但是黄菲似乎对这个大帅哥并不是很上心，若即若离——又或者是女性的矜持——哦，好老套的剧情，偏偏被我赶上了。若是偶像剧，我算是妥妥的反面角色吧。

难怪这些人不待见我，看他们都是有城府的人啊，如此浅薄的表露，原来是怕我反应迟缓，不明白。

其实我还是蛮想了解碎尸案后面的事情，毕竟罗婆婆与黄老牙的约定，我当时是做了见证人的。这双方，一个给了我找回朵朵生魂的方法，一个是朵朵生前的父亲，我总是有一些责任的。然而这里人多，除黄菲外，他们都排斥我，想好好聊天，着实

难。而且，我总不好让黄菲为了我，跟她朋友闹僵，只有沉默。

这一沉默，吃得又多了一些，惹得两个女孩子惊奇地看着我——这么能吃？

在咖啡厅耗了一上午，除了我，整体气氛还是和谐的，显然，他们这次旅行的收获很多，各种美美的照片，天涯海角，蓝天白云碧波荡漾，细盐一般的沙滩……到了中午，又去西餐厅吃了一顿牛排，这两顿，都是张海洋付的账，拿钱包那姿势，帅得一塌糊涂。

返回机场的途中，我抽空问了一下黄菲她大伯的近况，她说还好，现在身体还好，就是人老了，容易犯困，精神也没以前好了，生意上的事情，大部分都交给手下的人去打理了。我说王宝松呢？她说在医院待着啊，反正有吃有穿的，钱都由他大伯账上出的，亏待不了他。说到这里，她小心地问我，她大伯中的那个血咒是真是假？我连忙制止住她，说这可开不得玩笑的，这个想法，立刻打消。

她不明所以，追问。我摇头，讳言，没有再说。

一点多钟，临飞机起飞之前，杂毛小道打电话给我，说起植物园一案的事情。他说经过警方最终认定，认为是胡金荣私自饲养食人花藤，最后引起的意外事故，我说这事儿日本小子就摘清了？他说是的。他道了一声无量天尊，说此事加藤家也花了好大一笔钱去活动，有关部门为了国际影响，也就没有再查下去了。谈完这些不愉快的事情，他在电话那头严肃地说，他昨天闲来无事，心中一动，给朵朵算了一卦，卦面呈凶，让我近期小心一些。

我哈哈大笑，说你算命的本事到底有几分真，几分假？别来蒙我了。

杂毛小道没笑，他用一种我从没有听过的平静语气说："陆左，天下之事，千丝万缕，冥冥之中总有联系。我学艺二十余载，对紫微斗数、面相手相、八卦六爻所知颇深，然而却很少有意为人卜卦，为何？常言道，天机不可泄露，算命的，大多喜欢算过去，而少去算计未来，一则太耗精神，二则有恐危及自身安危。诸葛武侯精研道学，通天之大拿，穷极一生为刘蜀王朝续气而不得，郁郁而死。民间传说，有些小孩能够看见灾难祸害，出言让家人乡亲避了祸，自己却化身为石头树木，这样的事情也多。我道行浅，摆摊算命全凭经验，然而真正用道术去推衍的，不多，但是朵朵却实在是个让人牵肠挂肚的小东西，心不由己。言尽于此，你务必小心。"

我郑重点头，越发觉得自己应该精研起《镇压山峦十二法门》上的所学，成为一个真正厉害的人。

借助金蚕蛊、朵朵这般外力，若不巩固自身的修为，最后我的下场，并不会比罗二妹和我外婆好过几分，甚至会更加凄惨。这件事情，我理应有所觉悟，并且要积极去改命。

南方至栗平的飞机航班下午一点半起飞，是小飞机，总共没有多少人。黄菲她们一伙坐在前面，我坐在了后面的位置。因为不喜欢张海洋这些人，我也懒得去前面凑趣，就在后边眯着眼睛补觉。飞机在云层里面穿梭，山峦水脉全部都变得很小，我心中暗动,感觉跟法门里的某些语句十分契合。我把舷窗的帘子拉上,把朵朵放出来,她是灵体状态,别人看不见。

她很惊奇地玩了一会儿,然而九天之上,却极为虚弱,没一会儿就闹着回槐木牌中歇息。

一个半小时后,飞机抵达了栗平飞机场。

过检票口,我发现有一个三四岁大、长得虎头虎脑的小男孩在直勾勾地看着我。他的眼睛黑而亮,宝石一般明亮,旁边一对中年夫妇拉他走,他不肯,结结巴巴地说"姐姐、姐姐……"他母亲冲我抱歉地笑了笑,然后回来跟儿子说不是姐姐,是叔叔。小男孩直嚷嚷,就是姐姐,就是姐姐嘛……我心虚,知道这小孩儿也许在飞机上,能够看见朵朵,没理,赶紧走开。

当时没多想,哪知后来我们还会见面。

第四章　相亲诡事，杨宇来访

　　黄菲他们有人来接机，两辆小车，她很热情地邀我同行。
　　从这个小机场到我们县城都是山路盘旋，要三个钟头，但是途经大敦子镇，到我家只要一个钟头，我懒得再找车，于是不顾张海洋那憋成猪肝一样的脸色，和他、黄菲一起上了车。我坐在车里，感觉虽然黄菲对我一贯的热情洋溢，但是，她的生活、她的朋友和家人，却离我渐行渐远，与我并不属于一个轨道。
　　我和黄菲，就好像两个世界的人。
　　公路沿河而修，坑坑洼洼，不过很快就到了大敦子镇。我在我家附近下了车，然后与黄菲和其他人告别。提着行李，看着自己生活了十几年的小镇，熟悉的建筑和景物，道旁路边那些田地，一种久违的重逢感又浮上了心头。大敦子镇很小，这样的镇子还不如南方的一个小村，就一条主路，三两条烂街。我回到了家里，父母都不在，我问了一下邻居，说是某个街坊家里老人过世，他俩去吃酒了。
　　没有钥匙，我就坐在门口的青石上面，邻居那个老汉邀我去他家里面坐会儿，我说不用了，他便搬了两个木头凳子过来，陪我坐着聊天。老汉姓李，我打小叫他李大伯，他有两个儿子，大儿子在义乌，小儿子在南方，都是打工，文化少，所以也没有混出什么名堂来。他坐着，往旱烟枪里面塞上棕黄色的烟叶，划根火柴点上，吧嗒吧嗒地抽烟，然后咧开一嘴的黄牙朝我笑，问我在南方混得怎么样？
　　我说一般，现在把那边的事情告一段落了，准备回家休养一段时间。
　　他很吃惊，说你不是在东官那边当大老板吗？怎么就不做了啊？
　　我笑，说啥子大老板哟，小买卖，跟我爸妈这杂货铺子一样，卖点儿东西。他摇头，说小左你莫骗你伯伯啦，生屯村的东娃子（就是盘下我快餐店的那个老乡）去年来你家拜访，说你在南方混得好得很，跟了个大老板，是个百万富翁呢！我笑，说李大伯你看看我这一身打扮，哪像一个大老板？
　　我穿着很普通的衬衫夹克牛仔裤，他看了看，说怎么穿得跟个学生娃娃一个样子。
　　我笑着说就是嘛。
　　又聊了一会儿，他问我："小左，我听说你被你外婆下了蛊？"
　　我心中一紧，问你怎么知道的？
　　他抽着烟，说小左你不知道我是中仰村的人吗？两个月前中仰村七组螺蛳坳的那个老头子来你们家附近，逛了一圈，想朝你们家使坏，我把他拉住了，问怎么回事，他他说你把他堂妹子送到了局子里,死了都没得善终,要搞搞你家。我就劝他,说也不怪你,而且你还要帮他堂侄子看着黄家呢。而且你家堂前屋后,都有你外婆布置的清光镜、纹路棍,你爸你妈都有看过香的红绳子,又懂这些,害不了人的,他这才回去。后来我把这事跟你爸妈讲了,他们才告诉我,你外婆最后把传承给你了。

我拉着他的手,说伯,这真的太感谢你啦。他摇头叹气,很惋惜地说:"唉,你在南方搞得好好的,也不知道你外婆为什么要挑中你?我在苗寨子里过了大半辈子,见过的养蛊人,没有一个生活快乐的。'孤''贫''夭',大部分人都是'贫'——哼,养蛊养虫子,能有什么出息吗?一辈子穷死。知道前街的二宝蛋没?人家在前村养鸡,现在是养鸡专业户了,农民企业家,有出息呢,前几天还到县里面去领奖状。看看吧,你现在生意又垮了……"

天色已黑,我父母都回来了,见我在这里,很高兴。

母亲埋怨我也不提前说一声,怎么突然就回来了。我笑,听着她的唠叨,心里面突然涌起了一股幸福。无论我在外面受到多少伤害、经历多少风雨,家都是我永远的宁静港湾。看着父母逐渐苍老的面孔,我心里面一片平静。

我在家里待了三天,陪着我的父母,也经常被亲戚朋友叫过去吃饭。

冬天冷,天亮得晚,我好好享受着这难得的闲暇日子,大部分时间都窝在家里,没有网络,没有电话,有电视,但只有十个左右的频道,都不好看,连朵朵都嫌弃。这小丫头无聊,便被我催着干家务,每次我父母出门,她都被我支使着满屋子乱窜,有的时候她不愿,我就跟她猜拳。她出拳有个特点,眼睛往左瞟是石头,往下看时是剪刀,盯着前面就是布,很准,结果每次都输,哭着鼻子擦地板。

我父母回家,看到家里面一尘不染,十分惊异,都夸我太勤快了,说这些事情本来不用我干的。

我只笑,也不说——这本来也不是我干的。

第四天的早上,我母亲说我也二十好几了,感情没个着落,说给我介绍一个女孩子处对象吧,是对门河那个村子的熟人家的,姑娘以前在外面打工,刚刚回来。我们那里结婚早,像我这样的同龄人大部分的小孩都牙牙学语了,所以我母亲很着急。我却很窘迫,说这个事情,我自有计较。

我以为她只是说说而已,结果到吃中午饭的时候,就有一个中年妇女领着个姑娘上门来了。我母亲热情招呼着,让我喊姨,喊龙妹。

这个龙妹个头不高,长相平平,染了一头的黄发,有点儿龅牙。不过性情开朗,大大咧咧的,也见过世面,讲话做事都很客气,就是老喜欢讲自己工资有多高(1500块,这薪酬在2008年初南方打工是算高的了),喜欢讲自己是个储干(台资工厂里面老员工的意思),喜欢吹嘘……让我感觉有点儿虚荣。

她妈妈也很不客气,直接问我的收入,工作以及学历什么的,当听说我现在待业,没什么事情干,立马就有些不乐意了,埋怨我母亲,说不是在东官市区有个大店子吗？怎么骗人呀？她想走，不过她女儿倒是蛮乐意我的，说长得蛮帅，就是脸上怎么有一道疤？说着说着，想伸手过来摸我的脸。

这对母女一闹，我脸有些黑，吓得不轻。吃完中饭，母亲让我带龙妹出去走走，我不愿意，正说着，门口有汽车的喇叭声，然后听到有人在门外喊："陆左，陆左……"我答应了一声唉，门就被推开半截，探出一个男人的身子来。

我一看，原来是之前在局里面认识的杨宇杨警官。

他今天也穿着一身警服，身材笔挺，见到我，走过来握手，说真不好意思，最近年尾，事情太忙了，到今天才有空。本来老马也说要来的，但是也忙，说在杉江大酒店给你摆了一桌，等你去呢。他又跟我屋子里面的人打招呼，我介绍了我爸妈，等介绍到这中年妇女和这姑娘时，我卡了壳，不知道怎么说才好，吭吭哧哧半天，只好说是熟人。

那中年妇女刚才还嫌弃我，现在又不乐意了，说啥熟人，我们家闺女可是你相亲对象呢。

杨宇看着这妹子的大饼脸，然后拍着我肩膀哈哈大笑，说我重口味。

我苦着脸看我母亲，不知道说什么才好。杨宇笑了一阵，然后认真问我，真的是你对象？我耸耸肩，说我也是刚知道的，我妈担心我找不到婆娘。那中年妇女看着我俩在这里说，气得大骂一阵，口沫四溅，各种恶毒，那龙妹也在哭，抹眼泪，呜呜呜，说我欺骗她感情。她们闹了一阵，看着杨宇的警服，走了。我母亲去送完人回来，埋怨我，说怎么把人给气走啦？以后可怎么见面哦。

我无语，杨宇则好声安慰我母亲，说婶，陆左这人你放心，不会找不到婆娘的。

我也不好跟我母亲这小老太太再多说什么，连忙拉着杨宇出去，问有什么事情？杨宇说也没事，就请我去喝酒吃饭。我说得了吧，这大白天的喝什么酒，吃什么饭？无事不登三宝殿，要有什么事情，直说。杨宇说真的是请你吃饭，不过既然你这么说了，倒是有件事情要麻烦你，不过这事儿我们回去说。

我说也好，我在家里面要被我母亲唠叨死，还不如出去透透气。然后我穿了件厚一点的风衣，跟着他上了车。路上，谈及分离小半年后发生的事情，都很唏嘘。杨宇说他脖子上的神经抽搐已经完全好了，要多谢我。我笑了，说当时你可是咬着牙床子，咯嘣咯嘣响，指不定多恨我呢。他摇摇头，说那个时候不懂事，之后，人就清醒多了——这人呐，就是不能太狂妄自大，你再牛，都有比你牛的人，当然，也不能太妄自菲薄，再衰，也有比你衰的人。

小心谨慎一点，总没大错。

我说这句话我要记到笔记本里当座右铭，与君共勉之。

他笑，说可以，不收版权费的。听他刚才说的那句话，我终于觉得他成熟了许多。

到了县城，他问我是先去局里面还是先去酒店，我说大白天的还是去局子里面看看吧，又问什么事情。他说你还记不记得你小叔有一个同事，叫做李德财？我说我当然记得啊，我记得他在去年9月第二次碎尸案那天晚上失踪了，找了一个多星期才找到，都翻了几十里山路了。后面本来想去看看他，结果走得急，就没有看成。怎么突然提起他来？出了什么事，还是又失踪了？

他说没有失踪，只是……李德财杀人了。

第五章　山神爷爷要杀人

我心中一惊，说这怎么可能？李德财这个人，我也是知道的，老实巴交、本本分分的一个人，三棍子都打不出一个闷屁，怎么就杀人了，杀了谁？什么时候的事啦？

杨宇也叹息，说刚刚发生在一周之前，证据确凿，但是他们就如同我一般疑惑，一直找不到杀人动机。他又问我，你知道李德财杀的是谁吗？

我心中一跳，迟疑地问："不会是我……"

他笑，说不是，要是你小叔，你会不知道？我心中稍安，然后问是谁？他说也是我小叔他们单位的，李德财和死者在青山界春雷林场的四号守林屋守林，上周三，交接的时候，有人发现死者被杀害在屋子里，脖子上有明显的勒痕，胸腹被剪开，肠子内脏和血，流了一地。交接的人立马报了警，后来在一个沟子里找到了李德财，他正在吃一坨杂碎肉，后来经法医验证，是死者的心脏。

他很详细地说着死者的惨状，想让我害怕，然而我淡定无比，脸上浮着笑容。

看淡风云，怎会惧这小场面？

到了县局里面的一个办公室，我见到了时任刑警队副队长的马海波，他过来抱我，我一把推开他，质问上次被出卖的事情。他苦着脸，很无奈，说都是体制里面，上头压下来，没得隐瞒，真对不起。我说讲对不起有用的话，还要……得，我说一半就不说了，因为，我对面就是两警察。

马海波很低姿态地赔笑，说今天晚上请我吃饭，先敬三杯。

我说甭说这些虚的，我倒是真有一件事情需要你们帮忙——我在这里认识的人真不多，有些事情要找你帮忙搞一下。他们问怎么搞？只管讲！我把给朵朵招魂的这些东西给他们列了一个清单，主要的东西我都有了，其他一些东西我可以去市里面的中药店找寻，但是有一些比如汞这些东西，我就有些抓瞎了。马海波看着这几样东西，问要来干吗？我说只管弄就好了。

杨宇拿过单子，重抄了一份，说叫他妈帮忙弄就好。

马海波拿起另外一份，浏览了一遍，也说没问题，剩下的几个东西他来办。

他揣进兜里，说这个可以办，不过，你这高人既然过来了，便帮我们分析分析李德财杀人案吧？

我说这当然没问题。

马海波把卷宗递给我，一边让我看，一边在旁边解释。

我随意浏览了一遍，感觉跟杨宇说的差不多，所有的证据都表明了李德财杀人剖尸，然而事情的离奇之处在于，李德财一直到了第二天才恢复了意识，完全不知道这些，当审问人员讲起案件过程、展示现场照片的时候，他甚至忍不住心中恶心，还在审讯室吐了一地。

这种表现，明显不是一个津津有味吃心脏的杀人凶手的正常表现。

我合上了卷宗，闭上了眼睛，仔细地想那个黑脸、长相凶悍但是老实巴交的汉子，那个喝酒大口闷，然后用舌头回味，吃肉小心啃骨头的男人，想起他那一手的老茧子和被劣质烟熏黄的牙齿。

睁开眼，马海波和杨宇都看着我，我皱着眉头，马海波说，说说你的看法。

我说你们先说说队里面的结论吧。

马海波端起桌子上的一杯水，热腾腾，轻轻喝一口，然后说道："大半年时间里，我们县连续发生了三起影响严重的杀人案，这一点，对社会的和谐稳定、人民群众的安宁起到了极为恶劣的影响，社会上出现了很多恐慌的声音，上面的意思，是说像上次一样，尽快结案。但是我压了下来，觉得这次很可能跟王宝松碎尸案一样，是被青山界深处的矮骡子迷惑所为。毕竟，人命大于天，我觉得还是要谨慎点。"

我问李德财前几个月什么情况？

马海波知道我在问李德财上次伤了我小叔之后失踪的事情，便说上次被找到后，在医院躺了一个多星期，然后出院休养了一个月，除了精神萎靡一些，倒也和平常一样。

我记得十二法门里面关于矮骡子的记述，这是一种性质跟小鬼、蚕蛊都不一样的存在，在人迹罕至的深山老林中，落叶枯木花肥堆积，早年间还有瘴气，它便是在瘴气雾霭中孕育而出的生物、山精，也有人说是灵体，可通行于虚无缥缈的灵界。这些都是奇闻怪谈，不足为据。我见过真实的矮骡子，感觉有点儿像猴子，灵长类或者人类的一个分纲。不过它迷惑人的本领确实很强，迷惑李德财解开猎网袋、杀人还是小事，它能够把一坨牛粪变成金子，而且让王宝松拿到县城黄老牙的店子里卖，当场居然没人识破，这样的幻术，简直令人叹为观止，咋舌不已。

想着，我突然都有一些后怕。当初我一点儿都不懂，傻乎乎地按着破书上的指导去捉矮骡子，居然还得手了，这是一件多么幸运的事情？但是，我那次鲁莽的行动，是不是李德财这次杀人案的诱因呢？

这样一想，我心中就有了很多歉意，矮骡子是种睚眦必报的生物，很记仇，守林屋被盯上，自然是我的原因居多。

我又想起了李德财的那句话：矮骡子是山神爷爷家里养的小鬼呢，要报复的，凶得很。

杨宇问我，能不能像上次一样，把李德财催眠了，问些真实情况来。

金蚕蛊虽在沉睡，但是有朵在，些许迷惑之术我还是能够施展的，当下也没什么更好的办法，于是我点了点头，说可以。杨宇问还要准备上次那些东西吗？我说是啊，要的。他出了门去准备，马海波问我现在在做什么事情，我说以前的店子盘出去了，不开了，现在先休息一段时间。他问我有没有兴趣当警察？我笑，说我一没文凭二没关系，凭什么混进公务员队伍？他摇头，很认真地跟我说，凭我的本事，是可以特招的，要是想，现在就去求局长办手续，年后就能够批下来。

他果然是当官了、有权了，说话的口气都十分的肯定，没有半分犹豫和迟疑。

我说得了，我还真没有兴趣在体制内混，感觉像在水里面走路，憋得气都喘不过来。

他摇头笑，说你啊你，你这人就有一点不好，受不了约束，你以为你是令狐冲吗？现在这个世界，是一个人与人的世界，一两个人笑傲江湖，有什么用？最后还不是依靠组织的力量，才能把你的才能发扬光大？再说了，加入我们，你不是能够天天见到黄菲了吗？这个妹崽到现在还没有人追到手哦，这一枝花你不馋？

我低头不语，这个老家伙说着说着，就没个正经样了。

之前就有了准备，没过十分钟，杨宇就进了来，说都搞好了，要给李德财加餐吗？食堂的肉都切好了，准备红烧了。我有些懵，说什么红烧肉？杨宇说上次你做法，不是让王宝松吃了三大碗红烧肉加饭吗？我说好，做好了给他吃吧，估计他这些天也没吃过一顿好饭。

说实话，我对号子里面的伙食有着深刻的认识。

又等了半个多小时，黄菲跑进来跟我打招呼，她穿上警服的样子并不威严，头发扎在了帽子里，反而多了几分活泼俏丽，有邻家女孩的气质，让人心中喜欢。我也没有多说几句话，只是随便聊了聊。又过了一会儿，马海波接到电话，说可以了，然后我们直奔看守所。

同样的审讯室，灯光调到了最暗，音乐响起，檀香袅袅。我坐主位，杨宇记录。

李德财看到了我，很吃惊，问陆左你怎么在这里？我说李哥，你麻烦缠身，我是来帮你的，你放松心情，闭上眼睛不要说话。他很激动，说他是冤枉的，他什么都不知道，怎么就杀人了呢？李江跟他关系好得很，他怎么可能会杀李江呢？

我安抚他，等待他心情平静下来后，让他闭上眼睛，心随着轻柔舒缓的音乐飘荡。

南无阿弥陀佛……

法身觉了无一物，本源自性天真佛，五阴浮云空去来，三毒水泡虚出没。

我眯着眼，感觉李德财身上确实有些血光之气，在这红色背后，是淡淡的黑色和绿色。

看到李德财渐渐放松心情，紧张的脸上也回归了平静，我左右看了一下，然后用净水洗手，轻轻甩干。然后把黄符纸点燃，在空中绕圈。我见杨宇的注意力都集中在我的动作上面来后，把朵朵放出来。朵朵与我心意沟通，大概能知晓我的意思，于是飞到了李德财身后，然后趴在他身上吹气，呼、呼、呼……

随着朵朵的吹气，李德财的脸色渐渐古怪起来，眼睑下垂，身子往后靠着，四肢伸展。

这是朵朵第一次迷惑人，这本是她天生的技能，但是并不熟练，憋红了脸。不过好在她本身的能量稳定度高过其他的小鬼，没用一会儿，李德财竟然进入了脑袋空白的阶段，也就是传说中的潜意识区。我停止了手头上花里花哨的一套动作，来到李德财身边，蹲下，然后像上次一样，问姓名、年纪、出生年月、婚配和一些家常的小事，放松他潜意识的戒备。

当他能够准确地给予我正确答案之后，我开始问起守林屋的事情来："李德财，你为什么要杀人？"

"我没有杀人，李江是恶魔，他触犯了山神爷爷，他需要死……"

"这些山神爷爷在哪里？"

"在青山界后亭崖子的千年古树下面，那里是地仙界的入口，好美，好美，是天堂。"

"你九月份失踪，也是去了那里？"

"是啊……好多山神爷爷。"

"为什么要杀人？"

"山神爷爷叫人死，是要净化他，让他能够轮回到仙界。我在帮他……"

"……"

问完了之后，我手沾净水，然后抵在了李德财的额头上，画"罗神布道"符，这是十二法门"符箓"一章中的记载，有在人惊魂之后，招魂固魄的作用。凉水触体，几分钟后李德财睁开眼，露出一双惊惶无助的瞳孔来，像一个被抛弃的小孩子。他看着我，脸上的肌肉都在颤抖，我微笑着问他好一点儿没有。

他点点头，又摇头，然后扭转身子想朝后面看。

他后面，什么都没有，朵朵已经回到了我的槐木牌中温养休息。我问想起来没有？他说想起来了。他之前的记忆全部都被压制，或者说被两种记忆混淆欺骗了，潜意识搁置了。此刻被我挖掘出来后，各种信息就都冒了出来。

李德财开始讲起了自己这段时间的经历。他口才不好，文化也不高，断断续续地讲起。

第六章　冷夜漫步华灯上

李德财这个人，打小就胆小，见到什么奇怪的事情，就害怕。

这种人，其实最敬神。

当然，由于心志不坚定，疑神疑鬼的，也最容易被外魔所迷惑，做出许多自己都不敢想象的事情来。反而是我小叔那样坚定的愣子，就不信，反而不容易被矮骡子所欺骗。李德财那日与我小叔一起守夜，等待天明，便被那头矮骡子所迷惑，揭开网兜束缚，跟着跑到了青山界的深山里。他说他到了地仙界，那是一座仙家洞府，石桌石椅石床、有身姿婀娜、长相妩媚的仙女伴床侍寝，美食佳酿，酒池肉林，美景不胜收。他在那里盘桓一周，后来被山神爷爷赶回了人间。

他说这人间太气闷，狭窄，让人憋屈。

说完这些，他又如梦初醒，恐惧了，说他的记忆混淆了，被我点醒之后，发现自己根本没有去过什么仙家洞府，而是跑到了深山老林子的大树下面，里面有个窝洞子，熏臭，他在里面待了好几天，不断见到许多如大老鼠、矮骡子的生物来来往往，虫子遍地爬，白蛆蠕动，他没得东西吃，每天就嚼树根，当作美味，有时也吃一些腐烂的动物尸体。整日迷糊，还被那些矮骡子抵住太阳穴，然后有母的就来诱惑勾引他……

然后啪啪啪……

说着说着他就哭了，眼泪鼻涕糊满了脸，又吐，刚刚吃下的红烧肉，黏糊糊地喷出来，溅了一地，里面有酸臭的胃液和食物残渣，很难闻，一股馊臭味。我没了金蚕蛊，不确定他是否中了毒，等了门开，好几个人过来帮忙收拾完毕后，按照十二法门上的"巫医""育蛊"两章上的内容，给他检查了一下，没有发现中蛊毒的迹象。

想来应该是精神上一下子重合，受了刺激。

把李德财送回去，我、马海波和杨宇在走廊尽头的门口站着，天气冷，也有呼呼刮的寒风，但是这风，却把刚才那恶心的场面给吹淡了。马海波和杨宇都是老烟枪，他们点着烟，在我的下风口吸，不住地吐烟气。我吸了吸鼻子，感觉喉咙有些发干，苦涩。

马海波吸掉最后一口烟，把烟屁股丢地上，狠狠地碾压。他抬头看我，说这样子下去，不行啊。先是王宝松，又是李德财，一连死了三个人，还不知道要不要再死下去，抓了他们，也只是治标不治本啊。整个案件的告破，唯有把那个所谓的千年古树下面那一窝矮骡子给端了，这样才能保这一方的平安啊！

我不说话，抿了抿嘴唇。

杨宇问要不要请示州里面寻求支援？

马海波说这件事情，确实要走正常程序，上报到局里、州里面，最好能够调派武警过来，把这些鬼东西给一下子清剿干净，要不然……嘿嘿，要不然大家的日子都不好过——时不时来一次杀人案，他这新升的领导不要几个月就要被撸了。他让杨宇招呼我，他去跟他领导请示一下，把情况汇报，忙完之后到杉江大酒店一起吃晚饭。

我说不要每次都去饭店吃，一点意思都没有。

马海波笑，说也好，让他老婆去买菜，今天到家里面尝尝他老婆我嫂子的手艺。我说这最好，亲切。一起回到局里面，马海波离开，而杨宇也有事，要忙完，我抽空去了趟我小叔家。小叔正好轮休，在家的小院子里跟人下象棋。我来了，他起身招呼我，我说不用，看看你们下棋也好，他对面的那个男人把棋盘一搓，说老陆你来客人了，你们聊，我就不跟你下了。

小叔大骂他耍赖，都快要输了，这时候跑掉。那人嘻嘻地笑，跟我点了头，离开。

小叔叫我婶子（也叫作叔妈）去泡壶茶来，小婶子当作没听见，他很尴尬，站起来说要去倒水，我拦住了他，说不用了，我过来看看你而已。这时候我才想起来，自己上门没带礼物，有些失礼了。我看着小叔脸上的疤痕，还有四道暗黑的痕迹，他看我，问我怎么脸上也有疤？我说一言难尽。

说起家里面的事情，小叔有些开心。

他讲小华（他大儿子、我堂弟）考上了大学，成材了，再过几天才回家，小婧也高二了，学习成绩还可以，班主任说很有希望上重点。不过要是两个娃都上学，花销都很大，特别是小华这个娃崽，一个月一千多都不够花，又要买手机又要买电脑，上个月还打电话过来说要搞音乐，要买个好点的电吉他……

他说这些，一脸的幸福。我说小婧要能考上大学，要是周转不过来，可以申请助学贷款，然后还可以跟我借一些，都没事，不过小华的花费有些大手大脚了些，需要控制点。小叔摇头，说这个崽要有你这么懂事就好咯，为那个电吉他的事情，现在还在跟家里面赌气呢。

又讲到了李德财，小叔说自从出现这件事情，林业局就放弃了那个守林屋了，没有再派驻人手。这事情真可怕，跟李德财同事十几年，这小子居然能干出这么变态的事情，真让人想象不到，回想起来还心寒。我说这不是李德财愿意做的，是矮骡子！

他想了一下，点头说是，这样说倒还是真的。

他以前不信这些，现在信了。我也是。

天色已晚，他留饭，我说已经跟人约好了，下次吧。我起身离开，这时我婶才出了房子，过来跟我打招呼告别。离开后，我跟杨宇打电话，由他接我到马海波家。没想到同他一车过来的还有黄菲，说要一起去。马海波家不远，一处单位分配的三室一厅。我们到的时候他还没到，他老婆是个贤惠的小女人，在县二中当老师，有个八岁大的女儿，漂亮，但有点儿害羞。

黄菲挽着袖子下厨房帮忙，我坐了一会儿，接到阿根打来的电话。

阿根问我在家里面过得怎么样，我说还行，他说他要去南方市进货，我记起车子还停在机场，让他帮我开回去，反正车钥匙他也有一份。他说好，嘿嘿笑，我问他心情不错哦，为什么？他没有说，只是笑，说到时候就知道了。我说听着语气，好像是拍拖了，女孩子是谁？他承认了，说女孩子我也认识，不过一时半会讲不清楚，回来再说。

听他这么说，我心中莫名其妙一沉。

马海波回来了，找我谈了一下，说领导看过新的审讯记录之后，上报了，很快就决定对青山界后亭崖子下的矮骡子进行清剿。领导得知了我的情况，提出一个要求，就是让我作为随行顾问，一同前往。我笑着说没什么好处吗？他说有，局里面专门拨了一笔钱给你当顾问费，五千块，不多，但是我们都欠你一份人情。

我说钱不钱的倒是其次，你说这人情，我倒是认了。李德财之事多少也与我有一些关系，真希望审理的时候，你们多给他开脱一点。马海波说李德财问题不大，看最后情况怎么样，要么无罪释放，要么过失杀人。

我叹气，人倒霉，祸就从天降。

吃过晚饭，已是晚间八点。出了马海波家，杨宇问我今晚住哪儿，要不要去他家？他家大门大户，我懒得去，说没事，去旅社开个房就好。黄菲说就去她家附近的林业局招待所吧，干净方便，我说好。这时杨宇有电话进来，讲了两句挂掉，我见他有事，让他先走，这里到招待所不远，抬脚就到。看来果真有急事，杨宇也不推辞，上了车走了。

我和黄菲肩并肩往回走，她问我她大伯最近经常拉肚子，是不是还有蛊毒在？我说他年纪本来就大了，又经过那一场大病，身子不好，肠胃坏了本来也是可能的，这些东西，去医院最合适，问我倒有些奇怪了。不过我还是给她背了一个调理肠胃的方子。

她默默记着，记不住，还让我发短信给她。

我胸前的牌子在动，是朵朵，她好像对黄菲很有好感，是天性的自然亲近。算起来，黄菲应该是朵朵的堂姐吧。她们一家子人，男的不怎么样，女的倒是都很美丽可爱，这很奇怪，有些不符合遗传规律。

天上有半轮月，清冷，大冷天街道上的人也不多，连不少店子都关张了。我和黄菲慢慢走着，闻着她身上飘来的香气，我觉得这样走着其实也真不错。突然她停住了，视线看向前方。我抬头望去，有一个人站在我们前面，冷冷地看着我俩。

这个人，是张海洋。

第七章　后亭崖子

张海洋原本一副悠闲淡定的模样，这会儿阴着脸，冷眼瞅着我。

我不明所以，手拢在衣服兜里，看黄菲。张海洋冲黄菲很生硬地问："你怎么没有接我电话？"黄菲低声说手机没电了。张海洋又问这么晚去哪儿了，怎么和这小子在一起？黄菲有些不舒服了，脸一下子就通红，急了，说张海洋，我去哪里，跟谁在一起，跟你有什么关系？

要你管？

张海洋一下子就炸了，说我是你男朋友，我不管你谁管你？

黄菲气愤地说你是谁男朋友？谁跟你有关系啦？我同意了吗？

张海洋说双方父母都同意了，你到底在闹什么情绪，你难道是为这个疤脸小子，才一直不答应的我？黄菲听他这么说，伸出手，一把拉住我的胳膊挽着，说是啊，我就喜欢陆左，我喜欢他，不喜欢你，感情这种事情，是强求不得的，你以后不要来烦我了。黄菲的胸部鼓胀，充满了弹性，我猝不及防，被她紧紧抱住，感觉胳膊被她丰满的酥胸给顶住，软绵绵的触感，一下子就愣住了。

这怎么个情况？谁能告诉我？

见到我和黄菲紧紧粘在一起，张海洋估计肺都要气炸了，大骂，说他对黄菲如何如何好，她怎么能够这么对他。黄菲不说话，紧紧抱着我，一脸甜蜜。我见张海洋骂得难听，劝他，说大街上的，人来人往，注意点影响。我不说话还好，一说话，张海洋矛头立刻对准了我，也不骂了，一拳头就朝我掼来。

我退后一步，放开黄菲，然后挡开张海洋这一拳，刚想劝，他就势若疯虎地扑上来，要打我。前面讲过，他这人长得高大帅气，近一米九，比我高出一个头多，优势很大。但是我身体经过金蚕蛊半年温养，反应力、爆发力都强过常人一些，即使没有金蚕蛊在，我也不怕他。见他出手这么凶狠，我也动了真火，一下子把他捉住，掼倒在地上。他被我制住动弹不得，就骂娘，猛骂，各种难听的泼皮话都出来了，引来好多人围观。

黄菲动气，蹲下来跟张海洋说道："陆左跟你表哥杨宇是好朋友，他的厉害你表哥最清楚，你最好先去问问他，再来闹事！"张海洋不骂了，我放开他，他爬起来，阴阴地盯了我一眼，里面的怨毒足以燃烧天空。

他头也不回地走了，走出很远，在黑暗处，回过头来又看我，居然笑了，笑容诡异。

见没有事,周围的人群散去。黄菲很不好意思地跟我解释,说张海洋他姑姑就是杨宇他妈,有次在警局看到了她,就狂追不舍,还发动各种关系来托亲,他家世条件都好,也一表人才,学历高,结果她父母就动心了,鼓动她先谈谈。黄菲说张海洋这个人,从小就是在蜜罐子里长大的,很自我,不懂得为他人着想,有一种世界以他为中心的狂妄,开始接触还觉得文质彬彬,后来越来越厌恶,觉得烦。

现在她实在被逼急了,只有这样拒绝。

她向我道歉,我点点头,问:"刚才你说你喜欢我是假的啊?我差点当真了。"

黄菲羞红了脸,说你这人怎么也这样?哼,男人都是一个德性。

我拉着她的小手,摸了摸,冰冰凉,像玉石。我捏了一下就放开,说好吧,我也莫名其妙打了一架,还背了黑锅,摸摸小手当作是补偿吧。黄菲踹了我一脚,娇斥道混蛋。前几步就是她家了,我说你回家吧,我自己去找地方睡。她说不要我送吗?她还跟招待所的经理认识呢,能打折。我笑,说一晚上能打多少折,几毛钱的事情费那人情?不过你要是想和我一起去谈谈人生和理想,我倒是很乐意奉陪。

她又踢了我一脚,说你这人越来越没正经了,不理你了,我回家。

说完,她提着手提包,急匆匆地往巷子里走去。

我看着她靓丽的背影,想着在这寒冷的夜里,要是有这个妹子跟我一起去开房滚床单,其实也很不错呢。一阵冷风吹来,我吸吸鼻子,冬天真来了。

我在招待所开了个房间,刚洗完澡,就有短信进来,是黄菲。她问我安顿妥当了没有,我趴在床上给她回信息,说好了。过了一会儿,手机又响了,她回信息向我道歉,说要是张海洋过来找我麻烦,随时跟她说。朵朵被我放了出来,她本来蹲在床上看县电视台放的恐怖片《咒怨》,这会儿也凑过来,看我手机的内容。我问她看得懂吗?她摇头,小脑袋直晃,一脸求教。

于是我就一边发信息,一边跟她讲这个字怎么读,什么意思。

朵朵求知欲很强,也很聪明,我一直给她讲到半夜,短信也发到半夜,最后还是黄菲招架不住,困极了,于是先睡了。我第二天跑了趟市里面,在最大的中药房里面,买了许多相关的药材,给朵朵恢复地魂做准备。东西很多,但是也杂,拜托马海波和杨宇代购的东西,也需要些时间,反正还有二十几天才到朵朵的生祭,我也不急。

第三天马海波打电话给我,说清剿行动上面已经批下来了,说21号进山,问需要准备些什么东西?我说松果、红薯藤、香烛、土鸡蛋、红线、新糯米、捆绳和网这些配齐就好,若是有枪,也只管戴上,那里不是有一个土洞子吗?要有杀虫毒气或者火焰喷射器、雷管什么的,也带上最好。他说好,让我去局里面开个会,跟小组成员碰个头。

我说好,没问题。

马海波这几天也在做李德财的工作,让他带路去后亭崖子,把那群矮骡子给剿灭了，将功补过。李德财开始还十分害怕，不答应。但是毕竟涉及自己一辈子的事情，马海波连哄带吓，最终无奈点头。我和马海波等人碰了一下头，开会商谈了一些事情，与会的除了他上面的领导、组员外，还有一个武警系统的青年军官，姓吴。

确定好之后，所有人养精蓄锐，21号天蒙蒙亮，我们就出发，前往青山界青蒙乡。同行的有我、李德财、马海波和他手下四个干警、吴队长（不知道为什么叫队长）以及一个班左右的武警战士，共十六个人，还有两条训练有素的狼狗。离后亭崖子最近的村叫做中仰村，路也是刚刚通了不久，并不好走，到了中仰村就要把车放在村子，然后步行上山。

青蒙乡里面也派了一个年轻干事和一个向导陪我们一起进山。

我们把车子停到中仰村的晒谷场，然后打点行装，整理了一会，开始朝村后的泥路上山。徒步跋涉，自然比坐车上面要辛苦些，不过我还好，精神抖擞。走了一会儿，路旁的田地都变成了树林子，道路崎岖，前两天还下了点雨，这会儿更加泥泞。走过了一个山坳弯子，又看到几处木头房屋在山下，那个姓王的干事说这是中仰村七组，也是最后有人家的地方了，再往里面，就是大山树林子，没得人啦。

这时有人喊口渴，问能不能去人家户里面要口水喝。

其实我们每个人都带了一些水和干粮的，但是一进山，就不知道多久能回来，刚下雨，山里泉水、井水浑，所以去讨要点水喝也好。所以路过时，那个王干事就带着我们去敲门。

出来的是一个老头子，瞎了半只眼睛，另外一只眼睛糊满眼屎，不过他身上倒是洗得蛮干净，不像是乡下的。王干事喊罗老爹，跟他说明来历，罗老爹说没得问题，搬了一大壶水出来给大家喝。几个年轻的战士拿壶来接，喝了都说甜，罗老爹笑眯眯，说放了蜂糖罐（一种植物果实，泡水喝时是甜的，像蜂蜜，故而得名）呢。马海波用勺子舀了一勺喝，也说甜，还招呼我，说陆左你也来喝嘛。

不知怎么地，我听到马海波叫到我的名字，就感觉背上不舒服，像被蛇爬过一样，冰冷，油腻腻的，全身不舒服。我喝了一勺水，感觉没滋味，并不像他们讲的那般好喝。马海波要付钱给这罗老汉，他不肯收，说几口水，哪里能给钱呢？就不肯收，马海波只有作罢，满口子的感谢。几个战士把军用壶的水全部喝光，然后把这里的水给灌进去，说解渴。

这段插曲过后，继续赶路。

一路密林茂盛，小径都是打柴人踩出来的，又细又不好走。路上泥泞，我穿了一双足垫钢板的黑色劳保皮鞋，糊了一脚的泥，走路滑倒几次，还好没有受伤。路过一条小溪的时候，马海波手下有个干警脚滑，跌进了溪里，幸亏他识得水性自己爬上来，可是全身湿透，又冷又冻。马海波跟吴队长商量了一下，留下一个战士陪他在这里生火烤干衣服，其他人继续前进。

又翻过了几座山，我们也足足走了有两个小时，最前面的向导突然喊道："到了，

这里就是前亭崖子，再过去，就是后亭崖子了。"

所有人驻足往前看，只见一座高山耸立，云雾袅绕，都松了一口气，终于到了。

第八章　溶洞里的内脏

天阴暗，有雾萦绕，风吹来，卷起薄雾纱。

我们继续前行，前面的向导在讲，说这个天气，蛇虫鼠蚁都冬眠了，最好了。要是到了春夏交替的时候说要来，鬼都不敢过来，蛇太多了，走着走着就从树上面掉下来，缠着脖子。这个向导姓金，是个近五十岁的汉子，镶了一个金属门牙，脚步如飞。听王干事介绍，说是中仰村的村民，经常进山采药材和蘑菇。

我问那个金向导，说这雾是怎么回事？

他说不晓得，后亭崖子向来多雾，可能是这里潮气比较大。不过放心，这雾没事，不是你们想的瘴气。他进山四十年了，经常见到这里有雾，不妨事。我心中一动，说你看过矮骡子没有？他问你是说矮老爷？我说是啊。他说没碰到过真的，但是碰到好些个事情，莫名其妙，感觉像是矮老爷做的。

他敬神，晨叩首晚烧香，不乱讲话，也不怕。

他带着路，我们从崖间的谷道中走，来到了后亭崖子下面。好茂密的林子，都到了冬天，还有一丛一丛的绿色灌木在周围生长，地上有青红色拇指大的果实，反季节生长。金向导说这是蛇范，有黑紫色的、黑红色的，也有艳红色的，被蛇舔吃过，沾了唾液，有毒。我们再往前走，看见雾霭中有一把绿色巨伞出现，高二十多米，两株相连，盘根错节，如华盖。

马海波把李德财拉过来，问他这里是不是就是那株千年古树？

李德财说是，那个溶洞子就在这株大榕树的后面的坡前。目标就在眼前，我们就再次加快脚步，来到大树下，枝繁叶茂，浓荫蔽天。李德财这会儿开始发抖了，牙齿都在打颤。马海波问他怎么了，他说他害怕。我说怕个毛，扯了一张黄纸符，贴在他胸口上，说不用怕，我这里有定魂符一张，可以保你性命。

他听完，这才好转了一些，跟上前，和那个向导一起带路。

马海波问我那东西真的是"定魂符"？

我笑了笑说怎么可能，李德财这人胆小，我只是给他一个信心，不要坏了事才好。

穿过大榕树的树叶区，我们来到一个背阴的山坡前，那里有一个溶洞口，周围藤蔓爬附，绿色低垂，露出的黑洞大小正好够一个成人正常通过。洞口旁边有一个水坑，直径两米，看着像是个深潭，水是绿油油的，好像长了许多水藻。这吴队长一声令下，战士们立刻警戒，各自持枪对准洞口。我问李德财这洞有多深，他摇头，说不

知道。

我说不是土洞子吗？怎么又变成了溶洞了？

李德财支支吾吾，说不出一句完整话。

我又问里面那一群矮骡子大概有多少个，他也不知道。这些都是之前了解了的，马海波和吴队长商量，说要派人进去。

为什么不放毒气呢？

首先这毒气是严格管制武器，乡下地方不可能弄到；其次即使有，这溶洞也不知道有多深，万一有其他通风口，也是白瞎。矮骡子是夜间行动的生物，不喜光，这个时候，应该正是它们睡眠的时间，拿着枪，应该不怕。派谁呢？派的是四个武警战士和一个干警，马海波和吴队长领着其他人在外面压阵。

马海波逼着李德财也要进去带路，李德财直摇头，不肯。他一到了这里，浑身无力，脸发白，十来度的气温，他愣是豆大的汗珠滴滴答答流下来。争执了一会儿，那个吴队长看着我，说陆顾问不是这个方面的专家吗？要不然让陆顾问进去瞧瞧？——这几日马海波对我十分客气，而我却又没有展示出相对应的能力，这一点让这个青年军人有些看不过去，总认为我在招摇撞骗。

我说我去可以，给我一把手枪。

我敢说这话，其实还是有一些把握的。矮骡子有几个厉害的地方，最厉害的莫过于幻术，几近真实，心志不坚者易被疑惑；其次这些家伙，各个敏捷得像猴子一样，一蹿就是好几米，最后，矮骡子还擅长养蛊虫，驱虫攻人。而我由于有了金蚕蛊和朵朵，不太惧幻术，身手也好，金蚕蛊有一种厉害的气息，普通蛊虫不敢近身。这伙矮骡子屡次杀人，玩得太大了，而且在我家乡，我自然想着除掉它们的。

再有，之所以答应这么痛快，是因为看着他们的武器眼馋，我想着玩一玩枪。

吴队长问我，会开吗？

我除了以前读书时军训打过三发靶，其他时间哪里玩过这些，但是我算得上一个伪军事迷，多少也知道一些，于是梗着脖子说当然。他疑虑地看了一下我，然后征求了一下马海波的意见，从腰上拿出一把黑色手枪，是六四式。他犹豫了一阵，最终还是没有递给我，说他自己去吧。我白高兴一场，蹲下来发糯米。

之前已经跟他们讲过的一些遏制矮骡子的方法，最管用的当然是用糯米来撒。

这个世界上，很多东西都是不能够用科学来解释的，比如糯米，这只是一种粮食，地里生土里长，蒸着吃很黏牙，但很香，如此而已，然而当它撒到了矮骡子等阴物身上，却能够令这东西全身溃烂冒烟，真是神奇。

尽管没有枪，但我还是跟着吴队长和另外五个人一起，提着手电进了洞。

外面白天，然而一走入洞中十几米，整个空间骤然黑了下来，也回暖，温度提高好几度。这是普通的喀斯特地貌溶洞，洞高两米多，洞壁上面是岩石，摸上去干燥。因为之前讲过了矮骡子的凶狠厉害，我们七个人都在嘴里面嚼着甘草，慢慢走，也不敢发出动静来。走了几分钟，出现了一个岔路口，几个人集中讨论了一下，决定用粉笔作个记号，然后集中往一路走。

选左选右的时候，吴队长看了我一眼，说既然叫陆左，那么就走左吧。

继续往前走，洞里面越来越黑暗了，这种黑是黏稠的黑，仿佛能够把手电筒的灯光吞噬。我们一路走了十分钟，遇到了三个岔路口，吴队长都说往左走。一直走到一个地方，突然前方传来窸窸窣窣的声响，这声音出现得很突兀，所有人立刻停住了，没敢前行，拿着手电筒往前面声源处探去。

光线一照，立刻有一道黑影倏地横空跃过，往前面跑去。

"追！"吴队长低喝着，持着枪就往前面冲。其他人紧紧跟随着，一时之间甬道里脚步声凌乱。追了十几米，前面的空间豁然开朗起来。不知不觉，我们跑到了一个近两百平米的大厅里面来。大厅中下有石笋，上有倒柱，滴滴答答的水声被回声传来，当我们收住脚步的时候，一下子就变得很响。

五六把手电筒四处照射，却再也没有见到那道黑影的存在。

我把视线放到了岩壁上面，那上面并非灰白的岩石，而是刻着许多粗糙的壁画。这壁画用石头磨制，有黑有白，线条简陋明快，千奇百怪，或横或竖或圆弧，一点也不拘泥于形状。我仔细地打量，感觉这图案好像是在讲述一个繁荣的部落（或国家？），生活、劳动、祭典、打猎……里面描述的人很古怪，小小的，三只眼，额头上的眼睛被刻画成方形。壁画上有貌似祭祀的一部分，无数小人跳进烈焰里，灵魂升华。

我又照那边岩壁，发现上面是支离破碎的蜘蛛网状物，有无数小圈圈在中间的空格中，显得很古怪，地下掉落了一地的块状物，像是石灰结块。

正打量着，突然传来了一声大叫，这叫声尖厉而凄惨，让人心中顿时一阵毛骨悚然。我立刻看过去，发出这声音的是一个小战士，他在大厅中间，而在他前面，是一个天然的大石头，像个桌子。所有人立刻围了过去，小战士指着桌面上的东西，哆哆嗦嗦地喊道："心……是心！"

我往桌子上一看，原来那桌子上，居然放着好些个干枯萎缩的器官，黑色的浆汁变得黏稠、干燥，这些器官有心脏，有肺叶、有胃……当然，从视觉效果来看，都是一些黑红色的肉块。吴队长走过去，抽出一把刀子，用刀尖挑了挑，很疑惑地说"……是人的内脏！"

他好像看到了什么，刀尖插入了从左往右数的第四块，插进去又拔出来，回过头来给我们展示他的刀尖，我们凑过去一看，刀尖上有明显的稠浆黑血。

唯一的警察突然喊道："被李德财杀死的那个死者李江，他的肾脏和部分肺叶不见了，我们刚开始还以为被他给吃了，这个莫非就是……"

他话还没有说完，突然从那边的通道又发出一道尖厉的吱吱叫声来。

第九章　吊脚坑的尸鲭

一大团黑影由上而下，朝我们这边扑来。

我就地一滚，躲过这一团黑乎乎的东西，感觉背上被拳头大的东西拍打到，像被女孩子轻轻擂了一两拳。我从地上站起来，把早已准备好的猎网掏出来往前撒去。"啊，是蝙蝠……"吴队长在旁边喊道，周围人一阵慌乱，用手中的东西乱挥，阻挡。好在这几十只蝙蝠一飞而过，并没有反复纠缠，而是在外围绕圈。

看得出来，它们好像有些惧怕靠近摆放内脏的石桌子。

慌乱之后，七个人聚在一起来，我看到网里面有三个蝙蝠在扑腾，未展翅时和成人的两个拳头并拢一样大，耳朵尖、为三角形，吻部很短，形如圆锥，犬齿长而尖锐，锋利如刀，长相十分的凶恶恐怖，吱吱地叫唤，仿佛忍受了巨大的痛苦。

唯一的那个警察把手电照在上面，吓了一跳，说这好像是吸血蝙蝠。

他这话说得并没有太多根据，然而所有人的心却都提了起来。这时，我的手电筒移向了刚刚蝙蝠群散落的地方，这不看还好，一看手都抖了一下，只见密密麻麻、不下近千头的黑影在洞顶的那边聚集着、蠕动着，很拥挤，有的在拍打着翅膀，在空中扑腾，偶尔露出的白色尖牙，有寒光，十分恐怖。

吴队长也看到了，他当机立断，说此地不宜久留，赶紧撤离。

说完，所有人都缓步向通道口慢跑去，我收起猎网，把里面三个毛茸茸、相貌丑恶的蝙蝠给放走，轻身返回。我们在通道里一路狂奔几十米，发现并没有蝙蝠追来，心中才稍稍放松了一点儿。我发现我们进洞来其实是很失策的，在千年古树附近布下陷阱，守株待兔岂不是更好？说到底我们还是被李德财这个家伙给迷惑了，他之前说矮骡子居住在树下面的一个土窝里，然而却给我们指了一个溶洞口。

一开始我们研究的时候，只以为是个地窖之类的空间，于是失算。

在黑暗中奔跑，含氧量又低，没跑一会儿就气喘吁吁了。终于到了三岔路口，我们歇了下来，吴队长扶着岩壁一边喘气一边说："这个岩洞不知道有多深呢，估计我们已经惊扰到那矮骡子了，这趟任务怕是完成不了了。"他说完，去找自己画的粉笔记号，找了一会儿，很惊讶地大叫道："咦，我刚刚画的粉笔呢？哪里去了？"我们纷纷凑上来看，这光秃秃的墙壁上，哪里有什么粉笔记号？

可是，也看不到有擦拭的痕迹啊？

有人疑问，说会不会是我们跑错了方向，刚才遇到一个岔路口，你也不停，就往这边跑。

吴队长很奇怪，抓住那个战士问："刚刚有岔路口？我怎么不知道？"我也奇怪，我们刚刚不是顺着一条直道跑过来的么，怎么会有岔路口？那个战士很肯定地说是啊，从大厅折回来一百多米的地方就有一个啊。他刚说完，那个警察也附和说是，有这么一个呢！

听他们这么说，我感觉到一种诡异的冰凉从脚一直麻到了头顶。

难道又是……鬼打墙了？

不可能啊！我有朵朵在，怎么会碰上鬼打墙？难道是矮骡子在弄幻术了？听到他们这么说，吴队长也急了，他提着手电筒，往回路黑乎乎的通道照去，一片出奇的宁静。然后他把手电筒移回来，挨个地照着我们，数数：1、2、3……数到5，他声音颤抖了，问："胡油然呢？"

听他这么一说，我才意识到我们这些人里，少了一个。

胡油然，这个名字立刻让我联想到一个满脸青春痘、爱笑的年轻人，他今天一直殿后，刚才在石厅中发现石桌上内脏的，就是他。见少了人，吴队长立刻就急了，这个鬼弯弯岩洞里面，要是迷了路，那问题可就大了。我们喊了几遍，空旷的通道里隐隐有回声——"胡油然……"

吴队长说不行，一定要找到他。然后我们又折回去，仔细搜寻。

这回我算是上心了，口中一直默念着九字真言，让自己的呼吸和这声音共鸣，联系朵朵，让她给我指引。走了一段路程，突然听到有微弱的呼救声。吴队长喊停，让我们小心搜寻声音的来源，慢慢找寻，最终确定了声音的来源。我们拢在一处旋拐的突出区，只看到这里有一个吊脚坑。这坑只有脸盆大小，俯身下去，有温热的风吹来，有血腥味，闻着让人很不舒服。

黑乎乎的，也不知深浅，而这呼声则是由下面传来。

吴队长趴在地上喊，胡油然，胡油然……

立刻下面就有微弱的声音传上来，带着哭腔："队长，队长，我的脚搞断了，好疼啊……"吴队长问下面什么情况，胡油然说手电筒掉了，看不见，四处都是黑乎乎的，很空旷，说话有回声。正说着，刚才说有岔路的两个人指着前面的岩壁大叫，这里就是岔路口啊？我一看，不就是一面稍微突出的石壁啊？再仔细一看，发现这石壁的纹路有些特别，层层叠起，乍一看确实像一条路。

而那吊脚坑，便是在这墙壁的前面，胡油然就是看错了，一脚跌进去的吧。

但是，为什么他掉下去时，一点儿声音都没有出现呢？

是我们太急了，还是他根本没时间叫？

当下也顾不得这些疑问，绳子我们是有准备的，听这声音也不深，几个人连忙把绳子捆好放下去，放了四米多就到底了——还好，我知道，有的溶洞的吊脚坑几十米，摔下去直接成肉酱。下面接住了，拽了一拽，很沉，我们几个人就用绳子捆住腰，然后往上拔。那战士有一百多斤，几个人用劲并不算重，我们往上面拉了两米，却感觉绳子突然一沉，还没反应过来，就听到洞里面传来凄厉的惨叫："啊……这是什么东西，啊，好痛！好痛啊……你们快拉啊……"

他奋力挣扎起来，而我们的绳子立刻就一沉，死重死重的。

吴队长趴在洞口用手电筒照着，似乎看见什么恐怖的东西，大叫快点，快点。我们不知道发生了什么事情，只是奋力地拔着，洞底下的那个叫做胡油然的战士一直在大叫——说句不敬的话，就像杀猪一样嚎叫着——让整个黑暗的空间里充满了让人惊悚的害怕，好像这恐惧马上就降临到自己头上一样。

啊——随着这一声惨号断声，我们感到下面的力道一松，全部奋力一拉，胡油然一下子就被我们拉了上来，非常轻松。然而与此同时，我感觉脸上热热的，一抹，全部是温热的鲜血，低头看去，只见被我们拉上来的这个小战士，全身自腰、盆腔以下，全部都被啃得血淋淋的，两条小腿处甚至白骨森森，几乎没有一块好肉了。他被我们拔出来，躺在地上，嘴里往外面冒着血沫子，嗓音嚎哑了，全身痉挛地抽搐着，眼睛往上翻，已经是没有什么生机了。

吴队长一直守在洞口，人上来时自然甩了他一脸的血，他看到了胡油然的惨状，一脸惊诧，抹了一下被血水糊住的眼睛，然后跪下来拉着胡油然的手问怎么了，见没反应又掐人中。那个警察受不了这血腥味，一下子就跪在一旁吐了，稀里哗啦。洞里面还有窸窸窣窣的声音，吱吱叫唤，沸腾。有个战士拿着微冲，往里面"嗒嗒嗒"扫射了一串子弹，这才消停。

吴队长跪坐在胡油然的旁边，地上流着的全部都是血，黏稠，胡油然疼得已经昏厥过去了一次，几秒钟后醒来，看着我们，问怎么了？他似乎感觉不到疼了，但是说冷，连吴队长问他的话，也不答。我看见他眼神涣散，便插嘴问有什么遗言。他反应过来，想抬身子看一下自己的脚，然而刚一想起，就又轻声地叫唤了一下："啊……"

这一声似乎完全透支了他的体力，脸上疼得扭曲了，强忍了一会儿，他尽量舒展了一下眉头，轻轻叹道："唉，当兵一年多，我都没回过家呢，我想妈妈了……"

这话说完，他便再无声息了。他死得很不甘，睁着眼睛。

胡油然是北湖人，年仅十九岁，花一样的年华，然而却死在一个大山深处的溶洞中。

旁边几个男人都是他的战友，一时间泪水止不住地跌落。可这个时候并不是伤感的时候，我一把拽住吴队长问刚才看到了什么，他说是老鼠，像小猫一样的老鼠，一大堆，全部粘在油然的身上，一个接一个……我说最后怎么没有甩上来一个呢？

他说不知道，手电筒一照，个个的眼睛都是红晶晶的。

我想起了杂毛小道的那句话——何为妖，反常必为妖！李德财也说过，他失踪的时候，曾经见过很多大老鼠在他面前跑来跑去。老鼠其实是很怕人的，人们说"胆小如鼠"，便指的如此。然而敢主动进攻人类的，必然是吃过人肉的，凶狠得很，这种老鼠又被叫做尸鼷。我们都知道，人死之后，尸体是最好的细菌病毒培养基，鼠疫可以在尸体的骨骼里面存活60年,炭疽40年左右,里面存在的尸毒极其厉害,若是感染,又被尸蟪食用之后,这尸蟪,便非常具有攻击性,而且剧毒。

我抓起一大把糯米往洞中一撒,然后听到吱吱的声音传来,非常痛苦。

我制止了其他人想要带上胡油然尸体的举动,并且不让他们去摸。此刻的胡油然,不一会儿身上就全部都是毒了,一不小心,便能感染到别人。他们都不干,说我不理解他们的战友之情、兄弟之情。人都死了,要给他留一份尸首,好给他家父母交待啊。我看着吴队长,问死了一个弟兄了,是不是想所有的弟兄都死掉?他愣了一下,死死盯着我,然后咬着牙,说先放在这,过几天组织人手工具,再来!

用随身带的布裹好胡油然的尸体,放到一处悬空的石台上后,我们再次向着出口走去,一路做上记号。

这个时候,我感觉气氛十分的沉闷,大家都不说话了。

那个警察拍了拍我,低声说我的决定是正确的。我不说话,也不求理解,只是感觉进洞这个决定,实在是太错误了。往回走,岔路口的粉笔消失了,我们不管,来时是往左拐,回路时依照返回就是。然而,当我们走过了三个岔口的时候,我听到风中有呜呜的哭咽声,停住了脚步,用手往嘴里舔了一下,放空中,然后拉住了前头的吴队长。

他扭头,瞪我,而我则很无奈地说道:"我们迷路了!"

第十章　矮骡子的迷转宫

通常来说，长期在黑暗中行走，人的方向感就会变差，特别是当某些参照物改变之后，更会对自己身处的位置产生怀疑。但是，我之所以会说走错路了，并不是因为我是一个记忆力超强的人，而是我感觉阳气已经离我越来越远——前方，是一片的黑色阴气，迷雾笼罩。

阴阳二气，朵朵最能辨识。

吴队长不耐烦，说马上就出去了，你捣什么乱？我说什么马上就出去了，你们看看，这跟我们来时候的样子，一样吗？听我这一说，几个人都用手电筒一阵乱照，有人说一样，也有人说不一样。我皱着眉头，说都不要吵了，这里的地形有些奇怪，好像是在绕圈子。往回走，我来带路吧？

这会儿其实吴队长也没有把握，因为他来的时候做好了记号，这个时候一个都没有，消失不见了，这种诡异的事情有两个解释，一是有人在上面动了手脚，二是走错路了。他们这些人虽然做过一些简单的快速记忆训练，但是并不是专业人士，指南针、水平仪、压强表等东西一样没有，见我说得肯定，也没有办法，便同意让我带路。

我其实方向感也不强，但是有朵朵在，她指引着我，就慢慢地探索着。

不得不说，这个溶洞确实非常大，大洞套小洞，大环套小环，洞洞相连，越往里走，就越多岔路口。我心中有所警觉，定是那些矮骡子想把我们引入这些迷宫之中，然后把我们困死。怎么困死？晋平有的地区也是喀斯特地貌，我小的时候也跟人钻过溶洞，方法是点一根蜡烛，蜡烛灭，说明二氧化碳浓度过高，会窒息，便立刻退出；其次，一旦在洞中迷路，能源耗尽，食物断绝，自然也只有死路一条。

何况，这溶洞里面，有蝙蝠、尸鳖，还不知潜藏着多少的危险在等待着我们。

朵朵不会说话，但是她能够给我一种指引，走哪里，怎么走，都很清晰明了地指明。我们一路折回，左转右走，我从背包里拿出自备的砍柴刀，拿着，走在最前面，后面是五个小心翼翼的男人。走了一会儿，前面又是一个凹字柱，那个警察惊叫了一声："对，就是这里，我们来过！"

他姓刘，是马海波的手下。刘警官在色盖村时跟我照过面（就是称赞金蚕蛊好可爱的那个胖警察），知道我有些本事，此刻见到已经快走出来了，惊喜地发出声音。

我们快步走上前，来到三岔口，发现居然是从右边的通道走了回来。

吴队长跑到自己做记号的岩壁上看，也很高兴，说找到了，找到粉笔记号了。这粉笔记号就像阴霾天气里的一米阳光,照进了我们沉闷的心中,所有人的脸上都露出了笑容,感受到了希望。我感觉他们投向我的目光里,多少也有了一丝感激和尊敬——毕竟,我是一个能够带领大家走出黑暗的人。刘警官说为什么我们会是从右边的洞口里出来的呢?

我说我不知道,这洞子,太邪门。

继续走,越走越冷,感觉气温和外面的有一些相似了,很快,我们就来到了第二个三岔口。这一次,是从左边出来的,看到吴队长作的记号,这记号歪歪扭扭,但是格外的亲切。没有人再去想怎么找到矮骡子,把它们铲除了,只想赶快出去,远离黑暗。

吴队长念叨着又画上记号,涂粗,说一定要找回胡油然的尸体。

我说找回胡油然的尸体很好办,但是回来,要带上氧气瓶、防化服和裹尸袋,以及全副武装,不要让这里面的老鼠和蝙蝠有可乘之机,但凡刮到伤口,就容易被感染。

我神奇的表现,让他对我有了一些信任,点头,说好的。

即将出洞,心情都很愉快,我刚才也累了,含氧量低,呼吸都喘,吴队长说他来走前面吧。又走了五十多米路,突然吴队长停住了,我愣神,拿着手电筒往前面照,发现黑暗中有一个矮小的身影,眼睛亮,是浮动的红色,非常诡异。我定住了光照,一看,红色的草帽子——真的是有矮骡子在。

几乎条件反射,我伸手就抓了一把糯米,往前撒去。

那鬼东西灵敏得很,见我手往背包一掏,哧溜一下跑掉了,我大叫"追",迈步就跑。然而我追不过七八米,那小东西早已不见,我感到奇怪,怎么吴队长他们一点儿反应都没有,转过头来,发现包括吴队长、刘警官在内的五个人,都定身在那里,一动不动,脸僵直,好像石化了一般。我折回去,走到吴队长面前来,只见他眼睑低垂,脸上出现了惊恐、慌张的表情,但是身子却十分僵硬,几乎如木头一样。

我给其他人都检查了一下,皆如此,仔细看眼睑下面,能够发现眼球高速转动。

快速动眼期,这几个人是在做梦吗?

我一见着,立刻叫不好,这可能是矮骡子对他们下了幻术,这五个人脸上,有悲有喜、有惊恐、有彷徨,也有喜笑颜开。我知道我是身有朵朵在,故而能够免疫,然而其他五人却不能抵御,一下子就着了道。他们要是光做梦,这倒也罢了,关键是要是梦游、被操控了,那可不得了——要知道这几个人手上可都是有枪的,打伤我或者别人,这可不好。

什么叫梦游?是一种变异的意识状态。梦游者会与周围环境失去联系,他似乎生活在一个私人的世界里,从事一项很有意义的活动。梦游结束后,此人对梦游一无所知。通常的梦游只是一些胡乱的意识表现,而如果这个时候被人有意的指导,就会发生一些可怕的事情,比如李德财杀人之后,啃食人肉,便是一例。

这几个人被瞬间迷幻住，施术的矮骡子端的是厉害。我知道，这快速动眼期结束之后，那么，他们会瞬间变成没有意识的人，听从矮骡子的指挥，攻击我，或者相互攻击！显然，马上就要到达洞口了，这些游走于现实和灵界的生物，图穷匕见，开始直接出面，下杀手了。

我心中寒冷，发现这真的是一伙狡猾而凶残的敌人。

一个厉害的对手。

我望着这五个人，却不敢断然拍醒。梦游的人，是由意识来主导身体的——这里说的意识，叫做人魂，也叫做本能。骤然叫醒，第一种可能是会迷惑不解，然后全身虚弱、瘫软，还有一种就是会使人魂受到惊扰，瞬间断开了与地魂的联系，变成了疯子。

怎么办？这个问题第一时间困扰着我，我应该怎么办？若不叫醒这几人，一旦进入梦游状态，立刻会开枪杀人，若叫醒，疯了怎么办？我仅仅思考了三秒钟，见那个胖胖的刘警官快速滚动的眼球终于停了下来，心中暗道糟了，来不及思索，运用镇压山峦十二法门中"禁咒"提及的佛家棒喝一节，沉心静气，结内狮子印，大喝一声曰：洽——

何为洽，前文中有解释，这是佛教密宗"九会坛城"中的九字真言（灵镖统洽解心裂齐禅）中的一言，代表了自由支配自己躯体和别人躯体的力量之含义。可以有"拒绝操控，回复本心"的作用。

这一声分贝超过了100，在整个通道里回响，嗡嗡地，如同佛音禅唱，洪钟大吕，袅袅不绝于耳。

回荡的声音中，连我的心灵都受到洗涤，安静平和许多。

五个人同一时刻睁开了眼睛。

清澈明亮。

吴队长看着我，惊讶地说刚刚看到一个矮小的身影，戴帽子，眼睛是红色……我说我也看到了，你们刚才被它迷惑了，身体僵直动弹不得，我刚刚叫醒你们的。你们没有嚼甘草了？快点嚼在嘴里面，这样子不会再被迷惑。吴队长显然是个意志坚定的人，刚刚也有所发觉，心中后怕，立刻叫所有人都往嘴里面扔甘草，使劲嚼出汁水来（如无甘草，嚼槟榔、薄荷叶也可以）。

嚼着甘草，有一个人问怎么空气这么臭，谁放屁了？

没人承认放屁，我闻了一闻，果然臭，像是腐败的肉味、尸体的味道。我知道这东西肯定也是矮骡子在捣鬼，赶紧叫大家撕下衣服，用水浇了淋在布上，然后捂住口鼻。立刻有人照做，撕下内里的衬衣，然而当他去解开军用水壶的瓶盖时，吓得哇的大叫一声，扔在了地上，我们凑过去一看，这壶流出来的水里面，密密麻麻爬满了白色的肥蛆虫子，翻涌滚动，黏稠无比。

来不及惊诧，我们的来路又传来了拖地的沉重脚步声，黑暗中，有一个半弓着身子的人影,正在艰难地爬过来。空气中,那臭味更浓,熏得人直想吐,想把隔夜饭都吐出来才爽快。刘警官把手电筒往黑暗中一照,吓得哇哇大叫……

"啊"——

第十一章　诈尸、密密麻麻毒虫阵

在我们所有人惊恐的注视下,死去不久的胡油然,拖着沉重的躯体朝这边走来。

他的小腿部分被尸鼅啃噬干净,留下了无数咬痕的白骨,上面挂着血肉丝,走起路来,一拐一拐的,上身还披着我们盖上去的布,黏黏嗒嗒的血和肉一路洒落,当有光照到他的脸上时,只见细细的黑色茸毛长出来,僵直铁青,近黑色,眼睛鼓胀得像金鱼,几乎要掉出来。

他张着牙齿,雪亮,但是嘴唇里却是黑红的鲜血,不住地涌出来。

这血滴了一路。

我心一紧,这是诈尸了吧?

什么是诈尸?传闻是说胸腹之中还有一股气,不舍人间,如果被猫鼠之类的野物冲了,就会假复活。但是这一口气完全不能支撑起生命,只会让复活的尸体野兽般的胡乱追咬,最后那口气泄出来倒地,才算彻底死了。有人会问,完全死了,怎么还能动?其实是可以的,比如鸡,脑袋都没了,还可以满地乱窜许久,甚至回到鸡窝里面去。

诈尸一说由来已久,没有道德的西方宗教人士就是根据这一原理,炼制的丧尸。

我们本来准备改日折返回来,给他收尸的。没想到他居然能够诈尸,一路追赶而来。显然,这里面肯定是矮骡子搞的鬼。

有个战士没看清楚、胆儿大,见他走得艰难,凑上前去喊小胡、小胡,以为胡油然本来就没死。我一把拉住他,大喊一声快跑。这傻小子还拼命扯我,想过去拉已经是尸体的胡油然。我一巴掌拍在他后脑门上,说这个胡油然变成僵尸了(其实不是,僵尸是尸体埋葬于极阴之地,日久天长,风水转移而成,有部分生前意识,俗称"粽子",这个刚死,算是丧尸),你不怕被咬?

我灯光一照,他这时才看到胡油然这恐怖模样,大叫一声"妈呀",转身就逃,跑得比我还快。

这血肉模糊的胡油然见到了这么多活人,一下子也像打了鸡血一样,发足狂奔而来。我跑在最后面,吴队长落后一点,一边跑,一边问我怎么办?我说你们不是有枪么,用微冲把他的脚骨头打断,让他追不起来。他大骂,说他怎么能够毁坏兄弟的尸骨?我抽空摸了一把糯米往后撒,一点效果都没有——这个时候要是有一只黑猫,就好了。

我说好吧,不开枪,那你们就等着变成他一个样儿吧!

所幸胡油然的脚只剩下了骨头,跑不快,一时之间也追不上。跑到了第一个岔路口时,突然听到前面叫了一声,然后好几个人都停了下来。我刹不住脚,一下子就撞到了前面的一个兄弟,我奇怪,探头一看,前面密密麻麻好多虫子出现,有蜈蚣、蝎子、多足爬虫、红头蟑螂、蚯蚓、毛茸茸的大蜘蛛……布满了整个岩壁上,地上黑黢黢的一层,足足铺了好几厘米厚。

十来个带着红帽子的小矮个儿在跳跃,蹦来蹦去。

它们就是矮骡子,在指挥虫子——天知道它们哪里弄来的这么多毒虫子,身怀朵朵的我,自然能够看出,这并非错觉。

前有万虫阵,后有诈尸追,怎么办?我大喝一声,麻辣隔壁的,你们这些枪是拿来展览的吗?经我这么一提醒,他们幡然醒悟过来,拿手枪的、拿微冲的,一个劲地往前扫射。我大叫,打戴帽子那个,打戴帽子那个……吴队长这个人我并不喜欢,但是枪法确实不错,六四式手枪的七发子弹三秒钟打完,有两头矮骡子中枪倒地。其他人枪火齐开,几乎一瞬间就扫清了近半的矮骡子。

我正高兴,突然闻到后面一阵腥风扑来。这风又凶又臭,我来不及回身去看,甩了一大脚,一招黄狗撒尿,感觉自己的脚一下子好像蹬到了辆摩托车上面去,又麻又酸。我回头一看,果然,这是死去的胡油然追了上来。这一脚力大,胡油然也被我踹开,我右脚一着地,手就往背包里摸。什么能够克这惊诈的尸体呢?我脑中瞬间想到三件东西:上好的檀香烛、油炸三天的桃木刺、长到二十斤的茯苓经三伏天晒后磨制的粉。

这三样东西,我只有檀香烛,但是已经没有点燃、让其气息挥发镇宁灵神的时间,没办法,只有挥着砍柴刀,去砍它(变成诈尸,已然不是人类)的脚骨头。它不管,扑着朝我咬来。我久受肥虫子温养,多灵活啊,哪里能被他咬到,又是一大脚,踹飞。

然而这两踹完毕,我的体力也消耗不少,正在这时,砰砰响的枪声全都停歇了,原来吴队长他们刚才惊慌,忘了节奏,一下子把子弹打完,这会儿正在快速装弹呢——到底不是野战军,居然犯下这种错误。我来不及查看他们的战果,只听到刘警官喊快退,这些虫子爬上来了。我扭头一看,只见那几头剩余的矮骡子多在转角处"唧唧"地叫唤,然后那些黑压压的虫子,像流动的水,缓缓地压了上来。

那场面,我现在回忆起来,都是一阵鸡皮疙瘩,浑身发麻。

拿着枪,男人或许不怕猛兽,但是却仍然害怕毒虫。虫子小而不受力,只有那喷火器或者杀虫剂来灭杀,没几个人会想去享受万虫噬心的痛苦,所以他们连着退后。突然又听见一声惨叫,我一看,却是那个刘警官一不提防,大腿被那个胡油然给扑住咬到,惨号了起来。刘警官痛,一下子就把手枪的子弹抵住胡油然的头,"砰砰砰"连开数枪,弹头全部都灌进了脑袋中——然而胡油然却并没有松嘴。

我也顾忌不了吴队长他们的兄弟感情了,提着砍柴刀,插进他们两个之间,刀刃对准胡油然的脖子，咬着牙，死劲地一割，被磨得雪亮的刀子一下子把胡油然被轰得稀烂的头颅给割了下来。胡油然的躯体终于倒下，手不断往上面抓，但是头颅却仍然咬在了刘警官的右腿上。

跑、跑、跑……

吴队长这下反应过来，和另外一个人架着大声惨号的刘警官，往回路跑去。

胡油然稀烂的脑袋吊在刘警官的大腿上，一晃一晃的。

我们狂奔了几百米，刘警官说他坚持不住了，在发现毒虫阵暂时没有追来之后，气憋足了，终于舒了一口气。我让他们几个用灯光聚齐，我蹲下来，看见胡油然的头颅依然紧紧地咬着刘警官的大腿。我用手抵住脑浆脓血到处漏的头颅额顶处，念了一段平心静气咒，超度亡灵。我念得很快速，用心体会，能够感觉到一股戾气随着我的咒文，渐渐消散。

终于，胡油然的嘴松开了，砸落在地上。我不管这个，也叫他们几个离远点，免得沾到了秽气，把刘警官破开的裤子撕开一个口子，看见伤口处血肉模糊，牙印很深，咕噜咕噜往外面冒黑血，熏臭，被撕裂的肌肉组织开始变得僵硬，毛发粗硬——糟糕，又中尸毒了！

我问他感觉怎么样？他回答我说不痛了，麻麻的，但是冷，非常冷，感觉心往下面沉，头昏。我连忙把背包里面剩余的糯米全部拿出来，先用我水壶里面的净水冲洗伤口，然后把糯米敷上去，拔毒。吴队长紧张地看着，然后问在前面警戒的战士，虫子上来没有，回答是没有——他说这话，声音都在颤抖，显然是吓坏了。我见这糯米迅速就变黄变黑，知道还是有些效果，于是又用水壶的水把黑色的糯米冲干净。

水没了，我问谁还有水？一个战士把水壶递给了我，我掂量了一下，丢开一边去。他捡起来问我怎么啦，我说你倒出来自己看，又问吴队长要水。

这个战士把瓶盖打开，一倒，又全部都是黏稠的蠹虫汤汁，无数的白色蛆虫翻腾爬行，大家被吓了一跳，问怎么回事。

我此时腹中疼痛，翻滚，一边用吴队长给的水清洗刘警官的伤口，一边说："进山前的那个罗老头，有问题。"——我中蛊了，是疳蛊，这是一种用蜈蚣和小蛇、蚂蚁、蝉、蚯蚓、蚰蛊、头发等研磨为粉，置于房内或箱内所刻的五瘟神像前，供奉久之而成为的毒药。中者鼓胀、腹泻，虚弱至奄奄一息。然而我身具本命金蚕蛊，虽然沉睡，但本身却不惧怕这毒药，只是发作起来难受，需要时间克服而已。

两抓糯米过后，刘警官好了一些，脸色没有那么铁青了，灰白色。

可是我带的糯米，洒了不少，然后又敷完了，问他们还有没有糯米，都说没有，他们带了武器，哪里还想到要带什么糯米？外面那个向导倒是背得有，但是出不去。奇怪的是，我们一跑进洞，毒虫阵也就没再追来，不知是何原因。总这么堵着也不是个事，看着刘警官开始渐渐颤抖的脸，我心中沉闷。问吴队长，他也不知道怎么办才好。

刘警官看着我，哭了，拉着我的衣袖，说陆大师你是个有真本事的人，救救我吧，我结婚都没几天，婆娘都没有热乎过几次，娃崽都没有一个呢……
　　他说得声嘶力竭，极尽悲凉。
　　我看着外面黑乎乎的岩洞口，心中一动。

第十二章　破阵子

　　我望着黑黢黢的洞口，心中想到杂毛小道经常骂我的那句话——小毒物。

　　就毒性而言，拥有金蚕蛊的我，本就不怕蛊毒，更不会怕这些蛇虫鼠蚁，只要不是被咬得太过严重，或者伤及重要部位（比如眼睛、比如……），定能熬到洞口。再有一个，这些毒虫的突然出现，必定是这些矮骡子搞的鬼。传言它是穿行两界的灵物，厉害得紧，然而实际上那些火药灌装的铜子弹，却能够把它们一崩一个准，打烂一身肉。

　　只要杀光矮骡子，危机即解！

　　这下子，所有的事情，都返回到了原点来了。我唯有只身冲出洞口，最好将幕后指挥的矮骡子剿灭干净，毒虫阵自散去，这样才能争取时间，救助胖子刘警官——他刚刚结婚，刚享受了人间最美好的事情，我可不能让他带着这样的遗憾死掉。

　　死了一个胡油然，我不想再有一个人死在我的面前。

　　我跟吴队长要一把微冲。他惊异，说为什么要这个，我说那毒虫阵你们不敢闯，我去！老刘若是不能及时得到糯米来拔毒，不出一个小时，绝对是毒发身亡。我必须把那些矮骡子全部干掉，那些蜈蚣啊虫子的恐怖东西才会散去，给我微冲，我顶到前面去。

　　他愣了，呆呆地看着我，说了一声：会死的啊？

　　我当然知道。我大声说道："赶紧给我，时间不等人，你们都想死啊？"他没再纠结了，叫了一个战士把枪拿过来，检查好，深深看了我一眼，递给我，然后还给我一个弹夹，问我会不会用。我检查了一下，说会，以前读书的时候军训过，我认真学了，拆都会拆。拿着枪，我把剩余的一小撮糯米交给他，吩咐接下来怎么清洗伤口的事情。

　　交待完毕，我提着枪和手电筒，又往出口处返回去。

　　我肚子难受，雷鸣一般响，惴惴不安——那是疳蛊在发作。但是心腹之间，又有一股和缓的暖流在流转回来。这是金蚕蛊的力量，这肥虫子也不知道怎么才能醒来，什么时候才会醒来，我已经有一两个星期没感应到它了，现在这股暖流回转，我不禁想，是不是我体内毒越多，越能够刺激它苏醒？

　　好吧，这个念头我也只是想想而已，我不打算拿自己的生命来做试验。

　　在黑暗中潜行了一段距离，我渐渐听到了沙沙的声音，手电筒往前面照过去，顶壁、墙面以及地上，全部都是蜈蚣蜘蛛小蛇之类的东西，面目狰狞到让人只看一眼，都不寒而栗，发疯似地害怕，想逃避。我高呼金蚕蛊啊金蚕蛊，这么多毒虫子，你这个肥仔快出来开餐啊！然而它没有半点儿回应，仍然在呼呼大睡中。

我望前看，最远不过两百米。人死卵朝上，不死万万年，拼了。

这狠心一起，我就不管不顾了，挎着微冲，拿着手电筒照路，咬着牙、闷着头就往前冲。三两步就跑到了虫子横行的区域里，嗤嗤的声音听得我背脊骨都发麻，一阵又一阵的鸡皮疙瘩冒起来。我穿的是大头皮鞋，鞋头垫钢板那种，抓地也很稳，一脚踏下去，就能听到有很古怪的甲壳碎裂的声音传来，还有滑滑腻腻的东西，还好我平衡感足够强，不然一个失足，摔个大马趴，我这一辈子也就完了。

没冲十几米，就感觉有细滑的东西顺着裤管爬上来，我跑之前，把裤子扎进袜子里，衣服扎进裤子里，还找了个军帽戴上，用布把脸蒙得只剩眼睛。然而，不断又有东西从洞顶簌簌地往下面掉，落在我的身上，然后开始四处游走起来。我使劲甩头、甩腿，把自己抖成了筛糠……然后稍一安逸，就大步迈向前面。

然而即便如此，我还是能够感觉裸露出来的手和被紧紧裹着的腿，都被叮咬到，隔着裤子衣服也有，这些伤害，有节肢类昆虫的口器咬伤，有小蛇的牙齿咬伤，还有蜇伤。叮的一下，火辣辣的疼——这是蝎子。我感觉自己狂奔了起来，痛觉就像是用了兴奋剂，套用一句俗套的话，我的肾上腺激素在那一刻简直攀上了高峰。

我闷着头跑，时不时拿手电筒去拍打钻进我身体的虫子蜈蚣。大概跑出一百多米，感觉前面眼一花，一道黑影朝我撞来，我躲闪不及，感觉腹部被一个三百斤的壮汉搉了一拳，隔夜饭都要吐了出来。我低头一看，原来是一个矮骡子，居然给了我一个头槌。我肠子都在抽筋，生疼，见这家伙落地，满腔的疼痛和怒火可算是找到一个发泄点，一大脚，就把这该死的玩意儿踢到了岩壁上，溅一岩壁的血，我一照，它又不见了——血是蓝色的。

跑到这里，毒虫阵已经逐渐稀少了，我却被毒虫噬咬伤口处释放的神经毒素给刺痛得哇哇大叫，似乎唯有放声大叫，才能够稍微减缓一些痛苦似的。这痛苦连一直在我胸口槐木牌中栖息的朵朵，也感同身受，她一下子飘了出来，朝着这些向我扑来的所有毒虫大叫。这并不是说话的声音，而是一种高频震动，好像在散播她的阴气、威严和凶厉，我骤然感觉全身一片清凉，灼热的伤口似乎好过了一些。

这声音超过了人类的听觉频率范围，我听不见这叫声，只感觉整个空间为之一震。

然后，我身上附着的各种虫子簌簌地掉落下来，一条粉红色的小蛇从我裤管中爬出，惊惶地往洞里窜去。

我只管跑，朵朵坐在我脖子上帮我拍虫子。

疼痛之余，我突然涌出了一种小小的幸福感，我一直把朵朵当一个小宠物、小女儿来养，她乖巧听话，但是太柔弱了，怕阳光，也不敢出现在生人面前，我一直充当照顾她的角色——虽然我有的时候也喜欢欺负她，看她委屈无辜的表情，然后被逗笑——没想到有一天，朵朵居然能够反过来帮我，对我起到了至关重要的帮助，甚至可以说是救我一命。

这就是报应，好人有好报啊！

我正跑着，突然感觉到一种冰冷在我背上游离。神使鬼差地，我猛然回头，察看这冰冷的来源。只见有六个绿毛人形生物各自散落出现在岩洞的石头上，它们瞧着我，紫红色的眼睛在黑暗中，就像一个个小小的灯泡，发光，有着诡异的妖艳。我突然感觉，它们投向我的目光固然是有仇恨的，但是，它们似乎更加在意我肩膀上坐着的、鼓着腮帮子拍虫的朵朵。

这目光我似乎读懂了，叫做贪婪。

这贪婪好似经年的老饕餮对美味食物，那不能抑制的欲望。

我一瞬间想起了我那个叫做王洛和的便宜师叔，他养的那只塔特原狐猴，就是喜欢吞噬灵体的古怪生物，也十分有灵性，充满智慧，莫非……莫非这矮骡子也喜欢吞噬灵体？是啦，是啦，我想起来了，十二法门中的杂谈有所记载，矮骡子来往于灵界、人间两处，最主要的目的，就是去捕食孱弱的灵界生物，以饱口腹之欲。

朵朵可是我的性命、宝贝，我可不敢有半点儿马虎，大喝一声"朵朵进来"，转身就往外跑。没走几步，转角就有疾风扑来，我下意识一闪，躲开去，原来前面也还有几只在埋伏着。我见朵朵已经躲入槐木牌中，也不忌惮太多，虱子多了不怕痒，我的微冲背了这么久，可还没开张，我一端起来，扳开保险，朝看到的这几团黑影就是一梭子。

黑暗中，立刻就有血花溅出来。

说实话，除了读书军训时那三发脱靶的子弹外，我再也没有实弹打过枪，此后CS、CF之类的第一人视角射击游戏，倒是玩过一阵子，也颇为着迷，但是两者的差距却实在太大，云泥之别。然而，我这一梭子却超常发挥，一连击中两头矮骡子，打得它们嗷嗷地叫唤。

枪打完，我便猛往外面跑，这速度超出了我平时的最好成绩。

我边跑，边换弹夹（要是打CS，此处应按R键）。

矮骡子像见了血的蚂蟥，盯着我，不要命地追，我跑出十几米，又往回点射了三两枪，又打到一个。当听到那一声古怪的吱吱惨叫声响起来，我心中莫名其妙地涌出一阵快感。火辣辣，我全身都是伤口，神经毒素在蔓延，所有的细胞都在体会那刺激的痛感，然而前方的光线确实越来越亮，手电筒拿着碍手，我一甩，居然击中了一个扑过来的矮骡子，终于，我看见了洞口的轮廓，模模糊糊的，一轮光圈。

我转过身去，将最后的几颗子弹给打完，然后往洞口刷地一下扑出去，大叫："老马，朝我后面开枪，都是矮骡子……"我一出来，冷风灌耳，再也坚持不住了，踉跄地往坡下面滚去，只待着枪声交错响起，将我后面那一群见鬼的玩意儿全部送往地狱。

219

然而，并没有枪声响起。
怎么回事？

第十三章　憎恶印记

我忍着痛四处望,发现平地上有好几具尸体,其他的不熟,就看到李德财,脑壳都只有一半了,白花花的脑浆子糊满一脸。天空阴阴的,下起了毛毛雨,阴霾得让人心中长了毛。我哪里能够想象出来后,居然是这个诡异的情况,也没有半分思考的时间,我连滚带爬地往对面的大树跑去。

感觉后面有极轻微的踏地声,几乎是本能,我把打空了的微冲往后面一捅。

发烫的枪管一瞬间插进了一头迎面扑来的矮骡子的眼睛中,是左眼,紫红色的玻璃体一下子就炸裂了,喷出许多蓝色的血浆来。我看着它一身的黑色癞皮,突然有一种很熟悉的感觉——天啊,这不就是去年九月间被我抓到的那只么,它居然在这里,难怪如此仇恨我,追出洞来!甩开这头,陆续又有四五头矮骡子朝我扑来。

我左手拎着背包挡,右手把微冲当作烧火棍,格挡攻击。

矮骡子果真是个记仇的生物啊!

"陆左,陆左,跑过来,趴下……"

正在我拖着伤痕累累的身体,疲惫地跟这伙像是打了鸡血的鬼东西搏斗的时候,突然听到东面汪子传来马海波的喊声。这声音对于我来说犹如天籁,我往后一跳,看过去,只见小坡处露出马海波的半个头来,一脸紧张地喊:"拉开距离,拉开距离……"

我心底里凭空多出一大股蛮劲,往前一个冲刺,大步一跃,猛地扎在汪子的土垠上面,感觉有一个东西如影随形地跟着,粘在我的背上。五六把枪都已经伸出来了,我不敢撞枪口,往侧边一滚,腾出手来去抓那东西,手腕被抓了一下,火辣辣的,却把它掐在手里。我抓得正合适,一把掐住脖子,这东西四十公分高,脖子细长,皮又粗又黑,全是虫茧,温热的感觉。我一看,正是刚刚被我捅伤眼睛的矮骡子,它腥臭的蓝色鲜血从眼眶中汩汩流出,流到我的手上,好灼热。

它脖子一被控制,拼命挣扎,吱吱叫唤着。手上的爪子是黑色的,锋利尖锐,胡乱挥舞,然后张嘴又来咬。

这时耳边一阵枪声大作,胜利在望,我哪里会让这畜生得逞,也豁出去了,腾出另外一只手两手合拢,死劲儿地掐它脖子,让它腥臭的嘴巴不能乱咬人。嘴咬不到,它就乱抓,手、脚上的爪子,把我手臂抓得鲜血淋漓,痛,很痛,但是这种痛比起刚才那种神经性毒素蔓延的痛,却已然减轻了几个级别。

大概十多秒,它终于停止了挣扎,残存的右眼瞳孔紫红色变淡,血丝蔓延,这白色的玻璃体死死看着我，无比的怨毒，在我二十二年的人生中，都没有感受过这种程度的强烈情绪。这让人简直不敢相信它就是一个普通的动物，反而愿意觉得，它就是一个有着智慧的生物体。

终于，它垂下头颅，气息无存，紫红色的眼眸变得黯淡。

其实那一刻，我的大脑都已经停止了思考，呼吸停滞，只想着：你要让我死，我就让你先死——去死吧。我大概等到它闭气死去了一分多钟，这时候枪声已经停歇了，有人来拉我时，神志才清醒过来。我松开这绿毛怪物，愣愣地看着自己的双手，虎口处蕴积了太多的蓝色鲜血，这热血似乎有腐蚀性，沿着我肌肤的纹理浸润着，然后沾染到了我的伤口处，火辣辣地疼。

这疼痛直钻入心中。

我扯了几把青草来揩血，然而却止不住这种疼痛。有人递了一条毛巾过来，又递过来了水，我也不知道是谁，只管接，淋湿后揩干净，火辣的疼痛稍微缓解了一些，但是浸入虎口处的蓝色鲜血，就像黏稠的燃料，怎么洗、怎么抹都褪不去。

这个时候，我的心脏才开始舒缓了一些。冷静之后，有一丝冰冷的寒意，就像噩梦初醒时被蜘蛛、蟑螂爬上背，全身的毛孔都发凉，这种感觉上一次出现，是在东官医院里，我帮顾老板朋友的女儿雪瑞解降时，那个马来西亚行脚僧人的那一丝怨念转移到我的身上。

同样类似的冰凉心悸，让我有一种很不好的预感。

"陆左，陆左……你怎么了？"有人在推把手伸在胸前、呆呆看着虎口的我，我回过神来，转头去看，是马海波。他问我怎么啦，怎么一身密密麻麻的红色伤口，还挂着这么多蜈蚣、蚂蟥、毛毛虫、蝎子的尸体。听他这么说，我才反应过来，一边解开衣服掏死在里面的虫子，一边问矮骡子都死了吗？

他说跟我出来的都死了，武警们的枪法准得很。

我浑身又麻又痒又痛，把厚厚的大衣解开，扔到地上，又把裤子解开，掏出一堆虫子来——除了上述的一堆外，还有一种十厘米长的小蛇，有碧青色，也有粉红色，以及许多认不出种类的虫子。难怪别人把这儿称为是苗疆、十万大山，这虫子真的不是一般的多，而且，这可是冬天，理论上这些玩意儿可都应该是在冬眠的。

矮骡子，真的是玩虫的大家，难怪以前外婆说降服金蚕蛊，必须用它戴过的草帽。

我把衣服全部脱了，就剩一条裤衩，全身又红又肿，几乎没有一块好肉，而且浑身熏臭，全部都是死虫子尸体浆液的味道。我一边脱，一边问旁边忍不住捂鼻子的马海波，地上那几具尸体是怎么回事？李德财，还有那个……姓啥来着的乡干事怎么死掉了？

我瞧着不远处那个乡干事一脸惊恐的头颅，与身体分离了好几米。

马海波一听就来气，说我们进洞了好一会儿，李德财这家伙就又发疯了，抽冷子去拔出向导的那把砍山刀,一刀砍在王干事脖子上。那刀快,猎人出身的向导进山之前把它磨得雪亮,李德财力气大得很,一刀,王干事脑袋就掉下来了,血喷了好几米高。当时小董(一个武警战士)立刻反应过来了,夺过他的刀子,想制服他,可是这家伙疯了,像狗一样咬人,活生生地把小董的半边脖子啃掉了。马海波他们慌了神,四五把枪,一下子就把李德财的脑壳给掀翻了,脑浆溅一地。

我掀开裤衩,揪出一条两指宽的大蜈蚣,它咬了我的不可说,但是我身上还有疳蛊,金蚕蛊也分泌了毒,结果把它自己也毒死了。我甩开在地,马海波看得眉头直动,后颈的筋一扯一扯地,问我没事吧?我说不知道,反正出这趟差事亏本得很,这么多毒,不知道什么时候就挂球了,还好我护住了脸,没被咬成麻子。

我又问后来呢?怎么都埋伏在这边?

马海波有点嫌恶我身上的味道,离远一点,站在上风口,说后来草丛子里真的蹿出来几头矮骡子,跟我描述的简直一模一样,速度快得像山猫,抓伤了罗福安(他手下一警察),然后被他们乱枪又轰进了洞子里。他们吓坏了,跑到这边来蹲守,看住洞内。结果罗福安不久又发了臆症,胡言乱语,他们怕罗福安变得跟李德财一样,就把他反绑、铐了起来……

我终于清完了身上的虫子,可是也只剩下一条裤衩了,寒风一吹,屁股凉悠悠,冷得我直打颤,前后僵冷。我问现在好了一点没有,他说昏着呢,我说我去看看,于是深一脚浅一脚地跑过去,马海波跟着,问里面什么情况,怎么只有我一个人出来?

我说没看到我这个样子?里面死了一个武警战士,叫做胡油然的,还有你手下那个姓刘的胖子,中尸毒了,我糯米没带够,回来的路上又遇到矮骡子驱使的几百米的蠹虫阵,我咬着头皮硬冲过来的。说完这话,我脚踩了个空,眼前一黑,神志都有些恍惚,马海波见我这样,连忙扶着,担忧地问没事吧?我说有事没事都没办法,问个球?

马海波也意识到我有点发火这趟差事了,没有说话。

我来到那个叫做罗福安的警察面前,他双手已经被反铐住,本打算用来捆矮骡子的绳子把他的手脚捆得结结实实,闭着眼睛,呼吸平静。我蹲下来,摸了摸他的脸,然后翻开眼睑看,是上翻的白眼球,惊厥,应该没什么大碍。他大概是被矮骡子迷惑了魂,一会喊一下魂应该就没事了。我往右手吐了口唾沫,准备掐人中,突然他睁开眼睛,醒了过来。

他的瞳孔呈完美的圆形,黑色很淡,呈现出一种古怪的空洞。

我心说不好,正想行动,他说话了,声调很古怪:"为什么要对我们赶尽杀绝?"

这是他的第一句话,我愣了神,丈二摸不着头脑,接着他又说第二句话:"人类,你真的以为我们死了吗?赫赫,我们只是回归真神的怀抱……你手上沾染了头人的鲜血,你身上必受到所有幽冥生物的憎恶,颤抖吧,人类!"

第十四章　逃出生天

罗福安周身有淡淡黑雾笼罩。

他古怪的话语让我心中一凛，看着他扭曲的面孔，双眼翻白，舌头都不清楚，语调诡异，就知道此刻的他并不是他，而是被上身了。被上身有很多种，在中国这地界就有请神、神打、走阴、降临以及……鬼上身。所有的一切，鬼上身是最危险的一种。因为被鬼上身，身体的操控权已经被死去的鬼魂或者灵体所掌握，生死寄于别人之手，身不由己。这样子做出来的事情，最可怕。

这是死去的矮骡子灵体在借罗福安的口与我对话。

果然是有智慧的生物。

真神是什么？我管不了那些，但十二法门中对于喊魂却自有一套方法，我也不含糊，懒得听它在这里给我下诅咒、胡言乱语，一个大嘴巴子就抽过去，果决无比，罗福安的脸立刻肉眼可见地肿了起来，我用手指沾了一些伤口的血，抹在他脑门上，高喝一声"洽"，然后结内狮子印，念"金刚萨埵降魔咒"超度之。

过了一会儿，罗福安幽幽醒过来，睁开眼，看我，一脸讶异，问怎么了？

马海波笑着解开他的手铐和绳子，说鬼门关口走一圈，自己都不晓得。罗福安依然捂着自己的脸，发愣。这时候，周围的人已经把矮骡子的尸体收集到一起，并把死去的三个人都收殓好。我说谁去里面接应一下吴队长他们，矮骡子基本死绝，虫子自然会散去了。几个人面面相觑，都看向马海波。马海波手下有三个人，一个留在了洞子里，一个被矮骡子上身刚解，人手少，武警战士倒是还有六个，但是却不归他指挥。见了我掏出来的这一堆虫子，没有几个人乐意去走一遭。

我见他们犹豫，说老子为了争取时间，一个人踏着virus阵就跑了出来，一口气都不带停的。现在矮骡子死光了，虫子也散了，里面还有你们的兄弟和战友，在等待着你们的救援，可是，就没一个有胆气的汉子敢去？难道真的要让我这个重病号再跑上一趟？

有个战士很担心地问："那些虫子真的散了？"

我其实并不知道，不过为了给他们信心，话就说得很满，说没了，不过你们进去小心一点，把自己包裹紧一点儿，别挂到什么东西。我这么说，立刻就有人站了出来，分别是向导、马海波剩余的那个手下以及两个战士。我让他们带一点儿糯米去。他们几个进了洞，其余人留在外面收拾现场，马海波指挥着，过一会儿来问我，说上了罗福安身子的矮骡子说的是真的吗？世界上难道真的有这些乱七八糟的东西？

我没好气地说鬼扯,有吗?你见过吗?

虽然这么说,我心里面其实也并不好受。事物因为神秘而恐怖,我不知道为什么矮骡子能够说话,也不明白它讲的究竟是什么玩意儿,简直太扯了。但是心中那道阴森寒意,却让我有些暴躁不安,总感觉被暗算了。

大冷天,风呼呼地刮,我总不能一直裸下去。没人准备多一套衣服,地上虽然躺着毫无声息的三位,他们不用穿了,但是我却没有半点惊扰亡者的想法,把自己的衣服整理好,我又重新套上去,一闻,臭得我自己都想吐。不过忍住了,比起臭味来说,身上的麻痒疼痛更加让我难受。这样下去也不是办法,法门记载,毒虫繁衍地,必有良药。有一个小战士陪着我,我就让他和我一起去千年古树周围转了一圈,终于在西边的草甸子里发现有龙蕨草的存在,我赶紧让他多采了些,用石头把草磕出汁水来,然后把这稀烂的草团子敷在身上。

龙蕨草性凉,阔叶锯齿,绿色带芒,解毒,对蛇虫叮咬的治疗有奇效。

我让他帮我多弄一点,打包,准备带回去。

敷上之后,感觉全身冰冰凉,虫毒的灼热蔓延感立刻消退了许多。我看着手中的这龙蕨草,想到了降服金蚕蛊的往事。当时它可是我人生的噩梦,哪能想到,我这会儿倒是有些想念这条肥虫子了。它到底什么时候能够醒转过来?

要是此刻有它在,趴在我伤口吸上一吸,我也不用这么的难过啊。

那边马海波在叫我,我跟武警战士一起回去,只见吴队长他们已经出了洞,中了尸毒的刘警官被平放在地上,一脸的黑色。我问用糯米拔毒了没有,有人说拔了,但是没效果。我一看,那牙印已经结痂了,蹲下来,拿刀子把痂挑开,然后任那黑血流出干净,再找来糯米敷好。过了一会儿,他的脸色好了许多,摸了一下他的指甲,并不尖锐,也没有发黑。

我这才长呼了一口气,说没事了,就是失血有点多,回去多补补。

吴队长、马海波两个人合拢在一起来,盘点今天的战果。吴队长他们出来的时候,虫子确实已经散去,就跟之前一样,悄无声息,只留下一地的尸体,以及死去的矮骡子。他们把矮骡子的尸体拖了出来,里面外面,总共十八具,整齐摆在不远前的平地上,有人在专门拍照,调查取证。

今天的战果显赫,但其实损失也很大,死了四个人:武警战士胡油然、小董、李德财和乡里的王干事。剩下的这些人,伤的伤,惊吓的惊吓,心神未定,竟然没有几个正常的。这样的结果,两个带队的回去,肯定是要受到处罚。特别是吴队长,他虽然没多说,但我知道他心情肯定是不好的。

商议了一会儿,决定带着尸体回去,矮骡子太多,也只能背四个。其他的,也没心思埋了,先放在岩洞里,改天来收拾。大家凑了一凑,总算弄出了三张裹尸布(胡油然的尸体留在了洞中)。回程的时候,我属于伤员,就没有参与背尸的事情。我脚疼,走得慢,落在队伍的后面。马海波在我旁边,背着小董的尸体,问我说岩洞里的内脏怎么回事，吴队长说得很奇怪啊，是矮骡子做的吗？

我说问我也没用啊，我也奇怪着呢。那石桌很古怪，里面的蝙蝠没有一个敢靠近的，盛着的内脏，只有干枯风化，却没有被蛇虫鼠蚁给吞食，我站在那旁边，感觉很不舒服。是一种祭祀的仪式吗？还是别的什么……

马海波问我，进山路上，那个老头子搞了什么鬼，把水壶里面的水变成蛆虫？

我按了按肚子，发现中的蛊毒已经渐渐消散了，说你觉得呢？他说是不是被下蛊了，怎么其他人没有症状？我说那个老头，可能是我的一个仇家，回去的时候，把他带上吧，投毒、不，应该是投放危险物质，怎么弄，你们看着办。他看看我，问真要搞？我点点头，说人家都已经逼到了这个份上来了，我若不还击，真当我是好欺负的？当然，我也不是指使你，我这算是报案吧，你秉公执法就行。

我们原路返回，一路上气氛很沉默，三具尸体，以及留在溶洞中的小战士胡油然，就像一座大山，沉甸甸地压在每一个人的心头。天空阴沉沉的，像个愤怒的英国老妇人。所有人除了不说话，唯一相同的举动，都是时不时用诧异的目光注视着我。为什么？我被这些若有若无的眼光扫到，仔细思量，最后终于得出一个答案：他们在心里想，这个屌毛怎么还没死？

被如此多毒虫撕咬过后的我，体内的毒素足以放翻几十个人，但是我却没死，跟跄着走路。马海波砍了一棵小树，给我做拐棍，我就挂着，身上糊满了绿油油的草汁液，发出一阵阵青涩的苦味，悲催凄惨，一副衰样。身上的伤口先前肿胀，现在消了一些，说不清楚是金蚕蛊还是龙蕨草的作用，有时候我在想，这肥虫子不是怕龙蕨草吗？

我涂满，能不能把它激醒过来？

可是无用，呼唤它的声音仍旧是石沉大海，丫的睡得好香呢。

下午5点多，我们终于走出山林，看到了一户人家的松树皮屋檐。远远的，我看见草垛子那边有一个人在吸旱烟，天色昏暗，木屋和旁边的天地都变得朦胧，所以这火星子尤其明亮。

那里有一个老人在等着我，他想看看，我是死是活。

很遗憾，我仍然活着。

我告诉马海波和吴队长他们，先别过去，我去会会我的这个同行。吴队长有些莫名其妙，但是马海波却知道我养蛊人的身份，点了点头，说小心，你去吧。我说这是屁话，给把枪防身不？他说不行，拿给我，我这是违法，他也是。我说得了，又不是环保袋，什么时候都在装着，累不累。我整理了一下仪容，像一个参加婚礼的新郎，走向我前面的这个对手。

他仍坐着，吧嗒吧嗒抽着旱烟，像个雕塑。

有风吹来。

青烟袅袅。

第十五章　耶朗故闻

我顺着田埂一路走，拄着木棍，瘸瘸拐拐，一直来到他的前面。

大山里的冬天，黑得早。没有星空的天幕下，我站在他前方一米处，被那旱烟的红色燃点吸引，居然看不清他几分的容貌，模模糊糊的。他停下了抽烟的动作，盯着我好一会儿，这一刻，他的眼神比昏黑中的火星还要耀眼。停顿了一下，他问我要坐吗？

我点头，说今天累死了，有得坐，当然要坐。

他佝偻着身子，去屋里头搬凳子，我发现他刚刚坐着的地上，有一摊血迹。蛊毒蛊毒，这蛊如何能够成害人之物呢？蛇虫鼠蚁，大自然造物也，人类之前，也没有出现过如此产物，所以，蛊和骡子一样，是人类创造出来的东西。我之前说过，论毒，人心最毒也。用念力下蛊害人，人若不中招，施术者必中反馈，生生承受这一拳打空的力道。

罗老爹，刚刚不知吐了几 CC 的血。

我心中一阵快意。

木门吱呀一声被打开，他搬了个矮板凳，慢吞吞地过来。这板凳是用三块废木头随意钉制，上面被屁股蹭得滑亮，普通农家的摆设。我坐下去，说能不能不抽烟，他这烟叶子太呛，我现在肺不好。

他点头，用鞋底把烟斗磕灭。摩挲着烟斗锅的铜壳子，他看着我，问我认识他不？

我摇头说不认识——其实我大概已经清楚了他的身份，只是不想说。他显然是信了我的话，很吃惊，说连我这个仇人都不知道，还敢跑到中仰来？难怪，我说你怎么敢喝我家里的水呢，原来是并不晓得我。冤有头，债有主，好教你晓得，我叫罗大成，别人叫我罗聋子，是罗二妹的堂哥，这一下，你应该是知道了吧？

我说原来你是罗婆婆的堂兄，失敬失敬，倒是我外婆那一辈的前辈高人。

他摆摆手，说他们年纪虽长，但是却不敢跟龙老兰同辈。苗家十八峒，三十二洞口，若论师从，他跟我还是同一辈："长幼尊序，不可乱来，你还是叫我罗聋子，叫她罗二妹，不然我妄自尊大，下去也没有那个脸见人。"

我说这就是你给我下蛊的原因？

他说是，他们这一支蛊苗，讲究一个恩怨分明，恩要报仇要清，归根结底，二妹是我害死的，而且枉死于汉人家的衙门里，生魂都不得安宁。所以他要报，不然对不起这血脉相连的渊源。我气愤地笑了,说你这倒是摆的歪理!罗二妹是因我而死吗?她是死于积年的肺病,死于长期的营养不良,死于……福薄的原因,是她把人家天真烂漫的小女孩给咒死了,还炼制成小鬼,供她这仇人使唤,而你堂妹一家的悲剧,最主要还是因为矮骡子的迷幻,让你那堂侄子遭了牢狱之灾。

这一切,关我什么事?我只是适逢其会而已,作恶不需要被惩罚?

罗聋子不聋,他听得清清楚楚,事实上他的心里也明白得很,但是他依然执着地向我下了疖蛊,事不问缘由,只说仇怨。和罗二妹一样,在他这种人心里,恨也许是支撑他活下去的最大动力吧!为什么呢?蛊毒就仿佛他们手中的利器,然而贫困却是魔咒,现代社会里这类的养蛊人地位都不高,太久平淡的日子,让他心中充满压力,忍不住找一个发泄口。

他没有说话了,目光看向了远处等待的马海波等人,吃惊地问我们是不是去剿灭矮骡子了?

我说是,你中午的时候不是已经知道了吗?何必再问一次。这些家伙,在青山界横行霸道,窜来窜去,半年多时间居然杀了三个人,不剿灭,周围的乡亲能过好日子吗?他长叹了一口气,说你认为把它们剿灭了乡里人就能够安生了?你知道矮骡子是什么来头吗?我摇头,说不知道。

罗聋子问我,知不知道夜郎国?

我说知道,夜郎自大嘛,《史记》里面有记载,说汉武帝派人去寻找通往印度的通道,曾遣使者到达云省的滇国。期间,滇王问汉使说汉朝和滇国谁要大一点?后来汉使途经夜郎,夜郎国君也提出同样问题。一直到后来还衍生成一个成语,是井底之蛙的意思。

他摇头,叹息,说你真认为一个东至湖广,西及黔滇,北抵川鄂,南达东南亚,地广数千里的国度,真就抵不上一个西汉朝?他说得很严肃,一讲话,完全没有一个乡间老农的模样,反而像一个学堂之上的教授。

我讶然,说夜郎有这么厉害?

他摇头苦笑,说年轻人,要多学习,不要别人说什么就是什么。我只能告诉你,夜郎最盛的时候,常年拥有精兵十余万。夜郎本名叫作"耶朗","耶朗"即唱诵,是在祭祀活动中以半朗诵半咏唱的形式,宣读氏族盟誓。凡是参加"耶朗"的氏族都是"耶朗"大团体的成员。"夜郎国"实行的这种"耶朗制",形成了一个以经济与文化为纽带的庞大社会组织,整个"夜郎国"就是由大大小小的"耶朗"组成。而苗疆巫蛊之术,也是自西汉起的夜郎国流传下来的。

我不解,问提这些陈芝麻烂谷子的事情干吗?

他说我要说夜郎国是毁于矮人国之祸,你会不会吃惊?我大笑,说怎么可能?我身为此地中人,书未曾多读,但是也知道夜郎国是与南方小国发生争斗,又不服从汉朝出面调解。汉朝新任牂牁郡守陈立便深入夜郎腹地,果断地斩杀夜郎的末代国王,

继而平定其附属部落的叛乱，最终灭亡的。哪里来的矮人国？哪里……

我说着说着，就没有再说话了。

南方小国……

一个小小的郡守，就能够深入一个带甲之士十数万国度的首府，斩杀国君，灭其国？那可是西汉末年，不是武帝的巅峰时期，这件事情说起来实在太假了！那么，夜郎那十几万的精锐干吗去了？矮人国，是矮骡子建立的国度吗？历史的烟云，笼罩了大部分事实的真相，后人只能从文字记载和某些未磨灭的痕迹之中，去探寻遗失的信息。

罗聋子笑了笑，没有再说什么。我问你怎么知道的这些？他也没有回答。

矮骡子到底是何物，这一个疑问十二法门中已有记载，说是深山瘴气中诞生的野怪精灵，是游走人灵两界的生物。我之前提过，十二法门中有很多愚民的笔锋，除了大量有用的信息，也会掺杂许多虚无缥缈的传说，类似于庄子的《逍遥游》或者上古奇书《山海经》，本不足为信。然而罗聋子这番结合历史的解释，又让我心中疑虑。

难道真有其事？

我说我在千年古树下面的溶洞子里，发现了一个类似祭坛的东西，那是个桌子，上面放有四颗人心（其实是各部位内脏），这是什么东西？罗聋子问龙老兰有没有给我讲过一种叫作大黑天魔王召唤的黑巫术？我摇头说不知道，这东西是什么？他说这是一种很厉害的黑巫术，算准了死者的生辰八字和死期，然后杀十一人，分别取五脏、四肢、阳物以及头颅，精确到时刻，然后融入有邪性的石头中，召唤出一个大黑天出来。

我问大黑天是什么？这些都是那矮骡子干的，它们懂这黑巫术？

讲了这么久，罗聋子嘴唇干燥，舔了舔，不理会我的抗议，又从怀里弄了些晒干的烟草叶子，装上填满，划了根火柴点上，吧嗒吧嗒抽了几口，然后问我，中午他下的疖蛊，没有让我毒发身亡，是不是因为我外婆给我种下的金蚕蛊起的作用？但是，为什么他没有感受到一丝金蚕蛊的力量？

我没回答，感觉面前这个人，他的情绪有些诡异。

他的耳朵突然变得很红，眼睛亮，抽旱烟吐出来的云雾，袅袅地变化着形象，好像在勾勒着什么东西。我心一跳，胸前的槐木牌飞出一股气流。瞬间，朵朵已经飘在了罗聋子的身后，眼里面饱含着泪水，但还是缓缓趴在了他头上。

罗聋子眉头一皱，说他堂妹子养的小鬼，现在在帮我？

我知道他看出了什么，但没说，只是问他现在想干什么？又想下蛊？他嘿嘿地笑，说他罗聋子这一辈子，最擅长的不是这些药蛊，而是灵蛊。听说过钉蛊没有，这个是用一根生锈的铁钉日夜供奉神像之前，逢初一十五不食水米，年年吃斋，念二十年经换来的，又名"二十二日子午断魂钉"。意念一达，铁钉就入体，过谷道，钻小肠，五脏六腑游览遍，最后从双眼之中透体而出，历时二十二天，最终死亡。

我大惊,这东西,何其毒也。正想站起来,只见他一声大喝,曰"度",我屁股下面的凳子,突然一阵抖动,似乎有一种尖锐之物,就从某处直接攻入我的体内。

我大叫一声,往后跌倒而去。

而朵朵,则第一时间朝罗聋子的后颈咬去,小家伙此刻倒是一口尖牙。

第十六章　中仰苗蛊一脉

我后仰跌倒，头重重地磕到了地下的石子，后脑勺生疼。

罗聋子站起来，手奋力地往后挥去。鬼魂这东西，若不作用于外物，一般人是看不出来的。但是当朵朵狠狠咬到罗聋子的脖子上时，不但是他，连十几米外的马海波他们，估计都能够看清楚了。罗聋子也是有些本事，嘴里大声咕叨着苗话，这是咒，驱鬼咒——他和罗二妹一脉相承，自然也知晓一些法门。朵朵被他伸手一抓，勒住了小手，然后又被持咒，痛苦地奋力挣扎，居然喊出了嘤嘤的哭声来。

我前面说过，鬼魂无声带，发不出声音，除非极度痛苦，用灵魂在战栗。

这哭声，每一个音节都击打在我的心里，让我心碎得厉害。虽然感觉到体内有一根灼热的尖锐硬物在游走，撕开肌肉，让我每一根神经，走往大脑里面的，都是疼痛，让人有立刻昏厥过去的痛苦。但我还是咬着牙爬了起来，一下子就冲到了罗聋子身前，一个大耳刮子，就扇到了他枯瘦黑黄的脸上。

"啪！"这一声脆响，把罗聋子直接扇倒在地。

看来，对于这个处于风烛残年的老家伙，物理攻击的效果远远大于神秘的巫蛊之斗。为了让朵朵赶紧脱离他手，我也顾不得欺负老人家的恶名和脸面，上前就是一通王八拳，一顿乱打，终于，朵朵脱离了他的魔爪，惊魂未定，倏地钻进了我胸前的槐木牌中。与此同时，我身后几米传来了马海波等人的呼喊声。

罗聋子被我压在地上，嘴都被抽肿了，眼窝子处一片淤青，见我往后看去，口中大呼，说破，钉子破，生魂开，七十二路神仙爷爷奶奶，让他死吧！死……我突然感觉体内一阵炸响，通体生疼，由内而外的痛，在脑子里炸开，轰——我再也抵不过了，往后一倒去，感觉所有的痛觉并没有随着脊柱，往上传导，而是瞬间集中到了脐下三寸的丹田位置。

什么是下丹田？藏精之所也，五脏六腑之本，性命攸关的地方。

轰的一下，我感觉一个庞大的意志连接到了我的脑海里。

然后我听到了罗聋子失魂的一声呼喊："你……你居然、居然是汉蛊王洛十八的……"

黑暗瞬间席卷了我的意识，我痛，所以世界变暗，倒下，整个天空恢复了平静。

生，或者死，其实远远比想象中的更残酷。

当然，也更简单。

我再次恢复了意识的时候，依旧是在医院里。

我第一意识是在自嘲：数一数，我这半年倒是跑了好几次医院了。我眼前是一头的灰白头发，这是我母亲的，一个五十多岁的老人。她终日劳作，风吹雨淋，所以显得比同龄人更加苍老。她坐在凳子上，趴在我床头，睡得很熟，还发出轻微的呼噜声。我心中一酸，伸出手想去拍母亲，她感觉到了，醒了过来，很高兴，问我感觉好点没有？

我说还好，现在几号了？她说今天都十七号了。

母亲她惯来说农历，那么也就是1月24日，天啊，我足足昏迷了三天！我活动了一下手脚，感觉没有什么障碍，就问是怎么回事？我母亲告诉我，她是三天前的早上接到的电话，说我进了医院，然后是上次来我们家的那个年轻警官接她到的医院。警官说我是帮助公家去破案子，结果被虫子咬伤了，然后住的院。这几天来了好多人看我，病房里面花篮、果篮摆满了，还有领导给了她一万块钱的奖金，医疗费也可以报销的……

"医生检查过了，说你是太过疲劳……至于你被多脚虫咬，又没受伤中毒，他也不清楚——县里面条件太差，要不要去市里面检查一下？"

我问他们有人在外面吗？我母亲笑，说暂时没有，不过这几天倒是有一个好水灵的妹崽天天来看我，还会陪她聊好久天，问是不是我女朋友？我心想我母亲说的这个漂亮妹崽莫非是黄菲？我母亲笑着，脸上的皱纹都舒展了很多。望着外面的天色，估计是下午四点多钟，我憋尿难受，这是单人病房，带独立卫生间，于是我下了床，脚着地有些腿软，我母亲要来扶，我不让，自己去厕所里，美美地放了一通水，然后摸了摸胸前的槐木牌，感觉到了朵朵。

小丫头安静地在里面待着。

我再感受了一下身体，无恙，没有所谓的钉子蛊游窜，反而有无穷的力量源源而来，精力十足，让人恨不得出去跑几圈。

这是为什么呢？

我洗完手，外面有人的声音，嘈杂。我推开门，看见马海波和杨宇，马海波他高兴地说来得早不如来得巧，刚一来，人就醒了，莫不是看到他老马来了？我们寒暄一阵，我母亲见我们有事情要谈，借口打水出去了，我们坐回床前，马海波拍着我肩膀，说好小子，当时吓坏他们了，立马冲过去把罗聋子给铐了起来，他们也害怕老头儿下蛊，把他直接拍晕。

我问后续的事情，马海波说虽然这件事情很离奇，但是有这么多矮骡子的尸体在，还有这么多目击证人，上面的领导也信了，当事人也死了，所以案件也就结束了。前天，他们又去了一趟后亭崖子，想把所有的尸体收集回来，然而，矮骡子的尸体悄然无踪了，只有胡油然的尸体，身首分离（是我干的），而且还被虫吃鼠咬，草草收殓完毕之后，从青蒙乡组织人手，把那岩洞口砌一道砖墙给堵上了。

县里正在结案，然后准备过几天召开几位牺牲烈士的追悼会。

我听到矮骡子的尸体莫名消失，心中一阵悸动。

是有残余的矮骡子收拾了，还是变化为灵体消散了？又或者……

讲完这些，马海波又提起特招我的事情，我再次婉拒。他长叹，说英才不能为他所用，人生之憾事也。我笑说放屁，为了他们我几次历险，这一次小命都差点给搭上了。他说事情没了，还有两件小事，那个罗聋子，他虽然被抓起来了，但是身子骨却不行，这几天病怏怏的，快挂了的样子。医生检查，说是内脏受伤——那天你们打了一架，有可能……

我很郁闷，说不是吧，难不成你们要告我蓄意伤人？

马海波说到底这是怎么回事，起码我要告诉他啊。我说这老头子快要挂了，主要原因，是因为他对我下蛊不成，然后遭到反噬了，具体的，我也说不清楚，很多东西我也无法解释。马海波说上面的意思是让我和罗聋子见一面，让他自己解释跟我无关。我点头，说可以，安排时间我见他一面。

说完这，马海波抓着我的手，看着我胸口的槐木牌子，低声问我："那天，从你怀里面飘出来又躲进去的那个小女孩，是什么东西？"

他说这话，一脸的紧张和兴奋，旁边的杨宇也睁大眼，观察我的表情。

我就知道这家伙看到了朵朵，也不承认，只说是一种法术。马海波说不对，那个小女孩他见过，是黄老牙的女儿、黄菲的堂妹子，他认识，不可能看错。

我沉默了，似笑非笑地看着他。

被我的眼睛盯得发毛，马海波的脸变得有些僵硬了，结结巴巴地说是不是有什么忌讳？

我冷笑，说知道犯了忌讳还问？他不说话了，过了一会儿，说都是朋友，没必要吧，大不了这事情埋在肚子里面，跟谁都不说出来。我说你这话我能当作屁么，东官的欧阳警官是怎么知道我的？马海波说这回不会，连黄菲都不告诉。我看向杨宇，他也连忙赌咒发誓。

我叹气，说这些事情我不是逼他们，只是这世界上，有的事情知道得越少，就越安全。我也是为了他们好，他们连连点头，说是。我说那天看到的人，也帮我控制一下口风，马海波说没得问题，包他身上。

讲完这些，马海波说我要的东西，他俩都已经准备好了，什么时候去拿都可以。

我说好，我知道了。

当天晚上马海波又来了医院，提着一旅行袋的东西，我检查了一下，都是我清单上的东西，由于担心不够，都备了双份的材料。我向他表示了感谢。第二天我就出了院，让我母亲把东西先带回家，而我则在马海波的带领下去见了罗聋子。

再一次见到他，感觉这个老头子整个人的精神都垮了下来，又老又脏，见到我，骂我是个叛徒，苗家人的事情苗家人解决，找汉人做什么？马海波在一旁插嘴，说他就是苗族的，是中国第四大少数民族，现在全民族大融合了，怎么还讲这些老黄历？罗聋子瞪了他一眼，没有再骂了。

我坐下，心平气和地跟他说：这世界上总是有一个秩序的，人作恶，就要受罚。

他死死地盯着我，说："你个娃儿，想不到来历如此的深，龙老兰倒真的是好算计。我算是栽了。我这次受到钉蛊的反噬，活不了几天，命不久矣。二妹栽于你手，我栽于你手，不过你不要得意，你不要以为我们中仰苗蛊一脉就这样消亡了，你等着，总会有一个中仰巫蛊的传人来找上你，跟你这个敦寨苗寨的遗脉，来一场公平的斗蛊，让你身败名裂的，哈哈……"

他失心疯一般猖狂大笑，瞎了一只的眼睛里，露出诡异的白色光芒。

我懒得听他说这狠话，看了下一旁的马海波，他明白我的意思，竖起大拇指表示没有问题了，我站起来，跟他说："我知道你把希望寄托在王万青这个小逃犯身上，不过我告诉你，不要让我遇到他，这个害死朵朵的家伙若是被我抓到，必当绳之以法，让你们中仰一脉绝后。好啦，你这个好赖不明的老头子，安心去死吧，你眼中的希望，不久之后就会下来陪你的！"

马海波跟着我走，只当做没听到这句话。

诸事已了，我回到了乡下的家里。离大年初四也没有几天了，有很多事情要做，我不得不抓紧时间。时近过年，在外地上学的、工作的年轻人也纷纷返家来，我朋友多，人来人往的，家里面也不安静。我三叔在镇附近的村子里，他和我三婶子要去市里面跟他女儿过年，我就跟他说了一下，把钥匙给我，于是我直接去他家住下。

2007年的农历腊月，我都在一个农村的木屋里面度过。

在我的想法中，朵朵再过一个月，就能够找回记忆，变得越来越聪慧了，而我，则为此努力着。

第五卷　湘西炼尸人

第一章　春节双雄会

魂兮归来！东方不可以托兮。
长人千仞，惟魂是索兮。

招魂一事，在中国起源很早，一直可以上溯到周朝时期。中国古代没有前身、后世的观念，也没有天堂、地狱的观念，只有灵魂不死和神鬼观念。中国古代所说的幽都，与地狱的性质本不相同，幽都指地下空间的世界，而地狱则是灵魂接受审判、处罚并转世重新发配的地方。

只是后来佛教传入中土，地狱天宫这种具有现实投影具象的说法，才逐渐流传开来。

在中国古代的哲学和世界观中，认为人出生而具有灵魂，死后灵魂不灭，而是脱离肉体独立存在，至于归处，众说纷纭。此外，不仅人有灵魂，其他自然物也有，比如山有山神、水有水神，世界各物，莫不如是。多神教是原始宗教的一个特点，但是并没有很好的凝聚力，所以后来流行于世的宗教，大多都是单一的主宰，认为世界上有神，但有且只有一位。

上面的这些宗教之事，暂且不提，说说给朵朵召回地魂一事。

朵朵死去已有一两年的光景，天魂消散殆尽，人魂在我胸前的槐木牌中温养，唯有地魂，游离于世间。我不知道怎么解释地魂到底是个什么东西，它是一段记忆，是一种学识，是一种标志朵朵存于世间的重要所在，有了它，朵朵就能够避开每个月初一十五的阴风洗涤，不需要借助外力，就能够自我修行，获取平静，修炼日久，甚至可以口吐真言，行走于阳光之下，而无畏惧，恍如陆地神仙。

当然，这些都需要机缘。

地魂的召回说简单也简单，只要在她生祭或者七月十五的夜里，将地魂和现在的灵体揉杂在一起即可；然而说复杂，其实也复杂之极，光准备的材料都要四十多种，包括十年还魂草、茯苓、洋金花、延胡索、黄连、常山、鸦胆子、益母草、乌头、川芎、当归等十余味中药草，鱼胆、海马、蜈蚣脚、琥珀、斑蝥、芫菁、地胆、蟋蟀、籼米等杂物，朱砂明矾汞等矿物，以及朵朵生前的乳牙一颗……

这些东西都需要精挑细选，我需要按比例、按时辰、按火候将其熬煮，直到最后，炼制成一丸九转还魂丹。

炼制成功之后，大年初四那天夜里，我便需在她以前的家附近，开坛作法，招魂。

我万万没有想到，我这个读书时化学都不及格的家伙，有一天居然要混进炼丹的行当。好在有了法门，我也只有硬着头皮上，铁锅不稳定，容易和里面的药物发生变化，我特意去买了一个大的不锈钢锅子，吃住都在我三叔家里，先烧了几大锅开水放凉，然后按着法门中的次序，依次把这些药物放进去，用凉开水煎熬，先用武火煮沸，一大锅，我加水，漫上药材不过一指，熬沸之后，文火三天不间断，逐次添加各类材料，第四天，我把转移几次、刚挖出来的十年还魂草切碎剁烂，又把朵朵生前的乳牙给磨成了粉，与诸般矿物一起放入锅中煎熬。

如此又是三天。

这些天的日子里，朵朵一直陪着我，许是厨房里太热了，她似乎并不喜欢这个地方，不过她倒也乖，没事经常帮我擦汗、捶背。我闲着没事，一是看书，二是陪她玩，时间飞逝。我三叔家邻居养了一条土狗，自从我搬进来起就汪汪乱叫，烦人得很。有一天晚上朵朵跑出去吓唬了它一回，从此那条狗再也没有叫过，我白天出门时，远远的不敢过来，但是冲着我摇尾巴。

如此总共煮了八天，锅里面好多残渣药力被熬透，被我捞了出来，又添加其他，到了第八天的夜里，我把所有的残渣清尽之后，得到了一大块像发酵面粉的黑糊糊，很黏，半固体，足足有两斤多。我取出来，把锅子洗尽，然后放芝麻把锅子煸香，再把这黑糊糊放到锅子里面翻炒。这也奇怪了，刚开始的一大坨，翻炒了半个小时，居然只有拳头那么大，熏香扑鼻。我停住了往灶里面加柴火，等它稍微凉一点，就拿到手上来，手沾香油一直搓，一直搓，揉圆，最后得到一个拳头大的黑团，冷却之后，变得硬邦邦。

这就是所谓的九转还魂丹。

丹成之日，并没有电闪雷鸣，天现异象，在我握着这拳头大的还魂丹发愣的时候，有人来敲门，是我邻居家的小孩，问叔叔家里面做什么，怎么这么香？他拖着鼻涕，一脸的渴求。我说是炒芝麻，他要，我当然不敢把含汞的芝麻拿给他吃，好在屋子里有些巧克力，把他糊弄走开。我关上门，仔细地看着这颗像网球一样大小的东西，黑乎乎的，心里面一点儿底都没有，就像参加完高考，总感觉心里面空落落的。

这种情绪让我十分不安，要知道我高考可是落榜了，现在又有这样的联想，莫非有蹊跷？

或者，也许是我第一次做，太患得患失了吧？

我忍不住这么安慰自己，正月初四，已经没有几天了，箭在弦上，我不得不发。

我在三叔家里面待了近十天，每天靠吃方便面度日，嘴巴都淡出了个鸟儿来，既然丹成，我就不用再待下去了，收拾一番，跟朵朵说回家吧？她很高兴，拍着手儿在房间里面飞。她是灵体，属性阴，本来就不喜欢待在炽热的环境中，这些天我天天泡在厨房里，肥虫子又在冬眠，没有这小东西在，我又忙着炼丹，其实她还是蛮寂寞的。

我把门锁好，步行十几里，返回大敦子镇的家中。

年关近，父母其实很忙，我一回家，就要帮着照看生意，卖年画对联鞭炮以及一些年货。他们并不问我每天都在干什么，我母亲知道我已经传承了外婆的衣钵，自有一些事情需要忙，只是偶尔唠叨，让我积德行善，不要妄起争斗之心。

我一一答应。

腊月二十八赶年集（又叫赶年场），四面八方村子的人都挤到了镇子上来，颇为热闹。中午的时候，生屯的兰晓东（之前提过的那个老乡）过来我家拜访，说他在江城的快餐店也盘出去了，准备翻年了去南方的洪山，盘个大一点的店子做生意，知道我在家，来问我的意见。我说好啊，那里的经济格局很好，人多兴旺，搞一个饭店，总归是赔不了的。他也忙，吃过中饭就走了。下午时，我父亲的一个远房亲戚过来买对联，父母把他们留下来吃晚饭。

这个亲戚叫做陆原山，他有个儿子叫陆言，算得上我堂弟。

这个堂弟在南方省江城打工，我上次去江城还准备找他玩来着，后来没有电话只有作罢。陆原山我喊他叫做三伯，他还有一个儿子，比我大三岁，很聪明厉害的一个人，去年还是前年的时候，参加劳务派遣到了南太平洋上的一个岛国，后来就失踪了，现在都还没有音讯，实在可惜。

他们家条件不太好，吃晚饭的时候，母亲炒了点莴笋腊肉、半只鸡和一锅猪蹄，然后拌了个凉菜折耳根，从柜台上拿了两瓶青酒，我那三伯居然一口气吃下了半锅猪蹄，酒也喝多了，抱着我父亲直哭。晚上是回不去了，就让他在客房睡下，陆言跟我睡。

有陌生人在，我也不敢放朵朵出来，于是跟陆言聊天。

他是个不怎么爱说话的人，但是一言一行，都很有分寸。讲起在江城打工的经历，他说他去那里主要是为了找寻他哥陆默（他哥就是在江城出去的）。可惜，在国外，太难找，生死不知。我们聊了一阵子，我觉得他这人不错，见识、性格都很好，要是能介绍他去东官帮帮阿根，其实也蛮好。

可是我刚一提起，他摇头说不用了，他现在还是想怎么找他哥，免得他父母惦记。

第二天他就走了，我又有很久都没有再见到他，本来也不曾记起来。之所以特意提起来，是因为我没有想到，这个家里穷困、远在江城打工的堂弟，日后居然成长为睥睨一方的风云人物，牵动了多少人的心思……人生之奇妙，便在于"想不到"三字。

当然，这是后话，暂且不提。

接近年关，过年的气氛开始热闹起来，我经常被朋友叫去喝酒，一块五的农家自酿米酒，经常把一桌子人都灌翻，别人都叫我酒桶。我没事就陪在父母身边，帮忙做事。生意很忙，一直到过年才清闲了几天。我虽然回家，在东官的阿根和几个兄弟都打电话过来拜年，顾老板也打了，最奇怪的是我还接到一个来自美国的电话，是那个叫做雪瑞的少女，她说在美国治疗眼睛，没说几句，就挂了。

马海波、杨宇和黄菲等人都打电话给我拜年，让我翻了年下县城来喝酒——大敦子镇在山上，海拔高，所以叫做下县城——黄菲最近没事就给我发信息，笑话、段子、家长里短。我能够隐约猜测出她对我有一丝好感，心中莫名有些期待和激动。

当然，我也蛮喜欢跟美女聊天的感觉。

初四的早上我乘中巴车到了县城，去包括我小叔在内的几个亲戚家拜年，中午饭本来是在我小叔家吃的，但我那个刚刚成为大学新生的堂弟小华十分不懂事，看我有些不顺眼，小婶子也有些冷淡，我坐了一会就走了，后来到我一个在县一中厨房当炒菜师傅的远房姑姑家吃的饭。

世态炎凉，人情冷暖，我倒不是很在意，要不是为了小叔，我才懒得理我小婶子她们那几个内心狭隘的姨婆子。

下午和马海波、杨宇和黄菲一起吃过饭后，我早早告辞。

他们竭力挽留，但是我仍然坚持，因为，我有期待已久的事情，需要做了。

那就是，召回朵朵的地魂。

第二章 变异地魂

2008年2月10日，初四，宜会亲友、结网、理发、捕捉，忌动土、安葬、破土。

夜，天空低暗，无月也无星，但是过年的气氛仍然很浓，时不时响起一阵鞭炮爆竹之声，刺耳，随即硝烟弥漫。我乘着黑暗来到县城西的雷公河边，这里有一栋大宅，四层楼，围墙高。我默默地在大宅侧边的空地上摆起了醮台，上面摆一个黄柚子、一碗米饭、肥肉鲤鱼猪耳朵各一，点檀香三支，蜡烛一对。

我不是很明白这些东西到底有没有用，然而法门有讲，不敢马虎，只得照做。

醮台四只腿，全部用红色细线缠绕住，编织成网。

醮台前后，我各放置一个火盆，里面燃起三张一折的黄纸钱，我手拿一杆带根的毛竹，顶梢上挂着临时描绘的符布，作招魂幡，一边念简单的招魂咒语，一边不停地摇晃着毛竹上的幡子。朵朵漂浮在我的旁边，我每念完一段咒，就轻声低喊——黄朵朵，快回来啊！黄朵朵，快回来啊……这声音非常凄凉。

朵朵飘在醮台前面，然后蹲着，我每喊一声，她就张开口型，说哎，答应我。

远处摇摇晃晃走来一个人，见这边古怪，想过来瞧上一眼，我瞪着他，他愣了一下神，醒悟过来，赶紧跑开。冬天风大，不时刮来一阵狂风，要把香烛熄灭，我让朵朵护着风。

凌晨十二点的时候，我感觉自己心中突然有一些抖。

我抬起头来看了一下黄家大宅，感觉有一种很莫名、玄妙的亲切感涌出来，我定了一下神，急念清心寡欲咒，然后祭出九转还魂丹在桌子上，对着这丹再次轻声喊道：黄朵朵，快回来啊！黄朵朵，快回来啊……突然我看到醮台上的一对香烛，内焰由黄色，变成了洁白，不时有亮光闪动，噼里啪啦；与此同时，一股黏稠的东西穿透了我的身体，朝我手上抖动的招魂幡中聚集而去。

刚才还在玩闹的朵朵，这个时候，突然停了下来，也不管那香烛的明亮熄灭，定定地看着我手中那用毛竹竿子挑起来的招魂幡。我看到那幡上，有一丝明显区别于周围空气的流动气体在萦绕，卷起了白布，抚弄上面黑色墨迹和用朱砂临摹出来的鬼画符——天可怜见，这招魂幡的图画，都是我照着网上收集的图片画的，没想到真能成事。

朵朵开始变得高兴了，跳到了毛竹的顶端，去追那一团流动的气。

但是那气似乎并不乐意靠近身为阴魂的朵朵，逃开一边去，我这时兴奋得全身都一阵颤抖——这就是朵朵的地魂啦，绝对没错的，真的是运气啊！我也不多言，唱诵招魂咒：老祖传牌令，金刚两面排，千里拘魂症，速归本性来……我念叨着，用足精神去感应那道气流，它被禁锢在这蘸台的方寸之间，很焦虑，不住地反抗着，我一指还魂丹，唱说万般准备，只为今朝，还不速速归来？

我的意念传导给了这地魂，它停住了挣扎，开始围着蘸台桌上的这个黑乎乎的丹团子旋转，附着在上面。我知道，这里面混有朵朵生前的一颗乳牙，这是本源的气息，它疑惑，又天然地亲近着。我突然发现，这黑色丹团子上面，怎么有一丝艳丽的红色，我眨了眨眼睛，感觉这红色似火，形容纹路如同一条简朴的龙。

我惊异，这丹丸我揣在身上有好几天了，怎么就没发现这个情况？

天空中的云层在飘动着，罕见的，在北方的方向露出一颗星辰来，我没有天文学的知识，也分辨不出所以然来，只觉得亮，瞟一眼，感觉有些刺眼。良辰吉日在今朝，再过半个时辰，地魂自然消散，不知去处了，我也顾不得许多，把九转还魂丹托起，放在不断燃烧的香烛上稍微烘烤一下，然后念着罗二妹交予我的口诀，曰：魂兮归来！君无下此幽都兮。

魂兮归来！君无上天兮。

土伯九约，其角觺觺兮。

敦脄血拇，逐人兮。

魂归来……

唱罢，我深吸了一口晨露气，把九转还魂丹高高托起，集尽所有的念力，大喊，说朵朵来吃这还魂丹哟，早日三位一体啦。朵朵看着我，有些发愣。她平日里，靠吸食残余的天魂和香烛之气生活，真正实质上的物品，她一个灵体，哪里吃得下？然而我不理这些，瞪她，让她张口把这稍显硕大的丹药吞下去。

她看着这一大颗黑乎乎、红色游走的丹药，有些害怕，抗拒着不敢过来吃。

关键时刻，她怎么能掉链子？我连哄带骗，她终于点头答应，我轻轻一抛，她接住了这还魂丹，好烫，她左手抛右手，右手抛左手，很委屈地看了我一眼，闭上清澈明亮的眼睛，张大嘴巴，一口就把这还魂丹放入了嘴里。这网球大的还魂丹，刚开始还是黑乎乎的一团，但是一入朵朵灵体之口，就开始发亮起来，黑色变红色，红色变白色，璀璨夺目，在黑夜里，我能够看到它顺着朵朵的食道往下走，然后到了心下绛宫金阙，中丹田的位置停住。

这还魂丹变成了一团能量化的物质，突然一下，变得像100瓦的灯泡那么亮，把朵朵照耀得像透明人一样。她脸上出现了极度痛苦的表情，哇哇地哭，然而却不能动，坐在蘸台上颤抖着。檀香青烟袅袅，一对香烛的火焰，忽闪忽闪的……

她精致可爱、婴儿肥的小脸上开始扭曲起来，青筋浮现，眼睛变幻着。

看着她这痛苦的表情，我心中难受极了，恨不得自己把这苦痛承担。大概两分多钟之后，那炽亮的光团一下子扩散开去，遍达到了朵朵的身体各处，轰的一下，整个蘸台都燃烧起来，火焰熊熊，我还没反应过来，桌子就垮了，上面摆放的碟子盘子全

部散落一地，到处都是火焰，那个削了一层皮的柚子，滴溜溜地滚到河边去了。

而朵朵，整个人则投入到了火焰之中。

我心中一跳，这是什么情况？按道理来说，招回地魂只是很简单的灵体结合，悄无声息的，哪里会有这般古怪异象？这……到底怎么回事？我正纠结着，听到了小孩子清脆的哭喊声，从浮空的火焰里面传来，这声音莫不就是朵朵的声音？

我担心极了，顾不得这烈焰逼人的火，伸手想去火中把朵朵给捞出来。

手一触及这烈焰，就感觉并没有多热，凉凉的，一瞬间所有的寒毛都染上了白霜，我惊异，正想收回手，却被大力拽住，我一看，居然是朵朵的小手，她刚才一直在哭喊，烈焰里我看不到她的眼睛，这一下对上，吓了我一大跳：这个眼睛里燃烧着红色诡异火焰的小女孩子，还是我家朵朵么？只见她下巴变尖了，眼睛也变媚了，像个缩水版的大美女，然而，这眼神冰冷得让我不敢认识，寒光透彻，比我手上开始结冰的温度还低。

她张开嘴，里面有森森的牙齿，雪亮，而且尖锐，低头就咬住我手臂。

我刚认识她的时候，她也咬我，当时有金蚕蛊在，我一点事儿都没有；现在，她又咬我，然而此刻金蚕蛊没在了，那尖锐的牙齿一触及我的手臂，我立刻感到巨大的咬合力，一瞬间我的血就流了出来，被她吸进嘴里。我这下才开始惊慌起来，这不是朵朵，她怎么可能会咬我呢？到底怎么了？我高声大喊了一遍九字真言，完了之后，我大喊道："朵朵，朵朵，我是陆左啊……朵朵，你醒过来！"

手臂上的力道似乎轻了一点儿，显然我的喊叫让朵朵犹豫了一下，我赶紧把手甩开，拉着朵朵，问她怎么了。这时候，朵朵身上的火焰开始熄灭了，然后周围的温度，几乎低了近十度，她浮在离地一米的地方，昂起头来看我，眼睛里仍然是红色，里面没有一丝感情波动。我慌了神，知道这一次鲁莽的行为，可能把事情搞砸了。

突然，朵朵伸出了一对玉藕似的小手，掐住了我的脖子，一下子就把我扑倒在地上。

这力道简直比一个壮汉的力气还要大，我几乎一下子就不能够呼吸了，气喘不上来，立刻觉得所有的血液都往头上涌去。我伸手去拉她，死沉死沉的，我又舍不得打她，憋尽了气力，勉强地说朵朵，朵朵……

我的声音渐渐地低了下去，我的意识都有了一些飘忽。

我在想，饱受佛法熏陶祈祷的古曼童自然是好的，但是用接尸油炼制的小鬼，养起来是不是真的有些不吉利？或许吧……这是一个错误吗？我突然间想起一件事情来：那株十年还魂草被种在了江城植物园的妖树附近，是不是这个原因，让它产生了变异，出现了锯齿形的红色叶子，继而……

朵朵的地魂也受到了感染，有了妖气，所以，朵朵也跟着变异了？

变成妖了吗？

我的意识渐渐地往下沉去，突然，有一个声音在我耳边响起来：陆……陆左？！

第三章　辗转湘西

意识渐渐浮出水面，夜里有寒冷的风吹来，勒住我脖子的力道消失了，我贪婪地呼吸着清新冰冷的空气，肺叶舒张之后，有一种重生的感觉。有人叫我，"陆左陆左……"这声音童稚娇嫩，清脆得像徐福记的酥糖，我勉强抬起了头，只看见苹果脸、西瓜头的朵朵，又重新出现在我怀中。

她用一双无辜的水汪汪大眼睛，看着我，里面有泪水涌动，溢得像月光之下的井。

天啊，我的朵朵，终于回来了。

看到这个乖宝宝的那一刻，我心中涌出了无尽的庆幸，也顾不得刚刚即将死去的紧张，使劲儿抱着她，搂在怀里。我躺在地上，朵朵则扑在我的怀中，抱着她，情绪缓和之后，我能够感觉到与之前有着明显的不同来：她重了，以前轻飘飘像个氢气球，现在居然有小孩子软软的触感了，压在我身上，也有十几斤的重量，而且，她变得有温度了，虽然不高，但也不再是虚无的存在。

而且，最重要的是——她叫我陆左，她能说话了！

她能说话了。

突然之间，我心中暖流涌起，有一种想要和人分享这美好的冲动——我终于能够理解为人父母、小宝宝第一次开口说话时，那种突如其来的兴奋了。我站起来，拉着朵朵的小手，有一种不真实的感觉，好像刚刚发生的一切，都是幻觉一般，然而地上那仍然在徐徐燃烧的蘸台桌子，都显示了这一切是真非假。朵朵一定发生了什么事情，导致了刚才的表现。

想到这里，我低下头想跟她交流一下，然而这一看，我心中大骇——朵朵闭上了眼睛，趴卧在了我的怀里。

她是一个鬼魂，闭上眼睛，为什么？

昏迷了？

我用神识念头与她沟通，然而无论我怎么努力，都连一点儿反馈也没有。这突如其来的难题，让我一下子就六神无主起来，这是什么个情况？十二法门里面没有答案，罗二妹的口述中也没有答案，我平生二十来年的经历中，也找不到相应的方法来，我就这样地抱着她，拍她、捏她、揉她，念净心咒，结内缚印……以及念佛家的莲花生大士六道金刚咒，都没用。

我一下子就懵了。

我抱着朵朵柔软的躯体,像一个失去生命的玩偶布娃娃,眯着眼睛,睫毛长长的,翘起。一种前所未有的恐慌蔓延上了我的心头。我混乱的心里面浮出了一个念头,朵朵不会是……不会是已经……不,我不敢想这个可能——她已经融入到了我的生活中、生命里,失去她,我相信我下半辈子会不开心、不快乐,会一辈子都活在记忆中,在自责的负面情绪中度过。

　　这时候黄家大宅院子里的灯亮了起来,然后有人的说话声,还有狗的吠叫声,更远处,有人的喊声——是刚才被我瞪走的人喊来了治安联防队。我顾不得收拾这里的东西,用招魂幡上的布裹着昏迷的朵朵,转身就跑,她是一个灵体,然而却也有了质量,也有了温度……但是,却没有了意识。这也意味了,小丫头不能够主动返回我胸前的槐木牌中去了!

　　这还真的是一件极不方便的事情。

　　回到我常住的林业招待所,是夜,我一宿没睡,脑子里好像打了结,乱糟糟的一团麻,感觉失去了什么重要的东西,全身酥软,提不上劲儿,什么心思都没有了。一直到凌晨六点多,我才昏昏沉沉睡去,可是没一会儿,就听到有细碎的婴儿哭泣声——哇哇哇……这声音仿佛从我的心里面冒出来,带着寒气,丝丝地渗入我全身的每一个毛孔里。

　　我睁眼醒来,看到朵朵悬在我的床尾,浮空,那张画满符文的招魂幡被她扔在了一边,然后看着我。她小脸呈现出一种天然呆,胖乎乎的可爱,但是几乎没有什么表情,两只眼睛,一只是妖艳的纯粹的红色,让人看一眼就能够想象到无边的血海,另外一只眼睛,黑亮,里面包含着真挚的感情。

　　她的小手,平伸出来,很艰难、一点点地朝我伸来。

　　这姿势,似乎是要掐我。

　　我看着她,心中一点儿惊恐都没有,从那只黑色的眼睛之中,我能够看到真实的朵朵,她对我有着浓郁的依恋和信赖,此刻,在她的躯体里,或者灵体里,应该有着两种念头在斗争着,一个是我所认识的小鬼朵朵,一个是被妖树的妖气感染到的地魂。在几个时辰之前,是朵朵占了上风,让自己昏死过去,那么此刻,又是谁呢?

　　我平静地看着朵朵,一点也不担心她会再次伤害我。

　　朵朵怎么会伤害陆左呢?

　　终于,我看到朵朵陶瓷一样洁净的脸上,露出了一丝痛苦扭曲的表情,不断幻化着,终于,她朝我喊道:"陆左哥哥,封印了我吧……"——什么,她叫我哥哥?这是我的第一反应,然后我赶紧问,朵朵你怎么了?她咬着牙,说她体内有一个坏家伙,要吸血,要吃肉,要吸食活人的精元、灵魂,这个坏家伙太凶了,她快打不过了,让我把她封印在槐木牌中,免得做错事情。

　　所谓封印,这手法在《镇压山峦十二法门》中就有,杂毛小道在给我槐木牌时也附送了一套,但是我法力不够、念力不强,一个人强硬念咒,也完不成事。此刻见到她这副痛苦的样子，我二话不说，立刻结手印，用起引导诀，朵朵摇着小身子挣扎了好久，最后倏地钻了进去。

我胸前的槐木牌突然一沉。

变异之后，朵朵变得重了一些，连寄托的槐木牌都有些沉重。

心思沉了进去，发现这小家伙也进入了沉眠——即思无反馈的"无"的境界。

那一刻，想必我的脸，苦得跟黄连一样。肥虫子沉眠了，是因为这小东西贪嘴，自己把那妖果给啃了个干净，而朵朵，小丫头乖巧可爱得很，事先也几次表现出了极为讨厌那株变异十年还魂草的举动，然而我却一再忽视，直以为自己是对她好，结果……最终我还是害了她。

她会和金蚕蛊那样，一直沉眠，没有醒来的时候吗？

还是偶尔会苏醒，然后被体内的两股意识纠缠而痛苦？

罗二妹说过，人有三魂，天魂身死即消，虚无缥缈向天问，余下两魂，因为本出一源，融合只需借助九转还魂丹（尤其是其中主味十年还魂草）的药力，即可轻易达成。然而，此刻的情况，却是地魂被妖气感染，反过来跟主体人魂争夺灵体的控制权……唉，早知如此，我把那株变异的十年还魂草卖给那小日本子，不但没有今日之事，而且还凭空得到两百万，有了寻找真正十年还魂草的资金——再不济，我自己找个一两年的，然后培养，七八年后再给小丫头召回地魂……

所以说，这世上就没有"要是"二字，一旦念及，心中就是无数个后悔。

我在房间里枯坐了一个多钟头，接到了远在江城的杂毛小道打来的电话，在电话里，他说他做了一个很不好的梦，梦见朵朵遭了灾，被一个红色的火树给放火烧了，哀嚎不已。他醒来时，心惊肉跳，越发觉得不安，于是给我打了电话，问我这边有没有事，不然他是不会做这种梦的。他说得笃定，而我沮丧极了，把事情一五一十地告诉了他。他大怒，在电话那头大骂，说你这个傻瓜，当时发现丹药不正常了干吗不停止，为什么拿朵朵的性命来当赌注？

我任他骂，感觉被人这样狠狠地骂，心里似乎要好受一点儿。

骂完之后，杂毛小道问了一下朵朵现在的情况，沉吟了很久，说他学艺不精，专攻的不是这一方向，而后又被赶出了师门，连个请教的人也没有。不过，之前他提过，在湘西他认识一个同行，也养鬼的，对这方面也有些造诣，要不，他跟那个朋友联系一下，看看他怎么说。

我心中升起了希望，连说好。

过了二十分钟杂毛小道又打了电话过来，说跟那个同行说了，人家勉强答应看看，但是要我赶过去。那人在湘西凤凰的阿拉营镇，说最好快一点，他过几天还有一单生意要去做，可能就不在了。我连道说好，到时候怎么联系他？杂毛小道给了我一个号码，是座机，说到了凤凰县城，就打电话给那人，即可。

我挂了电话，立刻收拾了一下，因为只是暂住，所以也没带什么行李。我打电话给了我父母，说有急事需要去凤凰古城跑一趟，要暂时离家几天。我母亲埋怨，说大正月天，天寒地冻，怎么起了心思，跑那里去呢？我笑笑，也不敢道明实情。然后我又通知了马海波等人，等到给黄菲打电话的时候，我已经坐上了县城前往怀化的第一班汽车。

她埋怨我怎么偷偷跑掉了，说还准备这几天约我去市里面玩一趟呢。我只是安慰她，说以后，以后有的是机会。她又告诉我，说昨天夜里她大伯家房子外面起火，有人在烧桌子，地上有鱼有肉等祭品，是怎么回事？——昨天正好是她堂妹子黄朵朵的忌日，这有什么讲究吗？是有人要下蛊害他们家吗？

我苦笑，总不能自己承认吧，只是敷衍，说不存在，没事的。

她不依，说就认识我这么一个厉害角色，让我务必看看。

我好说歹说，她也不答应，我无奈，于是承诺她，我回来的时候可以帮他大伯家看一看，并且请她去市里面的西餐厅吃牛排。这一顿电话，几乎把我手机打没电了。汽车一直在山路盘旋，这一路足足行了 5 个小时，然后又是转车，一直辗转到了下午六点，我才到了著名的凤凰古城。

第四章 吊脚楼里鬼压床

凤凰古城,这个沈从文先生的故里、曾被新西兰著名作家路易艾黎称赞为中国最美丽的小城,时至如今,已是著名的旅游文化胜地。很多来自城市的游客,来到这里寻找大自然的纯真和少数民族风情,看到那青石板街、沿河吊脚楼以及名人故里,觉得新奇、觉得自然、远离尘世、觉得美。

当然,我并不觉得。

身处同一地域,我早已见惯了如此风情景物(除名人故里之外),也没有觉得有多迷人。就我而言,我个人认为如果没有了沈从文先生,不夸张地说,这座古城便少了一半的魅力。在本文的最前面,我就提过了沈先生,我对先生的崇敬,最早起源于一个姓石的高中语文老师。他说先生的《边城》,其实是可以拿诺贝尔奖的,但可惜诺贝尔奖只授予活着的人,先生又故去得早,于是就失之交臂。这说法我至今都不知道有几分真几分假,只是每当我读起《边城》,总感觉在读自己的家乡,翠翠就生活在我身边,亲切。

可惜,我那在地图上近在咫尺的家乡,就旅游业而言,差了不知道多少倍。

所以,我其实对凤凰能拥有沈先生,有着无比的妒忌。

我大概是下午五点五十到的凤凰,大过年的,少有人旅游到此,地面上看着倒也冷清。总有当地人来拉客,我也不理,径自走开。所谓万寿宫、万名塔、夺翠楼之类闻名的景观也懒得一观。我走到城门口,有个人过来问我要不要住宿,他是个老人,头发白了,在寒风中发抖。我不由想起了我父亲,问在哪里?

他说在河边吊脚楼,不过远些,在下河那边,是民俗屋,家庭客栈,当然,价钱也便宜。

我说好啊,那就去吧。他很高兴,要来帮我拿行李,我来得匆忙,就背了一个小包,里面只有一套换洗衣服和一些常备物品,也没让他拿。其实,除了旅游黄金周、节假日的时候,凤凰的消费并不高,城中最好的天下凤凰大酒店,标准间也不过360元。这大冷天去吊脚楼住着,并不方便,不过我这人,性子一向都随意,也没所谓。

天色已晚,我也饿了一天,到了那民俗屋中把行李放好,我就一边打电话给杂毛小道的那个朋友,一边往热闹的地方溜达,去找吃食。电话过了很久才通,是一个声音低沉的男人接的,当得知我的来意,并不热情,不过也没有推诿,只是让我明天早上去找他,他在家等我。他的冷淡,让我心中有了一些不好的感觉,总感觉阴气十足。虹桥边的夜市,虽是正月,到了晚上也热闹得很,姜糖、米豆腐、臭豆腐、血粑粑、米粉、酸菜鱼……这些东西让我这个吃货兴奋不已,大快朵颐,吃得肚子都撑了,才姗姗返回。

回到家庭客栈已是深夜,我上床歇息,看着四周的木板墙壁,默然不语。

因为是淡季,楼里除了房东,只有我这么一个顾客在,我睡不着,在床上挪动身子,引得木质地板一阵乱响。在苗寨侗乡土家族等少数民族聚居的地区,吊脚楼并不少见,这种建筑大部分都是以木材为主体。靠山吃山、靠水吃水本来也常见,木屋子制造简单便宜,但其稳定性和居住性并不好,隔音很差,我躺在床上,能够听到楼下房东的咳嗽声。

我合上双眼,把双手放到胸前的槐木牌上,闻着木头和桐油的香气。

朵朵并没有沉眠,小丫头一直在和妖气作斗争,双方实力均衡,有胜有败,每当朵朵胜利了,就会把意识蔓延开来,连接到我脑海中,给我安慰。这也使得我的旅途少了许多担忧。朵朵的乖巧,使得我越加的内疚,我暗自下了决心,一定遍访奇人,完成我对她的承诺,让她快乐地在这世间生活。

窗外有风在吹,呼呼。

这声调是田野的呼唤,是大地的心语,是天然的催眠曲。旅途总是劳累的,我不知不觉,合上了眼睛。

迷迷蒙蒙之间,我突然醒来,睁不开眼睛,意识中是一片的黑暗。

我几乎是在一瞬间就清醒了,然而身体却僵直动不了,此时的我还沉浸在刚才的一个梦境里:梦里面,我跌进了水里,四面八方的水蔓延过我的头顶,让我无法呼吸,水草一样的东西(或许是头发)遮住了我的视线,我伸手摸,是丝一样的物质,细滑,黑暗在侵蚀世界,我奋力挣扎,然而越是挣扎,就越往下沉去,我变成了怪物,眼睛有乒乓球一样大,满面都是血,一回头,突然又出现在岸上,看见水面上有一座桥,好多长头发的白衣女人,正往桥上走去……偶尔有一个女人回头来看我,没有脸孔,眼睛、鼻子、耳朵等五官一应皆无,仿佛蒙上了一层白布……

没有脸的白衣女人们,纷纷跳下了只有一半的断桥。

水是黑色的冥水,上面有白骨森森在漂浮,跳下去,便沉了,没有一丝的涟漪。

我醒来了,心神剧动,想喊人,想翻身,想跳起来疯狂地展现出自己的恐惧,然而却是浑身的肌肉酥软,动弹不得,好像被什么东西紧紧包裹,有千斤重。我能够清楚地知道自己躺在床上,盖着厚厚的棉被,但是,我连推开被子的力气都没有。

接着,一股滑腻腻的东西从我脖子处钻了进来。

这东西是一个很长的东西,像是蛇,又像是鱼,表面的黏液将我身上所有的汗毛都惊起来,惊悸就像一股电流,把我全身都电得酥麻,接着,阴森的寒意蔓延进了我所有的毛孔里。

我几乎停止了思考。

之后，我反应过来了，我被鬼压身了。

什么是鬼压身？它也叫做梦魇，是一种潜意识的觉醒、但是支配肌肉的神经中枢还未完全醒来，所以会有很恐怖的不舒服感。当然，这是医学上面的解释，十二法门中有载，人沉睡时是意识防范最薄弱的时候，若周身有邪物，最容易近身。这东西可以是一种生物，也可以不是具象的物质，它或许只是一段虚无缥缈的记忆、电磁波，或者是一个怨气未消的鬼魂……它很弱小，只能够侵入身体虚弱、疲劳久病、阳气不足的人，但是，长此以往，被压者一定精神疲惫、疾病缠身。

我还在奇怪着，那东西已经滑到了我心脏搏动的胸口，然后我感觉到胸口处有麻麻痒痒的被吮吸感。

不对，这不是幻觉，这真的是一个具体的东西。

这不是真正意义上的鬼压身，而是一个有预谋的袭击。虽然头脑极度疲惫，但是我不敢再将自己的意识沉浸下去，而是在心中默念着九字真言，每念一遍，就觉得脑子清醒一番，我默念，越念越快，当念到第九遍的时候，心中一动，身子已经完全恢复了控制！我感到胸口处不对劲，使劲掀开棉被，结"不动明王印"，朝胸口抓去，口中还在怒吼："临……"

声音在小木屋里回荡，我掀开棉被，伸手去抓，感觉到有一股滑腻的东西沿着睡衣往下面蹿，游走到了大腿的位置。我也膈应这种冰凉的东西，使劲一抖，看到一股黑线往地板下电射而去，我跳下床来，拿拖鞋去砸，没砸中，它从窗户的间隙拱了出去，我打开灯，惊魂未定地看着自己的胸口，只见身上湿淋淋的，有很浓重的泥土水腥味。

这时楼下的房东也醒了过来，打开走廊的灯，喊我：陆先生、陆先生，你怎么了？

我没作声，呆呆地看着胸口处，有一个恐怖的咬痕，上面有十七八颗尖锐的牙印，出血了，但是我却没有感觉到疼，好像中了麻醉一样。而我的双手，虎口处不时一阵灼热，烫得厉害。这时门被敲响了，我打开门，房东老头睡眼惺忪地看着我，疑惑地问怎么了？我指着敞开的胸膛，问这是怎么回事？他看着我胸口的牙印，上面的滑腻湿痕腥臭难当，本来还睡得迷迷糊糊的脸一下子就变成了极度的恐惧。我抓着他，问这什么个情况？

他结巴地说，这个，是水鬼吧……

我问他们这里经常闹？——不应该啊，作为一个人气这么旺的旅游城市，鬼怪这种东西怎么可能出现呢？房东老头哭丧着脸，说前半年他们这里刚刚也死了一个游客，胸口也是这样被咬，结果死了，不是中毒、不是流血，而是死于恐惧之后的心肌梗死，奇怪得很。后来，附近有一个擅长此道的高人来看过，说是河边溺死的人，没有及时打捞上来，积怨而成，变成了水鬼。河里冷，它就经常上岸来找人纠缠，索命，下去陪它。

他看着我,默默地望了一会儿,说我是第二个。

这句话让我十分郁闷,看来我人品真的有问题,居然住个店,都碰见了这种倒霉事。说实话,那个东西,看着好像是灵体,但是,又好像是一条蛇……至于到底是什么呢,我心中一点儿底都没有。发生了这样的情况,我自然也不敢睡了,又洗了一个澡,坐在房东客厅的烤火盆旁边,一直守到了天明。我找来镜子看,觉得自己一脸黑气,又困又乏,眼睛里面全是白色的眼屎。

我心中隐隐感觉,似乎前一段时间的事情,有了后遗症了。

天亮了,房东也没敢收我钱,一阵好言相劝,请求我不要去报案。我知道,他开门做生意,就指望着这点住宿费养活一家老小,我也是个性子疏懒的家伙,昨夜的事情,也不想声张,点头承诺后,去找车子前往阿拉营镇。

无论如何,都要先把朵朵的事情,解决了再说。

在我心中,朵朵的事情第一大。

第五章　王氏大屋，炼尸家族

乘车赶往阿拉营，一路风光秀美，如在画中。

虽然我嘴硬，但是也不得不承认，凤凰之所以成为旅游文化名城，确实有独到之处。和凤凰古名凤凰营一样，阿拉营也是由清朝时期镇压苗民的军营，繁衍而成。它是湘西的西大门，云贵高原的必经之地，苗汉两民族聚居地的结合部，算是湘西比较有特色的地带。

我并不知晓要找的人的大号，杂毛小道说诨号叫做地翻天，他让我叫他天叔。地翻天住在天龙峡附近的一个村子里，有些偏远。事出突然，人家未必欢迎我这一个不速之客，也没有到镇子里来接我，我按着天叔给我发的地址，一路寻摸过去，在村头，一个七八岁的小毛孩子拦住了我，问我是不是陆左。

他穿得整齐，说话的语气像个小大人，长得像后来网络传闻的那位"五道杠"。

我说是，又问这孩子是谁？他没理我，让我跟他走就是。我提着些烟酒礼物，跟着他朝村子的深处走去。见他不搭理我，从钱包里抽出一百块钱，递给他，说来得匆忙，没准备，这一百块就当是给他的压岁钱了。他接过来，揣在兜里，表情缓和了些，也肯说话了。他说他叫王永发，王三天是他爹，他是王三天的小儿子。他们家有十五口人，他太爷爷一百岁了，耳不聋眼不花，一口牙齿又白又整齐，一步蹿出好几米。

我一边跟着他走，一边套着话。

他家并没有住在村子里，穿过村子中间的土路，又翻了几个小坡，转过一大片树林子、竹林子，就看到山坳子那里有一大座房子，三层楼房，砖木混合结构，一楼外覆洁白的瓷砖，马头墙装饰的鳌头，镂花的门窗，小巧别致，古色古香，有很浓重的民族特色，也气派——这房子修得有十几年了，看着却比村口那几家钢筋混凝土的建筑，还要好看。

是个有钱人家呢，我心想着。

难怪这小毛孩子接过我这一百块钱，眼睛都没有眨一下，显然也是个见惯了富贵的孩子。

来到房子前的小院，小毛孩冲里面喊，说哆哆，你要接的人我给带过来了。房门被推开，走出一个瘦小、一脸精明的汉子来。他大概四十多岁，穿着像个乡干部，留着两撮小胡须，脸色白皙，脸颊上有几颗细碎的麻子，眼睛很灵活，走出来时，那对眼珠子一骨碌，我就感觉自己被他看了个通透。

他走上前来，看了一下我，问你就是陆左啊？

我跟他打招呼，说天叔，我就是萧克明提过的陆左，初次拜访，不知您喜欢什么，随意买了点儿，聊表敬意。我把礼物给他，这礼物足足花了我好几千块钱，他却连眉毛都没有皱一下，表情冷淡，挥挥手，让小儿子接了，把东西提到堂屋去。

我靠近了他，闻到一股土腥子的味道，很涩很膻，闻得嘴巴里发苦。

楼上的窗子在动，我能够感觉到有人在窥探我，很好奇的眼神在朝我扫量着。

地翻天（本名王三天）带着我来到一间小厅里，把窗帘拉上，开门见山地对我说，既然是小萧介绍过来的，那么也都是行内人了，有什么事情，就不要弯弯绕绕地转，也不要藏着掖着了，直接讲吧。我能够听出不耐烦来，转念一想，江湖人，都不愿意太多人知道自己的具体住处，以免得罪人，祸及家人。我就跟他说起我养了一个小鬼，在召回地魂的时候出了一些岔子，结果这小鬼人格分裂了，一个是我熟悉的灵体，一个是有诡异红色光芒的妖体……

当我讲道朵朵有了十几斤的重量，以及一丝温度时，他突然出言打断了我，说这是不可能的。

什么是鬼？它其实就是人身故之后，不肯去该去的地方，残留在世间的魂魄。它是一种脱离肉体独立存在的思维，或者意识体，是另一种生命的延续，它捉摸不定，但是有法可依，也有具体的、统一的定论。正典记载的三十七种鬼里面，没有一种是我说的这种鬼。

或者说，我养的这个已经不是鬼了。

地翻天让我把朵朵召唤出来给他看看，我说她被我暂时封印了，出不来，也不受控制。解开封印行不行？不行，如此反复，受伤害的最终还是朵朵。地翻天摇摇头，说他知道的召回地魂一事，虽不得法门，但是也跟我描述的完全不同。这个东西，讲究的是一个水到渠成、悄无声息——随风潜入夜，润物细无声——哪里会有那些乱七八糟的火焰，还燃烧？

这可真的古怪了。

他这一脉，祖上是赶尸的匠人出身，习的是楚巫祝由一派，擅长玩弄僵尸死人，后来火葬盛行，这个行当就开始逐渐衰退下来，糊不了口，机缘巧合之下又偷习了炼鬼的法门，几代精研，终于有了如今的气候，算得上有些造诣，但是传承并不完整——这是他的说法，我来之前听杂毛小道跟我谈及地翻天，说这位可是一个了不起的人物，高手在民间，他的名号并不响，但是认识他的同行都知道，地翻天可是一个尸丹高手。

何谓尸丹？炼丹术在中国自古有之，分内丹外丹之说。内丹是以天人合一的思想为指导，以人体为鼎炉，精气神为药物，而在体内凝练结丹的修行方式。而外丹，则是指自道教创立后，道士从先秦方士手里继承来的炼丹遗产，为制取"长生不死"药的需要，遂发展为秘传的实验技术。相较于虚无缥缈、无悟性体质就难以把握的内丹而言，外丹的普及性更加的广泛，甚至还成为现代化学的前身。

炼丹的方法和材料有很多种，草药矿石、奇珍异物……然而也有一些比较出格的材料，比如用下宫血，比如用极秽之物，或者童男童女……再比如以人类的尸体为材料，结合内丹、外丹的长处，用特殊手法焚烧练就，而成尸丹。

杂毛小道说得隐晦，也不肯说明详尽之处，但是我也知道面前这个瘦小的中年男子，在研究死者、灵魂方面，是个大拿级人物。

地翻天摸着我胸口的槐木牌半晌，也分析不出个所以然来，眉头皱成了川字。

在他所擅长的领域，他惯于有着权威的态度，如今瞧不出蹊跷，心中却也有些不爽，觉得面子挂不住，白摆了一番高人姿态。他站起来，仔细打量了一下我，皱着眉头问我这几天是不是有祸事？我没隐瞒，说是，昨天晚上碰到了一个像蛇一样的东西，房东说是水鬼。他点头，问是不是城西那一块？我说是，他说他去那里见过，真是个水鬼，溺水身亡的小孩子，后来附上了一条无目蛇，到处来害人。本来准备捉了它的，可惜蹲守了几次，都没见着。他定着眼睛看我，说知道为什么水鬼会找我吗？

我摇头，他让我伸出双手来，我张开手，虎口上是蓝色的印记，这是一个靛蓝的痕迹，像蜡染，扭曲的图案，像蛇又像龙，居然跟我那天在九转还魂丹上看到的红色图案，有着百分之七十的相似。

他深吸了一口凉气，摇着头对我叹息，说："你怎么惹到了这么厉害凶狠的诅咒？"

我说就这玩意儿？

他点头，表情凝重。于是我把年前剿灭矮骡子的事情说与他听，他听了直摇头，说我太年轻——矮骡子是什么？是最记仇的山林野物，活着尚想着报复人，死了，灵魂厉魄也不会回归苍冥幽府，不肯走，自然会把仇怨附着在这血液凝成的诅咒中。你说的什么真神，这些我也没听过，但是有一点，估计你现在，就是个吸铁石了，什么乱七八糟的事情，都会往你身上靠！

难怪了，难怪了，一见你就觉得黑气浓郁、大凶之相，开始还以为是养小鬼所致，现在看来，对了。

被诅咒了，这怨力，足足可以抵得上几十上百人的仇怨呢！

果真是据说能够沟通灵界的生物。

我的脸垮了下来，没想到啊没想到，最初的最初，我不就是想弄顶帽子吗？至于吗？这么没完没了！

我问他，那我怎么办？朵朵这事怎么办？

地翻天说先别急，到饭点了，先吃饭再说。吃完饭，找老太爷给瞧上一瞧。他口中的老太爷，自然指的是那个历经风雨、已经一百来岁的老人啦。我不知道地翻天的态度为何变化了，刚刚还爱理不理，这会儿居然留饭了——也许他是出于礼貌。

王家大屋人口多，吃饭也比较热闹。除了小儿子王永发之外，地翻天还有三个闺女，以及他两个弟弟的儿女。地翻天的大闺女嫁人了，二闺女芳龄十七，正是含苞待放的年纪，长得也漂亮，一谈及，居然是中南大学的大一学生，果然是了不起，与时俱进。我坐在地翻天旁边，许是过年，一大桌子菜，有鱼有肉，大片的腊肉油光孜孜，我却没有胃口，吃了点酸鱼，感觉味道并不正。

主要是地翻天和他两个老弟身上，都有一股难闻的土腥子味。而那须发全白的老爷子身上虽然有用沉香来掩盖，却有着一股子挥散不去的死人味。

我不用猜，这家人肯定是团伙型的土夫子。

这一点，从房间里摆的那些瓷瓶铜器都能够看到，全明器。难怪他们会住得这么偏，人不多眼不杂，也只有如此，才没有太多的忌讳。

地翻天老爹去世了（想必是折在了墓中——湘西的古墓不多，但个顶个的凶险，而且粽子也多），他爷爷是个貌似得道真人一般的老人，鹤发童颜，但是吃肉却比谁都凶，半指长的粉蒸肉，他老人家一口气吃四条，不带喘气的。饭后，地翻天带着我来到了他爷爷的房间里，给我引见。

"你是农历七月十五出生的？"老太爷一见到我，什么话都没讲，就问。

第六章　尸洞子

我发誓，我绝对没有把我的生日告诉地翻天以及他爷爷。

但是我不敢肯定杂毛小道会不会透露。

不过我想不会，按道理说，业内很少有人会把自己真实的生辰八字告诉别人，以防被下降头、诅咒，杂毛小道是个极有分寸的人，他即使看过我的身份证，也不会没轻没重地胡乱说出，犯了忌讳。当然，也不排除是这个眉毛胡须一把白的老太爷自己掐算出来的。

如是，那么他就一定有所道行了。

不过，"语出惊人"这门学问，是算命者的必备功课，镇普通人还可以，镇我这种半只脚入行的人，自然效果甚微。我平淡地笑，说正是，老爷子倒是好神通。

他摇了摇头，说"我是多疑之人，不必奉承"。我这回中的诅咒，天下间能解之人，不出一对手掌，个顶个的都是经年日久的老家伙，或供奉要津，或隐居世外，或掌一大派，请不动，也请不起。但若只是单单镇压之，却并不需要费这么多手段，请一精通佛法、道法的高人，请神开光，授予一符箓、一磨砺戾气之物而已。不过呢，这诅咒有害也有利，可招惹厉鬼恶煞，但也可以威震宵小，福兮祸兮，全凭各人看法。

我长鞠到地，说请老爷子赐教则个。

他摇头，说他也不会，闻道有先后，术业有专攻，他们一族，习的都是些死人骨头的法子，这法门实用、简单、迅捷，但是肮脏、不好听也不好看。常年与污秽为伍，也算不得什么正派人士。我说我并非为了我自己这劳什子诅咒，而是为了我怀中这小鬼，我视她如同骨肉，如己出，只望老爷子成全。

他摇头，说这种情况，他也无能为力，为何？

养鬼一道的精义，最早出于道教的指导思想，他们这些凡夫俗子，修的都是些微末粗浅的东西，很难明白其意，想要追根溯源，还得求大宗。何为大宗，即那些有名的教派，比如正一教、上清派、武当、茅山、崂山、青城山等，遍访名山大川而得之，是谓正途。

我不说话，知道他们是在拒绝我，敷衍我。

见我沉默了，地翻天抽了抽鼻子，想送客。他爷爷伸手拦住了，好言说："说起来，小萧有位师长，曾和我有过并肩的情谊——那已经是1949年以前、陈芝麻烂谷子的事情了——如今故人已入地下，归幽府了。但是，逝者去，活人还在，老汉我并没有忘记那段情分,也不敢让故人之后笑话。你来我凤凰王家,我也不让你空手而回,世界之大,总有一些你没见过、不敢相信的东西,三天我孙,你来,给这位远道而来的小友看一看咱家的本事。"

地翻天有点愣神,看了一下老爷子,见他说得肯定,点了点头,伸出左手,把袖子撸起来,露出一串黄黑色的光洁珠子,这珠子像玛瑙、像琥珀,屋子里窗帘拉上,很暗,但是这珠子却不知道从哪里借到了光,灰蒙蒙的一圈亮,有雾霭,这黑雾远远地透着一股子冷气。

他对着珠子,念叨着经文,含含糊糊,非汉非苗,这语言怪异。

过了一会儿,房间里多了一团黑影,畏畏缩缩地蹲在墙根上,然而当我注视过去时,与它的关注力对上,一种莫名的凶煞便浮上了心头,遍体生凉。地翻天拍了拍我的肩膀,说不用怕,这个鬼是五鬼搬运术中的木鬼,已经驯服了的,虽恶,但是也能听话,受制于符箓,不乱伤人的。

他说完话,我感觉到房间里又多出四股气旋,在我衣袂边游绕着,空气中有呜呜的哭咽声。

地翻天对我说,明白人不讲糊涂话,既然都是养鬼,也不提防什么,魑魅魍魉此物古已有之,他今天的成就,皆在这五鬼身上,今日给我知晓,便是认了我这朋友,以后有难事,尽管说,但是这一次,他们是帮不了的。

我伸手去捉从我腰侧滑过去的黑影,那黑影陡然转过头来,雾气里有一张惨白的脸孔,眼珠子是纯净的白色,脸上扭曲抽动着,愤怒地看着我,咧嘴一口獠牙。地翻天连忙拉住了我,说我的双手,既遭阴物忌恨,又是能够伤害到阴物的东西,可不能乱摸,他这鬼物,能缠人,不拘百里,都能够害人致死——当然他养这鬼,也只为求财。

坐在太师椅上的老爷子,一直没动,看着我。

我听出来了,展现实力,这算是一种威胁——除了杂毛小道这个引荐人之外,他们并不了解我,既然我知晓了他们的底细,那么不妨把爪子给亮出来,让我行事时心中也有些忌惮,怕他们几分。

正如他们所说,他们所作所为并非正道,对我这个来历不明的家伙,自然忌惮。

我点点头,说见识了,果然不凡。

地翻天一扬胳膊,收手,然后笑着对我说不好意思,我远道而来,他们也帮不上什么忙,只是耍弄个小戏法,胡乱玩闹一下而已。黔地的蛊师、湘西的赶尸匠,都是旁门左道中人,天生的渊源,大家离得也近,相互之间也应多多交流交流才是。我说这话在理,闭门造车,终究是穷途末路,走不通的,还是要沟通的好。

老爷子端起茶,我站起来,便要告辞了。

这时门被小心推开,然后地翻天的二女儿探进身子来,焦急地说,她小弟掉进地窖子里面去了。我还在愣神这地窖子到底是什么东西(南方不似北方,要挖地窖储存大白菜、蔬菜水果,这些东西大部分都放楼上的储藏室里),地翻天顿时脸色大变,也顾不得招呼我离开,推开门便走,连这百岁的老爷子也焦急得很,站起来,朝跑出去的地翻天喊道:"带上'地灵镇尸符'!"

老爷子这一声嘱咐,我清楚了,感情这地窖是用来藏尸的。湘西有三奇,赶尸、放蛊、落花洞女——这些家伙,不会在鼓捣僵尸吧?

什么是僵尸?僵尸泛指一切四肢僵硬,头不低,眼不斜,腿不分,不腐烂的尸体,一种死后经过很长时间却仍然没有腐烂的尸体。种类也多,有上古传说的旱魃、飞天铜尸这种大拿,也有在养尸地养精蓄锐百年千年的大粽子,当然也有人制的尸体。湘西这一块,擅长赶尸,人死之后,将辰砂(最好的朱砂)置于死者的脑门心、背膛心、胸膛心窝、左右手板心、脚掌心等七处,每处以一道神符压住,再用五色布条绑紧。之后,还要将一些朱砂塞入死者的耳、鼻、口中,再以神符堵紧。

此举是为了封住死者的三魂七魄。

古代时,炼制僵尸是因为湘西多山,交通不便,传统的观念都是要落叶归根的,所以赶尸匠们便炼制起来,送客死异乡的人返乡安葬。但是如今这王家炼尸,是为何?

我突然想起之前杂毛小道提过的,地翻天是炼尸丹高手。

这王家老爷子百来岁了,精气神犹如五六十岁,是不是就是服用了尸丹的缘故?

只是,这尸体从哪里来的?

电光火石之间,我心中闪过了无数想法,正想着凑上去围观,打一回酱油,结果这王家老爷子轻拍了我一下,要送客。我虽然心中痒痒,但是也不能硬闯,这一家子都是有些本事的人,我也不敢造次,走出了院子,没走几步,就听地翻天喊我。

我回转过头去,只见地翻天紧紧拉住我,让我跟他走。

他力气很大,人还没到一米六,但是拉起我来,几乎像一头牛。我大声问怎么啦,怎么回事?他说帮个小忙。我说帮忙可以,但是讲清楚了。他一边拖着我走,一边说他儿子掉进了地窖里,很危险。我说进去救出来不就完了?他摇头,跟我讲老实话,里面是他们家炼制尸体的储藏室,本来也没有什么,但是今天时辰不对——正月初六,毛上臭,大害。

我听不懂,问你们这些专家都不上,找我干吗去?

他不答,只说他有门法子,可以让我家小鬼自我修行,战胜邪物,只要我能救出他家屁孩子,就给我。我大怒,心说麻辣隔壁的,原来这老小子有,却藏私——我就说杂毛小道为何让我来找他呢,果真是有缘由的。不过骂虽骂,我心里面却激动死了,满脑子只想着,朵朵有救了,朵朵有救了……

三步两步,越过这丛屋子,来到后面的院场,他这房子依山而建,院子周围栽了一排的老槐树,树枝长得古怪离奇,白天看都阴气森森,让人不舒服。周围有很多石头,东一堆西一撮,显然是经过布置。那个地窖在场院的西边,离它六米远有一口

井，井口的青石板长满了青苔，显然是没用来取水的。

窖井口围了一堆人，有个络腮胡子的男人在打孩子，那熊孩子六七岁，哇哇地叫，声音悲切得很，藏了不知多少的委屈。

地翻天低声喝止了这男人，让所有人闪开，退回屋子里去。

地翻天把一捆绳子给我，说把永发拉上来后，立即往田埂上跑，跑得越远越好，千万不要回头。我问为什么？里面莫非有僵尸不成？他没说话，看了下天，阴沉阴沉的，声音也越发低沉，说去吧，办好了，那法子就给我。我心中知道此事必有蹊跷，但是也没有办法，拿着绳子来到了窖井边缘。

盖住井口的木板被扔在一边，里面黑黢黢，也没有听到哭声，甚至静得连呼吸声都没听见，地翻天在远处指挥我救援。我攥紧绳子，把头凑到井边，还没反应过来，一股混合着硫磺、香料的尸臭味道，就扑面而来，熏得我把刚刚吃的肥腊肉都一口吐了出来。

呃……

这一口呕吐物淋下了井底，立刻有一声哇哇叫。

第七章　十二尸追，金蚕蛊现

这一声哇哇叫我立刻听出来了，是之前带我进来的小孩子王永发。

被我的呕吐物淋了一头，他也忍不住了，又哭又吐，陡然间，我就觉得洞子里面的气氛，阴森了好几分。这井是竖井，我打量了一下，足足有三四米高，也不知道小家伙有没有摔到哪里。地翻天听到洞子里的哭声，顿时就炸了，在远处大喊——快点、快点放绳……他焦躁的情绪立刻感染到了我，我不假思索，几乎是把绳子给扔了进去，王永发这小孩儿也挺灵活，一下就攥紧了绳子。

我忍着这股恶臭味，伸手一提，这熊孩子壮，有五六十斤重，但是我久经金蚕蛊滋养，膂力强，而且爆发力也足，几乎只用了十秒钟，三下两下就拉了上来。他一上来我乐了，这小孩子，头上披着汤汤水水，挂得五颜六色，居然还有半块肥腊肉——好吧，这件事情我很抱歉，因为实在是太臭了。我伸手拽住他的手，把他拉上了地面来，就听到地翻天在远处猛喊："永发我儿，快跑，往屋子里跑……"

那小孩子机灵，根本就顾不得头上的肮脏，把我手猛甩开，然后像兔子一样蹿出去。

我惊讶，看见地翻天、他婆娘、他两个弟弟都扯着绑了很多符纸的红绳子，有人还拿了一盆黑血，那个络腮胡的老弟居然拿出了一杆电视里才能见到的霰弹枪，虎视眈眈地看向我这边，就连那个鹤发童颜的老头子，手上也攥了一沓符箓。我立刻感觉到了事态的严重，想起了地翻天刚才交待的话语，转身奔向了房子后边的田埂。

我刚一转身，就听到后边有一物跳出了井口。

一阵腥臭难当的风朝我这边吹来，我来不及闪，就地一个懒驴打滚，避了开去。在地上滚着，我抽空一看，哎呀我的妈呀，只见井口蹦出了好几个高矮不一、脸色青黑的人，身体僵直、眼神无光直勾勾的，有穿着青黑色中山装的，也有衣衫褴褛的，裸露出来的肌肤像风干的腊肉，全部都长了一层蒙蒙的白毛（有的是黑毛），嘴一张，居然全部都是利齿，恶臭扑鼻。

我全身一阵鸡皮疙瘩，惊悚的寒意从头顶一直蔓延到了尾椎骨上。

我突然想明白了地翻天为什么一定要让我来救他儿子，甚至愿意付出他之前不愿提及的某种法门来做代价：《镇压山峦十二法门》中提及僵尸一节，说到僵尸有一定的生前记忆、靠气息识人，平时安息，若被惊厥时，心中自然会有凶煞庆气，就必须找人索命，索一人命，四下无声息，它便心安，重归沉眠之中。

我是个受到诅咒、招惹邪物的家伙，就目标的强弱而言，肯定比他儿子大。

我心中充满怒火,地翻天来这一手,是要让我和他儿子换命。

虽然我愿意为了朵朵抛头颅洒热血,但是却不愿意为一个虚无缥缈的承诺白白送死,我心中那个气啊,简直能够把肺给撑炸了。可是我却没有半分激动的时间,甚至连骂娘的心思都不敢有,因为就在我滚停爬起的时候,井口已经整整出现了十二个僵尸,跳着脚,朝我扑来,离我最近的一个,两寸长的青黑色指甲已经快触及我的背上了。

有一个长相最清秀的小个子僵尸,张着一口黑牙的嘴,朝我屁股咬来。

它似乎比较钟爱这个部位。

我望着阴霾的天空,迸发出了平生最快的速度,我并没有往大屋旁边的田埂上跑,而是朝地翻天他们那伙严阵以待的人群中跑去——麻辣个巴子,我不能白给人坑,要死一起死。这个念头刚一冒起,立即熄灭,我九十度大转弯,身手灵活地折向了侧边的田埂,身后是一群追逐着我的活死人。

以及……一脸严肃的络腮胡子,和他手中对准了我的枪口——娘的!!!我心中的脏话已经骂了无数遍,这次真的被人坑了。

无尽的后悔涌上了我的心头,太年轻啊太年轻,地翻天的承诺轻飘飘,而我懵了,直以为朵朵恢复无恙,哪知道自己却要小命不保了。我跑,三步两步就冲到了田里,大冷天,水田里全部都是干的泥巴,还有些庄稼茬,我脚步不停,眼睛望着坡度渐陡的斜坡子和远处的小路,脑子里乱,不知道怎么跑。

这时听到头顶"呼"的一声,又有一物飞过我的头顶,重重砸在我面前。我心中一凉——哇,这玩意儿是跳尸吗?

清朝中期著名文学家袁枚著有一部笔记《子不语》,曾把僵尸的种类分为紫僵、白僵、绿僵、毛僵、飞僵、游尸、伏尸、不化骨。而我的那本十二法门中,则把僵尸分为六等,分别为白僵、黑僵、跳尸、飞尸、尸魔(又名"魃"),最后一种……这个太扯淡了,反人类,不提也罢。我是第一次遇到这玩意儿,不懂,但是知道身手敏捷如此的,必定是凶猛到跳尸这一级别了!

什么是跳尸?黑僵纳阴吸血几十年,黑毛脱去,跳着走路,虽怕阳光,但并不怕人和任何家畜。

这种玩意儿,太恐怖。

那家伙一脸老态,长得有点像我的偶像爱因斯坦先生,但是脸部的肌肉已经开始僵化,腮部居然腐化了,里面还有几条大头黑蛆在蠕动着,眼球翻成了白色,衣服是褴褛的苗家蓝土布。它爬起来,黑爪子一甩来,我猝不及防,伸手一挡,就像被东风重卡猛地一撞一般,手肘几乎碎裂,人像炮弹一样朝后飞去。

后面是哪里?那是一群浑身腐臭的活死人,在朝我奔来。

我在空中飞行一阵,耳边风飕飕地刮着,没反应,就感到重重地撞到一具僵硬的身体上,连带着一起跌倒。我精神高度集中,自然也未曾昏迷——此刻要是敢闭眼,我永远就没有睁开眼睛的可能。我手撑着下面的身体，触手滑滑的，很黏，是积年的尸膏，白色油状，非常臭，巨恶心，我跳起来，发现四周已经围上了一圈的活死人，伸出手朝我抓来。

我想着地翻天他爷爷提及我的双手，说虽中诅咒，但是也有了些道行，能够镇压宵小。

咬着牙，我几乎用上了全身的力气，双手前拍，使出山寨版的"排山倒海"，一下子猛击到一头浑身长白毛的尸体身上，一瞬间我的手掌灼热，居然把它拍退一米多，没等我信心大振，准备大杀四方，周围拢过来的僵尸七手八脚，全部遮盖了我的视线。双拳自然难敌四脚，我只是一个普通凡人，不是吕洞宾，不是济公和尚，更不是××真仙，哪里抗得住这个，一下子胳膊和身上就被尖锐的指甲划伤，流出许多血来。

我咬着牙想突围，哪知脚却被我刚才撞到的那个僵尸，给紧紧拉住。

我轰然倒地，除了感到与地心引力接触的疼痛外，一股酥麻的黑暗从伤口处蔓延到整个意识之中。

我中尸毒了。

心里面有无数的邪恶等待着释放，欲望在瞬间倍数增加。

我看见了不远处，地翻天和其他人摇头叹着气，一副怜悯的神情。更远处，阴霾的云层层叠叠，堆积在青山之上。这里是天龙峡，浮脉阴森之地，山峦汇聚，九水临渊，无数人死于战乱和反叛、镇压之中，怨气凝聚不散，天然的养尸地。

十来双手朝我抓来，我右边的大腿已经被咬到了。

我要死了吗？死于一次平常的求医问药之旅，死于一次意外的惊尸之变，死于一伙没有良心的炼尸养鬼之人的嫁祸……该死的杂毛小道你介绍的好地方，狗屁地翻天，这都什么人啊？

接着，铺天盖地的手、脚、嘴全部攻击向了我。

我要死了……

我死之后，僵尸全部溜回尸洞，安息，地翻天就可以收敛气息，然后在每头僵尸额头上贴上"地灵镇尸符"，继续炼制他的尸丹，以求长命百岁、富贵荣华。可怜我七尺男儿，被这一番撕咬，尸首无存，无家可归，说不定还被炼制成鬼物，无意识地被人驱使，做些翻坟倒墓的屁事儿。

一想到这悲催的诸事，我的求生欲望就强烈到了极点。

此刻我已经没有别的依靠了，小宇宙也爆发不出来，唯有把所有的希望都付诸这一句神奇的话语："有请金蚕蛊现身！有请金蚕蛊现身……该死的，你这肥虫子再不起床，咱哥俩就一起下黄泉吧！"

本命本命，本来就是一个相互依存的同命关系。

这威胁基本上已经到了生死安危的程度。

然后我突然感到身下一阵蠕动。

菊门一松。

我擦嘞！

说好的不走呢？怎么还来……不过我已经顾不得这些小破事情了，泪流满面地看着我身子周围金光一现，身上的酥麻感消失，蔓延上来的昏沉黑暗潮水一般地退去。然后，一道无形的威严压制了所有想要扑上来的僵尸，它仿佛是闯进了狼窝的猛虎，用颇有王者风范的骄傲，看着眼前这肮脏的一切。

僵尸会退却吗？显然不是，它那被尸鳖和岁月蛀坏的大脑，显然装不下太多敬畏的情感，仅仅只是稍微地愣了一下，停顿，接着又朝我抓来。我至少被六只爪子抓住，高高举起，稍一用力，我就会被大卸八块。

我被平托而起。

然后我见到了久违的金蚕蛊，它飞到了我眼前，这肥虫子越发的肥硕了，一双黑豆眼滴溜溜地转，似乎在嘲笑我，又或者在表达思念之情……以及被吵醒的不快——这肥虫子经常有起床气。我见到它金黄色的头顶，多了一道小小的肉茧，是鲜艳的红色，像一个王冠。

头顶是越发昏暗的天空，我眨了眨眼睛，这小东西哧溜一下，不见了！

第八章　破尸阵，得丝帛

我望着天，阴沉沉，飕飕的凉风在冬天的青山窝子里刮过。

也不知道是幻觉还是真实，耳朵边上听到"唰"的一声，就像西部电影里，拔刀砍人的呼啸，直接印入我心里。

接着，所有的景象往上面蹿，我重重地跌落下地来，屁股着地，而刚才举托着我的那七八双手的主人，被最凶猛的那个跳尸"唰唰"几下，给大力掼飞出去。我就地一滚，仍然有许多尸浆溅起，洒落在我身上，还有许多尸虫子掉落下来。这些我都没在意，朝人影少的地方突围而去。刚跑出两步，就被一个一身黑毛的腐面僵尸给拉住了脚，有金蚕蛊在，我的胆气也增加了不少，俯蹲下身子，结"大金刚轮印"，口吐"镖"字，狠狠地印在它脑门上。

这一印拍出即中，我立刻感觉到空气中，出现震荡感，无形的波纹在虚无的空间回荡开去。

太意外了，这震荡感居然是我一手弄出来的。

这就是"炁"，道家的组成根本，念力具象化的表现形式。

"镖"一字，由神海念起，经上中下三丹田，过腹脏，肺部扩张，喉结、鼻腔共鸣，与空气万物呼应，一举而成。口中吐字，印法呼应之，攻击力全部集中于手部。然后我手掌立刻一阵灼热，暖洋洋，自己没感到烫，反而是被我拍中的活死人，"嗷嗷"地叫唤着，悲鸣着倒地而去，动弹不得。

它没有再次爬起来，我能够感觉到它残余的魄，被我拍散。

《子不语》有云："人之魂善而魄恶，人之魂灵而魄愚，魄主宰人身，当魂离开人体，便会沦为恶鬼僵尸。"

活死人，无魂有魄，若将魄再拍散，则就变成了死得不能再死的死人了。这是一种高级的除尸方式，也简单粗暴，适用于有气感、有道行的有道之士，比如……我，嘿嘿。此外还有符咒来镇压、禁锢、布阵、枣核七枚……等缓和的方式，以及终极的火烧——放火烧之，啧啧之声，血涌骨鸣。

能感受到"炁"，说明我已经有了气感，进入了一个全新的领域。

这进步让我欣喜若狂，全身的毛孔都舒张开来，顾不得身上的伤势和周遭的恶臭，与追击我而来的白毛、黑毛等种类的僵尸，厮打起来。这打斗姿势并不好看，像街边的泼皮打架，掐脖子扯脸的。然而我心中却无所畏惧，唯一的恶感，也只是嫌弃这对手太脏太臭，邋遢得很，污秽了我的手掌。然而见惯如此，我也只有咬着牙，强

忍着。

　　与此同时,那头叛变的厉害僵尸,手起爪落,居然拍飞了好几头同类,有一头,居然被一掌拍裂,碎成了六七块腐臭的肉块——好厉害的掌劲,这位仁兄生前莫不是学过传说中的"降龙十八掌"?我痛,大腿上被咬了一大口,血肉模糊,也不知道是否中毒,身上至少有七八道血淋淋的伤口,但是我却也不跑了,咬着牙,与冲上来的僵尸周旋、躲闪,抽冷子就大喝一声"镖",印脑门上将其残魄拍散——亏得这些僵尸个儿都不高,我拍得也顺手。

　　僵尸到底是故去的活死人,动作略缓慢,而我受到的攻击范围减小,也活动得开。

　　地翻天等人见到局势如此逆转,均咋舌不已,又见最厉害的那头僵尸另投了门庭,站不住脚了,纷纷围上来,有持桃木剑的、有持红符绳的、有拿黄纸符贴脑门的……一时之间,八仙过海,一拥而上。那个拿霰弹枪的络腮胡子,求饶似的朝我呼喊:"哎!陆小弟、陆小弟,手下留情,莫都拍散了哟……我们留着还有大用的呢!"

　　人多自然力量大,没多时,僵尸们定的定、死的死——这死,指的是烟消云散的死——唯剩下了那一头长得像科学巨人的跳尸,正在奋力地撕扯着已经失去魂魄的尸体,大卸八块,血肉飞扬,搞得场面十分血腥。王家人全部围上来,神情复杂地看着这头他们原本引以为傲的跳尸,地翻天嘴唇轻抖,默念着安息灵魂的咒语,然而却一直无用,沟通不上,最后无奈地看着我。

　　显然,他是明眼人,看得出来是我在捣鬼了。

　　然而金蚕蛊这肥虫子,大部分的时候都不听我使唤,任性得很,我心里也没底。

　　不过在此时此刻,我唯有装傻,不看那头作乱的僵尸,盯着地翻天,说那法门呢?他沉默了一会儿,其间还瞅了一眼他爷爷,最后长叹道:"我给你、我给你,只盼你别毁了这小黑天,这可是我们家传承多年的尸宝,还指望着一直传下去呢!"我点头,他转身往屋子里走去,一分钟后,他拿出一卷黄色的丝帛,走到我面前,递给我。

　　我接过来,摊开,这丝帛有两张A4纸大小,里面有密密麻麻、几千字的蝇头小楷。从右到左、从上到下,右边起头,用魏碑体书写了四个大字——《鬼道真解》。

　　地翻天指着这丝帛,有些不舍:"这册卷子,是我爷爷与几个同行在1949年以前,从明代一个白莲教楚南舵主的墓葬里面,翻出来的。那墓十分凶险,过程自不必说,弟兄都死了大半,足见其珍贵。我炼制五鬼搬运术的法子,也来自于此。这里面,就有三魂还剩两魂的鬼魂修炼的法门——也有拓本,但是你今天也吃了些亏,这真本,就当是给补偿你吧……"

　　我盯着他,问这是真的吗?莫哄我啊!

　　他苦笑,说你也是个高人,他这次眼拙,得罪一次哪敢再得罪二次?江湖人,闯荡四方,讲究的就是个招子敞亮,此事过后,再也不敢了。一笔勾销吧?

我点头，说可以。

视线移到了黄帛上，我在黑色的蝇头小楷中找到了"灵体修炼"的寥寥几字，然后把它卷成一团，收到裤兜里。交易完毕，我朝那浑身都是腐臭血肉的跳尸喊一声收工了，它还真给我面子，这一句话莫名的灵验，它停住了，僵直地站了起来，眼睛往下斜，一动也不动。然后，从它后面飞出一条肥虫子，金色的身体上沾染了些黑色血浆，脏乎乎，难看得很。

这小东西飞到我面前，一双黑豆眼盯着我，摇头晃尾，颇为得意。

狗东西！

我不愿让地翻天他们多见金蚕蛊，伸手把这卖弄风骚的家伙揪着，闻了一下，嗯——臭死了！我让它自己去洗澡，然后回过头来，指着一地的尸体，问怎么收拾啊？地翻天眼睛还瞅着跑到他家厨房去洗澡的金蚕蛊，担心得很，见我问起，苦着脸说他养的十二尸巫，如今坏了六成，损失大了。我气愤地笑，说你们家炼制的僵尸，自己都制不住，还把我连累了一番，亏得我还是有些本事的，要不然，恐怕已经命丧黄泉了……

他讪笑，说怎么会呢，一看就知道我是福大命大之人。

见我瞪眼，他无奈了，说今天的天气、日子、时辰都不对，他们刚才也是没有了法子，想着先让我冲一下那受惊僵尸的戾气，等缓些再将其一一镇压……我懒得听他鬼扯，问这么多尸体是哪里来的啊？他坦言，说不要多想，都不是他杀的——有的是从墓里面翻出来的，有的是从火葬场里买通工作人员，狸猫换太子弄来的（反正骨灰只是一坨灰渣，家属也看不出来）……

我叹气，说都什么时代了，你们还炼制僵尸，能派什么用场？

他笑，说都是老手艺了，闲着也是闲着，留着看家护院嘛。

我沉默，不知道他在隐瞒什么，但是也不想深究。每一个人都有自己不想让别人知晓的秘密。大家都是旁门左道中人，我本就没有立场，站在道德的高度去指责他们，他并不是我的犯人，仅仅只是跟我做了一个交易，自然不能管得太宽。

况且，这里面我并不处于优势，那个络腮胡子手上可是拿着一把枪呢。

这霰弹枪的威力电视里面倒见识过，二十米的范围内，中一枪，身首立刻分离，一地碎肉沫子，全身马蜂窝，里面的铅弹要拿镊子挑，足够一个壮劳力忙活一上午。

事已至此，我也没有什么好说的了，闻着身上这尸臭，没法赶路，问有没有地方可以去洗洗。地翻天很热情，他要留下来收拾现场，赶尸回洞，叫来他那二女儿，引我去洗澡间洗澡。别看这里偏僻，但是设备还齐全，热水器还是太阳能的，虽然这几天阴，但是热水也有。我把衣服脱光，站在花洒下面淋，把皮肤搓红，几乎快掉了一层皮。

再一闻，还是臭，熏！——我终于知道为什么这家成年人身上都有味儿了。

正洗着，金蚕蛊鬼鬼祟祟地从气窗溜了进来，想爬进我嘴巴里。

我捂住嘴，一巴掌扇丫的——这家伙没心没肺的，确实惹人喜欢，但就是有一个缺点，太不爱卫生了，老是喜欢和脏东西打交道，还乐此不疲。也不知道是不是蛊的天性。我可以容忍它寄居在我体内，也容忍了某一段时间里它的出入方式，但是某一天我猛然醒悟，这小东西是半灵体，何必老走谷道？

　　这个臭毛病，必须得改改！

　　妥妥的！

　　一番沉重的思想教育，肥虫子妥协了，委屈地看了一下我，黑豆子眼睛里好像还溢出泪水来，可怜巴拉的，像个孩子。过了一会儿，嗡嗡飞，围着我转圈，后来又附在我胸口的槐木牌上，把红绳子绞来绞去。我知道，这小家伙，也想朵朵了。

　　其实，我也是。

　　洗完澡，地翻天的二女儿抱来一套衣服，普通的样式，老款，是她小叔的（内衣裤、袜子我自己包里有）。我隔着门拿进来，发现小丫头居然还想偷看我一眼——够胆大的！我几乎没有一点儿的心思停留，穿好衣服出了门，地翻天过来找我，问走了啊？我说是，他吭吭哧哧犹豫半天，我说有话就直说吧。

　　他点头，问我没有给这家里面下蛊吧？

　　显然他是担心刚才火爆亮相的金蚕蛊从中作梗——毕竟在湘西，蛊毒之名如雷贯耳，没人敢在这方面掉以轻心。我说放心，你不仁但是我不能不义，我跟萧克明有生死的情谊，他的朋友，我怎么都是要高看一眼。不过，如果给我的那卷帛有问题，那么就另说了。

　　他断然说不会的，这方面绝对可以放心。

　　他说找人送我，我拒绝了，告辞，往来路走去，走了好远，我都有一种被人偷窥的感觉，转过头来，只看到二楼的窗户，有一张漂亮的脸。那是地翻天的二女儿，一个学土木工程的大一学生，旁门养尸世家的子弟。

　　我无暇猜测她那明亮的眼睛后面，代表着什么情绪，只是走，归心似箭。

　　怀中有一团几千字的丝帛，有了它，朵朵后面的道路，就有了希望。

第九章　鬼道真解

我是一个稍微有点偏执的人，总是喜欢熟悉的东西——相熟的风景，惯去的快餐店，常常点的宫保鸡丁，相熟的玩伴，回家的路线以及……常去公厕的某一个坑位。

回到凤凰县城已经是下午四点，我先是去找了一家服装店，把自己这一身不合适的衣服给换了，然后走啊走，居然又回到了昨天晚上住宿的木楼前。那个老头子在看店，看见我，一副吃惊的表情，走出来，讪讪地笑，问怎么了？他以为我是返回来找他麻烦的，脸比黄连苦，别的不说，开头就唠叨了一通生意不景气的话语。

我说我只是懒得再找地方了，昨天的房间，给我整理一下，我要住。

他像见鬼了一般，用看神经病儿童的眼神看我。

办理好了入住手续，我把随身的小包扔在床上，靠着厚厚的棉被，然后掏出这卷黄色丝帛来看。《鬼道真解》洋洋洒洒四千余字，除前言外还分三章，第一章"控鬼"，第二章"炼尸"，第三章"空灵"。值得一提的是，第三章居然占了一半以上的篇幅，字体也不一样，轻灵娟秀，轻飘飘，我看一眼，有一种不似人为的感觉。

因为见过了地翻天的五鬼搬运术，我并不疑有假，匆匆浏览一遍，感觉寓意深刻，深入浅出，并不像普通的"秘笈"一般各种装，很具有操作性。

我心情激动，逐字逐句地轻轻朗诵，感知其中之意。

金蚕蛊睡太久了，静极思动，在房间里到处游窜，不时抱着一个美洲大蟑螂跑到我面前炫耀，被我一弹指锤飞，伤心不已，发出哼哼唧唧的声音来，像婴儿哭。

一直忙活到夜里，我才囫囵吞枣地通晓了个大概。外面华灯初上，我那草包肚子咕嘟咕嘟地叫，揉了揉眼睛看手表，已经是晚上9点。我下来地，收拾了一下，然后跑出去吃饭。除了初一十五要吃斋外，我基本上都是个肉食动物，所以自然都是找些油大爽口的东西吃。虽说是淡季，但是反季节、反潮流旅游的背包客，其实还是蛮多的，倒也不显清静，许多男女也是初次相识，拼桌，然后去酒吧，接着滚床单，最后依依惜别——这是一套标准程序——陌生的地方、美丽的风景和新奇的民俗风情，最容易给自己找一个放松的借口。

等饭的当口，我想起来应该给杂毛小道打个电话。

这一通电话打了好久才拨通，我开头就是好一阵埋怨。

他在电话那头听完了我今天的生死危机，一阵沉默。许是在自责，许是在等我舒缓心情，过了好久，他才说地翻天这个家伙本来就是一个势利之人，眼中只有利益，而没有太多原则。他也是听说朵朵出事，着急了，才找了个最近的朋友给我介绍的，没成想险些害了我的性命,真抱歉。他又说,他离家好久了,一直没回,想想这事,求到谁门上都为难,还是跟他一起去他家里,求教一下长辈吧。

我曾经听杂毛小道谈及自己家的事情,也不详细,大概就是没有听从长辈意见,闹翻了,离家已有四五载了——他这人也没个准头,爱胡乱扯淡,一会儿师门一会儿老家,我也不怎么信。但是应该是有这么一档子事,听他这么说,我心中一阵感激:他平时看着像癞皮狗一样玩世不恭,但是自有着小心守护的尊严,然而为了朵朵,他却低下了内心中高昂的头颅,这一点,难能可贵。

我问他在江城段叔手下干得怎么样?他说不好,最近没怎么见到段叔,倒是老和一个叫奥涅金的俄国老毛子在一起,这家伙据说曾经供职于苏联克勃格,是个厉害角色,也是段叔手下的安全主管,说话老喜欢套人话,绕圈子,让他不胜其烦。

不过呢,待遇不差,夜总会泡妞,个个腿长波大,美得很。

我大笑,没正经一会儿,这小子不开黄腔就难受,叮嘱他可得注意身体,悠着点,不要被乌克兰大洋马给榨干了身子,听听这说话声音,都哑了。

说话间一盆香喷喷的血粑鸭子就端上来了,旁边有蕨菜炒腊肉、炸酸鱼和一盆酸汤豆腐,我肚子里面的馋虫都给勾起来了,舌头下津液直冒,顾不上说话,说过了正月十五,我就去江城,跟他一起去拜访他那道行高深的长辈,先把朵朵这妖气镇压下去,恢复主控权再说。

挂了电话,我拿起筷子,一阵胡吃海嚼。

斜对面桌子处有三个妹子,不时对我指点,看她们穿着打扮,像是城市里的OL女郎。背着我的一个,侧脸看上去很有味道,像周迅的精灵古怪。在一个陌生地方,有一个或者几个女孩对你指指点点,有两种情况:一,可笑;二,可爱。我吃相虽不好看,但也不至于可笑,想来这里面定有人对我感兴趣。

可是心系朵朵,我也没有心思勾搭妹子、来场艳遇,于是也不理会。然而我没行动,对方却行动了——付完账后,一个体态丰满的年轻女人走到我面前,跟我搭讪。

她的理由很简单,说几个姐妹刚来此地,人生地不熟,想让我介绍一番。

天可怜见,我也就到凤凰下站时拿了一本旅游小册子:南长城、东城门、沈从文故居以及沱江风景区……这些仅仅只是见过图片和文字介绍而已。不过我并不是一个性子冷淡、拒人于千里之外的人,也没架子,便搭着掌柜台子,随意地跟她闲聊起来。没几分钟,她便邀我去附近的流浪者酒吧喝酒。

我婉言谢绝,其他两个妹子也过来了,劝我同去:独在异乡为异客,相逢即是有缘人。

说实话,要是那个小周迅邀我,我倒还有些男人的兴趣,但是事情很明显,是最初的这个妹子对我兴趣盎然,我就有些敬谢不敏了。三人作了自我介绍,我知道最开始的这个妹子叫做苗苗,小周迅叫做小穆,还有一个长得最高的女孩子,叫冬冬。我说我忙了一天,需要回去休息了,苗苗就问我住哪儿,我说我住城西的民俗吊脚楼里，她们大叫我好会选地方，是不是很好玩？我无语，说一般吧，还闹鬼。

听我这么说，她们更加兴奋了，苗苗甚至还想着今天就搬过去，看一看鬼屋什么样子。

又聊了一阵，我们互留了联络方式，然后告别。

说实话，我有些吃不消这飞来的艳福，似乎油水太多，有些腻。回程的时候，杨宇打来电话，寒暄一番之后，问我是不是在跟黄菲谈恋爱？我愣了，也不肯定也不否定，只是问怎么了？杨宇的情况我清楚，他有一个长相甜美的女朋友，父母也是市里面的高干，不过不是所谓的政治联姻，小两口感情不错。杨宇沉默了一会儿，说他有一个表弟在追黄菲。我说我知道，张海洋嘛，怎么啦？

他说他也特别烦这个油里油气的表弟，不懂事，花花公子一个，整天也没有个正经事情干，到处拈花惹草，根本就配不上黄菲。只是……他舅舅就这么一个儿子，若有得罪我的地方，请我看在他的面子上，千万不要下死手。我笑，说没得事，我心胸哪有那么狭隘，一上来就要死要活的，不至于。

杨宇欲言又止，犹豫半天说谢谢我，改天请我吃饭。

我点头答应，挂完电话还觉得好笑，杨宇这人往日里也是个骄傲的角色，没想到自从被我种了一次蛊，就变得这般小心翼翼了，真不爽利——还是说，我这人在他们心里，很可怕？

路上我特意买了纸笔，然后回到住处，将这黄丝帛上的字全部誊写到纸上来，做了备份。其间那个房东老头还特意给我端进来一个火盆架，加好木炭，房间里顿时暖和许多，他嘱咐我不要关气窗，免得闷气，说完后继续返回楼下睡觉。我知道他是想让我不要宣扬水鬼之事，但是这细节，倒是让我心中有些感动。

誊抄完毕，我把丝帛收藏起来，然后细细地再读诵"空灵"这一部分。

空灵一章，共两千三百二十余字，行文古意盎然，落笔处行云流水，十分酣畅，讲及修炼一法，大部分依靠月亮星辰之力，简单易懂，也很有操作性。月亮在现代科学之中，是地球唯一的卫星，能够反射太阳的光线，影响潮汐走向。余下全篇都在论述各种方法概论。我看得眼晕，并不知真假——倘若在一年之前，我定然是扔在一边不加理会的，然而这大半年的时间里，我也见多了古怪之事，心中也大概信了。

很多持唯物主义观念的人总会以各种理由来反驳灵异之事，其实我只想说几个问题：一、现代科学的巨人、开创了经典力学的艾萨克·牛顿爵士，天才人物，为什么晚年会如此沉溺于神秘学和神学的研究？他大部分的学术研究都只是在中年以前，而在逝世之后留下了五十多万字的炼金术手稿和一百多万字的神学手稿——这是个引申问题；二、世界上有几十亿人笃信宗教，为什么？三、从古至今，每一个民族、每一段历史都有着太多鬼志、灵魂以及难解之谜的记载，这些果真都是瞎编？

难道这些人都是傻子？

《鬼道真解》虽然我研究得精细，然而这些，都需要在朵朵能够勉强压制妖气的

意识之后，才能够派上用场。

而如何压制妖气，这也许只有把希望寄托于杂毛小道的长辈啦。

也不知道几点钟，我昏昏沉沉地抱纸而眠。

迷迷糊糊，又是一阵冰凉游到我的背上。

我霎时间就清醒了，灯没关，我一下子就睁开了眼睛，心里面充满了愤怒——这个水鬼，真当爷是好欺负的，没完没了地来骚扰，这是要闹哪样？

真的是给脸不要脸啊！

第十章　横空飞来的杀机

身周有异动，最先有反应的不是我，而是金蚕蛊。

这小东西自有它的骄傲，哪里能够容忍随随便便一鬼物溜进来猖狂，我还没动弹，它就已经从我的胸腹中钻出身子来，倏地射向了床边。我并不喜欢这滑腻之物，滚到床上靠墙的一侧，半蹲而起，神情戒备，仔细凝视这水鬼——上次太紧张，光线也暗，瞧不清楚，这回一看，果真是一条滑腻的水蛇。

只见它有四十公分左右的长度，全身湿淋淋，呈灰白肉色，皮肤又滑又腻，有密集的鳞片和黏液，跟普通水蛇不同的是，它的头跟那乌龟的头一般模样，一双红亮的眼睛，表情丰富，死死地盯着我。

我并不害怕，因为此刻，金蚕蛊已经飞临到了它头上的五公分处，这肥虫子摇着身子，头上的肉冠越发的红艳逼人。这条长蛇一动不动，嘴巴半张而起，我能够看见它口器里面细密的牙齿。

它被金蚕蛊镇压了。

这下我心情放松下来，得到《镇压山峦十二法门》已经有小半年的时间了，我大概也读透了其中的某些章节。躯疫一节中有与此类鬼魂沟通的记载，我从背包中拿出一个装满籼米的小杯子，然后又拿出三炷香插上，点燃后唱引神歌，放松心神，全力融入这檀香袅袅的宁静之中。

歌罢，我开始尝试着与之沟通，因为受困，这水鬼正处于惶恐无措的时期，所以很快，我们就连通上。

这是我第一次和朵朵之外的鬼魂在意识上，打交道。

它是一个不到八岁的小孩子，去年盛夏的时候，与同村小伙伴一起去河里游泳，结果在玩闹捉迷藏的时候，性子野，一下子潜到深水处，结果被暗流陷住，又有水草缠身，于是就丢了小命。同去的都是六七岁、七八岁的小孩子，人又多，自然考虑也不周全，玩得恣意，也忘了少这么一个人。起身回村的时候，看他不见了，只以为是半道回家了，并不在意，一直到天煞黑，这孩子父母挨家挨户上门问，才知道自己家小孩有可能是落水里淹死了。

天黑黑也见不着，那河里的水平日里流淌轻缓，哪知那夜却湍急，一天时间就把这尸体冲到了下游百十里水路去了。这本也无妨，哪知到了这附近，河中央有一个水眼漩涡，偏偏把它给吸住了，走不了，也浮不起来。这水眼附近的乡人都唤它作鬼打荡，有下河游水的，都远远避开，怕吸进去，也拉死过几个人。这小孩子的尸体在鬼打荡里面泡了两个多月才浮上来,捞上来时,肚子被掏空了,里面全部都是鱼苗,还有一条滑蛇游出,窜入了水里。正如房东老头所言,这滑蛇,便是被小孩子残魄附身的水鬼。

它怨恨,为什么没人救它起来,为什么父母没有找到它安葬,为什么要被无数的鱼产卵、孵化出小鱼。

为什么会被一条滑蛇当成窝,整日被钻来钻去。

怨气消不了,自然要上来害人。

而我,则是一个极容易吸引邪物的家伙,在这里,就像黑暗中的灯塔,最耀眼,所以三番两次地过来骚扰我。沟通了一会儿,我感觉它心中全是仇怨,戾气不消,这是恶鬼,得超度。何为超度?宗教人士都说是让鬼魂脱离苦难,前往来生,实则不然,我所指的超度,是用咒法经言消磨去灵体意识中恋眷凡尘俗世的心思,让其早归该去的地方。什么是该去的地方?前面说过,幽都(或幽府)便是鬼魂故去之后聚集的地方,它并不等同于地狱——至于后面引进的地狱和天堂,就我个人而言,则好像是把这幽都人为地划分为富人区和贫民区,如此而已。

我不是滥发慈悲的圣母,对于恶鬼,特别是已经有了斑斑劣迹的鬼东西,我向来决绝,双手合好拢剑指,对着这滑蛇,念往生咒。这里提一点,我所说的大部分咒法,世面皆有,但是如何念之有效,则需要师傅传带,为何?

这里面涉及音律急缓的问题,同样一句咒,得道高人诵唱如雷贯耳,新手念之似靡靡之音,多数都在于"音律"二字。真言也是一门学问,古代声调"宫商角徵羽",只有五声,故而需要一对一的培训。我半路出家,外婆已然去世多日,明白这些,全靠自己琢磨,而后又与杂毛小道同行交流,这才像模像样一些。

三遍之后,这恶鬼终于消散。而那条滑蛇长虫,则软如面条。

房东老头是个睡眠浅的人,我这一番动静,他自然早就醒来,等我下地时,他已经在我门外敲门了。我把门打开,指着地板上那条半米长的长虫给他看,说喏,这水鬼就在这里,已经被我超度了,你拿出去,明日把它焚化成灰,然后红黄纸包好,埋在最近的一棵大树下面,即可。

后续的事情都是些杂事,我也懒得理,所以就吩咐他办。

房东老头看着这瘫软的长虫,十分吃惊,不住地作揖,说原来小先生是个得道的人呢,难怪三番两次来这里住着,就是在等候这鬼东西,真的是、真的是菩萨心肠呢……他十分感激,嘴唇都在颤抖,我好言安慰他,说此事之后,这附近就再无邪物,好好开门做你的生意便好。

我要睡觉,困死了——头天夜里熬夜通宵,白天又是奔波忙碌,并且研究了大晚上的《鬼道真解》,我便是铁打的汉子,也熬不住睡魔的侵袭,于是呵欠连天。房东老头找了个黑布口袋,把地上这似蛇一般的长虫包裹走,又搬来一床新被子,把被这水鬼濡湿的床单替换,我卷起被子,阖眼即睡。

地下的火盆架里炭火燃烧，发出温暖的热气。

呵……好美好的夜，如果要是有朵朵帮忙捶背捏肩，就更加惬意了。

早晨我被鞭炮声给吵醒，楼下的空地上有人在大声说话，被鞭炮的炸声掩盖，也听不清楚什么。

大年初七，放啥子鞭炮哟，扰人清梦！

我住的这厢房靠江边，窗子外边是缓缓流淌的江水，碧绿色，看不到缘由。这么吵也睡不下去了，我站起来，穿衣洗漱，然后慢慢溜达下去，只见楼外面围了一群人，正在听那房东老头大声地讲话，我一出来，房东老头就迎了上来，大声说："要不是因为这个陆左小先生，我这屋子的鬼不知闹到什么时候呢，你们别看他年轻，端的是个有本事的人呢，两回，只两回就把这鬼东西给逮住了，厉害吧？"

他提着布袋展示那条长相古怪的蛇，旁人纷纷鼓噪，说厉害呢，厉害呢！

他又说这里各家各户，都有吃了这水鬼的亏，或者家养的鸡被偷了，或者看家的土狗被咬死了，钱财丢失，家人生病……这下可好，陆先生一来，全部都没事了呀，这本事，可比那王半仙厉害多了！他说着要跪下，旁边几个上了年岁的人，颤颤巍巍也想跪，我赶紧拦住这些人，他们年纪加起来，好几百岁了，我可折寿不起。

见这场面，我本就不喜，板着脸训这房东老头，说搞这么大动静干吗，忒麻烦；还有，这鬼东西怎么还不烧掉？这上面是附着有邪物的，不处理，久了又要生变。

他仓皇，说准备好了呢，指着旁边的一个铁皮汽油桶。

这个油渍斑斑的汽油桶我也常见，它最通常的用途是农家用来烘烤烟熏腊肉。我点头，说可以。老头忙不迭地照办，我回转到屋子里，把随身物品收拾好，然后背着包下来，准备离开。老头见我要走，拉着我，说小先生帮忙画个符箓，保平安。他这么一说，周围的人群里立刻喧闹起来，都求着要，有的红包都准备好了，高高举起。

我摆手，跟他们说我并不擅长画符，不会。又叮嘱房东老头把烧剩下来的骨灰妥善处理，挤出人群，大声说不要跟着，自散去，否则我可发火了。见我这么说，看热闹的乡人都退却了，惴惴不安地看着我离去。没走十几米，有人叫我，陆左陆左。

我回头看，原来是昨天晚上吃饭的食档里碰见的三个女孩子。

微胖的苗苗一脸惊奇，诧异地说："看不出来，你居然是个有真本事的高人啊！昨天晚上我们还都以为你在开玩笑、讲着玩呢，没想到是真的啊，早知道，我们昨天夜里就搬进来，看你捉鬼，哇，真刺激……对啦对啦，那些人为什么把一条小蛇当成水鬼呢，有什么讲究？"

旁边的两个女孩子也是一脸期待地看着我，好像在欣赏大熊猫。

我苦笑，说这里人都迷信，认为什么奇怪东西都跟鬼怪有关，他们信，你们这些受过高等教育的人，怎么也信呢？

那个个子颇高的女孩子冬冬起哄，说果真是有本事啦，要不然你怎么知道我们受过高等教育呢？实话跟你说，我们俩大学刚毕业，小穆，还在读研究生呢……不过，我们对这些东西很感兴趣，经常一起玩笔仙、碟仙呢，可惜没有一次灵验过，大师，能不能给讲一讲啊？"

　　三个女孩子拉我去吃早餐，我饿了，也不推辞，在老街上吃了两碗热滚滚的米豆腐，聊了一会儿天。我要回家了，不能久留，于是跟她们告别。她们都很失望，说要跟我一起去晋平，也逛一逛。我说我们那儿可真没什么好看的，没开发呢，交通也不便，以后吧。相互又留了电话号码，连那个最漂亮也最矜持的小穆也拉着我的手，说以后要是遇到什么事，可得找我来解决，我满口子答应。

　　她们要送我，我不让，自己往汽车站走去。

　　到底是过年，街上的游人并不多，连各类商店开张的也不多。走到一处人颇稀少的地方，我突然听到"嗖"的一声轻响，体内一震，不由自主地往地上扑去。脸挨着地的时候，我已经有所察觉，这是金蚕蛊在作用我的神经系统，然后传递给我一种危险的信号。我扭头看去，只见地面上斜斜插上来三把尖刀，红缨束尾，力道很大，深深陷入青石地砖中。我心中生寒，这是什么情况？

　　抬起头，只见从西面飞来一个十几公分的黑色物体。

　　我眯着眼睛一看，竟是手榴弹。

第十一章　炁之感应

手榴弹是木柄的，是长期活跃在抗战教育片中的那种。

我心中惊悸，这玩意儿可不是我这种血肉之躯能够扛得住的。所幸我近来的身手倒也灵敏，侧步滑动，三步远跨，冲到了一个小巷子中去。还没回过神来，就听到一声巨大的爆炸声响，像过年时点放的大爆竹，轰然响，连空气都震动了。金蚕蛊从我胸中射出来，在空中嗅一嗅，然后振翅飞向了西边的方向。

我能够感受到它心中的怒火。

我惊栗过后也是气愤——好好在路上走着，飞来这一遭祸事，手榴弹都用上了，真的是恶毒。在凤凰这种旅游胜地里动用这玩意儿，那得有多大的仇啊？我小心伸出头，发现外面渐渐围了几个人，而且还有闻声而来的。总是有些不怕死、又爱热闹的人，那手榴弹应该是填装少，威力也不大，这些人只当是放了个大爆竹，围拢着看稀奇，也有人报警了。

我过去，发现我刚才卧倒的地方，被熏黑了一片。

有个穿迷彩服的中年男人蹲在地上研究半天，说这手榴弹至少放了半个世纪了，看这爆炸效果，说不定还是湘西剿匪的时候留下来的劣质货。有人笑，说扯淡了吧，放了几十年，还能用？以为是老窖藏酒呐？

我心中疑虑，又心系去追敌的金蚕蛊，转身离开，与哇啦哇啦过来的警车擦肩而过。

过了一个街口，金蚕蛊飞到了我的肩头，摇摇头，没找到。

凶手很狡猾，一击即走，没有一点儿拖泥带水，杀伐果断。

我一直是不怕鬼、不怕妖、不怕邪门子，就怕潜藏在暗处的敌人。人心最可怕，而我又不是铁打的，哪里扛得过这偷偷摸摸的算计——肉体凡胎，一颗铜子弹就能把我报销了！说实话，要不是金蚕蛊，我早已被那三把劲道十足的飞刀给捅开了窟窿，流血过多而死了。

是谁呢？

我第一时间就想到了地翻天一伙。朋友的朋友不一定就是朋友，敌人的敌人也不一定是朋友。我昨天，差点被地翻天家里炼制的僵尸夺去了性命，虽然金蚕蛊觉醒，我又得了一卷《鬼道真解》，但与此同时，王家费尽心力炼制的十二僵尸却被我毁去大半……这里面的龌龊，其实真的很多。地翻天一家，一看就不是善茬，来找我报复也是理所应当的——特别是凶器：飞刀一技，向来都是江湖之道，能掷成这样的，定是高手中的高手；而手榴弹，我也很倾向于刚刚那个伪军迷的分析，作为久在此地的王家，保留有一两颗很早以前的手榴弹，也是有可能的。

说不定，这东西还是他们自己做的呢。

盗墓，少不得要用上炸药爆破。

我立马打电话给杂毛小道，没接通，拨打的电话不在服务区。我勒个去，这什么情况？我拨了三通电话都打不通，放弃了，一咬牙，我又拨打了杂毛小道留给我的那个王家号码。没一会儿通了，是那个早慧的小孩儿接的，他听我说找他爸，告诉我他爸他叔几个人都在地窖里念经，忙着呢，要不要找他太爷？

他说得坦然，我疑惑，难道另有其人？

这倒是奇怪了。

没办法，只有先回家再说，我叫了辆车，赶往汽车站。路上那个叫做苗苗的妹子打电话给我，说城里面有个地方发生了煤气爆炸，问我在不在那附近？我勒个去，好好的爆炸案，怎么就变成了煤气爆炸了。我无语，只是说我不知道，要赶着回家了。

我挂了电话，对信息传播的误差率与和谐速度，有着深深的敬畏。

在车站附近的商店里，我买了一些蜡染的衣服饰件，当作送人的礼物。

买好票，坐上了汽车，我原路折回晋平。一路上，我都在研究《鬼道真解》。这里面描绘的字语，前面的一些初级阶段，比如吞食月亮光华之类的，似乎还颇为贴切，一直到中期，都比较合理，但是最后一百余字，说按照此法长修，可活死人生血肉，重铸肉身，成就鬼仙之躯，超脱三界之外，逍遥快活——这就有些纯粹扯淡了。

至少我是不信的，我信这世间有奇异的东西存在，因为我亲眼所见，作不得假。但是若说这天地间有神有仙，我第一个会跳出来说：怎么可能？看着看着，我就觉得似乎不太合适了，胡吹乱侃的东西，前面会真吗？

不过下雨天打孩子，闲着也是闲着，既然地翻天那东西卓有成效，那么朵朵来修炼，也是有理可循的。

我盘算了一下，我现阶段需要做三件事情：第一，让朵朵保持暂时的清醒，或者说让她拥有灵体的掌控权；其次，教会这小家伙《鬼道真解》上面的内容，并且勤加练习，融合地魂的记忆；最后，我要找到可以让朵朵恢复肉身的方法，从而让她生活在阳光之下——虽然我很留恋朵朵寄居在胸口槐木牌、天天陪伴我的日子，有这么一个小可爱的鬼陪着，不孤单，也快乐，但是我不能那么自私，每次看见这小鬼头眼中流露出对电视里场景的向往和偶尔的落寞，都让我暗自下了决心。

有的事情，你不得不做，这就是责任，心灵的责任。

她不是我的私有宠物，她是一个有着自我意识的人，一个独有的灵魂。

不做，心不安。

路上，我连拨了几次电话给杂毛小道，都没打通，这无疑让我心中蒙上了阴影：他在干什么？怎么了？为什么不接电话？要知道，朵朵解开封印出来，重新夺回掌控权的希望,我可是寄托在这小子的身上,他这里要是一趴窝,不给力,那我可就抓瞎了。

我现在对自己胡乱实验的行为十分懊悔,凡是涉及朵朵,几乎都不敢轻举妄动,害怕再有损伤。

到怀化转车的时候,朵朵醒来一次,告诉我,那个坏家伙累了,她跟我讲讲话。我很高兴,然后告诉她,我找到一篇文字,念给她听,让她琢磨一下。她答应,于是我赶紧念,没想到我念了几段话,她就说听不懂,不知道是什么意思。我这才想起来,小家伙没读过几天书,自然不能领会这些我读起来都艰涩难懂的句子。

我安慰她不懂不要紧,我教她,说完,我一点儿一点儿跟她掰碎了、揉烂了来讲。

我坐在班车的最后一排,嘀嘀咕咕地在说着话,邻座看看我,只以为是神经病,坐立不安了很久,最后换了位置,跑前头去了。

朵朵没醒来多久,一个小时左右,又进入沉眠中。

我捧着胸口的槐木牌,看着不住往身后掠去的景物,叹气。会说话的朵朵真的很可爱呢,她娇嫩的声音(尽管只有我能够听见)一直都还在我耳边回响着,跟她说话,我一直有一种被崇敬的感觉,一种热爱一直萦绕在心间,好像真的在教乖乖的女儿一样。

过了湘西,一路都是山峦起伏,盘山公路九转十八弯,我不禁想起了外婆传给我的那本破书,《镇压山峦十二法门》,好有霸气的名字。我自从接触到手,至今都没有通透,精奥处也不解其意。

为何?全书正文加注解,足有二十余万字,洋洋洒洒,内容良莠不齐,受于时代的限制,有的东西我一看便知是假的,有的神秘,也完全没有实践的机会。这是一本笔记体式的书籍,有时候写得很随意,跳跃度也大,让我看得懵懂。但是,里面又藏有珍宝般的神秘学知识,让人完全豁然开朗,仿佛能解开迷雾的面纱,看见新世界。

经历了这么多事情,我迫切需要在里面,找到一个让自己强大起来的法子。

我想到了十二法门中的"固体"一节。与中原的道家养身术一般,十二法门中也有强健体魄的方法,也就是所谓的气功。

气功一术在上个世纪80年代左右,曾于中华大地流行一时,而后昙花一现,被无数正道人士予以拆穿,然后被冠以"伪科学"之名,重重跌落。时至如今,我从电视上、网络上看到的武术、气功之类,全部都是花架子,说成是"舞术"还贴切些,真不如美式散打来得厉害。

这世界上果真有高来高去之人吗?

我不解,但是后来见多了鬼怪之物,竟也信了,于是数次捡起其中的法门,寻找气感,但是无数次的努力,都没有成果。

什么是气感?就是一股热流在体内游动,舒经活络,扩展劲力,需要时,可以瞬

间爆发出来。

比如说李小龙的寸拳。

这是一种技艺、一种经验,还是一种战斗的艺术?不得而知。但是我知道,应该是有的。因为,就在昨天的白天,我已经感应到了道家所说的"炁",这是一种存在于宇宙万物间一股生生不息的能量流,是意识的具象化、是念头之力,或者说是磁场的一种状态。它有,所以我就知道在。而它在,我就能够大概模糊出其中的规则来。

我闭上眼睛,在老旧的中巴车里面,在山路盘旋中,慢慢感受这"炁",在五脏六腑、在上中下丹田、在头顶,在人与世界之间的流动。

终于,我感受到了。

无法言语。

念头抵达,于是身体里像多出了一汪清泉,有一种流动的东西从身体的意识中汩汩地出现,然后贯通于全身。我感觉自己的精神好了许多,连昨天搏命留下的伤口,都开始渐渐地发痒,这是在凝合的表现。金蚕蛊在我体内呼应着,跟着场域在唱和,在交流,不断震荡,增强其中的力量。

2008年2月13日,情人节的前一天,我体内产生了气感。

回到晋平之后,我立刻接到了黄菲的电话,让我务必去一趟她家里。我答应了,并且去县里面唯一的一家鲜花店,定了一束十二朵玫瑰的花束。我想,第二天是个美好的日子,我似乎应该浪漫和主动点儿。

第十二章　盆中窥人

傍晚时分，我来到了黄菲家外面的小巷子。

这天中午正好下了些小雨，我一路风尘，身上脏得很，自然不会直接来见她。在林业招待所开房梳洗一番后，我才给她打的电话。黄菲出来了，她穿着一件洁白的羊绒套裙，鹅黄色的长筒靴，外面罩着一件素色的网状小衫，鸦色头发如瀑泻下来，画了些淡妆，美得像个天使——这样美丽的女人大都是出现在电视荧屏里，然而她却偏偏选择了当警察，真是让人觉得匪夷所思。

我曾经跟她探讨过这个问题，她说她从小就喜欢看海岩剧和《名侦探柯南》，所以高考的时候，就报了警校，然后就顺理成章地成为一名光荣的警察。很奇葩的理由，不过，我倒是很喜欢她穿制服的样子，英姿飒爽，帅气，让人感觉特别不真实。

看着我愣神的样子，黄菲娇笑，问我丢魂了？

这妮子是故意的，以她的姿色，朝我放电，我是定然抵挡不住的。接着轻松地聊了几分钟，我问她找我有什么事。她很委屈，说没事就不能找我吗？我连忙摇头，说不是，没事，约我聊聊人生啊理想的，也很好，年轻人嘛，总是需要找人倾诉一下情感，探讨一下未来的。

如此调笑了几句，她说她大伯想请我吃饭。

她大伯就是黄老牙，在我们县算得上是一个很成功的生意人，也是一个被下过蛊的病人。我上次答应了她，这回也推托不得，说好的。黄菲很高兴，立刻打电话给她大伯，说约到了，让他准备一下，就带我过去。我抽空打了个电话回家报平安，然后跟着黄菲慢慢往河边街走去。不经意路过风雨桥，我看向了对面的一大排建筑，那是我的母校，晋平县第一中学，在那里，我度过了整整三年的高中时光。

黄菲问我想起以前了吗？

我说是，我那时小，不懂事，早先读小学初中时还能够拿全校第一，上了高中之后，没了父母管束，成绩直线下滑，最后居然连一个大学都没考上，真是奇葩。现在想想，往事不堪回首，真后悔。黄菲笑，说我现在不是挺好的吗？而且还成为大师，厉害得很。

我摇头，沮丧地说什么狗屁大师，都是你们捧的，我只是机缘巧合而已，这还是要真谢谢我那从来不亲近的外婆，要没她，我狗屁都不是。

说句实话，人生要是能够重来，我宁愿好好学习，努力读书，走条正路。

我长叹，为自己刚刚南下打工的那一段艰辛的时光——同龄人还在象牙塔中读书，而我却不得不在社会中挣扎着成长，四面都是墙，头撞得血淋淋。黄菲的手轻轻拍了拍我，不知道是表示赞同，还是安慰。

从桥上走下来一个皮肤黑黑的中年人，朝对面街走去。我扭过脸，把自己藏在黑暗中，不敢看他。

这个人就是我之前提过的高中语文老师，姓石，因为我能背得满腹的好诗词，很喜欢我。而当我高二老是在网吧通宵玩游戏、上网之后，成绩陡转之下，他把我痛批了一场。高考结束后，我落榜了，再也没有脸见他。即使是此刻，仍然是觉得辜负了他的期望……所幸，他没有见到我，径直走开了。

黄菲疑问地看着我，说心虚什么？我摇头，说走吧，我们去你大伯家（在这里奉劝所有的学生党，特别是高三党，请把主要精力放在学习上，不然后悔莫及。是，现在大学生是贬值了，但是没能考上大学，如果不是富二代官二代，在社会上混就必须要付出比别人艰辛好几倍的努力，而且还未必成功）。

被黄菲领着，到了黄家大宅，我居然有一种上门见父母的错觉，而且还感觉空着手，有些不好意思。不过我看着空地上有前几天作法招魂留下来的火烧印记，黑乎乎的一团，转念一想，我可是被当作贵宾神棍给请过来的，为毛会有这种想法？

看来，我已经开始在意起旁边这个容貌、气质俱佳的大美女了。

我不会沦陷了吧？

黄老牙和他老婆、他小舅子以及两个孩子在门口迎接我，很热情，陆大师陆大师地一通乱喊，脸儿都笑成了花。黄老牙本来有三个小孩，大儿子是前妻生的，现在也已经娶妻生子了，目前在帮忙打理黄家的生意，小儿子我见过，一个有些小骄傲的娃崽，正在读高二，小女儿是朵朵，最可爱，可惜已经死去。进屋在客厅没聊了一会儿，就到餐厅吃饭。

菜很丰盛，我看着眼熟，吃了两口才发觉原来是从杉江大酒店订来的。

席间黄老牙不断地劝酒，还说一些"久仰"之类的话语，又顺着黄菲攀关系。我这人吃饭，并不喜欢说太多的话，也不顾金蚕蛊这小东西跃跃欲试的酒虫吵闹，几下就吃完，饮一杯橙汁，跟他直说，请我来，到底怎么回事？黄老牙自病后，也饮不得酒，愁眉苦脸地说他身体越发不行了，不但如此，运气似乎也背，生意越发的差了——他是做木材加工和贵重金属行业的，2008年受金融危机影响，行业利润普遍下滑，当然，这是当时不知道的——问是不是冲了什么邪物。

我不言语，打量这个房间，心想着，这就是朵朵生活了六年多的地方啊。

黄老牙并不知道我心中的想法，只以为我在看阳宅风水，给我解释，说这房子落成的时候请了栗平县的时富晗时大师，帮忙看过，也添置了几样风水摆设，向来都挺好的。只是不知道罗二妹那该死的死婆子破坏了风水没有。

旁边的小舅子补充，说初四那天晚上，房子后边的空地上有人在开坛作法，后来还散落了一地的祭品，是不是有人要害他们家？

我故作沉吟了一会，说害倒不至于，不过家宅不宁，确实是犯了些冲。我想看看这房子的房间……特别是他们死去小女儿的房间。黄老牙连忙点头，也不吃饭了，急忙起身带我上楼去。我路过桌子处，听到他小儿子很不屑的轻声骂"骗子"，我停下来，看着他。黄老牙的老婆连忙拉住她儿子，怕得罪了我，忙不迭地给我道歉。

我笑笑，摇着头上了楼。

他再怎么不喜欢我，也总归是朵朵的小哥哥，我未必没有这点儿容人之量。

况且，他也没有多大的错，只是受了太长时间的思想品德教育罢了。

在黄老牙的带领下，我装模作样地随意浏览了一下各个房间，并重点参观了一下他特意购置的一整面墙的鱼缸，黄菲跟在我后面，听我胡诌的点评。最后，我来到了二楼东边一个上锁的小房间，这便是朵朵的房间了。打开门，里面的装修是粉红公主色，小巧但是精致，上下铺的床，然后堆着有好多又大又松软的玩偶，房间里很干净，显然经常有人收拾。黄老牙谈及自己的小女儿，不知不觉眼泪都掉下来了，他后悔，自己得罪的人，却害得他那天真可爱的女儿去承受。朵朵这娃儿，太造孽了！

黄菲也来了情绪，大眼睛里面全部都是晕湿的泪水。

显然，朵朵生前也是个惹人怜爱的小家伙。

尽管黄老牙有些地方并不让人喜欢，但是他对自己女儿的爱，却是发自内心的、是真诚的。他说他老婆每个星期都会整理一下朵朵的房间，大哭一场，一天的情绪都是怏怏的，不敢相信女儿真的离开了自己。

见到他们这副模样，我有些内疚，感觉自己好像抢走了他们的女儿一样。

这情绪让我变得有些难过，也没有了装神弄鬼的兴致，说到底，他们都是朵朵的亲人，我也不能耍他们玩。这也是爱屋及乌的心理。我在房间里拿了一本朵朵识字用的练习簿，收起。然后给他们画了一张符，有驱害招运的功效，是按照十二法门中的蓝本描绘的，这蓝本我烂熟于心。

完成之后，偷偷地晕上了金蚕蛊的一滴血。有了这符贴在宅门上，别的我不敢保证，至少不会再有人向他们下蛊诅咒了。

金蚕蛊大约知道是朵朵家，倒也有情有义，出奇的配合。

符给了黄老牙，他双手奉接，神情十分的虔诚。据黄菲说他大伯以前是不信邪的，早年间跟人打赌，还在杀人坳（我们县里面执行死刑的地方）睡了半宿。而自从遭了这次劫，逢初一十五，都烧香拜神。他小舅子拉着我，低声问起王宝松的事情。说说这疯子在精神病医院待了大半年了，好得差不多了，问他们家不管了行不行？我瞪他，说你们要是敢不管王宝松，信不信黄老牙立刻就死？

黄老牙他小舅子、大儿子和二儿子都摇头，说罗二妹这老乞婆人都死了，还能管到现在？

黄老牙也将信将疑地看着我。

管一个人一辈子，这件事情做起来难度是真的很大，更何况还是仇人的儿子。

我不想让黄老牙到了没有耐性的时候去冒险,便要了一盆水,然后又叫人接了一杯无根水(水蒸气)。把黄老牙带到书房,把其他人赶开,灯关上,黑暗里,我从随身的包里面拿出一支香烛,点燃,让黄老牙持着,然后把装满水的盆子放在地上,念净心咒。念完之后,我把杯中的无根水一点一点倒入盆中,让黄老牙借着烛光,看自己在水中的倒影。

他看一眼,吓了一跳,说自己头上怎么有淡淡的红光?这水是怎么回事?

我问他看清楚了吗?他点头,说看清楚了。我把香烛吹熄灭,把灯打开,跟他说,这盆水,模拟的是一个镜子。镜灵的传说在全世界范围内都很广泛,说法有真有假,但是我布的这一镜,能够看清楚真实的自己。你看看,头顶红光,这是血咒,是罗二妹用一生的心力结下的怨气,倘若违约,这血咒立刻爆发,不但你不得好死,而且家人也跟着遭殃。

黄老牙沉默了一分钟,说他信了,他只要活着,就养着王宝松,一辈子。

第十三章　情人节

离开黄家的时候，黄老牙塞给我一个红包，我摸了一下厚度，不少。

我推辞，说既然是黄菲的朋友，就不必这么客气。当着黄菲的面，我是真的不想要，然而黄老牙却是拼命地不敢收回，他说这是祖上传下来的老规矩了，比天还大，我要是不收，就是坏了规矩了，他黄老牙心不安；而且，往后若有什么事情，还需要我多多照拂才是。黄菲也劝我收下来，我无奈，只有收下。

事后我数了一下，一百零一张老人头，红彤彤，虽然不比香岛商人李家湖给的那50万有气魄，但对于我来说，也论得上是大手笔了。这笔钱，是我靠着外婆的传承，挣的第二笔实打实的收入。

我终于明白什么叫"半年不开张，开张吃半年"了。

出了黄家大宅，黄菲问我去哪里？

我不知道去哪儿，但是想来女生这么问，最期待的答案肯定不是不知道，于是说随便逛逛，呃……其实我想在县城买一套房。她惊讶，说怎么突然想到这个事情？我说每次来县城，我都住林业招待所，没个落脚的地方，空落落的，有个家，也有个念想；二则，我父母年纪也老了，身体渐渐不好了，我想着能够在县里或者市里面，给他们置办一个地方，好好养养，享受一下晚年生活。

说到这儿，黄菲问我，听说我不在东官开店了，那以后准备怎么办？

我说我也不知道，最近手头有点儿事，先忙完这阵子，再想想以后的事情。黄菲调笑我，说要不就当一个职业的算命师傅吧，看看今天，来钱可快呢。我说好是好，就怕你们这些当警察的把我当封建迷信给抓了，那可就不划算了。她脸上浮出了红色，啐我一口，说道鬼才敢抓你呢，不怕被下蛊啊？要不，当福尔摩斯这样的侦探吧，看看，马队他回回遇到事情，都找你。

我笑说现在在中国混的侦探，大部分都是情感侦探，专门拍婚外恋题材的。

两个人聊着天，走着走着，居然真的来到了新街这边的商品房来。

我前面说过，晋平是一个经济很不发达的内陆小县城，临山，城里面的常住人口不多，资金流动也不活跃，所以楼盘很少，大部分的都是自建房。新街这边临街倒是有寥寥几处小楼盘，开发销售了一年多，但是仍然有空位，恰好晚上也有人在。既然来了，也有想法，就挑呗。

我和黄菲看着售楼大厅的简略模型，便听一个长相普通的女售楼员介绍。她人长得不咋地，嘴儿倒挺甜，说像我们这种新婚小夫妻，选择这种户型或者这种户型都挺合适的，如此云云……黄菲小脸儿顿时涨得通红，我笑呵呵，也不解释。挑了一会儿，选中了一套朝河边的大三居，在四楼，直接上楼去看房。不是电梯房，我们就跟着售楼员上去，黄菲见我仍在笑，伸手掐我，说我这笑容像偷鸡的黄鼠狼，笑啥呢？

我说托这小姐的福，我也"被结婚"了一次，能和你这样的大美女搭在一起，算是三生有幸了，还不得多笑一会儿？黄菲没说话了，低着头往上走去。

房子没装修，但是朝向和布局都不错，看着很满意，虽然全国一二线城市的房价疯涨，但是我们那儿的县城跟南方的小镇都没得比，2008年初，即使在繁华街道，房价也只有两千左右，于是下楼付了定金，办好手续。因为楼盘已经建成半年多，明天来补完款，就能够直接拿到钥匙了，房产证也只需要几天时间。我跟黄菲说我这个人，最没有审美意识，最近还要跑一趟江省，问她有没有认识合适的装修公司，帮我介绍介绍，最好帮我盯着，参谋一下。

黄菲笑，说我这是拉苦力呢，不过她QQ空间里有好几百套这样户型的效果图，正想着找个房子来先实践一下呢，反正她是文职，最近也不忙，就帮我管管——不过要给劳务费的哟。我说好，明天就直接把钥匙给你。黄菲说放心，保证让你满意，不满意不收钱。

她摩拳擦掌，眼睛雪亮，好像找到了什么好玩的事情。

忙完这些，我送她回家，一路上路灯昏暗，我总感觉背后好像有人偷窥一样，回头，又没见到人。

送完黄菲，我回到招待所，打电话，还是没有接通杂毛小道的手机，他关机了。这事让我心中有些阴影，总感觉好像有什么事情要发生一样——难道他真出了什么变故，连手机都不能打了？又或者，丫的就是昏天暗地的玩，忘记给手机充话费了？

朵朵醒了过来，意识传出来，我跟她聊了会儿天，心情才好一点。

这时，我放在床头柜上充电的手机响了，拿起来看，是马海波。无事不登三宝殿，我接通，直接问怎么了？马海波也不绕圈子，说吴刚出了一点儿事情。我反应了好一会儿，才想起来他口中的吴刚，就是年前我们去剿灭矮骡子带队的那个武警军官，吴队长。我说哦，出了什么事？

马海波说吴队长开完了牺牲的烈士追悼会之后，返回州里面，春节探亲就回了家。他是南湖郴州人，回到家里后，头几天还不怎么觉得，过年前的头一天，晚上就梦到了小胡（胡油然），只有头，脸上好多蜈蚣、长虫和蝎子爬来爬去，哭着说好痛，让吴队长救他。吓醒了，却动不了，看见床边有一团黑影，看不清样子，但是脚上，白骨森森。他是一个不信邪的男人，第二天醒来只当是做梦，也许是平日里太想小胡了，觉得对不起他，内疚，也就没多想。

第二天是春节，他们那个地方时兴打麻将守夜，一直通宵，到了早上五点才从朋友家回来睡觉。结果又梦见了小胡，哭着说吴队长不救他，他就要吴队长下去陪他。

大年初一，吴队长就发了高烧，莫名其妙就烧到了40度，家人连忙给送进了医院。

他是个军人，平时训练龙精虎猛，难得生病，哪知这次病来如山倒，一下子就垮了，虽说医院目前把体温降了下来，然后无论是退烧针，还是退烧药，都不能把他的温度给彻底降下去。他昏迷了三天，终于清醒了过来。转了一次院，刚开始还是在苏仙区医院，后来又转到了市第一人民医院，也没见好，昏昏沉沉的，连医生都说这是病毒性高烧，非典型，束手无策。

正准备转到长沙去呢，结果他想起来了年前的经历，跟家人说起，他们家就请了附近一个很有名气的先生来看看。那个先生只瞅一眼，就说是冤鬼缠身，弄了几个法子，都解不了，推说这门祸事，跟自己的专业不对口，匆匆离开。他没法子，于是想起了我，也没有联络方式，就托了马海波来讲。

马海波告诉我，吴队长正在和我们这儿武警系统的一个领导的女儿在谈恋爱，有来头，而且还跟我们有过并肩子战斗的情谊，虽然之前得罪过我，但是，咱宽容，不计较，看看能不能帮帮忙。

我说我是那记仇的人吗？听你说这情况，估计是小胡死的比较惨，心中有些不忿，灵魂有疙瘩，不爽利，想要找人补偿些什么，吴刚是头儿，于是就缠上了他。这好办，超度一下就可以了。嗯，我这边也基本没什么事情了，正准备去南方，要不就顺道去一下他家，看一看，看看能不能帮上什么忙。

马海波满口子感激，各种好话一箩筐地丢给我。

我说够了，这事明天谈，有个事情，我在湘西凤凰被人暗算了一次，帮我留意一下，这一边有没有人想对我不利。我把今天早上发生的事情给马海波谈了一下，然后挂了电话。说实话，甭说跨省，就是跨县，马海波的作用发挥也不大，但是我就想让他帮忙照拂一下我的家人，多留意。

第二天早上我去补齐了房款，拿到了钥匙，然后去找马海波，把吴队长家的地址和联系方式要了，说近几日就准备动身。说着话黄菲就打电话进来了，问我在哪儿？我说我在她们单位呢，正想找她。马海波他们这儿是初七、初八收的假，但是也会安排人值班。黄菲说她今天调班了，正休息，让我把之前请她去市里面吃西餐的承诺兑现吧。我说可以，她让我等一下，她来接我。

马海波在旁边听着，等我挂了电话，笑我，说我把他们局的警花给采摘了，以后使唤起我来，就更加心安理得了。我给他一个中指，说要不要送你一双牛皮鞋啊？他笑着摇头，说不用，却没有在意我的调侃。

马海波终究是一个开得起玩笑的朋友，也不摆架子，这一点我很喜欢。

所以虽然他经常给我找麻烦，但是我依然和他交朋友。

不一会儿黄菲打扰我电话，我来到门口，发现她坐在一辆黑色奥迪里面等着我，透过车窗，能够看见她美得让佛爷都动心的完美侧脸。我进去坐在副驾驶座上，问是谁的车？她说是她大伯的，偷过来开开，难道非要坐班车风尘仆仆不成？我把钥匙给

她，说费心了，她点头，甜甜一笑。

　　聊着天，闻着黄菲头发上飘来好闻的洗发香波的味道，时间过得很快，中午的时候就到了市里面。

　　我想起来一件事，我昨天定的玫瑰花，忘记拿了。不过也没事，有情人，何必用花花草草来传递爱恋！用心，岂不是更好吗？坐在车里面和黄菲聊着天的时候，我在想，虽然我后面的人生，或许会有许多风雨、磨难，但是，身边这位动人的美女，不也是出现在我生命中的那一道彩虹吗？

　　人生总是需要找寻些意义、和一些想要守护的人，不是吗？

　　2008年的情人节，我是和黄菲一起度过的。其中的甜蜜情景，时至如今，我回想起来，仍然感到无比的幸福。只可惜……

第十四章　能辨阴阳的娃娃

情到浓时难自抑，有花堪折直须折。

我和黄菲的恋情是属于那种水到渠成的进度，谈不上浪漫，逛了一天街，买了一堆乱七八糟的东西，晚上又在西餐厅吃了七成熟的牛排，走出来的时候风大、寒冷，我很自然地挽起了她的手，走到街头巷尾的某个偏僻角落，我捧起了她娇嫩的下巴，深深地吻在了她那如鲜花般的嘴唇上。

然后我们就成了男女朋友。

黄菲比我大一岁，因为家境好，虽然毕业之后当了警察，但是为人还是有些天真单纯的（或者说在我面前表现得如此）。她是单亲家庭的孩子，母亲是妇联的领导，为人比较强势，父亲在省城做生意，盘子也大，在那边又组织了家庭，有一个同父异母的弟弟，十几岁的样子。她父亲虽然很少见面，但是也很关心她……这些都是后来我听说的，因为单亲家庭的关系，黄菲内心其实蛮敏感的，也没有什么感情经历。

一个美丽、有气质、单纯而又有些小敏感的女孩子，确实是很惹人怜爱的。

热恋开始，我真的不想离开她，但是马海波却不断催我，说吴刚的病情耽误不得，要能去，尽快去一趟吧，救人一命，胜造七级浮屠呢？是不是，像你们这个行当的，不就是讲究一个善有善报、恶有恶报吗？我被这个马唐僧给唠叨得实在受不了了，于是回了趟家，简单收拾了行李，准备于正月十三乘飞机，离开晋平。

离开的时候，我母亲一肚子的唠叨话，数落我忙得出奇，回家个把月就没在家里好好待几天，现在可好，连个元宵节都不过了，心急火燎跑哪里去？我说我要去救人呢，她不说话了，说行，不过要注意安全，她就只有我这么一个崽，她和我父亲就指望着我了。我说别说这丧气话，听着让人难受。

我母亲又问起了我的个人问题，我这才想起来，说我在县城弄了一套房子，钥匙给了个朋友帮忙装修，让她有时间去看看。

我母亲很敏感，问这朋友是男是女，何方神圣？

我迟迟不肯说，我母亲便猜是不是我住院那几日天天跑来看我的那个妹崽？我说是。这下我母亲乐开了花，也不管我立刻要去赶飞机了，硬拉着我，要我领那个漂亮妹崽上门来看看，又问她家长同意没，看那姑娘是个城里头的人，家长莫嫌弃我们这些乡下巴子哦？说着说着她急了，说这么好看的女朋友不守着，还跑到什么南方去哦，脑壳进水了……

等到马海波、杨宇和黄菲开车来送我的时候，我已经被我母亲唠叨了一个小

时了。

门外有车喇叭响,他们过来时,我母亲拉着黄菲的手,直说热乎话,而我父亲,则在一旁嘿嘿地笑,也不知道要讲些什么。要赶飞机,也就不说什么了,我与父母告别,然后和黄菲坐在车子的后座上面,十指紧扣,如胶似漆地黏糊着。马海波在前面开车,直说要注意点,还叫杨宇不要看,容易长针眼。

杨宇好像有心事,一直欲言又止,不过当时的我并没有在意,一直沉浸在和黄菲离别的气氛中。

到了机场,马海波把我拉到一边,跟我说起那天说的事,他查了一下,手榴弹确实是1949年以前的,飞镖伤人这手法,跟前年湘西的几起杀人案很像,真凶至今没有找到,是一个人,或者说这个人是走单帮的倒客。什么是倒客(刀客)?可不是活跃在中俄边境的那种倒爷,而是我们那边的土话,受人钱财替人消灾的活计,其实也就是杀手。这个家伙可以说是职业的,很狡猾,也很厉害,还讲究个职业道德,一击不成,还会潜伏在暗处,像毒蛇,耐心地寻找第二次机会。

马海波问我怎么招惹到这种鼻涕虫的,请这种人出手,可是要花大价钱的。

我很无奈,麻辣隔壁的,我要是知道了,还至于这么被动?早就直接上门去修理他了。我想来想去,也得不出个所以来。我这人,朋友多,仇人也不少。论来论去,总归是有好几个人选的。若论恨,我脑海中突然浮现出一双怨毒如矮骡子一般的眼神来,心中一跳,问说青伢子找到没有?

马海波一愣,说什么青伢子?

我跟他说,就是之前和罗二妹在一起的那个,叫做王什么青来着。他恍然大悟,说哦,王万青。这个鬼崽子,能够藏得很,我们一路排查,都找不到这么个小家伙,他也忍得住,不和家里人联络。以前还只是怀疑呢,现在看来,黄老牙家女儿死亡的下毒案,定是他做的呢。你问到这儿我想起来了,前两个月,听说有人在云省边境见过这么一个孩子,跟我们的协查报告差不多,后来就没消息了。

我说哦,帮我留意一下,无论是谁,总要查出个原由来,我不能不明不白被扔一颗手榴弹。

他说尽量、尽量。

快到点了,马海波和杨宇跑去抽烟,把空闲时间留给我和黄菲。我望着黄菲那素净的美丽面孔,脸上的皮肤嫩得像刚剥开的鸡蛋,一氲秋水潋滟的眸子深邃若星空,心中突然有一种不想走,抱着这个美人儿一直到老的冲动。黄菲轻笑,柔柔地问我怎么了?我说我想亲她,她吓一跳,看看周围等候飞机的人,拿拳头捶我。

她力气大,但捶得小,我一把抓住,然后把她搂入怀中,不顾旁人诧异的目光,用舌头剃开她的贝齿,肆意恣怜……

黄菲浑身一震,紧紧地抓住我的衣角,呼吸紊乱,眼泪都流了下来。

我放开她,仔细打量她,每看一次都有一种心醉的感觉,黄菲脸上的红晕一直延续到了耳根上,不敢去看旁人的目光,把头埋在我胸口,紧紧抱着我。不一会我胸前的衣襟就润湿了。

我有一种快要窒息的幸福感。

要过安检了,我把黄菲的眼泪擦开,笑着对她说,要等着我哦。她努力地笑,挥挥手,眼泪又不争气地流了下来。马海波和杨宇在旁边摇头苦笑,马海波说年轻人啊年轻人,咱们这里穷乡僻壤的,倒被你搞成巴黎那种浪漫之都了。杨宇也摇头,说不就是离开几天么,搞得跟生离死别似的!

我和黄菲都笑了,我指着杨宇大骂,说你小子要是一语成谶了,少不得找你麻烦,还我家菲菲来。

小机场,过了安检口,走不远,我们在一个小厅处候机。

有只小手拉着我的裤脚,摇,然后喊:"叔叔、叔叔,你耍流氓,欺负阿姨呢……"我发愣,转过头来看,原来是一个四岁大的小男孩,虎头虎脑的,旁边的一个少妇连忙抱起他来,然后冲我笑,说我好福气,女朋友果真漂亮得跟电视上的明星一样呢。我刚刚拥吻黄菲时倒也没觉得什么,现在被她一说,倒脸红了,嘿嘿笑,说不好意思啊,情难自已,倒教坏小朋友。

她说了几句漂亮话,怀中这小男孩又吵闹,说叔叔、叔叔,小姐姐怎么没在?

我看着他炯炯有神的明亮黑眼睛,这才想起来,上次坐飞机回来的时候,我们好像也见过呢。看他这样子,应该是能够见到一些常人看不到的东西。我脸皮厚,睁着眼睛,说什么小姐姐啊,我怎么不知道呢?他摇着头闹,说就有,就有!他妈妈赶紧拦着他,然后向我道歉,说不好意思,这小孩子,从小就爱胡言乱语,老是说一些让人摸不着边际的话——他姥爷都故去好几年了,年年回来,他都说他姥爷给他讲故事。

我说大姐这事情有点儿玄乎呢,听你这么说,你家孩子莫不是开了天眼,能够看通阴阳啊?她笑,说我年纪轻轻的,怎么还信这一套封建迷信,简直就是思想僵化了。现在都21世纪了,这么愚昧,真白读这么多年书。

见她不信,我也就不说什么,聊起了家常来。

她姓钟,我姑且称之为钟大姐吧,她是栗平人,夫家是南方省鹏市的,老公工作忙,就带着儿子到这边来过春节了。她儿子小哲是2004年出生的,还没满四岁。这小子调皮,讨嫌得很,而且老是神神叨叨的,自懂事起就老是说能够看见些不干净的东西,哭闹好多回,她老公迷信,找了好几个先生看过,还找了寺庙的高僧,也没有用。

我们从地下一直聊到了天上,在飞机上,我很好奇那些先生都说什么,她不屑,说都讲是开天眼。什么开天眼嘛,完全都是小孩子瞎想,糊弄大人呢。小哲在旁边闹,跟他妈妈吵。我笑笑,问小孩儿你是真的能看见吗?他瞅了我一眼,朝我吐口

水,然后说老东西,走开点。我捂着脸苦笑,我这年纪,算得上老家伙吗?

钟大姐连忙跟我道歉,找了餐巾纸给我擦。

下飞机时,我对钟大姐说,我略懂一些玄门奇术,她儿子确实是体质异常,能辨阴阳,但是这体质呢,说好也好,说坏也坏,很容易招惹邪物。之前她老公去庙里面求的饰物很好,要佩戴着。我留一个电话,如果小孩子出现什么状况,又或者措手不及的话,给我打电话,都是老乡,能帮忙的自然会帮一些。

她将信将疑地看着我,但还是把号码给记住了。

到了南方市的白云机场,我转乘地铁到了火车站,然后买了一张五十多块钱的火车票,转车前往郴州,吴刚的老家。在市第一人民医院里,他正在等着我。

图书在版编目（CIP）数据

金蚕往事．1 / 南无袈裟理科佛著．— 上海 : 上海社会科学院出版社，2020
 ISBN 978-7-5520-3012-9

Ⅰ．①金… Ⅱ．①南… Ⅲ．①长篇小说－中国－当代 Ⅳ．① I247.5

中国版本图书馆CIP数据核字(2020)第001229号

金蚕往事．1

著　　者：南无袈裟理科佛
责任编辑：王　勤
封面设计：人马设计
出版发行：上海社会科学院出版社
　　　　　上海市顺昌路 622 号　　邮编 200025
　　　　　电话总机 021-63315947　销售热线 021-53063735
　　　　　http://www.sassp.cn　E-mail：sassp@sassp.cn
印　　刷：上海盛通时代印刷有限公司
开　　本：890 毫米 ×1240 毫米　1/32
印　　张：9.375
字　　数：350 千字
版　　次：2020 年 10 月第 1 版　2020 年 10 月第 1 次印刷

ISBN 978-7-5520-3012-9/I·376　　　　　　　　　定价：49.80 元

版权所有　翻印必究